KB000845

모든 게
착각이었다

모든 게
착각이었다

과앵 장편 소설

4

블라썸

Contents

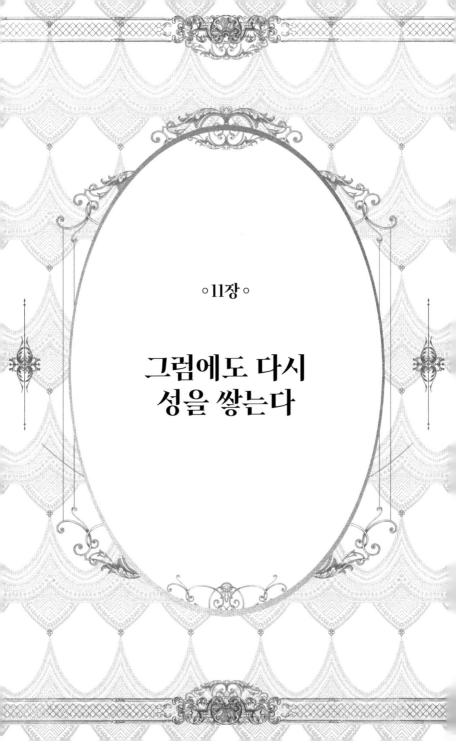

◦11장◦

그럼에도 다시
성을 쌓는다

이후로는 쉬웠다.

녹턴은 말도 안 되게 연기에 능숙했고 (사전에 협의하지 않은 문신마저 내 목에 새겨 놓을 정도로) 제르벨라는 말도 안 되게 잘 믿었다.

그는 제르벨라에게 우리의 사이가 틀어졌다는 것을 각인시키고는 자리를 비워 기회를 만들어 주었고, 신관은 그걸 의심하지도 않고 내 침실로 찾아왔다. 결박 마법을 걸 줄은 몰라 당혹스러웠으나, 녹턴이 내 그림자에 숨어 있었기에 불안해지는 않았다.

사실, 가장 놀랐던 건 그림자에 그가 숨어들었을 때였지.

"정말로 혼자 올 리는 없잖아요."

"……그래, 내가 널 얕봤구나."

혼잣말처럼 중얼거리고는 패트시아가 살벌하게 눈을 빛냈다. 무언가 불길한 예감이 들었으나, 어떻게 반응할 새도 없이 무언가가 날아들었다.

희끄무레한 잔상은 형체도 확인할 새 없이 내 얼굴로 가까워졌다. 그것의 정체를 깨달은 때는, 내 바로 앞에서 튕겨 나간 물건이 바닥으로 떨어진 순간이었다. 허리가 부러진 나이프였다.

"아."

뒤늦게 놀라 한 걸음을 물러서자 등에 단단한 무언가가 닿았다.

녹턴이었다. 안심하라는 듯, 어깨를 두드린 그가 패트시아의 시선을 막아 내며 내 앞으로 나섰다.

"참 보고 싶었어요, 어머니."

바닥을 긁듯 낮게 깔린 목소리는 건조했으나, 기이하게도 새카만 감정이 들끓는 것 같았다. 그의 표정을 볼 수는 없었으나, 목소리만으로도 살벌한 얼굴이 손쉽게 그려졌다. 패트시아의 얼굴이 무섭도록 일그러졌다.

그녀가 물러나며 품에서 유리병을 꺼냈다. 그러나 그 마개를 열어 보기도 전에, 그림자에서 솟아난 사슬 같은 것이 그녀의 사지를 결박했다. 패트시아 에드가의 손에서 떨어진 병이 조각나, 바닥을 푸른빛으로 물들였다.

"당신이 아주 그리웠거든요."

"이, 버러지 같은 것."

그녀가 짓씹으며 뱉어 낸 말에, 녹턴이 소리 내어 웃었다.

"신관이 세뇌에 당한 걸, 언제부터 알았지?"

"처음부터요. 마침 필요한 때 신관이 나타난 게 어쩌나 수상하던지. 저는 운이 좋은 적은 없어서요."

"일면서 여태 너구리처럼 능청을 떨었군."

"그래도 영지에서 그런 선물을 받았을 때는 놀랐어요. 정말 어쩌나……."

말끝을 흐리고는, 그가 천천히 앞으로 나아갔다. 패트시아가 몸부림을 치며 몸에 달라붙은 그림자를 떼어 내려 했지만, 그럴수록 살갗을 옥죄는 힘은 더 강해졌다.

결국, 포기한 듯이 그녀가 저항을 멈추었다. 그러고는 징그러울 만큼 온화하게 미소 지었다.

"이 흉물스러운 마법은 거두렴, 아가. 붙잡아 놓는다고 네가 뭘 할 수 있겠니."

"제가 뭘 못 할 것 같은가요."

"그래, 내가 불필요하게 네가 아끼는 아이를 건들기는 했지. 미안하구나."

"미안해하실 필요 없어요. 말로 받는 대가는 의미가 없잖아요."

"그럼 뭘 하려고. 네깟 놈이 날 죽이기라도 한단 말이냐?"

녹턴이 바로 답하지 못하는 걸 보고 패트시아가 같잖다는 듯이 웃음을 터뜨렸으나, 곧.

"못 할 건 없지요."

녹턴?

담담한 목소리로 하는 말에는, 나도 당황할 수밖에 없었다. 그의 뒷모습을 본들 그가 지은 표정을 알 리 없었으나, 나는 까만 뒤통수에 불안한 시선을 꽂았다.

나도 패트시아 에드가가 저지른 일을 제법 알았기에 사형당해도 마땅한 사람이라고 생각했다. 그러나 녹턴이 직접 그녀를 처단하는 것은 전혀 다른 문제였다. 어떤 식으로든 녹턴의 마음에 흔적은 남을 것이다.

다만 나는, 진심으로 하는 말인지 아니면 상대의 마음을 꺾으려 의도한 말인지 알 수 없었기에 불안하게 숨을 죽였다. 녹턴의 말에 얻어맞은 것처럼 명하던 패트시아 에드가가 천천히 얼굴을 일그러뜨렸다.

"뭐?"

"제가 도덕을 알길 바랐다면, 최소한 저 애는 건들지 마셨어야죠. 상관도 없는 아이를 끌어다 기억을 엉망으로 헤집고, 납치해 함부로 대하지는 말았어야지. 이제 와, 목숨을 보전하시려고요?"

"네가 지금⋯⋯."

"저더러 악마 새끼라고 부르던 건 어머니시잖아요. 이게 차마, 악마도 못 할 일은 아닌 것 같은데."

"네 목숨을 노린 일 때문도 아니고, 저 아이를 조금 건든 일로 날 죽이겠다고? 정말 단단히 미쳤구나, 아주 정신이 나갔어."

"새삼스럽게 모르는 척은. 알고서 벌이신 일이잖아요."

아닌가요, 어머니.

나와는 다소 거리가 있었음에도 그녀의 흰자위가 붉게 충혈되고 이를 악물어 턱이 불거지는 모습이 선명히 보였다. 삽시간에 숨소리까지 거칠어져서는 패트시아 에드가가 거세게 녹턴을 노려봤다. 그 눈에 서린 감정은 증오였다.

"네가 날 죽이겠다고? 그럴 수 있다고 말했나?"

미친 사람처럼 급변한 그녀의 기세는, 내가 여기 온 몇 시간 사이에도 이미 두 번이나 보인 적 있는 모습이었다.

"네가. 날 버린 거로도 모자라 이제는 나를 죽여 버리겠다고? 스스로 목숨을 끊고 도망쳐 버린 주제에, 이 비겁한 놈이! 더러운 술수를 부리고 내게 오점을 남긴 너 따위 놈이 감히 날!"

배신하다. 도망쳤다. 버렸다. 스스로 목숨을 끊었다.

아까 느꼈던 위화감이 다시금 머리를 쳐들었다. 내가 녹턴과 패트시아 에드가 사이에 있던 일을 전부 아는 것은 아니었지만, 그녀는 다른 사람을 상대로 말하는 것 같았다.

녹턴이 아니라면 누굴까. 패트시아 에드가가 저토록 증오 어린 눈으로 바라보는 건 대체⋯⋯.

"⋯⋯설마설마했는데, 이제는 알겠네요."

내내 정적이던 녹턴이 양손을 들어 올렸다. 얼굴을 쓸어내리는 것 같은 동작에, 나는 그의 마음이 걱정되기 시작했다.

"어머니께서 죽이고 싶던 건 제가 아니군요."

갖은 욕지거리를 퍼붓던 패트시아 에드가의 외침이 뚝 멈추었다. 중요한 비밀을 들켜 버린 사람처럼, 희게 질린 얼굴로 그녀가 앞을 바라봤다.

"당신은 내가 아니라, 내 생―."

"닥쳐, 닥쳐, 닥치라고! 입 닥쳐! 알긴 뭘 안다는 거야, 네깟 놈이! 그놈의 더러운 피 주제에, 네깟, 네깟……!"

녹턴의 말이 채 끝나기도 전에 다시 욕설이 터져 나왔다. 종전과는 달리 창백해진 얼굴에 입술이 덜덜 떨리는 채, 그녀는 흥분해 말도 제대로 만들어 내지 못했다. 그러한 모습은, 녹턴의 추측이 사실임을 입증하는 듯했다.

그의 말허리가 잘리는 통에, 녹턴이 거론하려던 사람이 누군지 정확히 알 수 없었다. 그러나 짐작은 갔다. 아마도, 녹턴의 생부일 것이다. 패트시아 에드가도, 제라늄 에드가에게도 없던 연보랏빛 눈동자를 가졌다는, 패트시아의 오점.

이름도 얼굴도 모르는 그 사람의 모습을 비추어 본 거겠지. 자식에게서 부모의 얼굴을 찾는 모습은 그렇게 드문 일은 아니었으니까.

패트시아 에드가의 요란한 저항에 정신이 빼앗겨 있는 때, 돌연 흰빛이 쏟아졌다. 그 상서로운 색만으로 나는 그 정체를 알 수 있었다.

녹턴에게 쏘아진 마법은 신성력이었다.

"녹턴!"

급작스레 벌어진 일에 놀라 외쳤지만, 다행히도 녹턴의 팔에서 일어난 검은 장막은 신성력을 손쉽게 삼켜 냈다. 마법은 한 번에 그치지 않고 쉴 새 없이 쏟아졌으나 이후로도 마찬가지였다. 그제야, 나는 신성 마법으로 녹턴을 공격하는 이가 누군지 확인했다.

단발에 안경, 유순한 인상의 사내. 흰 사제복을 입고 평소답지 않게 눈빛을 흐린 이는 제르벨로 제르벨라였다.

"녹턴 에드가를, 죽여라. 녹턴, 에드가를⋯⋯."

생기 없는 표정과 쉴 새 없이 중얼거리는 혼잣말로, 그가 세뇌당해 벌이는 짓임을 알 수 있었다. 녹턴으로부터, 흑마법사가 제르벨라를 세뇌했을 수 있다는 말을 들었고 실제로 그에게 이끌려 여기까지 왔지만, 통 현실감이 들지 않는 광경이었다.

세뇌에 당한 상태라면 나 역시 안전하지 못할 터. 뒷걸음질을 쳤으나 의미도 없이, 내 그림자에서 일어난 기운이 신관을 덮쳤다. 제르벨라가 손쉽게 쓰러졌다.

그러나 그것으로 끝은 아니었다. 녹턴이 신관의 마법을 받아치는 동안, 사슬에서 풀려난 패트시아가 품에서 꺼낸 물체를 녹턴의 발치로 던졌다. 그 안에서 희끄무레한 연기 같은 것이 터져 나오고, 연기는 곧 녹턴을 중심으로 뼈대를 그려 갔다. 완성된 형태는 신성력과 같은, 새하얀 빛깔의 새장이었다.

"쓸데없는 저항을 하시는군요."

"쓸데가 있는지 없는지는 해 봐야 알지 않겠니."

희열에 찬 얼굴로 웃으며, 패트시아 에드가가 허리를 수그렸다. 그림자 사슬에 묶여 떨어뜨린 병의 파편을 양손 가득 그러쥐고는 그녀가 그대로 녹턴에게 달려들었다.

녹턴을 가둔 새장은, 패트시아 에드가를 통과시켜 주었다. 성수와 병의 조각이 묻은 손으로, 그녀가 우악스레 녹턴의 목을 붙들었다.

"죽여, 다아즈!"

그러면서 외친 소리에, 나는 아직 패트시아의 흑마법사가 등장하지는 않았다는 것을 깨달았다. 그러는 즉시, 이상한 기분이 들었다. 그녀의 시선이 순간적으로 내 뒤쪽으로 향한 것 같아서일까. 여러 번의 위기를 겪으면서 발달한 직감인지도 모르겠다. 어떤 논리적인 사고 과정을 거쳤다기보다는 단순히 직감으로, 나는 패트시아 에드가 말하는 살해의 대상이 녹턴이 아니라고 생각했다.

깨달음과 동시에, 나는 반사적으로 내 품에 손을 집어넣었다. 반쯤 열어 놓은 마개를 엄지로 밀어내 떨어뜨리고, 내내 살피지 않았던 뒤쪽으로 휘두르듯 액체를 흩날렸다. 그러자.

"아아악!"

"두루아!"

비명이 났다. 하나는 녹턴이 놀라 외치는 소리였지만, 다른 하나는 쇳소리처럼 불쾌한 비명이었다. 내 뒤쪽으로 조그만 노인이 웅크린 채 괴로워하고 있었다. 심술궂게 생긴 이목구비는 고통으로 일그러져 있고, 어린아이보다도 조그만 몸이 바르르 떨렸다. 내가 뿌린 액체에 맞았는지 무릎과 옆구리가 젖어 있었는데, 젖은 부위에서 뿌연 김이 새어 나왔다.

스스로가 일을 벌여 놓고도 얼떨떨해서 눈을 깜박이는 동안, 녹턴은 팔을 강하게 휘둘러 패트시아 에드가를 밀쳐 냈다. 녹턴을 움켜쥔 기세에 비해서 맥없이 내쳐진 패트시아는, 바닥에 쓰러지는 동시에 의식을 잃었다.

그러고는 녹턴이 새장을 나오려 바깥으로 손을 뻗었지만, 내가 걸었던 백수정에 닿았을 때처럼 요란한 번개 같은 것이 번쩍거리며 그의 움직임을 봉쇄했다. 새장을 나서려 조급하게 손을 움직일수록, 그의 살갗이 붉게 일었다.

나는 서둘러, 낯빛이 창백해진 녹턴에게 소리쳤다.

"괜찮아, 녹턴! 내가 더 빨랐어. 하나도 안 다쳤어, 정말이야."

"……이리 와, 두루아."

"음…… 그거 나오는 데 오래 걸려?"

"2분이면 돼, 그 남자한테서 떨어져 있어야 하니까 서둘러 오라고!"

"아니, 그거밖에 안 걸리면 더더욱 떨어지면 안 되지."

"하나 있는 성수는 방금 썼잖아, 따로 호신할 것도 없으면서 왜—."

"응, 새장 나와서 말해. 2분이 아니라 20분도 더 걸리겠다."

내가 말을 안 들을 걸 알았는지, 녹턴은 재차 소리치는 대신 얼굴을 일그러뜨린 채로 무언가에 집중했다. 2분이면 절대 긴 시간은 아니었지만, 무시할 수 있는 시간도 아니었다. 흑마법사를 내버려 두었다가 이 사람이 금세 회복되어 버리면 나와 녹턴은 저승길 동무가 되는 수도 있었다.

아직도 심장이 두근거리긴 하지만, 무턱대고 고집을 부린 건 아니었다. 내겐 나를 걱정해 주는 사람들이 쥐여 준 무기가 있었다. 녹턴에게 쓰라고 준 것이지만, 어쨌거나 다른 흑마법사에게도 통하는 무기. 패트시아 에드가 따로 부리는 흑마법사가 있다는 말을 듣고는 혹시나 하고 챙겼을 뿐인데, 이런 식으로 쓰게 될 줄이야. 역시 준비해 둬서 나쁠 건 없다.

"내 반응 속도가 빨랐던 거예요, 아니면 그쪽이 느렸던 거예요. 운동신경이 둔한 마법사라서 그랬나."

"이 망할 계집애 같으니, 내가 널 가만둘 것 같으냐! 성수의 기운만 몰아내면 그때는!"

"그때는 뭐."

아직 고통에 빌빌거리는 주제에 말은 잘하네.

그러면서 손을 꿈질꿈질 움직이고 있어 뭔가 하고 봤더니, 한 뼘 정도 거리에 대리석과 같은 색의 지팡이가 떨어져 있었다. 큰일 날 뻔했다.

나는 지팡이를 걷어찬 다음, 나보다도 체구가 작은 노인의 양팔을 무릎으로 찍어 누르고 품에 손을 넣었다.

"하나 더 있는데 뭐 하려고."

종전에 휘두른 것보다도 커다란 병에서 푸른 액체가 넘실거렸다. 흑마법사의 눈이 경악으로 크게 떠졌다. 그걸 감상하듯 내려다보며, 나는 유리병의 마개를 열고 그의 얼굴 위로 병을 기울였다. 액체가 떨어질락 말락, 아슬아슬하게 평형을 맞추었을 무렵 손을 멈추었다.

내가 조금이라도 움직이면, 병에 담긴 액체는 이자의 얼굴로 쏟아지겠지.

노인은 고통에 바둥거리던 몸을 바닥에 딱 붙이고 숨소리마저 억눌렀다.

"방금 건 친구가 준 거고 이건 내 자매가 줬어요. 난 성수에 대해서는 잘 모르지만, 이게 좀 전보다 아플 것 같은데 어떻게 생각해요?"

노인의 눈이 파르르 떨렸다. 명백히도 겁에 질린 얼굴이 우스웠다.

"하, 하지 마."

"당신 엄청 악당이라면서, 몸놀림도 느리고 겁도 많네요. 내가 아는 악당이랑은 좀 다른데. 아, 그래서 숨어서 물약이나 만든 건가? 하긴, 원래 연구원들은 절반이 병자라고 하죠."

"아무 짓도 안 할 테니까, 그거 치워, 당장. 당장……!"

"제가 원래 보통 수준으로는 윤리적인 사람인데요. 오늘은 그러고 싶지가 않네."

애원이 안 먹힌다는 걸 알았는지, 흑마법사가 표정을 바꾸었다. 무섭게 일그러뜨린 얼굴이었지만, 두려움은 조금도 일지 않았다.

아무렴 녹턴을 거쳐 왔는데, 이따위가 뭐 무서울까.

"그걸 맞으면 죽을 거야. 젖살도 덜 빠진 계집애야, 사람을 죽이고 싶은 게냐? 으응? 네가 살인을 감당할 수 있을 것 같아?"

"그러니까 얌전히 있어요. 별로, 균형 맞추는 거에 자신 없어서 놀라면 흘릴 것 같아. 말도 그만 좀 시키고."

남의 목숨은 파리처럼 여겼으면서, 제가 아픈 건 싫은지 노인이 입을 꾹 다물었다. 불안함에 눈동자만 데구루루 구르는 모습이 참 역겨웠다.

"녹턴, 나 이러고 있을 테니까 얼른 해결하고 와. 방금 보니까 이거 닿으면 얼굴 녹을 것 같은데, 나 비위 약하잖아."

"……정말 괜찮아?"

"뭐. 이 사람 때문에 책 속에서 태어났다는 멍청한 망상을 했다고 생각하니까, 좀 화나서."

그러니까.

"얌전히 있어, 젖살 빠진 지 한참 된 못생긴 악당아."

녹턴은 예고한 시간보다 조금 일찍, 새장을 풀어내고 다가왔다. 그러고는 내가 짓누르고 있던 다아즈 아클라툼을 제압하고 패트시아, 제르벨라와 기사들을 묶어 한곳에 모아두었다.

패트시아의 앞에 멈추어 서서 무언가 고민하는 모양새가 불안해 그의 팔을 당기자, 다행히도 침잠했던 눈빛이 원래대로 돌아왔다.

이후 그는 신전 내부를 수색하고 오겠다고 말했다. 다녀오라고 순순히 고개를 끄덕였으나, 어쩐지 녹턴은 선뜻 발을 떼지 않았고 잠시 머뭇거리다가 한숨을 내쉬었다.

"미안."

"뭐 그…… 악!"

몸이 덜렁 들어 올려졌다. 그래도 두 번째라고, 처음만큼 놀라지는 않았으나 반사적으로 녹턴의 목을 끌어안는 것만큼은 어쩔 수 없었다.

"두고 가려니, 안심이 안 돼서."

"아니, 그럼 그냥 걸어가도 되잖아! 내려 봐, 같이 가 줄 테니까."

"다리 떨리고 있어, 두루아."

뭐?

녹턴의 말에 당황하여 내 몸을 내려다보자 다리가 떨리고 있었다. 다리뿐 아니다. 녹턴의 목을 끌어안은 팔도, 몸도, 심지어는 내 입술마저 파르르 떨렸다.

"어, 나 왜……."

"곧 쉬게 해 줄게, 잠시만 있어."

고개를 숙인 녹턴이 내 이마에 입을 맞추었다. 따뜻하고 말랑한 감촉에 어쩐지 입이 다물려, 나는 잠자코 고개를 끄덕였다. 그러고야 녹턴의 발길이 떨어졌다.

그는 신전의 곳곳을 수색했다. 드러난 공간부터, 어떻게 알았는지 숨겨져 있는 공간을 모두 뒤져 그 안에 있던 사람들을 긁어냈다. 이곳에서 내가 본 사람은 몇 안 되었으나, 생각 외로 많은 이들이 숨어 있었다. 열댓 명의 기사와 하인과 하녀들, 심지어는 주방장까지 있었다. 모두가 멍한 얼굴이었기에, 그들 또한 자의로 머무는 게 아니란 건 알았지만.

사람들을 다 끌어낸 녹턴은 다른 이들을 묶어 둔 자리에 그들을 모아 두고는, 마땅치 않은 표정으로 생각에 잠겼다.

"왜 그래, 이상한 점이라도 있어?"

"유시스 그라운드체리."

"아."

그러고 보니, 전대 집사장의 모습이 보이지 않았다. 아까까지만 해도 패트시아 에드가에게 갈아입을 셔츠를 주고 간 사내가 어쩐 일인지 어디에도 없었다.

"숨겨진 공간은 더 없는 것 같은데. 그림자에 심어 둔 마나도 지워진 건지,

느껴지지 않고."

"그 사람 그림자에도 마나를 심어 뒀어? 그거 손쉽게 지울 수 있어?"

"몇 년 전에. 그림자에 마나가 숨은 걸 안다면 지울 수는 있어. 정말 마나를 섬세하게 다룰 수 있는 마법사나 기사여야겠지만. 하지만 그자는—."

"무력이 뛰어나다는 소린 못 들어 봤지, 음, 그러면 일찌감치 도망친 거 아니야?"

"그런 기색은……. 잠시만."

말을 끊어 내며, 녹턴이 갑자기 눈가를 찡그렸다. 그는 나를 들어 올린 채 헛웃음을 터뜨리고는, 걸음을 옮겼다. 혹시 숨어 있던 기척을 찾아냈나, 숨을 죽인 채 앞을 바라보자 녹턴은 신관의 입구에까지 이르렀다.

그러나 입구에서 바깥을 내다봐도 사람은커녕 엇비슷한 것도 보이지 않았다. 무슨 마법이라도 쓴 건가, 인상을 찡그릴 무렵 녹턴이 한 걸음을 더 내디뎠고 그러자.

갑자기 수십의 사람들이 나타났다. 하얀 정복을 입고 검을 빼 든 이들, 분명히 없었는데 급작스레 생겨난 사람들에 나는 숨을 들이켰다.

"뭐야, 갑자기? 마법이야……?"

"신전에 걸린 결계야. 안에서 바깥의 기척을 느낄 수는 있지만, 그 외의 감각은 완전히 단절시켜서."

뭐? 어렵게 들리는 말에 더 캐물으려는 순간, 녹턴이 그들 중 한 사람에게로 다가갔다. 백금발의 붉은 눈. 익숙한 얼굴이었다.

"참 빨리 왔네요, 클레이모어 경."

"……확실히 늦은 모양이군요."

"애런……?"

그의 정체를 깨닫는 즉시, 나는 이들이 입고 있는 흰 정복과 그들의 정체마저 알 수 있었다.

이 사람들은 제국 2 기사단이었다. 늦었다고 탓한 걸 보면, 2 기사단이 신전에 오는 것도 예정되어 있던 모양이다. 나한테는 말 한 마디 없더니. 도토리를 숨기는 다람쥐도 아니고, 속사정을 감추는 습관이 아주 지독했다.

"아, 두루……아?"

왜 말끝이 올라가는 거지.

애런이 당혹스럽게 눈을 깜박이는 걸 보고 덩달아 눈을 끔벅거리다가, 나는 애런뿐 아니라 2 기사단 전원이 나를 보고 있다는 걸 깨달았다. 나는 무심코 나자신의 모습을 내려다봤고, 깨달았다. 지금 자세가…….

잊고 있었지만, 나는 녹턴에게 덜렁 안겨 있는 채였다.

미친 거 아니야?

삽시간에 얼굴로 열이 몰렸다.

사람들 오는 걸 알면서도 나를 들어 올린 채로 나온 거야?

창피함과 수치심이 물밀 듯 밀려들어 녹턴의 팔을 내리치자, 그가 나를 내려주었다. 나는 화제를 돌리기 위해, 애써 침착하게 입을 열었다.

"그래서 여기는 어쩐 일로……?"

말하고 나서야, 손님을 맞이하는 듯한 어조가 상황에 어울리지 않는다는 걸깨달았지만. 다행스럽게도 내가 말한 것이 이상하게 느껴진 건 나뿐이었는지한 사람이 큼큼, 헛기침하며 앞으로 나섰다.

"2 기사단의 단장, 라파엘 허니밸리라고 합니다. 각하께 제보받은 것이 있어, 흑마법사 다이즈 아클라툼과 그의 조력자를 체포하러 왔습니다."

"내게 제보를 받았다니, 잘못 안 것 같군요. 엄밀히는—."

"제게 말해 주셨으니, 2 기사단에 제보를 넣으신 거나 마찬가지 아닙니까."

애런이 끼어들어서 하는 말에, 녹턴의 눈가가 좁아졌다. 그 모습에도 아랑곳

하지 않고 사내가 진지하게 물었다.

"그래서 지금 아클라툼은 어디에 있습니까."

우리는 그들을 안내해, 다시 신전 안으로 돌아왔다. 책이나 연극에서는 이런 때 자리를 비우면 악당이 사라지는 일이 흔해서 뒤늦은 걱정이 들었으나, 다행히 그들은 얌전히 묶인 그대로였다. 당연하게도, 여전히 유시스 그라운드체리는 없었지만. 그러나 라파엘 허니밸리는 그것만으로도 놀란 모양이었다.

"이분은……."

"패트시아 에드가가 맞습니다. 내 모친이며, 선대 에드가 공작이고 다아즈 아클라툼의 조력자이지요."

당혹감이 가득 어린 얼굴을 보고, 녹턴이 심드렁하게 답해 주었다.

"각하께서…… 큰 결심을 해 주셨군요."

그의 눈에 격한 감동이 넘실거렸다. 아무래도 커다란 착각을 하나 보다.

겉으로는 착각하기 좋은 모양새긴 했다. 모친의 죄를 고발하는 자식이라는 것은, 상상하기에 따라 숭고한 희생으로 보일 수도 있을 테니까. 녹턴은 옅게 웃으며 굳이 제게 유리한 오해를 정정하지 않았고, 나 또한 그럴 생각은 없었다.

여기서 에드가의 가정사를 논해 봐야 의미 없는 일이지.

"그럼 일단 황실 감옥으로 이송을—"

그때, 어디선가 매캐한 냄새가 나기 시작했다. 코를 맵게 하는 불쾌한 내음.

이상은 후각뿐 아니라 시각적으로도 형체를 드러냈다. 안쪽에서부터 검은 연기가 퍼져 나오고 있었다.

척 보기에도 불길한 모양새에 저게 뭐지, 생각하는 찰나, 누군가가 크게 외쳤다.

"독 연기다!"

그 말을 듣는 즉시, 빠르게 의식이 어두워졌다.

"알려진 물건은 아닌 듯하나, 마나를 다루는 이들에게는 통하지 않는 것 같습니다. 어떤 사정인지는 몰라도, 발로즈 영애를 목표로 한 게 분명합니다."

허니밸리가 쓰러진 두루아의 상태를 살피며 말했다. 녹턴은 창백한 표정으로 그의 말을 듣다가, 문득 제게도 챙겨 온 물건이 남았음을 상기했다. 성수를 챙겨 온 것은 두루아뿐만이 아니었다.

"성수가 있습니다. 이걸 마시게 하면……."

"단순한 외상이 아닌 내상의 경우에는 마시게 하는 것만으로 큰 효과를 기대할 순 없어요. 기체의 형태라서 폐부터 시작해 온몸이 망가지고 있을 겁니다. 성수의 기운을 온몸으로 퍼뜨리려면, 신관이나 마법사가 필요합니다. 쓰러진 신관을 깨워야 해요!"

"제르벨라는 믿을 수 없습니다. 마법사가 필요하다면, 뭘 어떻게 해야 하나요."

"예?"

"각하, 성수의 기운을──."

녹턴이 흑마법사임을 아는 클레이모어가 다급히 끼어들었으나, 지금 상황에서 해도 좋을 말은 아니었다.

"닥치고 방법이나 말하세요. 이 애가 잘못되면, 경은 무사할 것 같습니까?"

녹턴이 충혈된 눈으로 그를 노려보자, 클레이모어가 별수 없다는 듯이 한숨을 내쉬었다. 그가 마법사임을 몰라 어리둥절한 허니밸리 대신, 애런 클레이모어가 방식을 설명했다.

"인공호흡을 하는 것과 같습니다. 폐와 연결된 통로, 그러니까 입으로 성수의 기운을 퍼뜨려야 합니다. 하지만 각하께서는 성수를 입에 머금―"

필요한 말은 전부 들었다. 더는 듣는 시늉도 하지 않고, 녹턴이 병의 마개를 열었다.

망설임 없이 안의 내용물을 머금자, 입 안이 타는 듯 화끈거렸다. 두루아가 쓰러진 순간부터 내내 짓씹느라 입 안에 난 상처의 틈으로 성수가 배어 턱 전체가 아렸으나, 제 고통은 얄팍하게까지 느껴졌다. 몸의 비명을 개의치 않고, 녹턴이 허리를 수그렸다.

녹턴은 쓰러진 이의 입술에 숨을 붙이고 조심스레 성결한 기운을 풀어내기 시작했다. 통증은 육체에 한정된 것이 아니라서, 검은 마나로 신성력을 퍼뜨리기는 쉽지 않았다. 불덩이를 손에 쥐고 펴내는 것 같다. 울컥울컥, 핏물이 치밀어 올랐으나 오기인지 절박함인지 모를 감정으로 그를 억누르고 녹턴은 두루아의 회복에만 몰두했다.

그리고 마침내, 조용하던 그녀의 몸이 들썩였다. 녹턴은 놀라면서도 반가웠으나, 제가 잘못 본 반응일 수도 있었기에 입을 떼지 않았다. 그러나 조금 뒤에는 축 처져 있던 손마저 올라와 녹턴의 가슴을 밀어냈다. 손에 담긴 미약한 힘에도 녹턴은 순순히 몸을 물렸다.

겨우 얼굴을 떼어 내자, 의식을 잃고 있던 이가 쿨럭거리며 기침을 쏟아 냈다. 그녀는 입 안에 머금은 액체를 반은 뱉고 반은 삼켰다. 헐떡거리며 숨을 몰아쉬고, 두루아가 힘없이 웃었다.

"괜찮아."

그녀가 손을 뻗어 아직도 얼어 있는 그의 얼굴을 다정하게 도닥거렸다.

"도와줬구나, 고마워."

그러고는 도로, 눈꺼풀이 감겨들었다.

"두······루아?"

순간적으로 심장이 쿵 떨어져 내리는 기분에, 녹턴은 숨조차 쉴 수 없었다.

설마. 설마······.

가정하기도 싫은 안 좋은 상상이 아까의 독 연기처럼 머릿속에서 퍼져 나갔다. 그때, 어느샌가 가까이 다가온 애런 클레이모어가 말했다.

"잠든 것뿐입니다."

"······아."

"얼굴빛도 돌아왔으니 이제 괜찮을 겁니다. 정 걱정되시면, 지금이라도 신전을 찾아가 보십시오. 어차피 신변은 인수하였으니 가셔도 될 겁니다."

"클레이모어 경의 말대로입니다. 먼저 가셔도 됩니다, 각하."

라파엘 허니밸리가 말을 보태기에 녹턴이 느리게 고개를 끄덕였다.

두루아가 안전해졌다는 걸 확인한 덕에, 식었던 피가 천천히 제 온도를 되찾았다. 눈꺼풀 안쪽으로 해묵은 피로감이 달라붙어, 녹턴은 손바닥으로 눈꺼풀을 꾹 눌렀다가 떼어 냈다. 그는 잠들어 있는 두루아에게로 손을 뻗어 그녀를 품 안 가득 끌어안았다.

닿아 오는 몸은 따뜻했다. 평소처럼 온기가 있었다. 몹시도, 다행스러운 일이었다.

털끝 하나라도 다치지 않게 조심하며, 녹턴이 바닥에서 일어났다.

"뒤는····· 맡기겠습니다."

"안심하셔도 됩니다."

재차 고개를 끄덕이고 그는 몸을 돌렸다.

긴 밤이었다.

눈을 떴을 때는 해가 뜨고도 한참이 지난 뒤였다. 아침보다는 저녁이 가까운 때, 너무 오래도록 잔 탓인지 머리가 아팠다.

그래도 어떻게든 일이 마무리되긴 했구나.

시계를 보고 난 뒤에도 눈이 뻑뻑하여, 나는 도로 눈꺼풀을 닫았다. 그러고는 손만 뻗어 침대 옆의 종을 울렸다. 곧 침실 문이 열리는 소리가 났다.

"새디, 물 좀."

목소리 한번 대단하네.

의식을 잃는 일이 한두 번도 아니라 이제는 외려 자연스럽게 느껴질 정도였으나, 갈라진 소리는 여전히 듣기 싫었다. 들어오면서 물을 가져온 건지, 새디가 내 등을 받치며 나를 일으켰다. 고맙다고 말하려다가 문득, 나는 이상을 눈치챘다. 등에 닿는 손은 그녀라기에는 너무 크고 단단했다.

눈꺼풀을 애써 밀어 올리며, 나는 다른 이름을 꺼냈다.

"녹턴……?"

피로감이 가득 묻어남에도, 섬세한 붓질로 그려낸 유화처럼 아름다운 얼굴. 내가 예상한 대로 상대는 녹턴이었다.

나는 다소 얼떨떨한 채로, 그가 건네는 물을 받았다. 미지근한 것이 한 모금, 목을 지나 배 속에 자리 잡는 감각이 생생했다.

"어제 일, 꿈 아니지?"

"꿈이길 바라?"

"당연히 아니지."

되돌아온 답에 안도하며, 나는 한숨을 내쉬었다. 기껏 모든 일의 주동자를 처치했는데, 그게 꿈이었다면 몹시도 허무했을 것이다.

한 모금만으로는 부족해서 나는 몇 번 더 물을 마셨지만, 갈증은 쉬이 사라지지 않아 결국 잔을 다 비웠다. 남의 시중을 들어 본 일이 없을 텐데도, 녹턴은 퍽 자연스럽게 내게서 빈 잔을 거두어 갔다. 그러면서 그와 스친 손끝이 괜히 어색해서 나는 손가락을 오므려 당겼다.

"패트시아 에드가는 어떻게 됐어?"

"황실 감옥으로 이송됐어. 마나 홀을 아예 흩어 버려서 이제는 일반인과 다름없는 데다가 더는 그 여자를 도울 사람도 없어. 그리고……."

녹턴은 무언가를 더 말하려다가, 피곤했는지 눈가를 꾹꾹 눌렀다.

"아무튼, 이제는 안심해도 돼."

그는 이어, 어째서 그곳으로 2 기사단이 왔는지도 말해 주었다. 마침 일을 결행하기로 한 날, 애런이 찾아와 녹턴을 설득하려 했다고. 공식적인 절차로도 패트시아 에드가를 얽어매는 게 좋을 것 같아 녹턴은 애런을 증인 삼기로 했고, 거리를 두고 쫓아오라고 말했으나 대뜸 2 기사단을 몰고 왔다는 이야기였다. 뭐, 혼자 오는 것보다야 기사단이 통째로 오는 게 안전하겠지만 그 짧은 시간에 기사단을 대동했다는 건 무리가 있었다.

사전에 애런이 기사단에 언질을 줬다거나, 그런 거겠지. 어쩐지 녹턴의 표정이 별로더라니.

"음, 그래. 아, 집사장은 찾았어? 그때 못 봤잖아?"

"근처 숲에서 시체로 발견됐어."

언제 도망쳐 나가서 시체가 된 거래.

뭔가 어떤 의미로는 정석적인 결말이었지만, 껄끄럽긴 했다.

그럼 그 사람은 누가 죽인 거지?

"일단은 자살한 걸로 보여. 다른 흔적은 없었으니 안심해."

이어 녹턴은 내가 들이마셨던 독 연기는 유시스 그라운드체리의 소행이었다고 말했다. 탈출을 수월히 하기 위해, 마련해 둔 무기 중 하나를 쓴 것이다. 그마저도 급하게 쓸 수 있는 연기가 그것뿐이었는지, 몸을 상하게 하는 건 아니고 단순히 잠들게 하는 것이 전부였다고 한다. 그러니 몸에 이상은 없을 거라고.

"수면 연기까지 풀어서 도망친 다음, 자살했다고?"

"그자도 다이즈 아클라툼의 저주가 걸려 있었어. 배신하는 즉시 작열통이 찾아오는 저주야. 못 견디고 목숨을 끊은 거고."

"자살…… 이라고. 그래. 깔끔하긴 하네."

그렇게 생각하면서도, 그 단어의 무게에 기분이 좀 가라앉았다. 녹턴을 걱정시키지 않으려고 나는 애써 웃었다.

4시 반경의 식사를 무어라 칭해야 할지 모르겠다. 우리는 늦은 점심, 혹은 이른 저녁 식사를 함께했다. 잠든 시간이 길었던 탓인지 아니면 모든 일이 끝났다는 해방감 때문인지, 평소의 배나 되는 음식이 수월히도 넘어갔다.

녹턴은 생각에 잠긴 듯 말이 없었기에 식사는 조용히 이루어졌다. 이제는 이러한 정적에도 익숙해졌지만. 다른 사용인들은 잡담을 전혀 하지 않고 새도 시끄럽지 않았다. 녹턴도 딱히 대화를 시작하는 유형은 아니라서, 나나 제르벨라…….

아, 잠깐만. 뭔가 잊고 있던 것 같더라니.

"와, 엄청난 일을 벌였는데 존재감이 없어서 잊고 있었어. 제르벨라는?"

"이제 남의 안위는 다 물은 줄 알았는데, 아직 남은 사람이 있구나."

"죽은 건…… 아니지?"

"무사해. 패트시아에게도 내게도 이용만 당한 셈이라 감옥에 들어가 있지도 않고. 따로 조사를 받고 있긴 하지만."

세상에, 녹턴이 먼저 제르벨라가 무고하다고 말할 줄이야.

어쩐지 내 앞에 다른 사람이 있는 것 같아서 나는 의심스럽게 그를 노려봤다. 그러자 곧, 녹턴이 납득할 수 있는 이유를 말해 주었다.

"애먼 데 시간을 빼앗기면 곤란해. 아직 네 치료는 한참 남았잖아."

"아, 임페르펙……. 응? 네가 그걸 어떻게 알아? 그러니까 제르벨라가 날—."

"치료하라고 말한 게 나였으니까."

어이가 없어 절로 입이 벌어졌다. 제르벨라가 날 치료하기 시작한 게 녹턴 때문이었다니. 마법 물약의 흔적이 보인다느니, 붉은 머리라서 도와준다느니, 쓸데없이 개인적인 취향까지 들었는데 그게 다 거짓말이었나. 마냥 순진한 줄로만 알았던 사람이 다르게 보였다.

아, 그래도.

"제르벨라가 네 말대로 했다고? 네 부탁을 들어줄 리 없을 텐데?"

"다아즈 아클라툼의 행방을 알아주는 걸 조건으로 하긴 했지. 어차피 나를 믿지는 않았으니, 너를 치료하겠다고 수락한 건 사감 때문이겠지만."

"사감은 무슨 사감이야, 나를 좋아하게끔 세뇌한 거라는 말 같이 들었으면서."

혼자 탈출하면 계획이 다 망가질 테니까, 나를 데리고 탈출시키려고 좋아하게 만들었댔지.

다시 생각해도, 집요한 계획이었다.

"아무튼, 나 모르는 데서 정말 별일이 다 있었네. 너는 모르는 곳에서 선행하면서 악당 취급받는 게 취미야?"

"그런 별종 같은 취미는 없어. 네가 임페르펙티오에 당했던 것도, 그게 패트시아 에드가의 소행이라는 사정도 드러내고 싶지 않았을 뿐이야."

"아……."

어떻게 반응하면 좋을지 몰라 나는 눈동자만 굴렸다. 그 말을 어떻게 해석해야 할지 모호했다. 끔찍한 진실을 내게 숨기고 싶은 게 먼저인지, 아니면 모친의 죄를 드러낼 때의 괴로움이 우선이었을까.

전자라면 이제는 괜찮았으나 후자라면 말을 조심해야 했다. 패트시아 에드가는 명백한 악인이었지만, 동시에 녹턴의 모친이었다. 그가 패트시아에게 어떤 감정을 느낄지는 당사자만 아는 이야기라서, 나는 만에 하나라도 그의 상처를 헤집고 싶지는 않았다.

그런 내 심경을 눈치챘는지, 그가 다시 입을 열었다.

"이젠 너도 알겠지만, 모친의 죄를 드러내고 싶지 않았다는 갸륵한 이유는 아니야. 피해자가 네가 아니었다면, 숨기지도 않았을 테니까."

"……녹턴."

녹턴이 말없이 웃었다. 연하게 그려진 미소가, 평소보다 힘이 없어 보이는 건 눈 밑에 드리운 피로감 때문일까.

"줄 게 있어, 두루아."

그의 손짓에, 어느샌가 다가와 있던 보좌관이 내게 종이봉투를 건네주었다.

"이게 뭐야?"

"열어 봐."

그의 말에 다소 머뭇거리면서도, 나는 봉투를 열었다. 안에 든 것은 서류였다. 사무 일에 능숙하지는 않아 보자마자 파악할 수는 없었으나 글자를 조금 읽자 무언지 알았다.

하단에 에드가의 직인이 찍혀 있는 종이는 파혼 서류였다. 그 위에 발로즈의 직인마저 찍힌다면 절차는 마무리될 것이다.

묘한 기분이 들었다. 지금의 내 감정이 순수한 마음인지 아니면 상황에 떠밀려 만들어진 마음인지 확신할 수 없다며, 파혼을 종용한 것은 나였다. 그럼에도 어쩐지 버림받은 기분이 들어서, 스스로가 이상하게 느껴질 정도였다.

"이제 넌 자유야, 두루아."

마지막을 선사하는 녹턴의 목소리는 자못 담담하기까지 했다. 이게 정말로 끝은 아닌데, 내 마음이 강압적인 상황과 상관없는 것임이 밝혀지는 순간 다시 이어 갈 수 있는 관계인데도, 자꾸만 이상한 생각이 들었다.

나는 녹턴에게 아직 나를 좋아하고 있느냐 묻고 싶어졌지만, 애써 다문 입술에 힘을 주었다. 그른 판단을 하지는 않았다. 강압적으로 맺어진 관계라면, 그를 끊어 내고 제대로 된 관계를 시작해야 했다.

일단은 발로즈로 돌아간 뒤에. 녹턴의 허락 없이도 만나고 싶은 이들을 자유롭게 만날 수 있게 된 다음에. 내 자유를…… 되찾고 나서야.

"……그래."

그래도 조금은 목소리가 가라앉았지만.

"날 여기로 데려온 건, 결국 패트시아 에드가 때문이었구나."

"그래, 처음에는 네게 원망받기 싫어서 안이하게 대처했지만, 관계는 끝났고 그 여자의 준비도 마무리된 듯 보였어. 차라리 너를 가둬 놓고 보호하기로 한 거야."

"내게 말하지 않은 건……."

"너는 나를 믿지 않으니, 어떤 말을 해도 믿지 않았겠지. 사실 그게 달갑기도 했어. 나는 실은, 정말로 아무것도 말하고 싶지 않았으니까."

아무것도 말하고 싶지 않았다…….

녹턴의 입장에서는 실로 당연한 말이었지만, 그에 숨통이 틀어 막혔다. 녹턴은 말하고 싶지 않았으나, 나는 듣고 싶었다. 내가 왜 그와 강제로 약혼하고, 추억이 가득했던 저택을 감옥으로 여겨야 했는지.

이성적으로 보자면 나 또한 당연한 생각을 했을 뿐이지만, 그로 인해 파헤쳐진 녹턴의 상처가 생각보다 깊었다. 죄의식을 피할 수가 없었다.

"그런 표정 지을 거 없어. 애런 클레이모어에게 그런 말을 했다며, 아무리 위하는 일이라도 상대를 배제하고 멋대로 벌인 일은 기만이라고."

"……별소릴 다 했네."

"나는…… 다 알고 있었어. 처음부터 전부 기만이었다는 거. 네 책임은 조금도 없어, 두루아."

조금의 흔들림도 없이 단호하게 말하며, 녹턴이 눈꺼풀을 내리깔았다. 촘촘히 드리워진 속눈썹 사이로 보이는 엷고 옅은 색은, 무슨 생각을 하는지 알 길이 없었다.

다만 나는 그가 스러지고 있다는 생각이 들었다. 내가 아는 사람 중, 누구보다 강한 마법을 갖고 누구보다 강한 권세를 가진 이 사람이 봄바람에도 꺾이는 여린 난초처럼 보였다. 그저 착각일 뿐이라고 치부하기에는, 기분이 너무 이상했다.

"이제 뭘 할 거야?"

"일단은 처리할 일이 있어서 파우스트에 다녀오려고."

"아……."

아주 어린 날을 제외하고는, 그와의 대화에서 말할 거리가 떨어진 적은 없었는데 이상하게도 입이 열리지 않았다. 무슨 말을 하면 좋을지, 원래는 어떤 말을 했는지도 기억나지 않고 머릿속이 백지였다. 아까부터 계속, 녹턴을 마주하는 내내 기묘한 직감을 떨칠 수가 없었다. 녹턴은 마치…….

돌연 그의 표정이 변했다. 안개같이 흐리던 분위기는 삽시간에 사라지고, 녹턴은 꼭 평소 같은 얼굴로 웃었다. 짐짓 다정하게 입매를 늘임에도, 내게는 비웃음처럼만 보이는 여상한 웃음. 조금 전까지의 느낌은 다 착각이었던 건지, 혼란스러울 정도로 급격히 기세가 바뀌었다.

"두루아, 전에 말했던 샴페인 아직 안 땄는데."

"무슨 샴페인……?"

"만약 오해가 아니라면, 앨리스와 아예 절연하게 되면 위로해 줄래?"

"어렵지 않지, 마침 들어온 샴페인 중 좋은 게 있거든."

녹턴에게 물어 놓고도, 나는 스스로 답을 떠올릴 수 있었다.

"아, 앨리스랑 사이 틀어지면 마시겠다던 그거?"

"웬일로 기억력이 좋네."

"얼마나 됐다고. 내가 붕언 줄 알아?"

"쪽배를 하나 샀어."

쪽배?

난데없이 튀어나온 말이었지만, 그보다는 녹턴이 샀다고는 믿기지 않을 만큼 소박한 물건이라 놀라웠다. 화물선이나 유람선이나, 아무튼 커다란 배만 가지고 있어도 이상치 않은데, 에드가 공작이 쪽배라니.

"저택의 바로 앞에 호수가 있지만 물가에는 숨을 곳이 많아서, 전대까지도 별로 뱃놀이를 즐기진 않았어."

"알아, 어릴 때 말했잖아."

"전대까지의 이야기야. 물속에 누가 숨어 있더라도 내가 곤란해지지는 않을 테니까."

"잠시, 그럼 뱃놀이 때문에 쪽배를 샀다고? 해 보고 싶었어?"

"네가 유독 답답해 보여서 샀는데, 일이 많아 계속 미루게 됐네. 아직 해가 지지는 않았으니까."

그러니까 조금조금 돌려 말하기는 해도, 물가에서 쪽배를 타고 샴페인을 마시자는 건가? 녹턴이 한 말 중 가장 낭만적인 제안이었으나, 그보다 나는 다른 것이 떠올랐다.

"어, 그거 꼭―."

"『푸른 아르메 강의 연인』에 나왔지? 강이 아니라 호수지만 말이야."

녹턴의 말에 입이 벌어졌다. 『푸른 아르메 강의 연인』은 내가 좋아하던 소설 중의 하나였고, 두 남녀가 배에서 샴페인 잔을 나누는 모습은 내가 가장 좋아하던 장면이었다. 그러나 그가 알고 있다고는, 상상도 해 본 적이 없었다. 내가 아무리 권해도, 녹턴은 정말 어지간해서는 연애 소설을 건들지 않았으니까.

삽화로 본 소설 속 장면을 재현한다고 생각하자, 곧 에드가 저택에 온 첫날의 일도 다시 떠올랐다. 녹턴이 그렇게까지 신경 썼을 리는 없다고 생각하고 지나갔지만, 그럼에도 한 번씩은 생각났던 일.

막 침실에 들어섰을 때, 첫 번째로는 그 크기에 놀랐으나 두 번째로는 내부 장식과 구조에 기시감이 들어 놀랐다. 왜냐하면, 그 또한 내가 즐겨 읽던 소설의 삽화와 매우 흡사했으니까.

"잠깐만, 나 침실 보면서도 다른 거 생각났었거든. 그거……!"

"『세 천사의 요람』 말이지."

"정말 의도하고 꾸며 놓은 거였어? 너 그걸 다 기억해? 아니, 그때 책 봤던 거야? 연애 소설 같은 건 안 본다며."

"글쎄, 거짓말이었나 보지."

흥분해서 소리가 커진 나와 달리, 녹턴은 퍽 여유롭게 웃었다. 눈을 가늘게 휘어 웃는 모양새가 조금도 얄밉지 않았다. 그냥 가슴이 좀 벅찼다. 나야 워낙 좋아하던 글이라 몇 번이나 다시 읽었을 뿐이지만, 그의 취향에는 맞지 않았을 텐데도.

들뜬 마음을 누르지 못하고, 나는 자리에서 벌떡 일어났다. 조금도 놀라지 않은 눈이 내 얼굴로 따라붙었다.

"잠시만. 나, 그럼 뱃놀이도 이대로는 안 나갈래. 이왕 『푸른 아르메 강의 연인』을 재현할 거면 흰 옷이라도—."

"드레스 룸에 마련해 놨어."

"……너 진짜 소름 돋게 치밀하다."

양손으로 오싹해진 팔을 감싸 쓸어내렸지만, 불쾌하기보다는 기분이 좋은 쪽에 가까웠다. 심장이 쿵쿵 뛰었다. 그런 스스로가 어린아이 같다는 생각도 들었지만, 에드가에는 내 언행을 평가할 사람도 없었기에 흥분은 가라앉지 않았다.

나는 다급히 드레스 룸으로 향하려다가 충동적으로, 녹턴이 앉은 자리로 다가갔다.

"두루아?"

"선물 고마워."

기어이는 그 뺨에 기쁨의 흔적을 남기고, 나는 서둘러 뒤를 돌았다.

『푸른 아르메 강의 연인』은 시끌벅적한 도시 생활에 환멸이 난 귀족 청년이 시골로 내려오면서 벌어지는 일을 담았다.

주위 경관을 둘러보던 청년은 아르메 강과 흰 쪽배를 발견한다. 그는 주인 없이 덩그러니 넘은 배에 홀린 듯이 올라타고, 홀로 뱃놀이를 하며 숲을 구경한다. 그러던 중 새가 날아드는 모습에 놀라, 발버둥을 치다 배를 뒤집어 버려 물에 빠진다.

청년이 다시 정신을 차린 순간, 그는 저를 구한 여인과 처음으로 마주하게 된다. 특이하게 생긴 흰색의 드레스를 입은 여성이었다. 이후로 둘은 자연스럽게 사랑에 빠졌다가, 아르메 강이 과거와 현재를 이어 주는 신비한 강을 알게 되고, 그녀가 오백 년 전에 멸망한 나라의 왕녀란 걸 알게 된다.

설정이 그랬기에 영락없는 새드 엔딩이 될 줄 알았으나, 청년은 끝내 포기하지 않고 과거의 왕녀를 현재로 데려왔다. 그러기까지의 과정은 허술했지만.

눈물 좀 흘렸다고 강이 마법을 부려 시간대를 거스르게 되는 게 말이 되나.

동화 같은 결말이었으나, 사실 나는 그 마무리를 좋아했다. 잘 짜인 비극보다는, 억지스러운 해피엔딩이 더 좋았으니까.

아무튼, 이런 이야기이다 보니 삽화에 나오는 왕녀의 옷도 요즘과는 다른 느낌이었다. 요즘 드레스는 치마를 길게 해 다리를 감추는 것이 유행이지만, 오백 년 전은 앞쪽보다 뒤쪽의 천을 길게 쓰는 유행이 있었다. 그 때문에 왕녀가 입은 옷도 앞부분은 무릎을 겨우 덮을 정도였지만, 풍성한 레이스로 부풀린 뒷면은 바닥에 끌릴 만큼 길었다. 겨울이라면 조금 추웠겠으나 여름이라면 달가운 차림이다. 새디와 다른 시녀들의 도움을 받아 차림을 정리하고, 나는 숄 하나를 더 걸친 채 밖으로 나갔다.

하얀 쪽배 앞에서, 녹턴이 나를 기다리고 있었다. 노을이 지고 있는 호숫가, 붉은색을 배경으로 그가 웃기에, 나도 따라 미소 지었다.

배를 타고 조금 나오자 저택이 멀어졌다. 호수는 공작저를 둘러싸고 있을 뿐 주위로 아무것도 없었기에 사방이 탁 트여 있었고, 맑은 호숫물에 아득한 하늘이 비추어져 한결 더 해방감이 들었다. 물가라 그런지, 여름에 한발 내디딘 계절임에도 피부에 닿는 기온은 알맞게 선선했고, 이따금 바람이 머리칼을 헤집어 놓을 때면 마음마저 개운해졌다.

해가 질 무렵이라 하늘은 하루 중 가장 많은 색을 품고 있었고, 다채로운 빛깔은 나와 녹턴도 같은 빛으로 물들였다. 드넓은 자연과 하나가 된 기분은 기묘한 만족감을 불러일으켰다. 흔들리지 않고 고요히 나아가는, 이 수수한 배마저 참 좋았다. 배의 크기는 작은 데 반해, 녹턴의 몸이 너무 커서 그렇게 여유롭지는 않았지만.

"배 모는 거, 배웠어?"

"안 배웠어."

"그런데 왜 이렇게 잘해?"

"실은 마법을 쓰고 있어."

흑마법으로 배를 몬다고? 녹턴에게 마법 이야기를 들을 때면 으레 그렇듯, 이번에도 선뜻 와닿지가 않는다. 그림자로 노를 만들어 젓나……?

형편없는 상상력을 발휘하며 쪽배의 이곳저곳을 눈짓해 봤지만 역시 알 수 있는 건 없었다. 그러자, 녹턴이 갑자기 웃음을 터뜨렸다.

속았군.

"거짓말이야, 잠깐 배웠어. 그래도 안전에 대해서는 걱정할 필요 없어, 그 부분은 마법을 걸어 놨으니까."

"……야."

"응, 두루아."

"너 나한테 거짓말 안 한다며. 아까부터 솔직한 시늉도 안 한다?"

"그냥, 오늘은 거짓말을 하고 싶어서."

웃음기가 섞였으나, 어딘가 기묘하게 들리는 말이었다.

멈칫하며, 내가 녹턴을 바라보자 그는 움직이던 노를 내려놓고 쪽배 한편으로 손을 뻗었다. 시종이 준비해 준 샴페인과 두 개의 유리잔이었다. 그가 솜씨 좋게 마개를 열고 내용물을 따르자 금세 고요하던 곳이 단 향으로 물들었다. 녹턴이 내어 주는 잔을 받자 잔 위에도 하늘의 색이 고스란히 비추어졌다.

"미안해, 두루아."

"……그것도 거짓말?"

"글쎄."

가벼이 웃고는, 녹턴이 배의 옆면에 살짝 몸을 기대었다. 금방이라도 배가 기울어질까 걱정했으나, 마법을 걸어 두었다는 게 진짜인지 앉은 자리는 여전히 잔잔했다. 그의 잔이 잠시 기울었다.

"처음부터 기만이라는 걸 알았어."

이번은 장난이 아니다. 아까 한 이야기의 연장선이었다.

"시작부터 정당하지 않았으니 위태로웠지. 그럼에도 계속해서 세뇌가 온전한지 시험하고, 너와의 관계는 점점 나빠졌어. 임페르펙티오에 대해 알게 된 날에도, 말해야겠다는 생각은 없었어. 아까도 말했지만."

"……잠깐, 제르벨라는 말해 주던데?"

"네가 알아야 한다고 생각한 거겠지, 내 판단은 아니야."

쓰게 웃으며 하는 말에 나는 입을 다물었다.

"미안해. 너를 기만해서, 내 마음의 문제로 너를 시험하고 네게 일어난 일을 숨겨서. 네 주변을 위협하고 감시하고 끝내는 널 감금하고 강제로 약혼해서. 전부 내 잘못이야."

이미 모든 일이 드러나고 난 뒤의 사과라도, 그의 솔직한 사과는 마음에 파문이 일게 했다.

"미안해, 두루아."

가슴이 요란하게 울렁거렸다. 무슨 말을 해야 할까. 괜찮다는 말은 얄팍했고, 용서했다는 말은 다소 머뭇거려졌다.

생각에 잠겨 샴페인 잔을 기울이다가, 나는 느리게 말했다.

"나도 미안해, 믿어 주지 못해서."

"⋯⋯너는 믿을 수 없었잖아. 내가 벌인 짓도 있고, 물약도─."

"그래도 미안해."

재차 내뱉은 말에, 녹턴이 입을 다물었다. 그러나 기분이 좋아 보이지는 않았다.

"네 잘못도 아닌 일로 공연히 죄책감을 느낄 필요는 없어. 네가 저지른 잘못은 하나도 없어, 두루아."

"머리로 생각하면 나도 그래. 그런데 내 마음은 멍청해서 그런 거 잘 모르더라고."

"두루아."

"네가 특별해서 그런 것만은 아니야. 내가 하지 않은 잘못으로, 다른 사람한테 죄책감을 느낀 적이 처음은 아니거든."

"⋯⋯내가 한 일로?"

갑자기 들어온 말에, 나는 순간적으로 숨을 들이켰다.

이 별거 아닌 말로, 어떻게 눈치챈 거지?

그러나 그도 확신하고 한 질문은 아니었는지, 내 반응에 낯빛이 한결 나빠졌다.

"나 때문에 죄책감을 느꼈어?"

"나 방금 너무 놀랐지? 지금 부정해도 의미 없지?"

"네가 한 짓이 아니잖아."

"⋯⋯언제였는지 잘 기억이 안 나는데, 너한테 그런 말을 했던 것 같아. 네 옆에 있다 보니까 구설이, 추문이, 사람들의 눈과 입이 무서워졌다고."

무슨 생각을 했는지 녹턴의 낯빛이 어두워져서 나는 손을 뻗어 그의 눈가를 달래듯 쓸어 주었다. 손끝에 닿는 냉기가 조금 안타까웠다.

"내가 바보라서 그냥 곁에 있는 아무하고 동화된 걸까, 녹턴? 그렇게 생각한다면, 네가 바보인 거고."

"무슨 말이야."

"나는 그냥 네가 좋았던 거야."

멋쩍은 기분이 들어, 나는 입 안으로 와르르 샴페인을 밀어 넣었다.

"그게 연애 감정인지는 몰라도, 나는 네가 좋았어. 그래서 너를 향한 험담이 싫었고 무서웠고, 그러다 보니까 네 구설이 내 것처럼 느껴졌어. 셰릴 때도, 앨리스 때도 그래. 네가 벌인 죄가 내 것 같아서 무섭고 미안했어."

"······내가 좋아서 그랬다는 건 추측일 뿐이잖아."

"증명할 수 없으면 어때. 내가 널 좋아하는 건 맞고, 생각해 볼 만한 이유라면 그것밖에 없는데."

"좋아한다고······."

다소 머뭇거리는 투로, 녹턴이 들은 말을 반복했다.

그의 표정과 목소리에 뒤늦게 아차 싶었다. 좋아한다고 말하기는 했지만, 아직 그런 의미는 아니었으니까. 괜히 희망 고문시키기는 싫었고······.

"오해하지는 마. 나는 그냥, 음······ 아직은 친구로서의 이야기야."

음, 아예 아니란 것도 아니지만.

"아니, 물론 내가 널 친구로만 보지 않았다는 이야기를 전에 했지만, 아직 그러니까 사랑까지는 아니고 상황에 떠밀린 걸 수도 있고, 그러니 일단은 좀 더 길게 지켜봐야 내 마음을 정확히―."

횡설수설 말을 이어 가던 중에 녹턴이 양손으로 내 어깨를 짚었다. 그러고는 고개를 수그려 이마를 맞붙이고, 눈도 감지 않은 채로 입을 맞추었다.

느닷없이 벌어진 일에, 나는 이렇다, 반응하지도 못하고 돌처럼 굳어 버렸다.

"알겠으니까 진정해."

"너 너, 이제는 대놓고……."

"내가 대놓고 뭘 했는데?"

기가 막혀, 뻔뻔스럽기도 하지.

서둘러 녹턴을 밀어내고는, 나는 허둥대며 샴페인 잔으로 손을 뻗어 들이켰다. 겉도 속도, 화끈거리는 탓이었다. 그러나 급작스레 삼킨 액체에 목이 따가워져서는, 캑캑 기침을 토해 내야 했다. 겉과 속뿐 아니라, 이제는 눈시울마저 뜨거워졌다. 그 모습이 우스웠는지, 녹턴이 크게 웃음을 터뜨렸다.

또 웃음거리가 되다니. 남은 샴페인을 저 얼굴에 부어 버리고 싶었지만, 이미 요란을 떠는 동안 잔에는 한 방울도 남지 않게 되었다. 손수건을 꺼내려 했으나, 급하게 옷을 갈아입은 탓에 내 품에는 없었다. 하는 수 없이, 나는 녹턴의 품을 뒤져 그의 손수건을 빼앗았다.

"아무튼! 미안한 건 내 자유야, 더는 간섭하지 마."

그 말에, 녹턴의 얼굴에서 웃음기가 사라졌다. 그렇다고 그의 표정이 차가워진 것은 아니었지만 조금 벌어진 채 굳은 입술에 당혹감이 서렸다. 녹턴은 섬세한 모양새로 눈썹을 찡그리고는 엷은 숨을 내쉬었다.

"너는 너무 마음이 여려."

"너, 정말 한 번도 바란 적이 없어?"

"뭘."

"내가 너였으면, 내가 녹턴 에드가였다면, 두루아 발로즈가 알아주길 바랐을 거야. 얼마나 힘들었는지, 얼마나 괴로웠는지 말하지 않아도 눈치채길 바랐을 거야. 직접 말하는 것도 고통스러울 테니까."

"……그런 이기적인 소망은 없었어."

"그래? 그럼 내가 너보다 이기적인가 봐, 녹턴."

무슨 말을 하든 반박할 기세로 벌어졌던 입술이 그대로 다물렸다. 입을 달싹

40

이지도 못한 채, 녹턴은 다시 한숨을 내쉬고 샴페인 잔을 기울였다.

너도 목이 타나 보지, 곤란해 보이는 모습에 유쾌해져서 나는 녹턴이 하던 것처럼 그의 팔을 당겨 몸을 끌어왔다. 조금이라도 힘을 줬다면, 조금도 끌려오지 않았을 몸은 다소 얼떨떨해하면서도 순순히 품에 들어왔다.

내 품이 그리 넉넉하지는 않아서, 녹턴의 허리는 어설프게 굽었고 그의 얼굴은 내 어깨에 반쯤 걸쳐졌다. 한 손으로는 그의 등을 두르고 다른 손은 그의 얼굴을 끌어안으니, 내 쪽에서 불편하지는 않았다. 녹턴의 불편이야 뭐, 알 바 아니었다.

"두루아, 갑자기 무슨—."

"그동안 고생했어."

커다란 몸이 멈칫하는 것이 느껴졌다.

"많이 힘들었지? 이제 다 괜찮아. 앞으로는 아무 일도 없을 거야."

녹턴을 놀리려 장난스럽게 벌인 일이었으나, 그 말을 입 밖으로 밀어내면서 장난기는 삽시간에 날아갔다. 길게 숨을 내쉬면서 나는 굳은 등을 느리게 두드렸다.

"잘 견뎠어. 견뎌 줘서 고마워. 그리고 미안해."

"……두루아."

"네가 아무리 뭐라고 해도 그래. 나는 녹턴, 너한테 미안하고 그리고…….."

문득 올려다본 하늘에는, 어느새 화려한 색이 다 빠져 있었다. 이제 저 공활한 공간을 메운 것은 짙은 보랏빛과 그 가운데에 둥글게 뜬 보름달뿐이었다. 고요한 색은 녹턴을 닮았다.

"네가 행복하면 좋겠어. 녹턴, 진심으로."

단단한 몸을 한 번 힘주어 끌어안고, 나는 품에 안긴 얼굴을 조심스레 떼어냈다. 양손으로 그의 두 뺨을 감싸며 내려다보자, 가까운 거리에서 그의 눈이 보였다.

희미하게 떨리고 있는 예쁜 눈동자. 그 모습에 안타까운 마음이 들었지만, 나는 일부러 장난스럽게 웃었다.

"아, 분명 울고 있을 줄 알았는데. 울리는 거 실패했다."

"너……."

"그렇지만 거짓말 아니야. 난 오늘 진실만을 이야기하고 싶은 기분이거든."

그렇게 말하고는 전에 녹턴이 했던 것과 반대로 그의 이마에, 양쪽 눈꺼풀에, 코끝에 차례로 입을 맞추었다. 입술을 누를 때마다 움찔거리는 모습이 귀여웠다. 그러고는 마지막으로 입술을 내려다보고는, 짓궂게 웃으며 그의 어깨를 밀어냈다.

"기대했어? 입에는 안 해 줄 건데, 읍."

아무튼, 인내심하고는. 놀리는 말을 채 마무리하기도 전에, 떨어진 입술이 도로 닿았다.

기세에 밀려 몸이 뒤로 넘어갔다. 커다란 손이 내 뒷머리를 감싸 주어 아프지는 않았지만. 등에 닿은 목재는 차고 입 안은 뜨거워서 그 괴리에 한층 현실감이 일었다.

밤하늘을 배경으로 녹턴의 얼굴을 바라보는 것은 퍽 즐거운 일이었다. 비록 보름달이 있을 자리를 그의 얼굴이 가리고 있었지만, 그것도 괜찮았다. 내 사람은 달보다도 아름다웠으니까.

위는 뚫렸으나 사방이 막힌 쪽배 안이라 그런지, 숨을 나누는 소리는 노골적이고 선정적이었다. 샴페인 탓인지, 상황 탓인지 조금 몽롱했다. 그러던 정신이 확 깨어난 것은, 차가운 손이 허리에 닿았을 때였다.

"아……."

놀라 무의식중으로 낸 소리에 손이 멈추었다. 녹턴은 나보다도 놀란 표정으로 얼굴을 떼어 냈다. 입에 머금은 온기가 사그라지는 것이 아쉬웠으나 그도 잠시, 창백해진 청년의 얼굴이 시선을 빼앗았다. 웅크려진 주먹에 파란 핏대가 솟아 있었다.

"녹턴?"

그는 느리게 몸을 떼어 내고는 얼굴을 쓸었다. 그러는 동안, 흐트러졌던 표정은 금세 사라졌다.

"지금 너무 취한 것 같아."

"네가?"

"나 말고 너, 두루아."

"그다지……."

녹턴이 시야를 방해하도록 흐트러진 머리칼을 쓸어 넘겼다. 그러고는 고개를 다른 쪽으로 돌린 채 내 팔을 잡아 날 일으켜 주었다. 얼떨결에 그가 인도하는 대로 몸을 일으켰으나 그러자마자 머리가 요란하게 지끈거렸다. 녹턴의 말대로였다. 취기가 도는 줄도 몰랐는데, 겉으로는 티가 난 모양이다.

"아, 머리 아파. 취했나 봐."

"그럴 줄 알고 가져왔어."

녹턴이 쪽배의 한편에 있는 작은 병을 집어 들었다. 아까는 샴페인과 유리잔에 가려져 있던 건지, 그런 게 있는 줄도 지금에야 알았다. 이제 유리병에는, 푸른 액체가 들어 있을 것이 당연한 것 같은데도 담긴 것은 그냥 물이었다. 녹턴이 병의 마개를 열어 내게 그걸 넘겨주었다. 두통만 이는 줄 알았는데, 물을 보자 새삼 갈증이 느껴졌다.

"물이야? 고마워."

묘하게 섬세하다니까.

나는 별다른 의심 없이 병을 기울여 안에 든 것을 삼켰다.

단순한 물이라고 생각했던 액체에서 뒤늦은 쓴맛을 느낀 건, 내용물을 모두 삼킨 뒤였다.

✻❀✻

빛 한 점 없이 새까만 밤중에도, 붉은 머리칼이 흩어지는 모습은 선명했다. 세게 불어 닥친 바람에 꽃잎이 날리는 것 같다. 흰 쪽배를 배경 삼으니 더욱 그 랬다. 쓰러지는 두루아 발로즈를 잡아 주면서, 녹턴은 그런 생각을 했다.

그의 품 안으로 붉은색이 흐드러지게 피었다. 코끝으로 들어온 향이 뇌를 사로잡을 만치 진해서, 그는 잠시 숨을 멈추어야 했다.

오늘따라 두루아는 지나치게 선정적이고 아름다웠다. 샴페인의 탓인지, 아니면 이것이 마지막인 탓인지.

떨리는 숨이 느리게 흩어졌다. 녹턴은 품에 끌어안은 이의 머리칼을 조심스레 쓸어 주었다.

"이거면 돼."

가닥가닥을 지날수록, 손끝에 감촉이 아로새겨진다. 켜켜이 쌓인 감각은 합쳐져 사랑이 되고 집착이 되었다. 그러나 이제는 포기해야 할 때였다.

"이거면 됐어, 정말로."

스스로를 설득하듯 힘주어 말하며, 녹턴은 제품에 들어찬 몸을 거세게 끌어당겼다.

"두루아, 나는……."

그는 눈을 질끈 감고, 한동안 마지막을 만끽했다.

쪽배를 다시 뭍으로 되돌리고, 녹턴은 두루아를 끌어안고 걸었다.

그녀가 옷을 갈아입는 동안 채비는 마쳐 두었다. 정문 앞에 정비 된 마차의 문이 열리고 그는 안으로 들어섰다. 수면제를 먹은 탓에, 그때까지도 두루아는 깨어날 낌새를 보이지 않았다. 아마도, 모든 일이 끝나기 전까지는 계속 의식을 잃고 잠들어 있을 것이다.

'그 순간이 오면 너는 무슨 생각을 할까.'

녹턴은 차마 더는 건들지도 못한 채로, 잠든 이를 마냥 바라보기만 했다. 그 것뿐이었다. 그럼에도 시간은 너무도 빠르게 흘렀고 마침내.

"도착했습니다, 각하."

마차에 오를 때와 마찬가지로, 그는 두루아를 소중히 끌어안고 마차에서 내렸다. 땅에 발을 내디딜 때는 조금 머뭇거렸으나 잠깐이었다.

에드가의 마차가 도착한 곳은 발로즈 후작저였다. 두루아 발로즈가 그토록 그리워하던, 그녀의 거처.

"생각보다 늦게 오셨네요, 각하."

오늘 밤중으로 갈 거라고 얘기를 한 탓에 알로이 발로즈가 밖에 나와 있었다. 그녀는 평소처럼 웃었지만, 제 동생의 일로 예민해 보였다. 녹턴이 끌어안은 이가 두루아임을 눈치채고는 발로즈 소후작이 잰걸음을 놀려 다가왔다.

"두루아는……."

"잠들었습니다."

"그 애의 의사를 무시하고 손대신 건 아니겠죠?"

"글쎄, 깨어나거든 직접 물어보지 그래요."

알로이 발로즈의 눈이 설핏 가늘어졌으나, 그녀는 말을 덧붙이지 않고 두루아 발로즈를 넘겨받았다.

품을 가득 채우던 온기가 삽시간에 사라져 간다. 녹턴의 손끝이 저도 모르게 움찔했으나, 그는 일부러 더는 두루아를 쳐다보지도 않았다.

"이제 그 애가 위험할 일은 없을 겁니다."

"글쎄요, 아직 살아 있지 않나요? 패트시아 에드가도, 다아즈 아클라툼도."

"따로 조치해 두었으니 문제없어요. 저주를 걸어 뒀으니까."

"각하의 저주라면 믿을 만하네요."

이어, 녹턴은 시종으로부터 서류를 건네받아 발로즈에게 넘겨주었다. 두루아에게 주었던 파혼 서류였다. 그녀는 내용물을 열어 보고는 묘한 표정을 짓다가 곧 어깨를 으쓱였다.

"아무튼, 이 애를 신경 써 주셔서 감사합니다."

"나로 인해 벌어진 일이니까, 감사는 됐습니다."

그럼.

고개를 까딱한 녹턴은, 마지막으로 잠든 두루아를 보고 몸을 돌렸다. 발로즈를 등지고 걷는 걸음은 점차 무거워졌으나, 그는 걷는 속도를 조금도 늦추지 않았다. 마음이 요란하게 들끓어도 이를 악물고 걸었다. 알로이 발로즈가 걷는 소리가 나도, 문이 닫히는 소리가 나도, 두루아 발로즈가 멀어지는 소리가 나도 계속해서.

마침내, 다시 마차에 올랐을 때는 그는 그 몇 걸음만으로 기력이 다 빠져 버린 듯이 느껴졌다.

"이제 파우스트로 출발하겠습니다, 각하."

마부의 말에 답하지 않고 녹턴이 눈을 감았다. 그럼에도 바퀴는 움직이기 시작했고, 마차는 새로운 목적지를 향해 갔다. 녹턴 에드가는 눈을 감고, 이를 악물고 가만히 시간이 흐르기를 기다렸다. 그의 몸이 마침내 두루아에게서 완전히 멀어질 때까지.

그러는 동안, 녹턴의 의식은 무저갱으로 가라앉았다. 시간을 거슬러, 그가 아직 어리고 무르던 유년으로.

명예를 중시하는 귀족 사회에서도, 혼외자가 나는 일은 드물지 않았다. 그러나 아이가 태어나자마자 사생아의 낙인을 찍는 것 또한 흔한 일은 아니었다. 녹턴 에드가의 혈통이 발각된 것은 그의 눈동자 때문이었다. 제라늄의 전적 가문인 펠렌에서도, 에드가에서도 연보랏빛 눈은 없었다.

그것뿐이었다면 머나먼 선조에게 받은 색이라 여길 수 있었겠지만, 공교롭게도 에드가 공작저에는 같은 색의 눈을 가진 기사가 있었다. 그리고 그 기사는 패트시아 에드가와 단순한 주종 관계인 것도 아니었다. 퍼즐 조각처럼 맞아떨어지는 일련의 단서들은, 녹턴 에드가를 사생아로 낙인찍게 했고 그의 유년을 불행하게 했다.

그러나 아주 어릴 때까지만 해도, 아이가 마냥 불행한 것만은 아니었다. 비록 소년의 재능은 타인의 호기심, 조롱, 경멸 따위의 감정을 제 것처럼 느끼게 했지만, 다행스럽게도 그 모든 걸 견디게 해 줄 사랑도 있었으니까.

가정 교사의 시험을 통과하지 못한 여섯 살의 녹턴은, 그 벌로 방을 나오지 못하고 근신 중이었다. 시무룩한 얼굴로 의자에 웅크리고 앉은 아이의 곁에는 키가 큰 남자가 서 있었다.

제라늄 에드가. 녹턴과 피가 섞이지는 않았으나, 법적으로는 아이의 부친인 사내였다.

"괜찮단다, 녹턴. 네 나이 대에 벌써 상급 정치학을 배우는 것만도 대단한 일이야."

"하지만 반이나 틀렸는걸요. 또 어머니께 실망을 안겨 드렸어요. 근신하라 말씀하신 것만 봐도—."

"그리고 반이나 맞추었지. 단지 그만큼 네게 건 기대가 컸을 뿐이란다."

자칫 귀찮을 수 있는 투정에도, 제라늄은 조금도 성가신 기색 없이 아이를 달래 주었다. 장마철의 먹구름 같던 소년의 표정이 차츰차츰 밝아졌다.

"다음에는 분명 잘할 거란다."

"다음에도 또 틀리면 어떡하죠?"

"그러면…… 그때는 또 이런 걸 가져와야겠지?"

제라늄이 품에서 쿠키를 꺼냈다. 녹턴이 가장 좋아하는 간식이었다. 뺨을 발갛게 물들인 아이는 기쁘게 과자를 받아 들었으나, 곧바로 입에 물지는 못했다.

"저, 그런데 근신 때는 식사도 하지 말라고 하셨는데……."

"식사? 이 방에 먹을거리라도 있다는 소리니?"

부친의 말이 너무도 능청스러워 소년이 웃음을 터뜨렸다. 아이는 지나다니는 누군가가 제 비밀을 일러 버리기라도 할까 봐, 은밀하고 조심스럽게 과자를 삼켰다.

그런 아이의 머리를 쓰다듬으며, 제라늄이 눈을 휘어 웃었다. 녹턴의 세상에서 가장 다정하고 달콤한 웃음이었다. 아이의 뺨이 빨갛게 달아올랐다.

녹턴 에드가는 어린 나이였음에도, 저택을 떠도는 소문이 진실임을 눈치채고 있었다. 제가 제라늄이 아니라 눈이 연보랏빛인 이름 모를 기사의 자식이라는 것을.

특별한 계기가 있어 깨달은 사실은 아니었다. 다만 녹턴의 머리가 커지고, 걷고 말할 정도로 자라면서 아주 자연스럽게 받아들였을 뿐이다. 저는 패트시아 에드가의 외도로 태어났으며, 그것이 자연스럽고 윤리적인 탄생은 아니었다는 것을.

그럼에도 녹턴은, 피도 섞이지 않은 부친을 믿고 따랐으며, 제라늄 또한 저를 사랑한다는 사실을 의심하지 않았다.

아이에게는 타인의 마음을 제 것처럼 느끼는 재능이 있었다. 선천적 흑마법사로 태어난 탓이다. 생부나 생모, 혹은 둘 모두의 극렬한 증오를 먹이 삼아, 날 때부터 뱃속에 자리 잡은 새카만 마법이 내어 준 힘이었다.

아직은 어려서 저를 향해 쏟아지는 감정만을 읽어 낼 뿐이나, 그것만으로도 제라늄이 제게 품은 마음은 알 수 있었다. 안도, 환희, 만족. 다른 이에게서 사랑을 느껴 본 적은 없었지만, 작은 아이의 세상에서 이토록 모가 나지 않은 감정은 제라늄의 것뿐이었다. 이게 사랑이 아닐 리 없다.

그렇기에 소년 또한 제 아버지를 세상에서 가장 사랑했다.

"아무리 재능이 있다 한들, 사랑이 없었으면 후계 자리를 주지도 않았을 거란다. 녹턴, 내 말이 그리도 믿음이 안 가니?"

"아니, 믿어요. 아버지의 말이라면 전부."

아이가 배시시 웃으며 말했다. 일순간 머리를 쓰다듬던 그의 손길이 멈칫했다. 느껴지는 마음이 요동쳐서 녹턴은 부친의 표정을 보려 얼굴을 들었으나, 제라늄은 그대로 아이를 끌어안아 버렸다.

"사랑한다, 아가."

비록 제라늄의 표정을 확인하지는 못했으나, 녹턴에게는 그 말만으로도 충분했다. 녹턴은 작은 팔을 그의 등에 휘감고 온기에 얼굴을 묻었다.

"저도 사랑해요, 아버지."

패트시아 또한 저를 사랑하기에, 후계 자리를 내어 준 것이다.

그런 부친의 말을 마냥 믿은 것은, 제라늄을 향한 애정이 그토록 크기 때문만은 아니었다. 패트시아 에드가가 소년에게 느끼는 마음에는 조금 특별한 구석이 있었다. 사용인들이, 에드가 저택을 찾는 손님들이 제게 쏟아 내는 감정보다 더 진하고 격렬한 듯한 감정.

그러나 그것은 이따금 세상 무엇보다 따뜻해졌으며 민들레 씨처럼 부드러워지기도 했다. 짐짓 가혹할 만큼이나 엄격하고 냉정하게 굴었으나, 가끔은 세상 가장 사랑스러운 것을 바라보듯 달콤한 눈빛으로 뺨을 쓸어 줄 때가 있었다.

아이는 그게 패트시아 에드가의 사랑이라고 생각했다. 나중에는, 녹턴도 그게 저를 향한 애정이 아니라 제게서 투영하는 다른 이를 향한 애정임을 알게 되지만 당시에는 착각할 수밖에 없었다.

패트시아는 소년의 두 형제인 프렐류드와 단차에게도 특별히 나은 취급을 해 주지 않았다. 오히려 어린 나이에도 재능을 인정받아 후계자가 된 저야말로, 어머니의 사랑을 받는 게 아닐까. 녹턴은 그런 가슴 설레는 기대를 마음에 품고 있었다. 그러나 그런 희망을 끌어안고도, 견딜 수 없이 힘들어지는 날도 더러 있었다.

"아직 가계표도 다 외우지 못했을 줄은, 정말 상상도 못 했구나. 사흘이나 주었는데 어쩜 이리 게으른 건지. 앞으로 사흘간 방에서 근신하며 다시 공부해."

에드가의 계보는 황실보다도 역사가 길었다. 사흘을 주었다고는 한들, 첫날은 밤이 될 때까지 가정 교사에게 수업을 들었고 둘째 날은 프렐류드의 생일파티에 참가해 자리를 지켜야 했다. 셋째 날 또한, 예절 수업을 듣고 승마를 배우느라 녹턴에게 남은 시간이라곤 겨우 20분 남짓뿐.

부당한 벌이다. 하나 녹턴은 모친의 말에 저항할 생각도 없이 스스로 반성했다. 아이에게는 익숙한 일이었으니까.

"네, 그럴게요."

비록 근신하는 동안에는 방을 나갈 수도 없고 식사할 수도 없었지만, 녹턴은 그것이 저를 학대하는 행위라고는 생각지도 않았다.

그래도 힘이 빠지기는 했다. 그 짧은 시간 동안에도 틈틈이 노력하여, 절반이 넘는 양을 외웠으나 격려하는 말은 단 한 마디도 없는 그녀의 냉정한 모습에 서운하고 서러웠다.

이럴 때면, 녹턴은 제라늄의 말을 떠올리며 아픈 마음을 달래곤 했지만, 오늘따라 유난히 잘 안 되었다. 그렇기에 충동적으로 벌인 일이었다. 자그만 위안이라도 받고 싶은 마음에, 그는 저도 모르게, 돌아선 모친의 옷자락을 붙잡고 용기 내어 입을 열었다.

"어머니께서는 저를 사랑하시는 거죠?"

"뭐……?"

높은 곳에서 차가운 시선이 아이에게로 내리꽂혔다. 여느 때 이상으로 서늘한 얼굴에, 녹턴의 마음이 잔뜩 위축되었다. 그 얼음 같은 눈빛에 입술마저 굳어 버릴 것 같다.

소년은 변명이라도 하는 모양새로, 부친의 따뜻한 위로를 근거 삼아 끌어왔다.

"아, 아버지께서 그러셨어요. 어머니께서도 제가 훌륭한 후계자가 되길 바라서 엄하게 구시는 거라고. 그렇죠……? 그런 게 맞죠, 어머니?"

한겨울의 서릿바람보다도 싸늘한 정적이 맴돌았다. 그 분위기와 꼭 어울릴 만큼, 서늘한 감정이 느껴졌다.

그제야, 녹턴은 뒤늦은 후회를 했다. 아무리 서러웠다고 한들 혼이 나는 중에 물어볼 만한 질문은 아니었다. 아이는 작은 손을 꼼지락거리며 올려다보기도 무서운 얼굴을 힐끔거리다가, 눈을 질끈 감았다.

차라리 제 말을 무시하고 방을 나가 주기를 바랐으나, 패트시아 에드가는 가만히 아이를 내려다보기만 했다. 그러고는 곧, 아이가 전혀 예상치 못한 반응을 보였다.

머리를 쓰다듬는 손길에, 아이가 얼떨떨한 표정으로 눈을 떴다. 그녀의 얼굴에 온화한 미소가 떠올라 있었다.

"어머니……?"

그러나 만면 가득 떠오른 따뜻한 웃음과는 반대로, 느껴지는 감정은 점점 더 차고 무거워졌다. 표정과 감정의 극렬한 괴리가 혼란스러워, 녹턴은 어찌할 바를 모르고 눈을 깜박거렸다.

그러는 동안, 패트시아 에드가는 허리를 구부리고 앉아 낮은 곳에서 아이와 시선을 맞추었다. 생전 처음 보는 다정한 배려에, 녹턴은 문득 마음보다 그 웃음을 믿고 싶다는 생각을 했다. 그러나 아이의 바람은 오래가지 않았다.

"아가, 제라늄이 한 말을 믿니?"

"네……?"

"가엾게도. 네가 세상에서 가장 믿지 말아야 할 사람이 그이란다."

이게 무슨?

다정한 말씨로 나온 잔인한 말에, 녹턴의 입술이 떨렸다. 훈육을 받는 중에 투정을 부린 일로 혼나는 건 괜찮았다. 제게 뭐라고 화를 내는 건 마땅한 일이니 받아들일 수 있었다. 하지만.

"아, 버지를 모욕하지 말아 주세요."

쥐어짜듯 나온 목소리에, 패트시아가 깔깔거리며 높은 웃음을 터뜨렸다. 그러고는 놀라 물러나려는 아이의 어깨를 우악스레 쥐고, 눈을 희번덕하며 녹턴을 노려봤다.

"그래, 제라늄은 널 제법 예뻐하지. 의심할 여지없이 진짜야. 그런데 그게 과연 아들로서 귀애하는 걸까?"

모친의 손끝이 제 얼굴을 쓸어내리는 감각이 뱀처럼 느껴졌다. 패트시아의 손가락이 녹턴의 눈가에서 멈추어 섰다. 도려내기라도 할 것처럼, 손톱을 세워 눈 주위를 긁는 감촉에 아이의 얼굴이 창백하게 질렸다. 다행히도 그녀는 금세 손을 거두어 갔다.

"네가 태어난 날, 제라늄은 기뻐 웃었단다."

그 와중에도, 그 말에 아이는 짧게 기쁨을 느꼈다.

그러나 곧.

"네가 내 오욕 덩어리니까. 그런 주제에 몹시도 훌륭한 재능을 가지고 태어났으니까. 다른 사내의 씨 덕분에, 더는 종마 노릇을 하지 않아도 되니까."

"무슨…… 말씀을……."

"내게 복수한 기분이라도 들어, 아주 기뻤겠지."

씹어 내듯 내뱉는 말을 이해할 수 없다. 녹턴이 멍하게 눈을 깜박였다.

"내가 무슨 말을 하는지 반절도 모르는 어리석은 아이야, 들으렴. 너는 그자에게 있어 제 치욕을 덜어 준 도구에 불과해."

"……그런 말 마세요. 아버지가 그럴 리 없잖아요! 듣고 싶지 않—."

녹턴이 저항하며 패트시아에게서 벗어나려고 했으나, 그녀가 양손으로 아이의 얼굴을 단단히 붙들었다. 두 뺨을 짓누르는 포악한 악력에, 아이는 고개를 돌리지도 못한 채로 번들거리는 눈동자를 마주 봐야 했다.

"세상에 너를 진정으로 사랑할 사람은 아무도 없어. 너는 태어난 것만으로 죄가 되는 아주 비천하고, 더러운 아이거든."

"아, 아……."

"그것만이 내가 어미로서 해 줄 수 있는 처음이자, 마지막 조언이란다."

속삭이는 소리가 귓속을 파고 들어와 뇌리에 새겨질 것만 같다.

아이의 눈이 의심으로 흔들리고 나서야, 패트시아는 얼굴을 붙든 손을 놓아 주고 몸을 일으켰다.

"그럼에도 믿고 싶다면, 좋을 대로 하렴. 그러고 싶다면, 그래야만 살 것 같으면 믿어야지."

녹턴을 비웃듯, 웃음기 섞인 말을 내뱉고 그녀가 방을 나섰다. 쾅, 문을 닫는 소리는 너무 요란해서 아이의 마음마저 흔들릴 지경이었다.

녹턴은 제라늄 에드가의 마음을 느낄 수 있었고, 그렇기에 부친의 사랑을 조금도 의심하지 않았다. 그는 저를 볼 때면, 언제나 가슴 가득 차오르는 기쁨을 느꼈으니까. 그러나 그러한 환희는 정말로 사랑일까.

녹턴은 제라늄의 것 외에 사랑이라 확신할 만한 마음을 느껴 본 적이 없었다. 타인의 마음을 느낄 수 있다고 한들, 그에게 쏟아지는 것은 대부분이 부정적인 감정이었으니까. 그렇기에 유일하게 긍정적인 감정을 의심하지는 않았다.

하나 나이가 어리다는 것은 심지도 아직 여물지 못했음을 의미했다. 아버지를 믿고 싶었지만, 어머니가 거짓을 말하는 것 같지도 않았다. 혼란이 극에 달한 아이는, 뭔가 오해가 있던 건 아닐까 생각했다. 그렇게 믿고 싶었다.

다행히도 녹턴에게는, 제가 태어날 무렵의 진실을 확인할 방법이 있었다. 선천적인 흑마법사로 태어난 소년은 아직 제 힘의 이름이 무언지는 몰랐지만, 그 마법으로 무얼 할 수 있는지는 자연스럽게 알고 있었다. 그럼에도 녹턴은 제 마법을 남발하지는 않았다. 자랑 삼아 제라늄에게 보여 주었을 때 되돌아온 반응 때문이었다.

"그 마법은 남들에게 보여 주지 않는 게 좋겠구나."

"어째서요? ……혹시, 이 마법이 그 기사와 관련이 있나요?"

"아니, 그자는 대단한 기사였지만, 마법은 조금도 몰랐어. 그냥 그러는 게 좋겠구나, 녹턴. 너를 위해서 하는 말이니 부디 귀담아 들어주렴."

이유조차 없는 당부를 이해할 수는 없었다. 그러나 그에게서 진심 어린 걱정이 느껴졌기 때문에, 녹턴은 잠자코 고개를 끄덕였다. 그 이후, 아이는 한 번도 사용인들을 불러 눈빛을 흐리게 한 뒤 명령에 따르게 하지 않았다.

그러나 이번만은 어쩔 수 없다. 마법을 쓰지 않는다면, 사정에 관해 물어도 대답해 줄 사람은 아무도 없을 테니까. 또래의 아이들보다 조숙하기는 해도, 인내심이 크게 뛰어나지는 못했던 소년은 몰래 마법을 쓰기로 했다.

그가 목표로 삼은 이는 패트시아의 집사장인 유시스 그라운드체리였다. 그녀의 수족과 다름없는 사람이니, 제 어머니에 대한 일도 전부 알고 있을 것이 분명했다.

그리하여 녹턴은 제 근신이 끝나는 날, 패트시아가 자리를 비운 틈을 타 유시스를 찾아갔다. 아이의 눈이 기묘하게 빛나고, 보이지 않는 힘이 상대에게로 쏟아졌다.

"유시스, 묻고 싶은 게 있어. 대답해 줘."

그는 패트시아의 어린 오점을 상대도 해 주지 않으려 했지만, 녹턴의 한 마디에 떠나려던 발걸음을 굳혔다.

통한 건가?

평소대로라면 눈빛을 보고 알았겠으나, 두꺼운 안경알 때문에 유시스의 눈빛이 제대로 보이지 않았다. 아직은 어려 힘이 약했지만, 그렇더라도 마나를 다룰 수 없는 일반인을 상대로 해서 마법이 실패한 적은 없다. 그러니 이번에도 마찬가지일 것이다. 녹턴은 두근거리는 심장을 누르며, 조급히 물었다.

"내가 태어날 무렵, 무슨 일이 있었는지 전부 말해 봐."

다행스럽게도 유시스는 순순히 입을 벌렸다.

기사는 천사처럼 아름다웠고, 악마 같은 재능을 타고났다. 야만족이라는 출신에 발목이 잡혀 많은 이들에게 괄시를 당했으나, 패트시아 에드가만큼은 그의 가치를 알아봐 저택으로 데려왔다. 그녀의 마음은 금세, 재능 있는 기사를 아끼는 감정을 넘어섰다.

패트시아는 그의 아름다움에 홀렸고, 기사는 제 가치를 알아봐 준 여인을 마음에 담았다. 패트시아와 기사는 서로를 열렬히 사랑했다. 비록 서로의 사랑이 같은 무게는 아니었지만.

그러나 에드가 공작에게, 사랑의 결실이 성혼은 아니었다. 아무리 마음이 깊다 한들 그녀는 야만족을 남편으로 들일 생각이 없었기에, 혈통이 좋은 제라늄 펠렌을 꾀어내 곁에 세웠다. 사랑을 속삭이는 말에 넘어갔던 제라늄은 성혼을 치르고야 패트시아 에드가의 본색을 알 수 있었다. 그러나 그때는 이미 어떤 것도 돌이킬 수 없었다. 귀족의 정략혼이란 그런 것이니까.

제라늄 에드가를 명예로운 배우자로 세워 놓고, 패트시아는 다시 기사를 찾았다. 기사는 아이를 만들 수 없는 몸이라 하였기에 밤을 보내는 일도 마다하지 않았다. 에드가 공작의 드높은 권세에 제라늄은 주마다 종마 노릇을 하면서도 에드가를 떠날 수 없었다. 재능 있는 후계자가 태어날 때까지, 그에게는 밤을 보낼 의무가 남아 있었다.

그러던 중에, 패트시아와 제라늄의 사이에서 두 명의 사내아이가 태어났다. 프렐류드와 단차. 또래의 아이들보다는 체격이 좋고 머리도 뛰어났으나, 차마 에드가의 후계 자격을 넘볼 수는 없는 이들이었다. 별수 없이 제라늄 에드가는 괴로운 밤을 이어 가야 했고, 패트시아는 세 번째 아이를 품었다.

아이는 배 속에서 순탄하게 자라, 예정일에 맞추어 무사히 세상에 태어났다. 이번은 거기부터였다. 녹턴이라 미리 이름 지어둔 셋째 아이의 눈은 연보랏빛이었다.

아기를 받은 산파는 겁에 질려 침묵했고, 패트시아는 경악했으며, 제라늄은 미소 지었다. 분노에 찬 에드가 공작이 일의 경과를 알아내기 위해 기사를 부르려던 순간, 시녀 하나가 뛰쳐 들어와 두 번째 이변을 알렸다.

"기, 기사님께서 스스로 목숨을 끊으셨어요!"

녹턴이 그의 자식임을 공언하는 것과 다름없는 일이었다.

실타래가 엉키기 시작한 것은 기사의 거짓말에서부터였다. 저를 사랑한다고 말하면서 다른 이와 결혼한 패트시아에게 배신감을 느꼈지만, 그는 그럼에도 그녀를 사랑했다. 사랑에는 육욕이 따라붙었으나, 에드가 공작은 몹시도 철저한 사람이었기에 야만족의 아이를 낳을 약간의 가능성마저 남겨 둘 생각이 없었다.

욕망을 견디지 못한 기사는 고향의 특별한 약을 먹어 생식 기능을 멈추고 아이를 만들 능력이 없노라 그녀에게 거짓을 고했다. 약제사, 의사, 신관의 철저한 검사를 받아야 했으나, 그들도 야만족의 약을 알아차리지는 못했다. 결론이 난 순간부터, 패트시아 에드가는 육체적으로도 제라늄을 배신하기 시작했다. 후계를 품기 위한 의무적인 밤을 제하고는, 그녀는 언제나 기사를 불렀다.

그러나 거짓말까지 하며 패트시아를 탐내고 사랑하던 기사는, 두 명의 아이가 태어난 뒤로도 제라늄과 밤을 보내는 여인을 더는 용서할 수가 없게 되었다. 증오는 사랑보다 커졌고, 변질한 마음에는 복수심마저 자라났다. 저를 사랑한다고 말하면서 제 피를 세상 무엇보다 더럽게 취급하는 정인의 명예를 짓밟고 싶었다.

결국, 그는 애증을 견디지 못하고 제라늄 에드가를 찾아갔다.

"이 약을 먹으세요, 제라늄 공."

제라늄은 패트시아뿐 아니라 기사 역시도 경멸했으나, 한편으로는 똑같이 배신당했다는 점에 묘한 동질감을 느끼고 있었다.

기사의 계획을 들은 그는 한참을 고민했다. 저를 속여 결혼하고 종마 취급을 해 온 이라 한들, 배우자를 배신해 남의 아이를 품게 하는 건 대죄였다. 그럼에도 알량한 도덕보다는 추악한 복수심이 앞섰다. 제라늄은 고개를 끄덕였고, 이후 기사 대신 피임약을 먹기 시작했다.

그리고 세 번째 아이가 태어났다. 기사의 피를 이은 아이답게, 녹턴은 몹시도 근골이 좋았고 머리가 좋았으며, 또한 연보랏빛 눈동자를 가지고 있었다. 부정할 수 없는 외도의 증거를, 패트시아의 오점을 눈에 새기고 세상에 났다.

그렇기에 녹턴 에드가는 패트시아에게 있어서 오점인 동시에 정인의 유산이었고, 제라늄에게 있어서는 죄악의 상징인 동시에 복수의 결실이었다.

패트시아와 제라늄, 그리고 기사의 죄악이 뒤섞여 태어난 악마의 이름이 녹턴 에드가였다.

"아……니야, 그럴 리가 없어. 아버지가, 아버지는 날 사랑하시는데 그럴, 그럴 리가."

아이가 필사적으로 고개를 저었다.

그럴 리 없다. 말도 안 되는 이야기였다. 제가 제라늄의 자식이 아니라는 걸 눈치채고 있었지만, 이런 일이 있었을 거라고 짐작한 것은 아니었다.

"거짓……말이야."

녹턴이 좋은 환경에서 태어난, 평범한 아이였다면 그는 유시스의 말을 반절도 이해하지 못했을 것이다. 그러나 남들보다 빨리 자랄 수밖에 없는 환경에서 태어나, 부모로부터 좋은 지능을 물려받은 아이는 제가 들은 말이 무슨 의민지 알았다. 끔찍하게도.

이런 말을 들을 줄 알았다면, 절대 물어보지 않았을 것이다. 아무리 궁금해도, 아무리 의심이 생겨도 들춰내지 않았을 것이다. 녹턴의 흰자위가 붉게 물들어 갔다. 그가 바라는 답이 돌아올 리 없건만, 그는 마지막 동아줄이라도 잡는 기분으로 집사장에게 물었다.

"유시스, 아버지는 날 사랑해서. 그렇지?"

"……."

답을 모르는 질문이기 때문인지, 유시스 그라운드체리는 아무런 답도 하지 않았다. 그것이 꼭 녹턴의 부정을 비웃는 것처럼 느껴졌다. 무표정한 얼굴로 저를 보는 모습에, 왈칵 두려움이 일었다.

소년은 비명을 삼키며 내달렸다. 제 마법에 당한 집사장으로부터 도망치는 건지, 그에게 들은 이야기로부터 도망치는 건지 알 수 없었지만, 다리가 휘청거리고 꺾이면서도 계속 달렸다. 숨이 턱 밑까지 차오르고 속이 어지럽게 울렁거렸지만, 도망을 멈출 수가 없었다.

그러다 결국, 녹턴은 복도의 장식장에 발이 걸려 차가운 카펫으로 내팽개쳐졌다. 멈추고 나서야 고통이 느껴졌다. 숨이 모자라 폐와 목이 찢어질 것처럼 따갑고 무릎에서 둔탁한 통증이 올라왔다. 구토감마저 치밀어 올라 입을 틀어막고 몸을 웅크리자.

"픕."

저를 비웃는 소리가 들렸다. 등골이 서늘하게 식었다. 잘못 들었나, 고개를 들어 확인하고 싶었지만 그럴 용기가 나지 않았다. 바닥으로 처박힌 시야 양옆으로 사용인 몇의 다리가 보였다. 그들은 복도 한복판에 쓰러져 있는 아이가 없는 것처럼, 조금의 망설임도 없이 바쁘게 움직였다. 그들 중 어느 하나가, 저를 비웃었다고 하더라도 조금도 이상한 일이 아니었다.

문득, 녹턴은 거대한 외로움을 느꼈다. 언제나 느끼던 기분이, 파도처럼 거대하게 몸을 부풀려 작은 아이를 짓눌렀다. 심장이 빠르게 뛰고 가슴이 꽉 눌린 것처럼 숨을 쉴 수가 없었다. 그대로 죽어 버린다고 해도, 이상하지 않을 기분이다.

그럼에도 녹턴을 일으켜 주려는 이는 아무도 없었다. 단 한 사람을 제외하고는.

"무슨 일이니, 녹턴! 여기에 왜 넘어져 있어. 많이 다쳤니, 아가?"

다정한 손길이 아이를 일으켜 세웠다. 흐트러진 머리칼과 차림새를 정리해 주고, 빨갛게 부은 무릎을 걱정스레 내려다본다. 그 모습을 보고야, 녹턴은 멎었던 호흡을 이어 갈 수 있었다.

"……아버지."

울컥 솟아나는 설움에 아이는 저도 모르게 양팔을 벌렸다. 제라늄에게 안겨 제 슬픔을 모두 쏟아 내고 싶었다.

그러나 그 순간.

"가엾게도. 네가 세상에서 가장 믿지 말아야 할 사람이 그이란다."
"세상에 너를 진정으로 사랑할 사람은 아무도 없어. 너는 태어난 것만으로 죄가 되는 아주 비천하고, 더러운 아이거든."

"녹턴?"

아이는 저도 모르게 들어 올렸던 손을 도로 내렸다. 안아 달라는 말 한 마디면, 온기에 파묻혀 엉엉 울 수 있을 텐데도 차마 그럴 수가 없었다. 그 대신에 녹턴은, 차갑고 비정한 진실을 다시 한번 파헤치고 말았다.

"저를…… 사랑하세요?"

"그게 무슨 말ㅡ."

"어머니가 아버지에 대해 이상한 말을 하셔서, 유시스에게 물어봤어요. 제가 태어날 때, 무슨 일이 있었냐고. 아버지께서는 저를 사랑하시는 게 맞나요? 아니면……."

놀란 듯, 눈을 크게 뜬 제라늄은 곧 다시 다정하게 웃었다. 세상에서 가장 달고, 부드럽게. 그가 제게 느끼는 마음마저 조금 전과 다름없었다.

그러나 아이는, 더는 그것을 사랑이라 믿을 수가 없었다.

"나는 널 사랑하는 게 맞단다, 녹턴. 공작의 부정을 내 어찌 아끼지 않을까."

패트시아의 입으로, 유시스의 입으로 들었을 때는 심장이 멎어 버릴 것 같은 말이었는데, 이상하게 지금은 그 정도의 고통은 없었다.

그대로 멈추어 버린 듯한 마음으로, 녹턴은 다만 뒷걸음질을 쳤다. 의아한 표정을 지으며 제라늄 에드가가 손을 뻗었지만, 아이는 사랑하던 부친의 손길마저 내쳐 버렸다.

"가까이…… 오지 마세요."

"……그래, 네가 그걸 바란다면."

그러고는 다시, 뒤돌아 달리기 시작했다. 이번에는 넘어지지 않도록 조심해야 했다. 이제 더는, 아무도 녹턴을 일으켜 주지 않을 테니까.

겨우 하나뿐이던 사랑이 거짓으로 탄로 난 순간, 소년의 불행을 위로해 줄 것은 아무것도 남지 않았다.

그럼에도 녹턴 에드가의 삶은 이어졌다. 저택을 찾는 손님으로부터, 에드가의 가족들로부터, 저택의 사용인들로부터 쏟아지는 악의는 끝이 없었다. 그들은 들란 듯이 소년을 조롱하고, 발을 걸어 넘어뜨리고, 장난이랍시고 심한 일을 벌였다.

그러나 날카로운 언행은 녹턴에게 커다란 상처를 남기지는 않았다. 그의 마음을 할퀴어 놓은 것은 타인의 감정 그 자체였다. 타고난 재능으로 인해 제 것처럼 느껴지는 감정이 녹턴의 정신을 황폐하게 했다. 그는 저를 향한 경멸을, 조롱을, 호기심과 비웃음을 노골적으로 느끼며 자라나야 했다. 쏟아지는 감정 중에 사랑은 없었고, 고통을 풀어낼 수 있는 안식처도 없었다. 타인의 악의는 녹턴의 안에 점차 쌓여 갔다.

그렇기에 가끔은, 제라늄 에드가에게 진실을 물은 것이 후회되는 순간도 있었다. 그러지 않았다면 최소한 거짓된 위로라도 받을 수 있었을 테니까. 목적이 다른 기쁨이라도, 도구를 향한 사랑이라도 느낄 수 있었을 테니까.

제라늄 에드가는 언제 다정하게 굴었냐는 듯, 더는 녹턴에게 다가오지 않았다. 아이가 근신 중일 때 몰래 쿠키를 가져오는 일도 없었고, 괴로운 일로 힘들어하고 있을 때 위로를 건네는 일도, 머리를 쓰다듬거나 품에 안아 주는 일도 없었다. 그 모든 순간이 계속해서 아쉬워졌다.

그러나 소년은 머지않아, 그러한 제 감정마저 전부 착각이었음을 깨닫게 됐다.

비가 내리던 밤, 천둥소리에 흥분한 말이 크게 날뛰었다. 마차에서 내리던 녹턴이 크게 다칠 뻔했으나, 제라늄 에드가가 아이를 끌어안고 땅을 구른 탓에 다행히도 큰일이 나지는 않았다. 얼떨떨한 상황에 녹턴이 눈을 깜박이는 동안, 제라늄은 끌어안은 아이를 일으키고 다친 곳이 없는지 이곳저곳을 살폈다. 걱정스럽게 일그러진 얼굴에 눈빛은 따뜻했다.

"어디 다치진 않았니, 녹턴."

제라늄 에드가의 마음에서 선명한 안도가 느껴졌다. 제 목숨을 구해 주고, 죽지 않은 데 안도를 느끼는 마음, 제가 그리워하던 그 감정이다.

그런데 이상하게도.

'이걸, 그리워했다고?'

구역질이 일었다. 모를 때는 마냥 달게만 느껴지던 그 행동이, 진실을 알고 나니 다르게 보였다.

세상에서 가장 역겨운 위선이다. 살갗이 닿은 부분에서 벌레가 기어가는 것만 같다.

녹턴은 더는 견디지 못하고, 제라늄의 팔을 떨쳐 냈다.

"제가 살아 있어서 안심되시나요?"

"뭐……?"

"또다시 더러운 밤을 보낼 일이 없어서?"

멍하니 굳어진 얼굴을 보고, 녹턴은 입매를 비틀어 웃었다.

"걱정하지 마세요, 아버지. 저는 절대로 죽지 않을 거니까."

하나 남은 미련을 떨치고 나니, 마음은 오히려 가벼워졌다.

그래, 그는 절대로 죽지 않을 것이다. 죽은 기사가, 제라늄 에드가가 바라는 대로 끝까지 살아남아 패트시아 에드가의 자리를 빼앗고 에드가를 거머쥘 것이다. 그건 기사와 제라늄의 기쁜 복수가 되겠지만, 이후에 벌어질 일에도 과연 기뻐할 수 있을지는 모를 일이었다.

소년은 마음에 철벽을 두르기 시작했다. 제게로 쏟아지는 악의를 거부하지 않고 받아들였고, 인간을 향한 경멸과 증오를 키워 나갔다. 기사와 제라늄이 패트시아를 향해 복수할 계획을 세웠던 것처럼, 그의 마음속에도 잔인한 계획이 자리 잡았다.

녹턴이 그대로 자라났다면, 그가 에드가의 주인이 되는 날 마음속에 자리 잡은 증오는 세상 모든 인간에게 돌아갔을 것이다. 그는 누구에게도 사랑받은 적이 없고, 용서받은 적이 없으며, 온정을 나누어 받은 적이 없다. 그러니 그가 되돌릴 감정 역시 같을 것이다.

날 때부터 녹턴이 쥐고 있던 힘은, 어쩌면 그를 위해 악마가 마련해 준 무기일지도 몰랐다. 그러나 그의 마음이 완전히 굳어 버리기 전에, 아직은 무른 구석이 남은 틈을 비집고.

"안녕? 음…… 녹턴 에드가 맞지?"

우연히 불어온 바람에 봄볕이 날아와.

"네 눈을 닮아서 그런지, 내가 봐 온 커프스 중에 제일 예뻤어."

제 부정을 의미 없이 만들고.

"절대로 죽이면 안 돼. 알았지? 약속이야!"

제 계획을 시작부터 어그러뜨리며.

"여기 있을게, 녹턴. 네가 잠들 때까진 그럴래."

기어이는 마음 깊숙이 뿌리 내리고 말았다.

고통과 증오로 얼룩졌던 에드가 공작저에 새로운 시간이 새겨지기 시작했다. 어린 나이에 품었던 원대한 증오는, 소박한 온기에 터무니없이 쉽게 녹아 버렸다.

그제야 녹턴은 알 수 있었다. 저는 그럼에도 사랑받길, 사랑하길 바랐다는 것을. 그는 여전히 사람이 싫었고 에드가에 환멸을 느끼며 스스로의 비천함을 떨쳐 내지 못했지만, 그럼에도 두루아가 좋았다.

늦기 전에 다가와 준 사람이 두루아라 좋았다.

어떤 식으로든 제 곁에 있는 사람이 두루아라 좋았다.

제가 사랑하는 사람이 두루아라 좋았다.

그러나 좋았던 건.

'나뿐이었지.'

"도착했습니다, 각하."

마부의 말에 녹턴이 느리게 눈꺼풀을 들어 올렸다. 짙은 피로감으로 인해 그 마저 무거웠다. 얼굴을 두어 번 쓸고, 그가 마차에서 내렸다.

녹턴이 도착한 곳은 파우스트의 공작성이었다. 패트시아의 숨을 끊어 놓기 위해 찾아왔다가 헛물켰던 때 이후로 성은 제법 달라졌다. 남은 가신들은 더 는 젊은 공작의 권위를 시험하려 들지 않았고 고개를 바짝 수그렸다. 입 밖으 로 내는 말 한 자 한 자를 조심했고 녹턴의 그림자조차 밟지 않으려 발끝을 세 웠다.

일국의 왕이라도 대하는 모양새에, 비죽 웃음이 났다. 그러나 녹턴은 가신들 을 상대할 여유도 여력도 없었기에 인사조차 하지 않고 성의 집무실로 향했다.

물소 가죽으로 된 의자에 깊이 몸을 파묻고, 그는 성의 집사장에게 바로 용 건을 꺼냈다.

"프렐류드와 단차를 불러와."

오래지 않아, 눈빛이 흐린 그의 형제들이 안으로 들어섰다. 이따금 패트시아 의 동태를 살피기 위해 은밀히 다녀갈 때, 몇 번이나 마법을 겹쳐 걸었기에 세 뇌는 온전히 남아 있었다. 이대로 더 마법을 걸지 않는다고 하더라도, 족히 수 십 년은 이지가 없는 인형으로 살아가게 될 것이다. 이들이 어떤 인생을 살든 녹턴에게는 아무래도 상관없었으나, 이들 중 하나가 차기 에드가 공작이 된다 면 이야기는 달라진다.

"이야기를 좀 하고 싶은데, 프레드, 그리고 대니."

패트시아 에드가도 몇 번 부르지 않은 아명인지라, 그 호칭을 인지할 수 있을지 불확실했으나 다행히도 두 사람의 눈이 흔들리기 시작했다. 녹턴은 손끝에서 마나를 풀어내 형제에게 남은 흔적들을 회수해 왔다.

직접 건 마법이라 한들, 장시간에 걸친 세뇌를 억지로 풀어내는 것은 제게도 무리가 오는 일이었다. 울컥 올라오는 핏물을 삼키고 그가 눈가를 찡그렸다.

그러는 동안, 이어 두 사람이 검은 피를 토했다. 헉헉거리며 정신을 못 차리는 모양새에, 녹턴이 준비해 둔 성수 두 병을 앞으로 던졌다. 얼떨떨한 상황일 텐데도 고통이 심했는지, 그들이 다급히 마개를 열어 내용물을 삼켰다. 그러고야 둘의 낯빛이 좀 사람다워졌다.

"이제 말을 나눌 준비는 됐겠지."

"녹……턴?"

"이게 무슨……. 뭔가 방금까지 되게……."

자의로 말을 하는 것이 어색한지, 프렐류드가 제 목을 매만졌다. 누구라 할 것 없이 몹시도 혼란스러운 표정이었으나 녹턴은 그들에게 시간을 줄 생각이 없었다. 그는 성수 병에 이어, 두 장의 양피지와 만년필을 두 사람에게 건넸다.

"길게 설명하고 싶진 않으니, 앞에 놓인 서약서에 서명해."

"뭐?"

"서명이라고? 이 개자식. 여태 우리한테 무슨 짓을 했는지나 설명해, 방금까지 대체 뭐였냐고!"

"설명하고 싶지 않다고, 말했을 텐데."

"이 미친 자식이……!"

"단차!"

흥분, 불안, 분노, 공포. 갖가지 감정을 품고 단차가 녹턴에게 달려들었다. 또다시 같은 꼴이 되기 전에, 저를 죽여야겠다고 생각한 걸까.

녹턴이 입매를 틀어 그를 비웃었다. 그리고 곧이어.

"욱, 윽, 끄윽……!"

집무실의 책상을 넘어 덤벼들던 단차가 바닥에 나동그라지며 고통에 신음했다. 저주였다.

"엄살이 심하네, 별로 괴로운 저주도 아닐 텐데 말이야."

뼈에 금이 가지도 않을 정도의 얄팍한 고통에도, 곱게 자란 티를 낸다. 혀를 찬 녹턴은, 어찌할 바를 모르고 저와 단차를 번갈아 보는 다른 형제에게로 고개를 돌렸다.

"어떻게 생각해, 프렐류드."

"무, 무슨……."

"너도 네 귀여운 동생과 행동을 같이할 셈이야?"

"나는…… 이게 무슨 상황인지 설명해 줘."

"그렇게 머리가 나빴던가. 방금 한 말을 벌써 잊었네."

"아무것도 말해 주지 않을 셈이면, 우리의 상태는 왜 되돌린 거야."

불안과 공포로 눈이 흔들리고 있었지만, 딴에는 퍽 강단 있는 반박이다. 조금 변덕이 들어, 녹턴이 입을 열었다.

"여태 흑마법으로 세뇌해서 부렸다가 막 풀어 준 참이야, 지금."

"흑마법…… 이라고?"

"왜 그래, 세뇌당했을 때의 기억이 사라진 것도 아닐 텐데."

"그게 대체……. 너 흑마법사였어?"

"이만하면, 설명은 충분했지."

녹턴이 의자를 밀어내고 자리에서 일어났다. 그쯤에는 단차의 고통도 멎어서 그는 충혈된 눈을 하고 비틀거리며 몸을 일으켰다. 두 형제의 모습을 번갈아 쳐다보고, 녹턴이 손가락을 튕기자 두 사람의 목에 검은 각인이 새겨졌다.

"너, 또 무슨 짓을……!"

"선택해 줬으면 해. 서약서에 서명하고 따를지, 아니면 평생 백치가 될지. 한 번 풀었던 세뇌를 반복해도 정신이 무사할지는, 나도 별로 자신할 수가 없거든."

"자, 잠시만! 서약서의 내용이 뭔지는 확인하게 해 줘!"

"프렐류드!"

녹턴의 억압에 동조하는 말에 단차가 기겁해 소리쳤지만, 그는 듣는 시늉도 하지 않았다. 그보다는 허겁지겁 편 양피지의 내용을 살피기 바빴다. 자존심이 상한 듯 단차가 이를 악물었지만, 녹턴의 눈이 그쪽으로 향하자 차마 눈을 맞추지 못하고 고개를 떨구었다. 오래지 않아, 단차도 제 앞에 놓인 서약서를 주워 들었다.

벌어진 상황을 제대로 이해하지도 못한 형제가 어설프게 글귀를 읽어 갔다. 그리고 곧. 프렐류드의 얼굴이 일그러지고, 단차는 황망하게 중얼거렸다.

"뭐야, 이건. 나더러 두루아 발로즈의 노예라도 되란 거야?"

서약서에 적힌 내용은 길지 않았다. 무슨 일이 있더라도, 두루아 발로즈의 안위와 자유를 최우선시할 것이며 그녀로부터 요청이 있다면 무엇이든 수락하겠다는 말이었다.

어린아이의 장난 같은, 일방적이고 강압적인 요구였으나 녹턴은 진심이었다. 어차피 계속해서 세뇌에 당했었다면 원하든 원치 않든 그렇게 했을 것이다. 자유를 돌려주는 대가로 그걸 문서화했을 뿐이다.

"서명하고 싶지 않나 봐."

"이딴 서약에 서명하고 싶은 인간이 어디 있어!"

"인간?"

별 뜻 없이 중얼거린 말에 단차가 움찔 몸을 떨었다. 모욕에 화를 내야 정상인데도 어느새 순응한 모습이 우스워, 녹턴은 비웃음을 참지 않았다.

"거절할 거면 똑바로 말해 줘. 시간 낭비를 싫어하거든."

"아직 거부하겠다고 말하진 않았어. 부당한 요구에 대한 항목만 추가해 준다면, 이 정도는……."

"부당한 요구라…… 아직 본인에게 선택권이 있다고 믿다니, 재밌네."

노골적인 비웃음에 모욕을 느꼈는지, 프렐류드의 얼굴이 양껏 일그러졌다. 그러나 턱이 붉어지도록 이를 악문 입에서는 한 마디의 반발도 나오지 못했다. 수년간 뼈에 아로새겨진 공포 때문에, 긴 세월 강제당한 복종 때문에. 말은 거칠게 했으나 단차는 프렐류드보다 더했다. 직접 체감한 고통 때문에 그는 녹턴의 눈을 마주 보지도 못했으니까.

"걱정할 거 없어. 두루아에게 그 서약서에 대해 말하지는 않을 테니까."

"……우리도 알릴 필요가 없다는 거지? 그쪽이 먼저 도움을 청하기 전에 뭔가 할 필요는 없고. 발로즈 영애의 신변에 이상이 있을 때는 나서서 도와야 하지만."

깔끔한 정리에, 녹턴이 고개를 끄덕였다. 그러자 프렐류드는 곧바로 결심한 표정을 하더니 만년필을 쥐었다. 좀 더 시간이 걸릴 줄 알았는데, 확실히 머리 회전이 빠르기는 했다.

"프, 프렐류드? 너 미쳤어?"

"어서 해, 멍청아. 또다시 그 꼴이 되고 싶어?"

제 형의 독촉에, 단차가 이를 악물었지만 그도 곧 만년필을 쥐었다.

성의 집무실을 나선 녹턴이 이번에 향한 곳은, 전에 왔던 비밀 공간이었다. 패트시아 에드가로부터 끔찍한 서신을 받았던, 숨겨진 공간. 열고 들어갔다가, 나오면서 닫지 않은 탓에 비밀 공간이라는 명칭이 무색하게도 방은 훤히 드러나 있었다.

이전과 같은 풍경이었다. 짙은 색의 카펫. 책상. 그리고 한쪽 벽면을 차지하는 커다란 진열장. 달라진 점이 있다면, 그 공간에 익숙한 사람이 자리하고 있다는 것뿐이었다.

"오랜만에 뵙네요."

"……녹턴."

제라늄 에드가였다. 패트시아의 동태를 살피러 올 때도 (세뇌를 확고히 하기 위해) 그녀와 두 형제만을 살피고 돌아갔을 뿐이라, 그를 보는 것은 공작 위를 계승한 때가 마지막이었다.

"패트시아의 일은 들었다. 황실 감옥에 있다고."

"여기 틀어박혀서도 들을 건 다 들으시나 봐요. 당신께 기쁜 소식이라 그런가."

"그런데도 표정이 밝지 않구나."

"별로 헤실거릴 기분이 아니라서."

무감하게 답하며, 녹턴이 진열장으로 다가갔다. 저를 대비해 모아 둔 것이 분명한 백수정과 성수들이 빼곡히 들어차 있었다. 그는 개중 가장 커다란 성수병을 손에 쥐었다. 녹턴이 보던 것 중에서도 단연 크고 순도 높은 물건이었다.

"그건 왜 가져가는 게냐."

제라늄의 말을 무시하고 그대로 방을 나서려다가, 녹턴은 변덕을 부려 발을 멈추었다. 내내 흘려 내던 시선이 제라늄 에드가의 눈과 정확히 맞았다.

"제가 에드가를 갖는 것이 당신의 복수였던가요. 패트시아 에드가의 오점이 영원히 에드가의 피에 새겨지는 것이?"

"갑자기 그건……."

"복수는 직접 했어야죠. 남의 손에 맡기니까 이런 꼴이 벌어지잖아."

영문 모를 말에 사내의 눈이 떨렸다.

녹턴은 침잠한 눈으로 제라늄 에드가를 물끄러미 바라보았다. 한때는 사랑했던 부친의 얼굴이었으나, 이런 상황에서도 아무런 감흥이 들지 않았다. 단지 그런 감상이 들긴 했다. 눈앞의 사내가 제 기억에 비하면 많이 늙은 것 같다는.

마지막 인사를 남길까 하다가, 그런 스스로가 우스워 녹턴이 입매를 비틀었다. 성을 나서는 발걸음에 더는 망설임이라곤 남지 않았다.

파우스트와 수도 간의 거리는 제법 멀었지만, 올 때와 마찬가지로 스크롤을 이용한 덕에 녹턴은 금세 공작저에 돌아왔다. 그래도 아예 시간이 흐르지 않은 것은 아니었다. 발로즈로 향했을 때는 해가 지난 지 채 두 시간도 안 되었을 무렵이지만, 지금은 곧 동이 틀 새벽이었다.

녹진한 피로에, 그는 눈가를 누르며 저택 안으로 들어섰다. 달라진 건 아무것도 없는 보였으나, 가장 큰 것이 달라져 있었다.

에드가에는 다시, 두루아가 없었다.

그는 두루아가 머물었던 자리를 천천히 거닐었다. 함께 쪽배를 탔던 호수, 언쟁을 벌였던 그 옆길. 그 애가 다쳤던 정원과 가장 오랜 시간을 함께한 공용 서재, 그 애가 한동안 쉼 없이 드나들던 개인 서재. 샹들리에가 떨어졌던 중앙홀. 함께 식사한 다이닝룸과 내내 머무르던 방, 침실. 녹턴은 거의 저택의 모든 것을 누볐다.

그리고 마지막으로 그는 제 방으로 가 서랍 앞에 섰다. 마법 장치로 잠긴 곳을 열자 상자가 나왔다.

상자를 열고 그는 손에 커프스 버튼을 쥐었다. 그토록 오랫동안 보관한 데

비해, 소매에 차 본 것은 황실 무도회에서의 한 번이 전부다. 이걸 주워 왔을 당시에는 제 감정을 인정하지 않았기에 자존심이 상해서, 스스로도 이해할 수 없어서, 곱게 보관하면서도 쓸 생각은 못 했는데, 그러지 말 걸 그랬다. 이제 와 지나간 시간이 아쉽다.

자조적으로 웃으며, 녹턴은 입고 있는 셔츠의 소매에 버튼을 달았다. 몹시도 조그만 주제에 저를 기쁘게 하고 두루아를 들뜨게 하던 그 물건을 달고 그는 뒤돌아 소파에 앉았다.

들고 온 병의 마개를 열고 샴페인 잔 가득히 성수를 따랐다. 잔을 가득 채운 모양새가 우스웠으나, 그런 감상보다는 얼마 전 두루아가 홧김에 와인을 들이켜던 것이 먼저 생각났다. 그의 입매가 옅은 미소를 그렸다.

"술을 잘하지도 못하면서."

당사자는 듣지도 못할, 뒤늦은 잔소리였다. 잔에 담긴 액체를 물끄러미 바라보며, 녹턴의 얼굴에서 천천히 웃음기가 사라졌다.

이만한 양이면 그래도 무사할 수 없다. 반드시 죽음이 찾아올 것이다.

기다란 손가락이 툭툭 잔을 건드렸다. 그것만으로도 손끝에 화한 기운이 느껴졌다.

'성수로 죽다니, 정말 악마가 따로 없군.'

녹턴이 눈을 감았다. 죽음을 목전에 두자, 자연스럽게 후회하는 것들이 생각났다.

두루아 발로즈. 제가 망가진 사람이었기에, 관계 또한 처음부터 망가진 채 시작됐다. 그러니 모든 게 어긋나는 것도 당연하다. 그는 관계의 시작이었던 세뇌를 내버릴 수 없었다.

'발로즈'를 포기할 수 없었다. 그 순간, 모든 것이 끝나 버릴 것만 같아서. 두루아가 저를 떠나 버릴 것 같아서. 제가 뒤틀린 인간임을 증명하는, 이별의 가능성을 품고 있는, 제 죄를 상징하는 그 호칭이 싫었다.

그러나 진실로는, 싫어한 것도 아니었다. '발로즈'는 녹턴이 가진 것 중 가장 소중하고 애착이 가는 보물이었다. 왜냐하면, 발로즈가 아닌 두루아는 그에게 관심조차 두지 않을 테니까. 그렇게 생각했으니까.

그 결과가 이랬다. 관계를 망치고 추억을 망치고, 패트시아 에드가가 그 애의 기억을 망치고 있는 것도 몰랐다. 제 추악한 욕심과 미련이 모든 것을 망쳐 났다.

"세상에 너를 진정으로 사랑할 사람은 아무도 없어. 너는 태어난 것만으로 죄가 되는 아주 비천하고, 더러운 아이거든."

패트시아 에드가의 말대로이다, 언제나 그랬듯. 끝까지 미적거렸으면, 어쩌면 패트시아가 그 애의 목숨까지 잡아먹었을지도 모른다.

그걸 알면서도, 제 죄를 인정하면서도 녹턴은 두루아를 놓을 수가 없었다. 그 애를 붙잡은 손아귀에서 도저히 힘이 풀어지지 않았다. 영원히 버릴 수 없는 욕심이고 집착이다. 제가 살아 있는 동안에는 절대로 놓을 수 없는.

녹턴은 자조하며 웃었다. 그는 정말 패트시아 에드가의 자식이고, 죽은 기사의 자식이었다.

'그나마 최후는 생부를 따라가는 게 다행인가.'

두루아를 재운 뒤로도 그는 많은 고민을 했다. 어떤 식으로든 두루아에게서 제 기억을 지우고 사라지는 것이 옳지 않을까. 제가 죽고 나면, 그 가엾고 정 많은 아이는 많이 울고 몹시 괴로워할 테니까.

그러나 녹턴은 끝내는, 그녀의 기억을 다시 건들지 않았다. 최면이 두루아에게 미칠 영향도 걱정되었지만, 그보다 더 큰 이유가 있었다.

녹턴은 죽고 싶었으나, 죽고 싶지 않았다. 더는 제 죄악의 무게를 견디며 괴로워지고 싶지 않았으나, 두루아에게서 아예 사라지고 싶은 것도 아니었다. 어떤 식으로든 그녀가 저를 기억해 주길 바랐다. 아무리 두루아를 위하고 아끼고 사랑하더라도, 결국 녹턴은 제가 먼저인, 이기적이고 비열한 사람이었으니까.

어릴 때는 그 사실을 인정하지 못했다. 왜 나는 이런 환경에서 태어나 이런 불행을 맞아야 하는가. 패트시아 에드가의 탓이다. 생부의 탓이다. 제라늄 에드가의 탓이다.

많은 이들을 탓하고 원망했으나, 실상은 그 모든 것을 포함하여 제 탓이었다. 이런 환경에서 태어난 것도, 이렇게 태어난 것도 다 제가 짊어질 몫이었다. 그렇게 생각해야 괴롭지 않았다.

제 잘못이 아니라고 생각하면, 억울한 마음이 들었고 그 마음은 곧 보상을 요구했다. 심지어 그 보상을 제게 죄를 지은 이들에게 요구하려고 하지도 않았다.

두루아.

두루아 발로즈. 언제나 녹턴 에드가의 인생에서 가장 찬연히 빛났던, 그의 사랑에게 대가를 받고 싶었다.

처음에는 두루아의 곁에 있는 것만으로 좋았다. 그러나 곧, 그 곁에 저만 남게 되길 바랐다. 제 불행한 삶에 대한 책임을 그 애에게 전가하고, 동정이라도 구걸하여 묶어 두고 싶었다. 그러나 그런 욕심은 결국 관계를 어긋나게 할 뿐이었다.

그럼에도 바람은 끝나지 않았다. 모든 게 끝났다고 생각한 순간에도 미련을 버리지 못해서, 함부로 대할 수 없었다. 그건 두루아 발로즈를 존중하기 때문이 아니었다. 그저 제가 두루아의 미움을 견디지 못할 만큼 나약했으며, 두루아 발로즈란 제 마음속에서는 누구보다 강하기 때문이었다.

좀 더 비겁한 핑계를 대자면, 두루아가 다정한 탓도 있었다. 제가 못할 짓을 한 걸 알면서도, 기회를 주고 가능성을 열어 주어서. 그에 녹턴은 극열한 희망을 느꼈지만, 싸늘한 죄책감도 느꼈다. 두루아의 다정한 마음을 이용해서 그 애를 붙잡아 두는 게 더없이 역겨웠고, 그러면서도 그 애가 남아 줄 거라고 생각했기에 기뻤다. 제 속은 망가져 가고 있었다.

두루아 발로즈의 탓이 아니다. 그건 순전히 저의 죄였다.

그럼에도 조금씩 원망스러운 순간이 있었다. 존재만으로 추악한 저와 달리, 너는 왜 그리도 온전한가.

아무것도 멀쩡한 부분이 없는 저와 달리, 그녀는 건강한 가정에서 온건하게 자라났다. 의심하지 않고 사람을 믿을 수 있었고, 화를 내고 부당한 대우에 반발하는 것 또한 건강했다. 그녀에게 비틀린 구석이라곤 없다. 저를 만나지 않았더라면 무탈하고 행복한 삶을 이어 갔을 거라는 가정이 그를 가장 괴롭게 만들었다.

녹턴 에드가는, 저와 함께하면 그녀가 망가진다는 것을 알고 있었다. 그럼에도 제 욕심이 기꺼워, 그는 얄팍한 약속을 지키는 정도로만 그녀의 곁에 있는 것을 합리화했고, 그녀의 기억이 저로 인해 망가졌음을 확인한 순간에도 놓을 수가 없었다. 두루아의 위로가 좋았다. 그녀의 죄책감이, 동조가, 감사가, 좋아한다는 말이 온 세상을 가진 것처럼 좋았다.

그러나 사람의 감정이란 변할 수 있다. 제 마음에는 두루아 발로즈 하나만 겨우 비좁게 들어찼을 뿐이지만, 그녀의 마음속은 달랐다. 그 마음에서 과연 녹턴 에드가는 몇 번째 순위를 차지하고 있을까. 만약 '사랑'이란 이름으로 두루아의 곁을 차지하는 사람이 생긴다면, 저는 그걸 보면서도 두루아와의 약속을 지킬 수 있을까.

의미 없는 자문이었다. 제가 약속을 지켜온 것은 두루아에게 미움받지 않으려고, 그녀에게 사랑받으려고 애써 온 발버둥이었다. 애런 클레이모어 때만도 살의를 참지 못했으니, 그보다 더한 짓도 할 것이다.

그러면 경멸하겠지, 두려워하겠지.

녹턴 에드가는 너무 많은 불안과 고통과 희망과 절망에 닳아 버렸다. 행복조차 그에겐 불안이었고, 희망조차 절망이었다. 패트시아 에드가를 처리했지만, 그것이 끝이 아닐 것만 같았다. 그다음이, 다음이 계속해서 있을 것 같았다. 제가 두루아를 사랑하는 한은 계속 불안이 이어질 것이고, 그는 곧 평생을 의미했다.

그러니 그는 차라리 놔주기로 결심한 것이다. 두루아의 온전한 자유를 위해서, 그녀의 앞으로의 행복을 위해서 죽여야 할 상대는 분명했다.

앨리스 리모란드도, 애런 클레이모어도 아니다.

다름 아닌 녹턴 에드가였다.

그러나 결정 내린 순간에도 녹턴은 두루아가 저를 기억해 주길 바랐다. 그랬기에 굳이 성수를 마시는 죽음을 택했고, 그랬기에 두루아의 기억을 지우지 않았으며, 그랬기에 두루아와 감정을 정리할 마지막 인사도 나누지 않았다. 그리고 바야흐로 마지막이 왔다.

마침내는 그의 손은 잔을 움켜쥐고, 안에 든 액체를 삼키러 들어 올렸다.

그러던 차에.

"겁쟁이."

들려서는 안 될 목소리가 귓속을 파고들었다.

여러 번의 경험으로 나는 의식이 흐려지는 순간을 분명히 자각할 수 있었다.

삼킨 물에서 쓴맛이 나고 눈앞이 까무룩 꺼졌다. 그 탓인지, 나는 내가 꿈을 꾸고 있다는 것을 바로 알았다.

이토록 현실 감각이 뚜렷한 자각몽이라니, 앨리스가 이런 기분이었을까.

내 앞에는 두루아 발로즈, 정확히는 어린 두루아가 앳된 알로이에게 울면서 투정을 부리고 있었다.

이게 뭐람.

[그래서 그걸 호수에 내던지고 온 거야? 돈이 아깝지도 않니, 두두?]

[지금 그게 문제야? 공감 능력 없어? 너 내 언니 맞아?]

[그러니까 만나서 좋을 거 없다고 했잖아. 가뜩이나 혈통 문제로 말도 많은 사람인데.]

[시끄러워! 걔 인성이 개차반인 건 그거랑 아무 상관도 없잖아.]

[개차반……? 그런 말은 또 어디서 배워 온 거니.]

꿈이란 게 믿기지 않을 만큼, 현실감 넘치는 대화다. 저러는 꼴을 보니, 알로이와 이런 이야기를 한 것 같기도 했다. 다소 흐릿하긴 했지만.

[몰라, 됐어. 나도 걔 안 볼 거야, 이제. 필요 없어, 필요 없다고!]

어린 내가 울면서 빽 소리를 질렀다.

그리고 다음 순간, 시간이 흐른 건지 두 사람의 차림새가 바뀌었다.

[안 만난다며.]

[내가 언제?]

[아무래도 좋은데 두두, 사과는 제대로 들은 거야?]

[응……. 들었을걸? 있잖아, 알로이. 녹턴이 물속에 뛰어들었어! 내가 호수에 빠져 죽든 말든, 눈 하나 깜짝 안 할 줄 알았는데 걔가 날 구해 줬다니까?]

[물속에 빠졌다고?]

[그래, 진짜…… 가 아니야, 농담이야, 거짓말이야. 거짓말이니까 알로이 표

77

정 풀어, 나 안 빠졌어.]

[그럼 아직도 젖어 있는 이 머리칼은 뭘까?]

[아니, 녹턴이 빠뜨린 것도 아니고 내가 실수로, 아니, 아무것도 아니라니까! 바보!]

이런 이야기까지 했었나. 아무래도 어릴 때의 일이라 기억이 영 온전치는 않았다. 꿈속의 일을 보고, 진지하게 생각하는 것도 바보 같았지만.

[……어머니한테 말할 거야? 나 거기 못 가게 할 거야?]

[아버지한텐 말씀드려도 되나 보네.]

[아버지는 괜찮아. 어머니만 아니면.]

[다음에 또 빠져 오면, 그땐 정말 가만 안 둘 거니까 조심해.]

[사랑해, 알리! 진짜 진짜 고마워! 나 이제 다시는 안 빠질게! 물에 빠지면 죽는 새끼 모기처럼 굴 테니까 걱정하지 마!]

[이럴 때만 애칭으로 부르지. 그리고 모기 새끼는 물에서 사니까, 그런 바보 같은 말은 밖에 가서 하지 마.]

내 머리를 열어, 기억을 정리하는 듯한 장면이 몇 가지가 더 지나갔다. 진짜 메모리아의 실타래를 마시면 이런 꿈을 꾸게 될까. 잠깐 그런 우스꽝스러운 생각이 들었으나, 곧 정말 물약이 관련 있을지도 모른다는 판단이 섰다. 내가 오래도록 마신 물약 또한 기억에 관한 것이었으니까. 제르벨라에게 듣기로 임페르펙티오는 오래도록 체내에 남는다고 하니, 어쩌면 그 부작용이 다른 방식으로 생겨나는 건지도 몰랐다.

책 속에 태어났다는 망상을 하게 만들었으니, 기억을 연극처럼 보여준대도 이상하지는 않지. 그렇게 생각하자, 스쳐 지나가는 기억들의 신뢰도가 좀 떨어졌지만. 그래도 주인공이 나인 연극을 보는 기분에, 몰입감만큼은 대단했다.

[요즘 차 타기에 열중이라며? 되게 열심히 하네.]

[이게 다 바보 같은 밀빵 때문이잖아! 네 약혼자 아니었으면, 나는 평생 남이 타 주는 차만 마셨을 텐데.]

[테롭스 때문에 그렇게 연습하는 거라고……? 몰랐네, 네가 그렇게 테롭스의 마음에 들고 싶어 할 줄은.]

[아냐! 걔한테 다시는 안 타 줄 거거든!]

[그럼 누구한테 타 주는 건데? 에드가 소공작? 우리 두두는 어쩜 이렇게 귀여운 사랑을 할까.]

미친 거 아냐?

[미친 거 아냐?]

어린 알로이의 말에, 나도 모르게 중얼거리자 어린 두루아가 똑같은 말을 반복했다. 조금 놀랐지만 당연한 일이었다. 지금이라면 몰라도 어린 나는 녹턴을 그런 식으로 보지 않았으니까.

[그런 거 아니라고 몇 번 말해, 바보 알로이.]

[사랑하는 사람한테 타 주는 게 아니라고? 그럼 나한테도 타 줄 수 있겠네.]

[싫어. 귀찮아.]

[너무 단호하잖아. 서운해지려 그래, 두두. 소공작한테는 백 잔은 더 타 준 것 같은데, 이러기야?]

[백, 백 잔까지는 아니거든! 몰라, 나 아직 차 타는 거 너무 미숙하고. 그리고…….]

[그리고?]

[귀찮다고, 알로이.]

짜증을 부리며 어린 두루아가 찻잎을 집어 던졌다.

저럴 줄 알았다. 하여튼 알로이는 어려서나 커서나, 남 긁는 게 취미라니까.

그리고 다시 장면이 바뀌었다. 열심히 타 준 차를 시종에게 빼앗겼을 때의 기억 같았다.

[또 울어, 두두?]

[……안 울어.]

[베개에 얼굴을 묻고, 어깨를 들썩이면 누가 봐도 우는 걸로 보이는데. 왜 그래, 이번에도 찻잎이 탔어? 아니면 썩었어? 실수로 독극물이라도 만든 거야?]

[안 운다니까 왜, 자, 꾸 그래! 안 울어, 안 운다니—!]

뭔가, 객관적으로 보니까 알로이가 왜 날 그렇게 놀렸는지 알 것 같기도……. 그런데 저 때 내가 울었던가.

[네가 자꾸, 끅, 운다고, 끅 말해서 그래, 나 원래 안 울었어, 진짜야.]

[알았어, 알았어. 다 내 잘못이야.]

[녹턴 진짜, 끅, 나빠. 나쁜, 끅, 놈이야! 내가 얼마나 열심히 탔는데, 개자식!]

[……다 좋은데 개자식 말고 나쁜 놈이라고 말하자.]

[나쁜 놈, 나쁜 놈, 나쁜 놈!]

[그래, 착하다. 나도 같이해 줄까? 대신 차 타 줄래?]

[알로이는 하지, 끅, 마. 그리고 차, 끅 귀찮다고 했잖아.]

[정말 단호하네.]

그리고 이번에는 시간이 제법 지난 듯, 나와 알로이가 좀 더 자라 있었다.

[머리가 젖었네, 두루아.]

[밖에 비가 오더라고. ……알로이, 친구가 생일파티에 부르면 갈 거야?]

[특별한 일정이 없으면 빠진 적은 없어.]

[친구가 성씨 말고 이름을 불러 달라고 하면?]

[애당초 아직 성씨로 부르는 친구는 없어. 에드가 소공자의 얘기구나. 입에 익지 않아 그런 거 아니야? 계속 발로즈라고 불렀잖아.]

[글쎄.]

[두루아?]

[나는 내가 조금은 다를 줄 알았어. 조금은…… 아무것도 아니야. 나 혼자 있고 싶으니까 나가 줘, 알로이.]

이번에는 좀 많은 시간을 뛰어넘었다. 스무 살이 넘어, 알페이 백작 부인과 이야기를 하던 때의 날이었으니까.

[그나저나 영애의 약혼은 언제인가요?]

[네? 아니에요. 알페이 백작 부인. 각하와 저는 그저 친구일 뿐인걸요. 너무 어려서부터 봐서 그런지, 그런 감정은 없어요.]

[그렇군요. 하지만 아직은 친구라도 약혼을 너무 미루는 건 좋지 않아요. 두 사람 다, 약혼자가 있어야 할 나이잖아요.]

[그러니까 전…… 그런 게…….]

[어머, 미안해요. 본의 아니게 발로즈 영애를 곤란하게 했군요. 저희 아이도 아니라고, 그렇게 부정을 하던 사람과 맺어지게 돼서, 제가 너무 영애의 말을 무시했네요.]

[아, 괜찮습니다.]

[그렇다면 각하께서는 보르나인 후작 영애와 맺어지시겠네요. 보르나인 영애도 각하께 관심이 상당해 보이고, 고위 귀족 쪽에서 이제 격이 맞는 상대는……. 아, 미안해요. 내가 또 실례했군요.]

그러고 보니 셰릴 보르나인과 녹턴의 혼담 얘기는, 백작 부인에게 먼저 들었구나.

시간이 현실과 가까워질수록, 그걸 보는 내 감정마저 덩달아 울렁거렸다.

이 꿈, 언제까지 계속되는 거지.

그리고 바로 다음 장면은, 조금 전보다도 더 내 기분을 불쾌하게 만들었다.

[녹턴, 보르나인 후작 영애와 약혼할 거야?]

[뭐? 혼담이 들어온 걸, 말했던가.]

[그쪽에서 혼담이 들어왔어? 그런 의미로 물어본 건 아니야. 난…… 그냥 보르나인 영애가 널 좋아하니까 물은 거야.]

[좋아한다…… 라.]

[그래서 약혼할 거야?]

[안 해.]

퍽 단호한 답이었지만, 꿈속의 두루아는 믿지 않는 표정이었다. 저 때, 어떤 생각을 했는지는 지금도 생생했다. 정말이냐고 물어보고 싶었지만, 차마 그럴 수가 없었다.

어릴 때의 일이 트라우마로 떠오른 탓이다. 어린 날의 녹턴은 셰릴 보르나인을 싫어하느냐 물어봐 놓고는, 내 파트너 제의를 거절하고 그녀를 파트너 삼아 파티에 왔다. 내가 셰릴과 녹턴의 약혼을 달갑지 않아 하면, 정말로 그녀와 약혼하게 될지도 모른다는, 그런 우려가 들었었다.

[그게 왜 궁금한데.]

[우리도 이제 약혼할 때가 됐잖아. 그래서, 그냥 물어봤어.]

저 이후로, 녹턴과 거리를 벌리겠다는 결심이 바로 섰지.

다음으로는 애런과의 약혼이 나올 줄 알았는데, 예상보다도 시간을 더 건너뛴 장면이었다. 새디가 내게 앨리스와 녹턴의 소식을 전해 주고 있었다.

[뭐라고?]

[리모란드 영애님한테 못 들으셨어요? 두 분, 이미 약혼 직전이라고 하시던데…….]

[아……, 요즘 앨리스를 안 봐서. 그래, 그렇구나.]

[괜찮으세요, 작은 아가씨?]

[안 괜찮을 게 뭐가 있겠어, 난…….]

녹턴과 아무 사이도 아닌데.

당시 하던 생각이 다시 떠오름과 동시에, 등골이 서늘하게 식었다. 꿈속이라는 걸 잊고 나도 모르게 눈을 질끈 감았다가 다시 눈꺼풀을 들어 올린 순간.

갑자기 눈앞에 앨리스가 나타났다. 더군다나, 그녀는 종전까지의 장면과 달리 분명히 나를 보고 있었다.

"왜 화가 났어?"

갑자기 무대로 끌려 들어간 관객의 기분이 되어, 나는 얼떨떨하게 되물었다.

"뭐? 무슨 소리야, 내가 언제?"

"약혼 소식을 말하지 않았다고, 화를 냈잖아. 왜 그랬어?"

진짜 나와 얘기하고 있는 건가?

혼란스럽게 눈을 깜박이자, 앨리스가 덥석 내 양팔을 잡았다. 팔에 닿는 감촉이 지나치게 생생해서, 꿈이 아닌 현실에 있는 것처럼…….

아니, 꿈이 아닌가?

"아니, 그건……. 바보 같은 소리 하지 마. 그런 일에 화를 내는 건 당연―."

"하지만 다른 일에는 그러지 않았잖아."

"뭐?"

"내가 너를 이용했다는 걸 알았을 때도, 바보처럼 꿈을 믿고 너와 멀어지려던 때도 다정하게 안아 줬잖아. 화를 낸 건 그때뿐이었어."

"……그래서 무슨 말을 하고 싶은 건데. 빙빙 돌리지 말고 말해."

"왜 각하한테 내 존재를 숨겼어?"

뭐?

앨리스의 입에서 나올 거라고는 전혀 생각지도 못한 이야기에, 나는 당황에서 입을 벌렸다. 침착하게 답하려고 해도, 죄를 지은 사람처럼 못내 목소리가 떨렸다.

"그건…… 네가 원작의 주인공이라서, 어차피 맺어질 건데 내가 맺어 주기는 싫었어. 그냥, 가끔 녹턴에게 설렐 때가 있어서—."

"그렇지만 원작은 결국, 기억이 조작된 결과였을 뿐이잖아? 진짜 이유는 뭐였어, 두루야?"

"몰라, 기억이 조작됐는데 내가 그런 걸 어떻게 알아."

"다른 걸 물을까? 왜 각하를 향한 험담 때문에 가십을 두려워하게 됐고, 왜 각하의 죄로 죄의식을 느끼는 거야?"

"그건 내가 녹턴을 가까이 여겨서."

"내 일로는 그러지 않았잖아. 내 소식이 실린 신문을 읽고 내 걱정을 했지만 무섭지는 않았잖아. 에른하르트에서 있던 일을 들었어도 나 대신 모멘텀 일가에 죄책감을 느끼진 않았잖아."

이마를 찡그리며, 앨리스가 내 팔을 잡은 손에 힘을 주었다. 소매의 천이 구겨지고, 살갗이 눌리는 감촉이 놀랍도록 선명했다.

"서운해, 두루야. 더 오래 알았던 건 난데 말이야. 왜 그런 거야? 왜 각하만 특별했어?"

더는 견디지 못하고, 나는 앨리스의 팔을 떨쳐 내며 외쳤다.

"그만해! 녹턴한테 호감이 있는 건 이미 인정했잖아. 내가 왜 그런 걸 변명해야 해!"

"호감?"

갑자기 들린 다른 목소리에 놀라 고개를 돌리자, 내 왼쪽에서 셰릴 보르나인이 걸어 나왔다.

"수도 없이 시험당하고, 간단한 부탁도 들어주지 않고, 악당이란 걸 알게 된 뒤에는 영애의 약혼자를 살해할 마음까지 먹은 이에게 호감이요?"

"그건…… 이유가 있어서. 애런의 일을 옹호할 수는 없겠지만, 녹턴은……."

"아니, 영애의 행동이 멍청하다고 비웃을 셈은 아니에요."

얼굴은 비웃고 있는데.

"다만 강제로 약혼한 채, 입을 맞추었다고 얼굴이 붉어지고, 계속 사정을 들어주려던 걸 단순한 호감이라고 할 수 있나 싶어서요."

그녀는 멈추지 않고 계속해서 다가왔다. 당황하며 물러나려고 했지만, 셰릴이 내 어깨를 강하게 붙들어 조금도 뒷걸음질을 칠 수 없었다.

"전에 그렇게 지레짐작했죠? 각하께서는 영애가 저를 사랑하는 줄 알 거라고. 왜 그런 생각을 했어요? 영애야말로 각하를 사랑해서, 찔려서 선수 친 거 아닌가요?"

"당신이 그걸 어떻게 아는지는 모르겠지만…… 그런 거 아니에요."

"나한테 잘난 척을 떨었죠, 영애? 뭐라고 했더라. 그때는 행복했나요, 상대를 떠올리는 것만으로 기뻤나요. 그런 말을 했는데, 그러는 영애는 어때요."

"난……."

"알고도 모르는 척하는 걸 기만이라고 하셨습니다."

이번에는 오른쪽에서 애런 클레이모어가 등장했다. 더는 이들의 갑작스러운 등장이 이상하게 느껴지지도 않았다.

나는 당황스럽게 눈을 깜박이며 다가오는 이의 얼굴을 바라보았다. 물러나려고 해도 발에 뿌리가 내린 것처럼, 손가락 하나 까딱할 수가 없었다.

"그럼 두루아, 당신은 본인을 기만하는 게 아닙니까."

"내가…… 나를 기만한다고요? 그런 말도 안 되는 소리가 어디 있어요."

"당신에게 세뇌를 건 건 각하뿐만이 아니었죠. 당신도 계속해서 자신에게 속삭이지 않았습니까."

녹턴을 사랑하지 말아야 한다. 좋아하지 말아야 한다.

"마음을 줘 버리면 상처받을 테니까. 비참하게도 친구조차 되지 못했는데,

그 사람을 사랑하게 되면 어떻게 될지 모르니까."

결코, 누구에게도 드러낸 적이 없던, 가장 밑바닥의 마음이 낱낱이 까발려졌다. 나는 어떠한 변명도 잇지 못하고, 멍하니 애런의 말을 들었다.

"마음을 통제할 수 없다는 걸 알면서도, 당신은 그런 말 몇 마디에 속아 버리고 안심했습니다. 그리고 정말로 제 마음을 통제했다고 믿었죠. 그러나 정말로 그렇습니까?"

내가 경악으로 굳은 것에도 아랑곳하지 않고, 애런은 얼굴을 가까이 붙이며 물었다.

"당신은 각하를—."

그러나 그 말이 미처 마무리 지어지기 전, 어깨가 요란하게 흔들렸다. 그러고는.

눈이 떠졌다. 흐리멍덩한 시야가 바로잡히는 것보다, 귀에 익은 목소리를 알아듣는 것이 빨랐다.

"일어나라니까, 두두."

"알……로이?"

"오, 드디어 깼구나."

반가운 목소리에, 나는 눈을 벅벅 비비며 앞을 확인했다. 붉은 머리에 축 처진 눈, 순한 듯하면서도 얄밉게 생긴 이 얼굴은 분명 알로이 발로즈였다.

"네가 왜 여기 있어……? 아직도 꿈인가? 이건 요즘 알로이 같은데."

"꿈 아니니까 자지 마. 남의 저택에 오래 머물더니, 이제는 자기 집도 못 알아보는구나."

"자기 집?"

발로즈라고?

그 말에 정신이 확 들었다. 나는 내 볼을 꼬집는 그녀의 손을 쳐내고 벌떡 몸을 일으켰다. 사방을 둘러보니, 발로즈에 있는 내 방이 확실했다. 꿈도 아니었다.

나는 분명 에드가 저택에 있어야 하는데?

"각하께서 새벽에 널 데려다주고 가셨어."

"날 데려다줬……? 뭐? 녹턴이?"

녹턴의 이름자를 듣자, 그제야 가라앉았던 기억마저 의식 위로 떠올랐다.

그래, 나는 에드가의 호수에서 쪽배를 타고 놀다가 녹턴이 준 물을 마시고 잠들었다. 수면제인지 마법 물약인지는 모르겠지만, 그걸 마시고 괴상한 꿈을 꾸기도 꿨다. 희미한 기억들을 주르륵 전시하다가, 녹턴을 사랑하지 않느냐고 채근하는 그런…… 음, 개꿈이었지.

그 일이 떠오르자 의문이 들었다.

녹턴이 왜 나를 재운 거지.

전이었다면, 혹 무슨 흉계를 꾸미고 있는 게 아닐까 의심했겠지만 지금은 괜히 불안한 마음이 들었다. 그가 파혼 서류를 내어 주던 것과 미묘하던 분위기가 번갈아 떠올랐다.

"그런데 날 왜 깨운 거야?"

"1번, 네가 악몽을 꾸는 것처럼 끙끙거려서. 2번, 네가 지금 입은 옷을 어떻게 처치할지 물으려고. 3번, 각하의 표정이 묘해서."

"뭐? 방금 뭐라고? 그러니까 3번 다시 얘기해 봐."

"미련이 뚝뚝 떨어지는 얼굴로 너를 보고 가셨는데, 낯빛이 엄청 안 좋았어. 뭐라고 해야 할지, 곧 죽을 사람처럼."

알로이의 말에 얼음물을 뒤집어쓴 것처럼 등골이 서늘해졌다. 혹 농담 삼아 한 말은 아닌가 했는데 알로이의 표정은 답지 않게 진지했다.

"알지, 두두? 나는 사람 보는 눈이 좋은 거."

"웃기고 있네, 테롭스 안단테 끼고 지낸 게 몇 년인데."

"그 남자는…… 뭐, 아무튼. 각하가 이상해서 사람을 붙여 봤거든."

사람을 붙여?

너무 자연스럽게 나온 말이 당황스러웠으나, 이야기는 매끄럽게 이어졌다.

"파우스트에 가셨더라고. 그런데 마침, 패트시아 에드가의 동태를 살펴려고 파우스트에 심어 둔 눈이 있어서, 각하께서 뭘 하시나 전해 들었어."

"아니…… 따져 물을 게 너무 많지만, 일단. 그 먼 거리에 있는데 어떻게?"

"비상시를 대비해서 통신구. 엄청 비싸."

"그래서? 녹턴이 거기 가서 뭘 한 건데."

"아, 발로즈 재주로는 에드가의 성안에 사람을 밀어 넣지는 못해서 자세한 얘기는 몰라."

지금 놀리나.

"하지만 각하께서 성을 나오시는 건 봤대. 푸른 액체가 담긴 병을 들고 나오셨다고 하더라."

"뭘…… 들고 나와?"

"저번에 네게 주신 성수 병보다 큰 것 같은데."

종전의 불안이 한층 몸집을 불렀다. 근거는 빈약했으나, 불길함은 계속해서 커졌다.

그럼에도 나는 제대로 된 생각을 이어 가는 것도 버거웠다. 충격적인 일에 분명히 정신이 깬 것 같았는데, 인위적인 졸음기가 다시금 의식을 짓눌러 온 탓이다. 조금만 긴장을 풀면 도로 잠들어 버릴 것 같았다. 그것이 마치 죽음의 잠이라도 되는 양, 심장이 조급하게 뛰었다.

"알로이, 어떻게 좀 해 봐. 자꾸 잠이 와서 미치겠어. 나 잠 좀 깨워 줘, 빨리."

"어렵지 않지."

내 상태를 알 리도 없을 텐데, 그녀는 태연히도 답하더니 내게 무언가를 쏟았다. 살갗이 아플 정도로 차가워지고 나서야, 나는 그것이 얼음물이라는 것을 깨달았다. 약 기운을 누를 정도로 정신이 확 들기는 했다. 그러긴 했는데.

"……뭐야, 이 준비성은?"

"흔들어서 안 일어나면 끼얹으려고 했어. 내가 착각한 거면 다행이지만, 혹시 일이 잘못됐을 때 동생한테 미움받긴 싫으니까."

차라리 미움받고 싶어 그랬다는 쪽이 더 설득력 있다. 온몸에 흐르는 찬 기운에, 나는 제대로 움직이지도 못하다가 겨우겨우 몸을 일으켰다. 쇄골에 걸려 있는 얼음 조각을 털어 내다가, 문득 목에 무언가 걸려 있다는 걸 깨달았다. 어딘가 익숙한 자수정 목걸이였다.

"이건 또 뭐야? 네가 걸어 놨어?"

"파우스트의 연락을 기다리는 동안 심심하기에, 네가 치워 둔 상자 좀 뒤졌어. 내가 큐피트 일에도 재능이 있어서."

"아니, 난데없이 무슨—."

"그래서, 잠은 깼지?"

자연스럽게 답을 회피하며, 알로이가 씩 웃었다. 그러고는 얼음물 때와 마찬가지로 자연스럽게, 내 어깨 위로 두툼한 숄을 덮어 주고는.

"자 이제 출발해야지, 용사님. 마차는 준비해 놨어."

어떤 의미로든 눈치 빠른 언니 덕에, 내가 더 채비할 것은 없었다. 얼음물을 뒤집어쓰기는 했어도 여름이었고, 흰 드레스였지만 안쪽에 받쳐 입은 것이 있어 속이 비치지도 않았다.

준비된 마차에 발을 올리자마자, 바퀴는 빠르게 굴러 금세 나를 내뱉었던 에드가 저택에 도달했다. 마부에게 고맙다는 인사를 흘려 넣고, 나는 서둘러 발을 놀렸다.

다행스럽게도 에드가의 사용인들은 (동이 트기 전이라 대부분은 자고 있었지만) 아직 새로운 명령을 지시받지는 않았는지 내 출입을 막지 않았다. 그럼에도 주인이 어디 있냐는 질문에는 침묵해서, 나는 녹턴이 있을 법한 곳을 직접 뒤져 봐야 했다.

1층의 공동 서재와 다이닝룸부터 2층의 내 침실, 내 방을 거쳤다. 녹턴이 개인 서재에 있을지도 모른다는 생각이 들어 그의 방문을 열자 방 안의 광경이 그림처럼 눈에 들어왔다.

소파에 앉은 남자, 우아한 손이 움켜쥔 잔, 잔에 가득 차 있는 푸른 액체와 그곳에서 느껴지는 어떠한 성결함. 잔에 집중하고 있었는지, 그는 내가 방문을 연 것도 바로 알아차리지 못했다.

직접 보고도 믿지 못해, 두어 번 눈을 깜박이고야 느릿하게 현실감이 돌아왔다. 지금······.

여기로 오는 내내 불안함과 불길함을 느꼈으나 그 마음을 언어로 형상화하지는 않았다. 왜냐하면, 그렇게 생각하면, 정말로 녹턴이 그런 일을 벌일 것 같았으니까. 그러나 이제는 부정할 수 없었다.

그는, 녹턴 에드가는, 빌어먹을 내 소꿉친구는 자살을 준비하고 있었다.

그 사실이 눈에 각인되는 순간, 불안과 공포는 오히려 분노에 잡아먹혔다. 자신도 이유를 모를 화가 속 깊은 곳에서부터 끓어올랐다.

"겁쟁이."

그제야 내 존재를 알아차린 듯, 녹턴이 놀란 눈으로 고개를 돌렸다.

"넌 두 가지를 간과했어. 하나는 네가 날 재우기 전날 내가 엄청 오랫동안 잤다는 거고, 다른 하나는 의식을 잃는 게 한두 번도 아니라 이제 내성이 생겼다는 거야."

"……두루아."

"나를 재운 채, 발로즈에 보내 버리고 뭘 하려고 했어? 파우스트에 다녀온 다음, 넌 그 성수로 뭘 하려고 했는데."

"네가 그걸 어떻게 알아."

"어떻게 아느냐고? 내가 그걸 말해 줘야 해?"

제가 죽을 자리를 보던 건 감쪽같이 숨긴 주제에, 그 이유를 물을 여유는 남았단 말인가. 기가 차서 웃음이 나왔다.

"네가 여태까지 한 일, 최대한 곱게 봐주려고 노력했어. 바로 옆에 있었으면서 네 상황을 몰랐으니까. 그게 미안하고 네가 안타깝고, 너를 좋아하니까 나름대로는 최선을 다했어. 그런데 내가 쓸데없는 노력을 한 거 같아."

"두루아, 잠시만."

"네가 여태 한 짓 중에, 제일 최악이야."

녹턴이 숨을 들이켰다. 창백하게 질린 낯은, 금방이라도 죽을 사람처럼 희다. 그러나 그 표정도 지금은 가증스럽기만 했다. 엄밀히 말하면 '금방이라도 죽을 사람'이라는 건 단순한 비유가 아니었으니까.

그의 손은 여전히도 성수 잔을 쥐고 있었다. 뒤틀린 심기 탓에 내 입매도 멋대로 비틀렸다.

"이 와중에도 잔을 내려놓지는 않는구나."

"……아니야. 그냥 놀라서, 잠시만, 두루아. 일단 이야기 좀 해."

"횡설수설 변명할 거 없어. 너도 내가 이렇게 나올 걸 알아서, 저택에 보내

버리고 몰래 죽으려던 거잖아?"

"……."

"그래도 걱정은 마. 내가 어떻게 널 방해해. 저택에 가둬 두더라도 저항도 못 하는데, 네가 작정하고 죽겠다면 내가 무슨 수로 그걸 막겠어?"

그런데 녹턴.

"내가 요즘 순한 게 굴어서 잊었나 본데, 나도 마냥 당하고만 사는 주의는 아니거든."

"뭐……?"

"너 죽기 전에 끝내 주는 이별 선물을 하나 줄게. 죽어서도 악몽으로 밤잠을 설칠 수 있게."

치미는 충동을 못 이기고, 나는 그를 노려보며 말했다.

"나, 지금 호수에 뛰어들 거야."

내가 보는 앞에서 녹턴이 칼을 쥐고 제 심장을 찌르더라도, 나는 칼자루마저 빼앗지 못할 것이다. 힘의 차이는 그만큼 컸다. 그걸 알기에, 그의 손에서 성수잔을 빼앗을 수도, 병을 내던질 수도 없었다. 전부 의미 없는 일이었다.

녹턴이 하는 일에서 이토록 무력감을 느끼는 것이 처음도 아닌데, 어김없이 울분이 차올랐다. 나는 또다시 그가 벌이는 일을 지켜보는 수밖에 없었다. 그가 나를 가두었던 때처럼, 이유를 알려 주고 풀어 주기를 가만히 기다리던 때처럼. 녹턴이 제 목숨을 끊어, 내게 평생의 상처를 남기려는 순간에도 또다시.

그러나 괜찮다고 지나갔던 일임에도, 실제로는 그렇지 않았나 보다. 사라진 줄 알았던 설움의 찌꺼기는 땅을 파헤치고 나와 내 마음을 집어삼켰다. 녹턴에게 상처를 주고 싶었다.

그를 용서할 수 없었다. 견디지 못할 만큼, 그런 충동이 들끓었다.

"너는 입어 보지 않아서 모르겠지만, 네가 준비해 준 드레스 꽤 무거워. 그리고 아직 잠기운이 다 가시지도 않아서 눈만 감아도 잠들 것 같은데, 내가 수영할 수 있을지 모르겠네."

"헛소리…… 하지 마, 두루아."

"헛소리는 네가 하고 있잖아. 왜. 공감 능력이 덜떨어진 너한테 내 기분을 알려 주겠다는데, 너는 되고 나는 안 돼?"

"그게 대체―."

당황하며 녹턴이 그제야 잔을 테이블에 내려 두었지만, 나는 더는 듣는 시늉도 없이 문을 쾅 닫고 나왔다.

걸리적거리지 않게 치맛자락을 양손에 쥐고, 복도를 내달리고 중앙의 계단을 내려갔다. 어디서 그런 힘이 났는지, 불안을 못 이겨 그를 찾아다닐 때보다도 몸이 빨랐다. 다리를 움직이는 동안에도 머릿속에는 가열한 분노가 내달리고 있었다.

자살하겠다고? 기껏 모든 이유를 설명해 놓고, 모든 사정을 드러내 놓고, 저를 괴롭히고 나를 인질 삼으려던 패트시아 에드가를 황궁의 지하 감옥에 처넣어 놓고. 모든 일이 마무리되었으니, 이제는 속 편하게 죽겠다고?

그럴 거면 왜 내가 특별하다고 말했어. 왜 내게 곁에 있어 달라고 말했어. 왜 내 미움을 받을까 봐 벌벌 떠는 듯이 굴었고, 왜 내 죽음이 그토록 두려운 듯이 굴었어. 어차피 죽을 생각이었으면, 그딴 게 다 무슨 소용이었다고.

"멈춰, 두루아!"

나는 어느 때보다도 빨랐지만, 금세 문을 열고 쫓아온 녹턴보다 빠를 수는 없었다. 그가 손을 뻗어 나를 잡으려는 걸 보고 인상을 찡그리다가 문득, 나는 마침 계단을 오르던 사용인들을 발견했다.

"녹턴을 막아!"

"예, 영애님."

정말로 할 거라고 확신해서 내뱉은 말은 아니었지만, 혹시나 하는 생각이 먹혀들었다. 계단을 오르던 세 명의 시종이 녹턴에게 달려들며 그의 앞을 가로막았다. 드물게도 그가 당황하는 모양새를 보고 비웃어 주다가, 그의 손등이 붉게 익은 것을 봐 버렸다.

급하게 나오는 동안 성수를 쏟은 걸까.

잠시 멈칫했으나, 나는 더 이를 악물고 달렸다. 그깟 손 따위가 문제가 아니다. 화상을 입은 것은 실수였지만, 녹턴이 그걸 마시려고 한 건 고의였다.

녹턴이 시종들에게 붙잡힌 찰나 나는 모든 계단을 다 내려갔고, 여전히 정문 앞을 지키고 있는 두 명의 기사에게 녹턴을 붙잡으라 말하고는 밖으로 나왔다.

금세 호수의 모습이 눈앞에 드러났다. 정말로 죽을 생각을 하고 내뱉은 말은 아니었지만, 죽지 않을 거라는 확신 때문인지 나는 망설임도 없이 물결 속으로 뛰어들려 했다. 그러나.

"멈추라고 했잖아!"

그보다 한 발 먼저, 녹턴이 내 팔을 붙들고 뒤로 당겼다. 기세 좋게 내달리던 것이 언제라고, 잠깐도 버티지 못한 채 나는 단단한 품으로 빨려 들어갔다.

이거 놓으라며, 미친 사람처럼 발버둥을 치고 소리를 질러도 나를 끌어안은 손은 오히려 단호해졌다. 뒤늦게 그의 손이 덜덜 떨리는 걸 느끼고, 나는 어이가 없어 웃었다.

겁을 먹었어? 네가?

그 웃음소리에, 그는 조금 울컥한 것 같았다. 녹턴은 이를 악물고 억눌린 소리로 말했다.

"너, 뭐 하는 거야. 죽는 게 장난 같아?"

누가 할 소릴.

나는 신경질적으로 그의 품을 밀어내고, 얼굴을 보고 섰다.

"그럼 너는 뭐 하는 건데. 샴페인 잔에 성수 따라 놓고, 신한테 기도라도 드렸니?"

"얘기하겠다고 했잖아!"

"네 유언 들어줄 생각, 조금도 없어!"

소리치기는 했으나, 계단을 뛰어 내려올 때보다는 확실히 진정된 상태였다. 그럼에도 흥분으로 심장이 뛰는 소리가 지나쳐서 신경에 거슬렸다.

나는 내가 뛰어들려던 호수와 일그러진 녹턴의 얼굴을 번갈아 보고는, 그를 비웃었다.

"지금은 빠지기 전에 잡았지? 아니, 못 잡아서 내가 물에 빠졌어도 문제없을 거야. 손쉽게 건져 냈겠지. 그런데 네가 죽고 난 뒤엔 어떨까."

"두루아 발로즈, 네 목숨으로 협박하지 마. 내 목숨이 아니고 네 목숨이야."

"그래, 목숨을 스스로 내던지는 거라면 몰라도 협박거리로 삼다니 큰일 날 소리지. 세상에서 제일 비겁하고 어리석은 일이야."

"비꼬지 마."

자신의 생명을 버리려던 사람이 설파하는 목숨의 귀중함이라니, 절로 헛웃음이 터져 나온다.

"너, 장난해? 그래, 오늘 네 상태가 이상하긴 했어. 그래도 여러 가지 일이 있으니까, 너도 심란하겠지. 그럴 수도 있겠지. 생각했는데 너는…… 즉흥적으로 벌인 일도 아니었지?"

"……."

"아주 계획적이었어, 분명. 그게 아니라면 패트시아 에드가를 감옥에 처넣는 즉시, 파혼 서류를 준비해 내밀고 나를 재워 발로즈로 보내고 파우스트에 다녀와 오늘을 준비하고. 그렇게 차곡차곡 일을 진행한 건, 이미 생각해 뒀다는 거잖아."

"……두루아."

"언제부터였어? 나한테 다 털어놨을 때? 3개월만 기다리면 파혼해 주겠다고한 때? 그것도 아니면 날 저택에 끌고 와 가둬 뒀을 때, 불필요한 오해까지 만들며 훌륭한 악역 노릇을 할 때?"

언제라고 해도 이상치 않았다. 어쩌면 그보다 오래됐을 수도 있을 것이다. 그래 놓고는 그런 속내를 감쪽같이도 숨긴 채, 정말로 나와의 미래를 꿈꾸고 있는 듯이 굴었다.

녹턴이 저지른 기만 중 단연코, 최악이다. 속이 부글부글 끓었다.

"……알겠어, 안 그럴게."

녹턴이 얼굴을 쓸며 말했다. 간단히 나온 답이 퍽이나 믿음직스러웠다.

"어차피 잠깐의 충동일 뿐이었어."

"헛소리하지 마. 내가 얼간이 천치로 보여? 이제 와서 네 말을 믿으라고?"

"……그래, 네가 날 믿을 수 있을 리가 없지."

"원래 그랬다는 식으로 체념한 듯 굴지 마! 난 널 믿으려고 했어! 네 마음을 듣고, 너한테 무슨 사정이 있을 수도 있다고 생각한 뒤로는 계속 그러려고 애썼다고."

또다시 눈이 뜨거워진다. 소리를 높여 감정을 토로하려고 하면 으레 그렇듯. 벌써 몇 번째인지, 아주 나쁜 버릇이 들었다.

"완벽히 너를 신뢰하게 되지는 않았지만, 나는…… 노력했어. 네가 방금 다 박살 내서 그렇지."

녹턴을 노려보는 눈에 잔뜩 힘을 주고, 나는 눈물을 겨우 참았다.

그러나 분명히 말할 수 있었다. 슬픔보다는 분노가 훨씬 강했다.

"그래, 죽고 싶으면 죽어야지. 네 인생 네가 알아서 하겠다는데 설사 내가 힘으로 뜯어말릴 수 있대도 어쩌겠어. 내가 네 일로 상처를 받든 말든, 그걸 뻔히 알면서도 너는 기어이 그걸 하겠다는데."

무게감이 느껴질 정도로 가득 고인 물방울 탓에, 눈앞이 흐리고 거슬렸다. 나는 손등으로 거칠게 물기를 지워 냈다.

"마음대로 해. 나도 마음대로 할 거니까."

"두루아, 너―."

"따라 죽겠다는 말 아니야. 널 잊어버리겠다는 소리지."

홧김에 물속으로 뛰어들려 했으나, 그게 진정 죽겠다는 의미는 아니었다.

녹턴의 얼굴이 더없이 굳어 버리는 걸 보고는 왠지 마음이 차분해졌다. 아니, 목 뒤에 준비해 둔 말을 생각하면 오히려 더 정신이 나간 걸지도 모르겠다.

"임페르펙티오를 구해 마실 거야. 어차피 한 번 엉망진창이 된 기억이니 더 뒤집는다고 특별할 거 있겠어? 그걸 마셔서, 내 인생에서 녹턴 에드가를 완전히 지워 버릴 거야."

"너, 임페르펙티오가……."

"아, 그래도 감정 같은 건 결국 못 바꾼다고 했나? 그럼 비슷한 사람 하나 구해 보지."

착각이든 세뇌든 믿을 수 없는 기억이란 이제는 지긋지긋했지만, 거의 평생을 알아 온 사람의 죽음을 견디느니 그편이 나았다.

나는 되는 대로 아무 말이나 지껄여댔다.

"검은 머리, 보라색 눈의 멀끔한 남자애 하나 구해서, 너랑 있던 일이 다 그 애랑 있던 일인 것처럼 하면, 슬플 일도 없겠네."

"뭐……?"

"너 같은 건 금방 잊어버리겠다. 너와 보낸 시간이 길다고 해 봐야, 앞으로 살아갈 시간보다는 짧을 거 아냐? 내친김에 결혼도 해야겠네."

"지금 그걸 말이라고―."

"어차피 네가 알 바 아니잖아. 죽겠다며? 네가 죽은 뒤 내가 뭘 하든 무슨 상관이야."

녹턴은 몇 번 더 입을 달싹였으나, 번번이 내 말에 가로막혔다. 끝까지 말하도록 내버려 두더라도 제대로 된 반박은 하지 못하겠지만. 죽은 자는 입이 없다고 하던가, 스스로 침묵하려는 사람이 무슨 말을 할 수 있을까.

마침내 그는 달싹거리던 입을 굳게 다물었다. 엷은 색의 입술은 깨물린 탓에 색소가 삭 빠졌고 표정은 몹시도 어둑했다. 일그러진 눈썹 아래, 속눈썹으로 그늘진 눈동자가 놀랍도록 흉흉하다. 그럼에도 나를 향해 내비치는 명백한 적의가 조금도 두렵지 않았다.

"⋯⋯안 돼."

지난밤을 다 빨아들인 듯 검은 목소리에, 외려 웃음이 난다. 나는 그의 눈을 마주 노려보며 입매를 뒤틀었다.

"잘 됐다. 네 비위 맞추는 것도, 네가 무슨 일을 벌일까 벌벌 떠는 것도, 그러면서도 미련을 못 버리고 너를 믿으려 애쓰는 것도 진저리가 났는데. 누굴 대신 데려다 놔도 너만큼 지겹게 굴진 않겠지."

"안 된다고, 두루아."

"뭐가 안 되는데? 시체가 돼서도 날 감시하려고?"

까득, 악문 이에서 나는 소리가 섬뜩하도록 크게 울렸다. 녹턴의 목덜미에서부터 턱선 위로 힘줄이 거세게 불거졌다.

"네가 뭘 하든 상관없어. 어떻게 살더라도 괜찮아, 누군가와 사랑에 빠져 결혼을 해도 돼."

고저 없이 고요한 목소리가 오히려 그의 분노를 선명히 드러내고 있었다.

"하지만 나를 잊어버리는 건, 내 위에 다른 누군가를 덮어씌우는 건 안 돼.

그건 허락할 수 없어."

그러나 화가 난 건 녹턴만은 아니었다.

"허락? 좀 일관성 있게 굴자, 녹턴. 당연한 일로 허락이니 뭐니 하는 게 불쾌하다고 말한 건 너였어."

"그게 당연한 일이라고……?"

"나는 이제, 네 일로 울고불고 난리 피우기 싫어. 참을 만큼 참았고, 할 수 있는 만큼 애썼어."

"두루아."

"네가 죽고 난 뒤의 괴로움까지 군말 없이 떠안으라는 거 너무 이기적인 거 아냐? 내가 너한테 뭘 그렇게 잘못했는데."

내 말에 녹턴의 눈이 조금 흔들렸으나, 그의 표정은 변하지 않았다. 되레 조금 전보다 날이 선 목소리로, 그가 말했다.

"그런 짓 하지 마, 두루아."

"싫어."

"하지 않겠다고 약속해. 그렇지 않으면…… 내가 무슨 짓을 할지 몰라."

"아하, 또 악당 놀이라도 하려는가 보구나. 그래, 뭘 할 생각인데?"

녹턴 에드가는 많은 일에 재능이 있었지만, 개중 제일가는 능력은 두루아 발로즈의 속을 뒤집어 놓는 기술일 것이다. 울컥 치민 감정이, 절로 혀를 날카롭게 만들었다.

"내 가족을 다 잡아다 죽일래? 앨리스도, 애런도, 내 주위 사람이라고는 다 남겨 놓지 않고 죽여 버린 다음에 기억 조작 같은 건 하지 말라고 날 세뇌라도 하려고?"

"두루아."

"아니지, 나한테 더는 세뇌하지 않겠다고 했나. 그럼, 그런 물약을 구할 돈도 없게끔 발로즈를 아예 무너뜨리기라도 할래? 에드가의 힘으로 그 정도는 간단한 일인가?"

"두루아 발로즈!"

"왜?"

고통스럽게 들리는 외침에 담담히 되묻자, 녹턴의 얼굴이 일그러졌다.

"그러려던 게 아니야? 그러면 뭔데."

그는 연거푸 제 얼굴을 쓸었다. 분노를 달래려는 건지, 나를 제압할 방법을 찾으려는 건지, 도무지 그 속을 알 수 없는 몸짓이었다.

"이번엔 뭘 가지고 협박을 하려는 건데."

"……실언이었어."

"본심이겠지. 어차피 이제는 약속이고 뭐고 지킬 생각도 없잖아."

"아직 약속은 어기지 않았어. 아무도 죽이지 않았다고."

"그래 '아직'이지. 그런데 곧 죽으려고 했잖아. 그것도 기상천외하고 엽기적인 방법으로, 내 기억에 각인시키기라도 하려는 것처럼!"

"무슨―."

"넌 사람 아니야?"

다소 멍해진 얼굴로, 녹턴이 느리게 눈을 깜박였다.

제 목숨은 목숨 같지도 않은가 보지. 그런 태도가 더 분노에 불을 지핀다는 걸 아는지 모르는지. 그 당황한 얼굴을 몇 대쯤 때려 주고 싶었다.

"누구도 죽이지 않겠다고 말한 주제에, 자살하려고 했잖아, 넌, 너는……."

내내 그 주제로 이야기를 하고 있었음에도, 자살이라는 단어를 소리 내어 말하자 견딜 수 없는 기분이 들었다. 생생하고 노골적으로 잔인한 어감에, 핏덩이가 올라오는 것처럼 감정이 울컥울컥 솟아나 성대를 집어삼켰다.

마음을 견디기 위해 나는 입술을 피가 나게 깨물고, 주먹을 양껏 움켜쥐었다. 손톱이 살갗을 파고들도록, 손가락 마디마디가 저릴 만큼 힘을 주었는데 이상하게 감정은 점점 격해지기만 했다. 분노와 당혹감과 가학심에 짓눌렸던 다른 기분들이 마음속에 제 영역을 넓혀 갔다.

"됐어, 말릴 생각도 없으니까 그냥 죽어. 뭐해? 올라가지 않고."

"……입술 깨물지 마."

당혹스러운 얼굴로 머뭇거리던 녹턴이, 다가와 손을 뻗었다. 피비린내가 날 정도로 깨물던 아랫입술을 억지로 빼내고, 손톱이 박히도록 움켜쥔 주먹을 펴려 했다.

어쭙잖은 다정함에 다시금 화가 치밀어, 나는 순순히 손가락을 펴는 대신 움킨 주먹으로 그의 가슴팍을 때렸다.

"그냥 죽어, 빨리 죽으라고! 차라리 빨리 꺼져 버리라고, 이, 이……."

그러나 팔을 휘두를수록, 이상하게 점점 주먹에서 힘이 빠졌다.

기력 소모가 커서 그래. 팔이 아파서 그래. 녹턴의 몸이 쓸데없이 단단해서 그래. 녹턴이…… 아.

"나쁜 자식."

기어이는 힘이 다 빠진 손이 덜덜 떨리기 시작했다. 두려움과 슬픔이 분노마저도 집어삼켜 버렸다.

툭툭, 눈에서 무언가 떨어지는 감각이 쓸데없이 생생했다.

"나 진짜 잘 안 우는데, 여태 다 너 때문에 울었어. 최근에만 그런 줄 알아? 어릴 때부터 유구했어. 내가 방금 꿈을 꾸고 왔는데, 진짜, 진짜 많이 울었더라. 너 때문에."

"……미안해."

"입 다물어, 사과하지 마. 어차피 네 맘대로 할 거면서 뭐하러 사과해? 네 마음이나 좀 편해지려고 되는 대로 지껄이는 거잖아."

"……."

"그런다고 아예 입을 다무네. 그래, 정말로 죽을 거란 말이지. 내가 울든, 난리를 부리든 뭘 하든."

"두루아, 난—."

"나쁜 놈, 진짜, 진짜 너 나빠. 나쁜 놈이란 말로도 안 돼, 넌 진짜 개자식이야. 넌, 녹턴, 너는, 넌 진짜……."

극심하게 울렁거리는 감정 탓인지, 목소리에도 떨림이 배었다. 숨을 참으며 진정하려고 해도, 눈이, 목소리가, 손이, 온몸이 떨려서 그럴 수가 없었다.

나는 녹턴의 옷깃을 붙들고, 그의 가슴에 얼굴을 묻었다.

"죽지 마."

목소리는 금방이라도 꺼질 듯 가느다랬다.

"너 진짜 나한테 그렇게까지 할 거야?"

"……두루아."

"미안하다고 했잖아, 어릴 때 날 세뇌한 것도, 시험한 것도, 애런을 죽이려던 것도, 패트시아에게 휘말리게 한 것도 다 미안하다고 했잖아. 그런데 여기서 더한 짓을 저지르겠다고?"

대체 왜.

"이제 위험한 일 없잖아. 더는 비밀도 없잖아. 아니, 혹시 그런 게 남은 거라면 다 말해. 그래도 괜찮으니까. 다 들어줄게. 다 듣고 용서할게, 녹턴."

"……더 숨긴 건 없어."

"그럼 왜, 왜 죽으려는 거야? 이제 더는 넘어야 할 고비 같은 것도 없는데 왜?"

"내가—."

"아니야, 말하지 마. 아무것도 말하지 마. 나 설득하려고 하지 마. 안 들을 거야."

나는 녹턴 에드가가 어떤 삶을 보냈는지, 조금이나마 알고 있었다.

대단한 가문의 혼외자로 태어나 온갖 모욕을 다 받고 자랐다. 제국에는 그의 출생을 모르는 사람이 없었고, 가문에서 보듬어 주는 이도 하나 없었다. 생부는 얼굴도 본 적 없었고, 모친은 그를 살해하려고 했으며, 그의 형제를 비롯한 저택의 사용인마저 녹턴을 함부로 대했다.

그 고통이 어느 정도일지, 나는 겨우 짐작만 할 수 있을 뿐이다. 그러한 결심을 하기까지 그가 얼마나 괴로웠는지, 얼마나 힘들었는지 이해한다는 건 오만이다. 나는 몰랐고, 평생토록 모를 것이다.

그럼에도 납득하고 싶지 않았다. 녹턴이 그럴 만큼 아팠다는 걸, 그 길을 선택할 수밖에 없었다는 사실을 받아들이는 상상만으로 끔찍했다. 나는.

"죽지 마, 녹턴. 나랑 약속했잖아. 내 주위 사람들 아무도 건들지 않겠다고 했잖아. 아무도 안 죽인다고, 그렇게 말했잖아."

별 이야기도 하지 않았는데 목이 막혀서, 나는 몇 번이나 헐떡거리며 숨을 삼켰다.

"내가 특별하다며, 내가 좋다고 그랬잖아. 그럼 나 힘들게 하면 안 되잖아. 좋아한다면서, 특별하다면서 그럼 안 되잖아."

"내가 살아 있으면, 널 계속 힘들게 할 거야."

"날 위해 죽는 거라고?"

"……아니, 그것도 핑계네."

녹턴이 자조적으로 웃었다. 기다란 손가락이 그의 가슴께에 매달려 있는 내 머리를 느리게 쓰다듬었다.

"솔직히 말하면 두루아, 좀 지쳤어. 적반하장이라고 말하겠지만, 널 괴롭게 하면서 나도 마음이 편해진 않았거든."

"아니야, 말할 필요 없어. 궁금해서 물어본 거 아니야."

"내가 자라온 환경 때문이 아니야. 너 때문도 아니야."

"듣지 않겠다고 했잖아! 말, 하지 마. 제발."

"나 때문에 그랬어."

녹턴의 말을 바로 알아들을 수가 없었다. 그럼에도 그의 분위기가 미묘해서, 나는 의미 없는 저항을 멈추고 이어지는 말을 들었다.

"내 마음을 알면 네가 도망갈 거라고 한 건, 단순한 협박이 아니었어. 내 머릿속은 징그러울 만치 너로 차 있고, 이외에는 아무것도 중요하지 않아."

"녹턴······."

"이러면 네가 싫어할까, 어떻게 하면 네가 날 좀 더 좋아해 줄까. 뭘 해야 네가 더 멀어지지 않을까. 그래, 직설적으로 말하자면."

어떻게 하면 네 옆에 나만 남을 수 있을까.

"여태는 용케 지켜왔지만, 너와의 약속도 평생 지키지는 못할 거야. 어길 날이 반드시 오겠지."

"그런 건······!"

"고맙게도 너는 날, 좋아한다고 말해 줬지만 그게 사랑은 아니잖아. 나는 무서워, 두루아. 내가 살아 있는 동안, 네가 사랑하는 사람이 생긴다는 가정만으로도······."

그는 잠시 숨을 죽이고 양손으로 얼굴을 쓸었다.

"내가 무슨 짓을 할지 모르겠어."

"······일어나지도 않은 일이야. 일어나지도 않을 일이고."

"그건 네가 내 마음을 몰라서 할 수 있는 말이야. 이번에는 패트시아 에드가라는 핑계라도 있었지만, 다음에는 어떨지 몰라. 그러고 싶지 않아."

그렇게 말하는 녹턴의 목소리는 떨리고 있었다. 미래란 것이 죄 불확실했음에도, 불행이 닥칠 것을 확신하는 듯 두려움이 배었다.

그러나 그 동요가 반가웠다. 캄캄한 어둠 속, 조그만 불빛을 발견한 기분이 들었다. 나는 다급히 입을 열었다.

"마음대로 해."

"뭐?"

"네가 원하는 거 다 해 줄게. 다 들어줄게. 더는 화도 안 내고, 네가 숨기는 게 있어도 캐묻지 않을게."

"무슨…… 말이야."

"파혼도 됐어, 안 해도 돼. 나를 좋아한댔지. 나랑 결혼도 해. 평생 옆에 있을 테니까, 에드가에서 나가지 말라고 해도 그럴게."

답답하겠지만, 화가 나겠지만, 그래도 괜찮다. 꼭 상대방의 모든 속내를 알아야 직성이 풀리는 성미는 아니었다. 밖을 나돌아 다니는 걸 즐기지도 않았고, 혼인 후 친지 간의 교류가 줄어드는 건 자연스러운 일이었으니까.

전부 괜찮았다. 녹턴이 살아만 있다면.

이 애가 죽지 않을 수만 있다면.

내 말에 화가 난 듯, 일그러졌던 녹턴의 얼굴이 점점 묘하게 변해 갔다. 그는 꼭, 슬픈 것 같은 표정을 하고 있었다. 그 얼굴에 나는 자신감을 잃었고, 말소리에도 힘이 빠졌다.

"네가…… 그래도 네가 괴롭고 힘들 수도 있겠지만, 필요한 건 다 할게. 전부 해 줄 테니까."

"……두루아."

"그냥, 그냥 그렇게 살면 안 돼?"

"……."

"불안하고 초조해하면서도 그냥 살면 안 되는 거야? 그냥…… 계속 그러면 안 돼?"

돌아오지 않는 답이, 내 말을 부정하는 것 같아 슬펐다. 입을 벌려도 목울음에 막혀 더는 나오는 말이 없었다. 그래서 그의 옷깃을 더 열렬히 붙들었으나 자꾸만 손에서 힘이 빠졌다.

이러면 안 되는데, 이러면 쉽게 나를 밀치고 저택으로 올라가 버릴지도 모르는데.

아니, 녹턴이 그러기로 작정한다면, 내가 얼마나 힘을 주어 붙잡더라도 의미 없을 것이다. 그에게 나를 떼어 내는 건 너무도 손쉬운 일일 테니까. 무력감은 점차 절망으로 물들었다. 무슨 말을 하더라도 그를 설득할 수 없을 것 같았다.

나는 죽고 싶지 않은 기분이라면 알았지만, 죽고 싶은 기분에 대해서는 조금도 몰랐다. 어떤 말을 해야 마음이 바뀌는지, 마음이 바뀔 수는 있는 건지 짐작조차 되지 않았다. 더는 머리도 돌지 않는다.

그래도 안 돼.

녹턴은 죽어서는 안 된다. 나를 떨쳐 내고 죽어서는 안 된다.

죽게 하고 싶지 않았다.

그러면 나는, 왜냐하면 나는······.

"나 너 사랑한단 말이야."

내가 한 말이었으나, 하려고 한 말이 아니었다. 내 목소리가 귓속으로 들어오는 즉시 화들짝 놀라, 나도 모르게 옷깃을 잡은 손을 밀어 녹턴과 멀어졌다.

뭘 한다고? 내가, 녹턴을······?

아니야, 난.

무의식적으로 고개를 들자, 녹턴의 얼굴이 눈에 들어왔다.

시간이 멈춘 것처럼 굳어 버린 얼굴. 조금 전의 말을 정정할 수도 없게 만드는 표정에 입을 벌리자, 희한하게도 아까 꾼 꿈이 생각났다.

"약혼 소식을 말하지 않았다고, 화를 냈잖아. 왜 그랬어?"

"왜 각하를 향한 험담 때문에 가십을 두려워하게 됐고, 왜 각하의 죄로 죄의식을 느끼는 거야?"

"왜 각하만 특별했어?"

머릿속에서 울리는 목소리에, 나는 고개를 저었다. 아니야, 녹턴을 좋아하기는 하지만 사랑까지는 아니다. 그렇게 열렬한 감정은······.

"다만 강제로 약혼한 채, 입을 맞추었다고 얼굴이 붉어지고, 계속 사정을 들어주려던 걸 단순한 호감이라고 할 수 있나 싶어서요."

문득 그런 의문이 들었다.

사랑이 뭐지? 어디서부터 어디까지가 단순한 호감이고, 또 어디서부터가 사랑인 걸까. 그 경계선은 도대체 어디에 있단 말인가.

내 머릿속으로 떠올린 일임에도 추궁받는 느낌에, 나는 두어 걸음을 물러섰다.

"그러니까 녹턴, 나는······."

무슨 변명이라도 해야 할 것 같아서 다급히 입을 열었으나, 아무런 말도 흘러나오지 않았다. 치솟는 당혹감을 견디지 못하고 얼굴을 쓸다가 나는, 양손이 축축해졌다는 사실을 깨달았다.

"아."

울고 있다는 건 알았지만, 이렇게 온 얼굴이 다 젖도록 운 줄은 몰랐다. 당황스럽고 민망하여 다급히 손으로 얼굴을 쓸어 냈으나 아무리 닦아 내도 눈물은 그치지 않았다.

그제야 나는 또, 내가 지금도 울고 있다는 사실을 알았다. 멍청하게도, 이제야 알았다. 어쩌면 우는 것에 익숙해진 탓일지도 몰랐다.

작년부터 얼굴을 다 적신 것이 벌써 몇 번째던가, 아니, 작년부터도 아니지. 아까 녹턴에게 따지기도 했지만, 나는 어릴 때, 지금보다 훨씬 전부터도 많이 울었다.

전부 녹턴 때문에. 내 앞에서 굳은 얼굴로 서 있는 저 남자 때문에.

사랑하는 게 아닌데. 그렇다고 생각했는데.

방어적으로 그렇게 생각했다가, 나는 문득 그 말이 익숙하다는 생각이 들었다. 나는, 같은 말을 남에게 들은 적이 있었다.

"좋아하는 거 아니에요. 그럴 리 없잖아요. 나는…… 전에 사랑도 해 봤는데, 이런 기분이 아니었어요."

"본인이 생각하는 사랑의 방식이 그런 거였겠지."

세릴 보르나인이 제 마음을 부정하는 걸 보면서 나는 녹턴의 말을 떠올렸고, 그런 생각을 했다. 세릴은 녹턴의 최면 때문에, 진짜와 가짜 마음을 헷갈리고 있다고.

"그래서 그때는 행복했나요? 녹턴을 떠올리는 것만으로, 마음속이 차올랐다거나 음…… 아무튼 기뻤나요?"

"……몰라요, 그런 건."

"그럼 엘포드 백작 영식은요, 생각하면 어떤 기분이 들어요?"

"지금 울고 있는 거 보면 내 기분이 어떨지 몰라요?"

로직스 엘포드와 알로이의 약혼 소식에 손수건 두 개를 쓸 만큼 펑펑 울던 그녀의 모습이 떠올랐다. 그 얼굴이 지금의 나와 겹쳐 보였다.

나는 다시금, 허공에 멈춘 손으로 축축한 얼굴을 쓸어 보았다.

"당신도 계속해서 자신에게 속삭이지 않았습니까. 녹턴을 사랑하지 말아야 한다. 좋아하지 말아야 한다."

앨리스와 같은 예지몽도 아니고, 그냥 수면제를 마시고 잠든 뒤 꾼 꿈일 뿐인데. 어쩌면 임페르펙티오가 쓸데없는 장난을 부렸을지 몰라도, 의미 있는 꿈이라 증명된 것도 아닌데. 꿈에 나온 일을 조언 삼는다는 것이 말도 안 되는 일임을 알면서도.

"아, 녹턴. 진짠가 봐."

"정말로 제 마음을 통제했다고 믿었죠. 그러나 정말로 그렇습니까?"

그럼에도 나는 불현듯 떠오른 확신을 부정할 수가 없었다.

"나 너 사랑하나 봐."

무심코 토해 낸 목소리는 다소 멍청하게까지 들렸으나, 자책할 여유는 없었다. 입 밖으로 내면서, 내가 한 소리를 귀로 들으면서, 내 말의 한 자 한 자가 피부 전체에 새겨지는 것처럼 느껴졌다. 온몸의 솜털이 바짝 서고, 진한 소름이 돋았다.

언제부터였을까. 짐작조차 할 수 없었다. 그러면 안 된다고 부정하기에 바빠, 녹턴을 향한 마음은 들여다보지도 않았다.

그저 단순한, 짧게 짧게 이어진 호감일 뿐이라고 생각했는데, 그를 이성적으로 좋아한다는 걸 인정했을 때도 그게 사랑이라고 믿은 건 아니었는데.

어떻게 숨겨 왔나 의심스러울 정도로, 얄팍한 부정의 껍데기가 부서지자 흘러넘치는 마음이 너무 강렬했다. 심장이 뛸 때마다, 그 감정이 피를 타고 온몸으로 흘러가는 것 같았다. 세릴 보르나인이 세뇌에서 깨어날 때 이런 기분을 느꼈을까.

"뭘…… 한다고?"

녹턴의 뒤늦은 물음이, 내 정신을 일깨웠다. 조금 억눌렸을 뿐 평소와 크게 다르지도 않았는데 그 목소리가 지나치게 달게 들렸다.

화들짝 놀라 고개를 들었지만, 눈도 마주치기가 버거웠다. 그럼에도 답을 해야겠다는 의무감이 들어, 나는 버벅거리며 입을 열었다.

"……사랑?"

"장난하지 마, 두루아. 잠시 잊어버렸던 일을 떠올린 것처럼, 아무렇게나 할 수 있는 말이 아니야."

저게 사랑 고백에 할 소리야?

울컥해서 고개를 들었으나, 눈이 마주치는 동시에 나는 다시 시선을 떨굴 수밖에 없었다. 그랬기에 녹턴의 손이 떨리고 있는 것이 보였다. 우습게도 조금 용기가 났다.

"장난 아니야. 전에 말했잖아. 나도 너한테 그런 감정이 있는 것 같다고. 그게 사랑인 줄은 몰랐—."

"그때도 거짓말이었잖아. 내게서 벗어나고 싶어서, 파혼하고 싶어서 한 말이잖아."

"뭐?"

예상치 못한 말이 당혹스러워 그를 쳐다보자, 이번에는 녹턴이 내 눈을 피했다. 입 밖에 나오는 대로 아무렇게나 한 말이 아니라는 뜻이었다.

"너, 내 말을 그렇게 생각하고 있었어? 내가 그런 얄팍한 술수를 부리는 거라고? 그렇게 생각했으면 왜 파혼하겠다고 말했는데."

내 말을 믿는 것처럼 기약까지 했으면서, 이제 와 내가 거짓말을 한 거라고 말하다니. 다시금 속이 부글부글 끓는 듯했지만, 나는 그의 창백한 낯빛을 보고 최대한 인내했다. 그래, 녹턴의 입장에서도 혼란스러울 수 있었다. 당장 나만 하더라도 내 감정을 부정하고 부정한 끝에 가까스로 받아들였으니까. 제 마음보다 타인의 것을 받아들이기 더 힘든 건 당연한 일이었다.

분을 참고, 나는 재차 말했다.

"거짓말 아니야. 진심이야."

"거짓말이 아니라면 착각이겠지. 말이 안 되잖아. 아무 일도 없었을 때, 우리 사이가 무탈할 때도 그런 마음이 없었는데, 실은 날 사랑했던 거라고?"

"녹턴, 난."

"네가 전에 말했던 대로, 상황에 떠밀려 착각한 것뿐이야. 내가 자살하려는 걸 보고 일시적으로 혼동해서. 정신 차려, 두루아. 넌 날 사랑하지 않아."

"……착각 아니야. 네 성질머리가 그 모양이라서, 사랑하면 안 된다고 계속 되뇌고 부정해서 알아차리는 게 늦은 거야. 나는─."

"아니야, 착각이야."

"그러니까 그게……."

다시금 반박하려 입을 열었으나, 울컥하는 마음에 말에서 힘이 빠졌다. 아무리 참아 주려고 해도, 어린아이처럼 무조건 부정하고 있으니 대화는 도돌이표였다. 이러다가 지금 뜨고 있는 해가 질 때까지도, 같은 말을 반복하게 될 것이다. 나는 녹턴의 옷깃을 붙든 손을 밀치고 소리쳤다.

"뭐야, 너! 실은 진작에 마음 바뀌었지?"

"뭐……?"

"지금 나 차 버리려고 계속 부정하는 거잖아. 아니면, 내가 너 싫다고 할 때는 좋았는데, 내가 좋다니까 싫어졌어? 너를 싫어하는 날 좋아하던 거였어?"

"그게 무슨, 말도 안 되는."

"말도 안 되는 소릴 하는 건 너야!"

신경질적으로 외친 말에, 녹턴은 잠시 입을 다물었다. 그는 감정을 진정시키려는 것처럼 두어 번은 제 얼굴을 쓸었고, 흐트러진 머리칼을 쓸어 넘기기도 했다.

쓸모없는 노력이었다. 그의 눈에 떠오른 동요는 조금도 가시지 않았으니까.

"그럴, 리가 없어. 네가 날 사랑할 리가…… 없는데……. 뭔가 잘못된 거야. 약물, 임페르펙티오라든가."

"……좀 짜증 난다. 기껏 고백했더니 물약까지 나와? 나 화나게 하려고 이래?"

말하고 나니, 퍽 그럴싸한 추론이었다.

"네가 뭔데 내 감정을 부정해. 내가 그렇게 느낀다는데, 네가 남의 마음을 알기나 해? 아, 느낄 수 있다고 그랬지. 그런데 내 마음은 모른다며. 뭘 믿고 확신하는데?"

"그런 게 아니야, 넌 그냥 착각을―."

"그럼 너도 착각인가 보지! 내가 좋아 죽겠다는 거!"

같은 논리로 받아쳐 주자 녹턴의 얼굴이 바싹 굳었다. 불쾌해하는 모습에, 나도 한층 더 기분이 나빠졌다.

"착각 아니야."

"네가 착각이니까 남도 착각으로 보이는 거잖아!"

"아니라고 했어."

"아, 그래. 네 사랑은 순수하고 진실하고 고결하지만, 내 사랑은 가짜고 착각이고 장난이고 거짓말이지? 웃기고 있네. 거짓말쟁이는 너야, 녹턴!"

"두루아!"

"뭐! 왜!"

어쩌라고!

배에 힘을 주고 소리를 지르자, 성량 싸움으로는 이길 수 없는 녹턴이 말문을 닫았다. 그럼에도 그의 눈에는 짜증이 서려 있었고, 그건 나 또한 마찬가지였다.

자기는 좋을 대로 말해 놓고, 그런 말을 듣기는 싫은가 보지?

나는 씨근덕거리며 그를 노려봤다. 그러다 문득, 그의 귀가, 목덜미가 눈에 들어왔다. 한창 해가 뜨는 중이라 붉어진 줄 알았는데 그의 손과 색이 달랐다. 내 시선의 방향을 눈치채고 녹턴이 당황하며 제 귓가를 가렸지만, 그 모습이 외려 귀엽게만 보여서 웃음이 터지고 말았다.

지금 뭘 하는 건지. 참을 마음도 없어 소리 내어 웃음을 터뜨리자, 녹턴이 짙은 한숨을 내쉬었다.

"넌 지금 상황에서 이러고 싶어?"

"언성 높일 거 없이 좋은 방법이 있어, 녹턴."

"뭐?"

"사랑한다고 말해 봐."

장난스럽게 웃으며 한 말에 녹턴의 얼굴이 다시 굳었다. 그러거나 말거나, 나는 이제 그의 사정을 봐주면 안 된다는 사실을 깨달았다.

"난 네 거짓말을 많이 들었으니까, 네가 말하는 거 들으면 판단할 수 있을 것같아."

"너한테 거짓말은……."

"안 한 건 아니잖아. 그러려고 노력했다는 정도는 인정해 주겠지만. 아무튼,

말 돌리지 말고 해 보라고."

양손을 위로 뻗어 그의 뺨을 잡고, 나는 그의 얼굴을 내 눈높이로 끌어내렸다.

"왜, 또 도발해야 해 줄 거야?"

웃으며 속삭이는 내 말에 녹턴의 눈이 크게 흔들렸다. 연보랏빛 눈동자는, 막 떠오르는 해의 붉은빛을 삼켜, 평소보다 열기 있게 보였다. 그가 침묵하며 목울대를 몇 번이나 울렁였지만, 나는 채근하지 않고 잠자코 기다렸다.

그러자 곧.

"……사랑해."

낮은 목소리에, 나는 얼굴에서 웃음기를 지워 낼 수밖에 없었다. 유치한 다툼을 하느라 잠시 가라앉았던 감정이, 벅찰 만큼 마음을 메운다.

"사랑해, 두루아."

조심스럽게 손을 뻗은 녹턴이 내 몸을 끌어안자, 맞닿은 가슴에서 심장 박동이 선명히 느껴졌다.

"사랑해, 나는 너를…… 두루아 널."

"나도 사랑해."

더는 가만히 있지 못할 만큼, 입술이 간질거려 기어이 말을 내뱉었다. 녹턴 몸이 크게 움찔했다.

나는 양팔로 그의 등을 단단히 휘감았다.

"착각 아니야. 거짓말도 아니고 장난도 아니야. 나 지금 심장이 엄청나게 뛰는데, 심장 박동 소리 안 들리는 척할 거야?"

"아……."

"그런데 나도 나지만, 너도 소리 엄청 난다. 왜 여태 몰랐지."

그 소리가 퍽 듣기 좋았기에, 나는 그의 가슴에 얼굴을 기대고 숨을 내뱉었다.

"나는 너와 달리 양심이 흰색이라, 거짓말 잘 못 해."

"……그 말만으로 네 양심이 희지 않은 건 증명된 것 같은데."

"사랑해, 녹턴."

"……두루아."

"너랑 같은 감정으로 말하고 있는데 왜 몰라. 엄밀히 말하면 사기꾼에 거짓말쟁이에, 남 마음에 세뇌니 뭐니 이상한 짓 한 건 다 너면서 왜 무고한 날 의심해."

"그러지 마."

녹턴이 나를 끌어안은 팔을 풀고 몸을 물렸다. 표정이 크게 일그러져 있지는 않았으나, 떨리는 목소리는 애원하는 것처럼 들렸다.

"그렇게 말하지 마."

"사랑해."

"네가 그런 말을 하면 난……."

"아, 안 되겠다. 너한테 감성적인 방법은 안 통해."

어느새, 두어 걸음보다도 멀어진 녹턴을 보며 나는 한숨을 내쉬었다. 이대로는 저택을 아예 나가 버리겠네. 『푸른 아르메 강의 연인』에서는 사랑 고백만으로도 과거의 사람을 낚아 올 수 있었는데, 아무래도 녹턴에게는 안 통하는 방법인가 보다.

영문도 모르는 채 눈을 깜박이는 녹턴을 보며, 나는 그에게 다가가기보다는 오히려 멀어졌다. 몇 번 뒷걸음질을 치자 호수는 금세 가까워졌다.

"지금부터 호수에 빠질 거야. 내 말을 믿을 거면 건지고, 믿지 않을 거면 건지지 마."

"……네가 애야?"

"서른도 안 됐으면 애지, 뭐."

"제발 이런 때 장난―."

더는 녹턴의 말을 들어주지 않고, 나는 곧바로 몸을 뒤로 기울였다.

숨을 참고 들어간 탓에 코로 물이 역류하지는 않았지만, 호숫물에 제대로 처박혀서 등이 따가웠다. 녹턴을 끌어당길 생각으로 물에 빠졌으나, 나는 잠시 물속의 광경에 시선을 빼앗겼다. 해돋이가 시작될 때의 호수 밑은, 아름다운 걸 넘어 사람을 끌어당기는 마력이 있었다. 붉은빛과 금빛이 물결에 따라 퍼져나가는 광경은 여느 연극의 조명보다 아름다워 보였다. 귀를 틀어막는 먹먹함에 일순, 현실감마저 사라질 정도였다.

그리고 곧, 그 조명을 가르고 아름다운 이가 모습을 드러냈다. 퍽 다급한 모양새로 다가온 이는 내 몸을 끌어안고, 나를 끌어냈다.

"푸하!"

긴 시간이 아니었기에 그리 숨이 벅차지는 않았다. 다만 다른 충동만은 요란해서, 나는 내게 화를 내려 인상을 찡그린 이의 목덜미를 감싸고 끌어당겼다.

따뜻하고 말랑한 것이 맞붙었다. 그러나 녹턴은 조금 전의 대화 탓인지 멈칫할 뿐 호응하지 않았다. 그게 얄미워 입술을 꽉 깨물자, 조급한 숨이 벌어졌다.

입술을 비비고 숨결이 서로를 어루만지는 그 순간 하나하나가 소름 끼치게 좋았다. 내 감정을 몰랐을 때도 그를 사랑하던 건 마찬가지일 텐데, 입에 닿는 감각은 다른 말을 했다. 어쩌면 영원히 이어졌어도 좋을 황홀한 시간이 멈추고, 우리는 다시 입술을 떼었다.

녹턴이 무어라 다른 말을 꺼내기 전에, 나는 다소 조급하게 입을 열었다.

"여기까지 와서 다시 부정하면, 넌 남의 입술만 노린 바람둥이가 되는 거야. 테롭스 안단테 2세가 되는 거라고."

"……후회할지도 몰라. 아니, 분명히 그럴 거야."

"뭐야, 너도 꿈에 거미라도 들어갔어? 예지 능력도 없으면서, 허세 부리지 마."

"여태까지 충분히 봤잖아. 내가 어떤 사람인지, 네게 무슨 짓을 했는지. 앞으로 그러지 않을 거라고 믿는 쪽이 더 안이해."

키스까지 했는데도 진전이 없네. 도대체 뭘 어떻게 해야 믿어 주는 걸까, 그런 생각을 했으나 녹턴의 말은 끝난 것이 아니었다.

"······그래도 괜찮아?"

"어?"

"그래도 내가, 살아도 돼? 널 사랑해도 괜찮아? 네 모든 걸 망쳐 놨는데, 앞으로도 그러지 않겠다고 장담할 수 없는데 그래도······."

말끝을 흐리는 얼굴은, 처음으로 긍정을 내뱉으면서도 망설임으로 가득했다. 머뭇거림과 두려움으로 가득한, 그럼에도 열망에 밀린 그 모습은 더없이 안타까우면서도 사랑스러웠다. 사랑이 울컥하고 밀려 나왔다.

나는 다시 얼굴을 가까이하고, 가볍게 입을 맞추었다.

"아니야, 녹턴. 넌 아무것도 망치지 않았어. 네가 날 망쳐 놓은 거라면 내가 널 사랑할 리도 없잖아."

"하지만."

"얄미운 짓은 했지. 못된 짓도 했고, 무서운 짓도 했어. 그런데 다른 사람은 어떨지 몰라도 나는 용서할 수 있는 일들이야."

어쩌면 내가 남들보다 윤리 의식이 너무 낮아 그런 걸지도 모르겠지만.

"내 마음이 괜찮다는데 남의 기준이 뭐가 중요하겠어."

"······."

"그리고 네가 착각하고 있는 게 있는데, 건강한 관계는 원래 다 싸우고 투덕거리면서 만들어 가는 거야."

싸우고 투덕거렸다고만 표현하기엔 벌어진 일이 좀 과감했지만, 일단 지금 신경 쓸 문제는 아니었다.

"너도 알겠지만, 나는 앨리스와도 싸웠고 애런과도 싸웠어. 말다툼 정도도 아니었지, 어쩌면 인연이 영영 끊길 뻔했으니까. 그 사람들뿐인 줄 알아? 알로 이랑도 엄청나게 싸웠어. 지금은 안 그러는데, 어릴 때는 진짜 장난 아니었지."

"그건……."

"화해할 수 있다면 몇 번을 싸워도 괜찮은 거야."

"……두루아."

"그러니까 녹턴."

깊게 심호흡을 해서 떨리는 숨결을 다듬고.

"계속 살아 줘."

나는 내내 하고 싶던 말을 꺼냈다.

녹턴의 눈이 크게 흔들렸다.

"나를 사랑하지 않아도, 내 사랑을 받아주지 않아도 괜찮으니까 계속 살아 줘. 그냥 사는 건 안 돼. 네가 힘들었던 만큼 행복해져야 해."

"……내가 행복하려면 네가 필요한데."

커다란 손이 천천히 내 얼굴로 다가왔다. 이런저런 일로 엉망이 된 머리칼을 조심스레 쓸어 넘겼다. 그러나 내내 떨리던 손끝은 이제는 퍽 차분해서 나는 그의 마음이 변했음을 알 수 있었다.

녹턴이 웃었다. 평소처럼 웃으려 애쓰는 모양이지만, 미소 한 군데가 묘하게 어긋나 있었다. 그 서투른 웃음이 오히려 사랑스러웠다.

"마음이 바뀌었어, 두루아. 네게 준 파혼 서류 돌려줘."

"……그래."

"이제 다른 사람을 사랑하게 된다고 해도 안 놔줄 거야."

"그래."

"그래도 두루아."

내 얼굴을 매만지던 손에, 알로이가 채워 준 목걸이가 스쳐 지나갔다. 문득, 녹턴이 이 목걸이를 기억하고 있을까 하는 생각이 들었지만, 지금 중요한 일은 아니었다.

"날 사랑해 줄래."

물기 어린 목소리에 나는 웃었다.

그럼에도 내 웃음 또한, 녹턴의 것처럼 온전하지 못할 거란 확신이 들었다. 내가 내 감정을 주체할 수 없으니 어쩔 수 없었다.

잠시 멀어졌던 숨결은 다시금 이어지고, 불안과 고통과 공포와 두려움을 걷어 낸 마음도 처음으로 맞닿았다. 맞닿은 입술 너머, 찬연하게 물든 세상이 보였다.

그런 생각이 들었다.

완벽한 날이었다. 머리는 헝클어지고 옷은 다 젖고, 얼굴은 눈물 바람에, 녹턴의 차림새도 나 못지않게 엉망이었지만. 동이 트는 하늘은 예뻤고, 하늘에는 붉은빛과 보랏빛이 함께 있었으며 그 사이로 태양이 환하게 떠오르고 있어서.

모든 게 진실이 된 날은, 비로소 완벽했다.

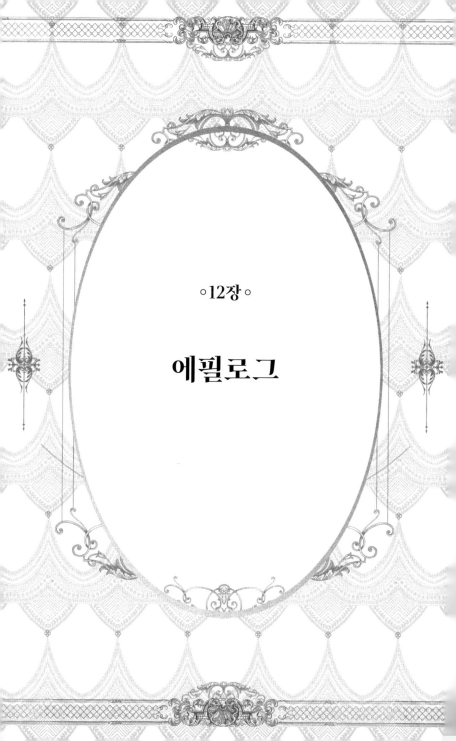

◦12장◦

에필로그

수면제의 양이 좀 과했다. 일이 마무리될 때까지 자고 있길 바란 탓이다. 그 때문에, 갈등을 다 해소하고 긴장이 풀리자 두루아가 꾸벅꾸벅 졸기 시작했다.

그럼에도 그녀는 가물거리는 눈을 단단히 뜨고 기어이는 그의 방까지 올라갔다. 제가 하겠다는 말은 듣는 시늉도 하지 않고 그녀는 병에 담긴 성수를 죄 창밖에 흘려 버리고야 눈을 감았다.

녹턴은 두루아의 신뢰를 되찾으려면 상당한 시간이 걸리겠다고 생각했다.

기분이 나빠지지는 않았다. 억지로 가라앉히려고 해도 그럴 수 없을 것이다. 두루아가 그렇게까지 행동한다는 것은, 그만큼 제가 죽지 않기를 바란다는 뜻이다. 그 황홀한 사실이 어떻게 불쾌할 수 있을까.

그는 잠든 두루아를 조심스레 끌어안고, 그녀의 침실로 향했다.

그녀의 모든 흔적을 그대로 남겨 둔 상태라 다행이었다.

녹턴은 연인을 침대에 내려 두고, 잠든 이를 가만히 바라보았다. 얼굴은 눈물 자국으로 길이 험하게 났고 눈은 퉁퉁 부었으며, 입술도 잔뜩 짓씹은 탓에 엉망이었다.

그럼에도 어느 것 하나 빼놓을 수 없이 사랑스럽다. 간질거리는 기분을 참지 못하고, 그는 눈꺼풀과 이마 위로 입을 맞추었다.

"두루아."

사랑하는 이름자를 속삭이자, 머리부터 발끝까지 온몸에 충족감이 차올랐다. 그러고야 잔뜩 젖은 옷이 불편하겠다는 생각이 들었다. 이제는 해가 완전히 솟았으니, 사용인들도 거의 일어났을 것이다. 두루아가 아끼는 시녀는 이미 발로즈로 돌려보냈지만, 종종 에드가의 다른 시녀에게도 목욕 시중을 받았으니 불쾌해하지는 않을 것이다. 시녀를 부르기 위해 녹턴이 몸을 일으키자, 다급한 손길이 그를 붙들었다.

"가지 마."

잠결인지라 또렷하지도 않고 흩어지는 소리였지만, 그 안에 묻어나는 절박함은 분명했다. 엉성하게 얽힌 손가락을 내려다보며, 녹턴은 순간 목울대까지 틀어 막힌 기분이 들었다. 힘이라고는 조금도 들어가지 않은 손에 얽혔을 뿐이나, 그는 한 발도 뗄 수 없게 됐다.

"……그래."

의식이 없으니, 돌아올 답도 없을 텐데 그는 굳이 억눌린 목소리로 답했다. 그래야 할 것 같았다.

"그럴게, 두루아."

그는 다시, 반쯤 띄웠던 몸을 침대 위로 내려놓았다. 그러고는 조금이라도 그녀의 불편함을 덜어 주려, 얼굴에 가닥가닥 달라붙은 머리칼을 정리하고 여전히 엉겨 있는 손을 힘주어 잡았다. 조금 찡그려져 있던 두루아의 이마가 곱게 펴졌다.

그걸 보니 어쩐지, 마음이 울컥했다. 두루아의 뺨 위로 둥근 물방울이 툭, 툭 떨어졌다.

제 눈물로도 벅찬 얼굴에 남의 눈물까지 쏟다니.

녹턴이 헛웃음을 지었지만, 눈물은 멈추지 않았다.

이런 날이 올 줄은 몰랐다. 올 수 있을 거라고 감히 그려 본 적도 없었다. 그는 두루아 발로즈와 혼인을 꿈꾸고 그녀와의 관계를 되돌리기를 희망했으나, 도저히 사랑까지 탐낼 수는 없었다. 이따금 제게 반응하는 걸 보고 이성적인 호감을 얻어 낼 수도 있겠다고 생각했으나, 그 정도가 사랑은 아니었다.

사랑. 혀를 굴려 발음하는 것만으로도 온몸이 달아지는 그 감정이 제 것이라니. 솔직히는 아직도 믿기지 않았지만, 그 정도로 열렬한 설득을 받았으니 아예 외면할 수도 없었다.

"내 두루아."

그는 부드러운 손짓으로 두루아의 얼굴에서 눈물을 걷어 냈다.

'넌, 내게 사랑한다고 말한 걸 후회하게 될까.'

그러한 생각만으로 마음 한구석이 조여드는 것 같았지만 견딜 수 있었다. 사실, 녹턴 에드가는 두루아가 저를 불신한다고 탓할 처지는 못 되었다. 그녀가 아무리 목에 핏대를 세우고 말하더라도 그 부드러운 감정이 제 것임을 온전히 믿기에는, 불안으로 저며진 세월이 너무 길었다.

'네가 후회한다고 하면 나는 널 놓아줄 수 있을까.'

그럼에도 믿고 싶었다. 두루아는, 한 번도 저를 기만한 적이 없는 그의 연인은 대부분 진실을 말했으며 앞으로도 그리할 거라고.

녹턴이 엷게 웃었다. 이상한 일이었다. 제 불신과 불안은 다 사라지지 않았는데, 이 애를 보면서도 먼 미래의 불행을 그려 보고 있는데 이상하게 마음이 나쁘지 않았다. 당장 가슴을 채운 온기가 너무 달아서, 충족감이 너무나 커서,

그런 불안쯤은 몹시도 사소한 것 같았다. 제 불쾌한 감정을 모두 밀어내는 듯이 느껴졌다.

녹턴 에드가는 태어나 처음으로, 한점의 불안도 섞이지 않은 행복을 누렸다.

행복의 이름은 두루아였다. 발로즈가 아닌.

두루아.

차오르는 마음을 억누르지 못하고 그가 다시금 두루아의 코끝에 입을 맞추었을 때 똑똑, 침실 문을 두드리는 소리가 났다. 온기와 애정으로 가득하던 눈에 새파란 날이 섰다.

부르지도 않았는데, 찾아올 사용인은 이 저택에 없다. 암살자를 떠올리며 녹턴이 손끝을 움직이는 차, 방문 너머로 익숙한 시녀의 목소리가 들렸다.

"각하, 제라늄 공께서 찾아오셨습니다."

⊱❀⊰

눈꺼풀이 뻑뻑한 느낌도 이제 익숙하다. 힘겹게 눈을 뜨니 눈에 익은 천장이 나를 반겼다.

발로즈로 돌아간 것 같았는데 여전히 에드가네. 그건 다 꿈이었나. 어디서부터 어디까지가 현실이지.

멍하니 생각을 더듬던 중에 누군가의 얼굴을 떠올리자 확 정신이 들었다. 나는 벌떡 상반신을 일으켰다.

"녹턴……?"

지나간 일들이 주르륵 머릿속을 스쳐 지나갔다. 괴이한 꿈부터 알로이가 깨워 준 일, 에드가로 달려와 녹턴의 자살을 만류하고 사랑을 고백한 일까지.

그래, 모든 일이 마무리되었다.

그러나 나는 기이한 불안감을 지워 낼 수가 없었다. 녹턴이 하루 종일 침실에서 내가 깨어나길 기다리는 것이 더 이상할 텐데도, 당장 그의 모습이 보이지 않는 것이 초조했다. 무슨 일이라도 벌어진 게 아닌가, 하는 근거 없는 두려움이 가슴을 선뜩하게 했다.

아니야, 사랑한다고 했어. 살 거라고 그랬어. 그러니 아무 문제 없어.

그렇게 생각하려 해도, 심장이 불안하게 벌렁거려서 견딜 수 없었다. 나는 다급히 침대에서 몸을 일으키고 문을 향해 갔다.

그러나 미처 문고리를 잡기도 전에, 먼저 문이 열렸다. 안으로 들어선 이를 보고 나는 멍하게 입을 벌렸다.

"……아."

"두루아?"

녹턴이 놀란 눈으로 나를 내려다봤다. 가슴을 가득 채운 불안이 삽시간에 녹아내린다.

"아, 녹턴. 아…….."

무언가 말해야 하는데, 힘이 풀린 탓인지 아무 말도 나오지 않았다.

봐, 괜한 걱정이라고 했잖아.

선뜩 부풀어 오른 가슴을 쓸어내리며 마른침을 삼키고 나는 길게 한숨을 내쉬었다. 그러고는 녹턴을 들이기 위해 뒷걸음질을 치려는데, 다리에서도 힘이 풀려 무릎이 꺾일 뻔했다.

"왜 그래. 안 좋은 꿈이라도 꿨어?"

다행히 그가 잡아 준 덕분에 넘어지지는 않지만.

"꿈이 아니고 현실이었지."

"뭐?"

나는 다시 한숨을 내쉬고, 커다란 몸을 끌어안았다. 그가 움찔 떠는 것이 느껴졌으나, 내 마음을 달래는 일이 먼저였다. 이건 녹턴 때문이었으니까, 책임도 그가 져야 했다.

"나, 자는 동안, 이상한 거 주워 마신 거 아니지?"

"……아무것도 안 마셨어."

그는 조금 당혹스러운 투로 답했다. 그러고는 잠시 머뭇거리다가 다시.

"아무것도 안 마실 거야."

"아니, 그러면 사람은 죽어."

당연한 말에 면박을 주었으나, 희한하게도 조금 위안이 되었다.

꼭 끌어안았던 몸을 놓아주고 장난스럽게 웃다가, 문득 나는 녹턴이 뭘 하다 온 건지 궁금해졌다.

"일하다 온 거야?"

"누가 좀 찾아와서 잠시 만났어. 그래서 침실 밖으로 나갔던 거고."

"에드가에? 누가 온 건데?"

"……제라늄 에드가."

누구라고?

예상치 못한 이름에 놀랄 수밖에 없었다. 곧, 얼굴이 일그러졌다. 나는 이제 녹턴을 괴롭게 한 에드가의 사람들에게 인간으로서의 온정도 느낄 수 없었으니까. 그럼에도 녹턴의 기분이 어떨지는 몰랐기에, 나는 되도록 침착하게 말을 골랐다.

"그러니까 네 아버…… 가 아니라, 패트시아 에드가의 남편? 아니, 이렇게 말하니까 되게 이상한데."

"그래, 내 모친의 배우자인데 내 생부는 아닌 사람."

"그 사람이 왜 온 건데. 아, 말하기 싫으면 말 안 해도 돼."

"네게 말 못 할 일은 없어."

그렇게 말하고도 녹턴은 잠시 머뭇거렸으나, 곧 입이 열렸다.

"내가. 죽는 줄 알았대."

"뭐? 아, 성수를 파우스트에서 가져왔었지. 그걸 보고 짐작한 건가?"

녹턴이 죽을 줄 알았다니…… 그 말은 두 가지 해석의 여지가 있었다. 하나는 '죽을 것 같아 걱정했다.'이고, 다른 하나는 '죽을 것 같아서, 주인 잃은 가문을 집어삼키러 왔다.'였다. 어차피 녹턴이 죽는다고 해도, 법적인 부친 쪽이 아니라 그의 형제에게 작위가 넘어가겠지만.

그런 생각을 하며 이어질 말을 기다리는데, 녹턴은 묘한 표정을 지으며 다른 걸 물었다.

"……어제도 묻긴 했지만, 내가 파우스트에 다녀온 걸 네가 어떻게 알아?"

"음, 정보의 출처를 해치지 않겠다고 약속하면 알려 줄게."

"두루아."

한숨처럼 내 이름을 부르는 말에, 나는 어색하게 미소 지었다. 솔직히 기분 좋은 이야기는 아니기에 입을 열기가 좀 껄끄러웠다. 그래도 결국 말을 꺼낼 수밖에 없었다.

"알로이가 말해 줬어. 그러니까…… 네가 나를 발로즈에 데려다줄 때, 네 표정이 심상치 않아 보여서 감시를 붙였대. 패트시아 에드가 때문에 파우스트에도 사람을 심어 놨는데 네가……."

녹턴의 눈이 조금 가늘어졌다. 하나 그리 불쾌해 보이지는 않았다.

그래, 말이야 바로 해야지. 솔직히 녹턴은 감시당한 적보다 감시한 적이 훨씬 많을 테니까 이런 거로 화를 낼 입장도 못 된다.

그렇게 속으로는 자기 합리화를 마쳤지만.

"……미안."

주위 사람을 감시했다고 단단히 화를 낸 일이 있었기에, 아예 뻔뻔하게 굴 수도 없었다. 그러고 보면, 전에 녹턴이 그런 말을 하기도 했다. 어차피 유력 가문에서는 다른 곳을 염탐하지 않는 일이 더 드물다고. 모욕으로 받아들였는데 현실이었다.

"네가 한 감시도 아니면서, 이상한 걸 신경 쓰네."

"음, 뭐…… 너한테 한 소리가 있어서……?"

"사과할 거 없어. 소후작이 그럴 건 예상했고 어떤 식으로든 결국 그 덕을 봤으니까."

녹턴답지 않은, 긍정적인 해석이었다. 하지만 그 말이 나쁘게 들리지는 않아, 나는 그냥 웃음이 나왔다.

"그래서 그 사람이랑 무슨 얘기를 한 거야? 널 걱정……했다는 거야?"

"일단 겉으로 그렇게 보이기는 해. ……아니, 모르겠어."

녹턴이 고개를 저었다. 어떤 대화를 나누었는지, 그가 어떤 감정을 느끼고 있는지 짐작조차 할 수 없었지만, 혼란스러운 표정이 안타깝다. 자세한 이야기를 더 캐묻는 대신, 나는 가만히 녹턴을 안아 주었다.

나는 다시 발로즈로 돌아왔다. 녹턴은 죽지 않은 탓에(굉장히 미묘한 어감이지만) 패트시아 에드가의 일을 처리해야 했으므로, 황궁으로 갔다.

저녁쯤에는 발로즈 후작저에 방문하겠다는 약속을 듣고, 나는 마차에 올랐다. 녹턴을 에드가에 남겨 두고 오는 것이 못내 마음에 걸렸으나, 그렇다고 영원히 그의 옷자락을 붙들고 있을 수는 없었다. 아직 우리는 결혼도 아니고, 약혼한 사이에 불과했으니까. 녹턴은 백 년 전의 전통을 빌미로 나를 저택에 붙들어 두었으나, 그건 그저 명분에 불과했다. 패트시아 에드가를 붙잡고 나니 그럴 이유도 사라졌다.

에드가의 마차를 타고 발로즈로 오면서, 나는 사람의 마음이 참 간사하다고 생각했다. 갇혀 있다고 느낄 때는 그토록 돌아오고 싶었는데, 지금 내 머리를 채운 건 녹턴에 대한 불안뿐이었다. 그가 태도를 바꾸었다고 한들, 그날의 잔상은 쉽게 지워지지 않았으니까.

그럼에도 막상 마차에서 내려 발로즈 저택을 올려다본 순간, 반가움이 불안을 압도했다. 녹턴의 은밀한 술수로 이틀 전 이미 발로즈로 돌아왔으나, 그때는 워낙 정신이 없어 감흥도 없었다.

안으로 들어서자 나를 가장 처음으로 맞아 준 이는 뒤벨이었다. 굉장히 걱정하고 있었는지, 전에 봤을 때보다도 몇 년은 노쇠한 얼굴에서 감격의 눈물이 흘렀다. 그 모습이 안타까우면서도 가슴이 뭉클해져 나도 모르게 눈시울이 시큰해졌지만, 감격스러운 재회는 짧았다.

"감동적인 인사 중에 미안한데 두루아, 어머니께서 널 방에 데리고 오라셨어."

어디선가 불쑥 튀어나온 알로이가 내 팔을 잡아끌었다. 그런데도 '어머니'라는 말 때문에 나는 외려 가슴이 뛰었다. 기껏 황실 무도회에 참석해서도, 내가 본 가족이라고는 알로이뿐이었다. 부모님이 그리운 건 당연했다.

방문을 열고 안으로 들어서자 보인 어머니의 얼굴에, 가슴 가득 반가움이 차올랐다. 떨어져 있던 건 채 반년도 되지 않은 짧은 시간이었지만, 어린아이처럼 그 품에 뛰어들고 싶었다.

그러나 그도 잠시. 여느 때보다도 냉정한 표정으로 어머니가 단호하게 말했다.

"파혼은 안 돼, 두루아."

"어머……. 네?"

갑자기 무슨 말씀이래.

당황하여 눈을 깜박이다가 뒤늦게, 나는 어머니가 어떤 서류를 들고 있다는 걸 알았다. 방금 들은 말과 어딘지 익숙해 보이는 서류를 번갈아 보고 나는 깨달았다. 아무래도, 내가 정신을 잃는 동안 녹턴은 내 몸만 발로즈로 돌려보낸 건 아닌 모양이다.

과연 예상대로.

"알로이가 말하길, 각하께서 파혼 서류를 주셨다고 하더구나."

"어, 음…… 그렇죠."

"이제 와 각하께서 자의로 파혼하자고 하셨을 리는 없고, 네 의사로 벌인 일이니?"

"그렇긴 한데요……."

나는 애매하게 말끝을 흐리며 눈을 굴렸다.

반가운 재회를 할 순간이 어째서 이렇게 됐는지 알 수 없었다. 분명히, 몇 달 내로 파혼하고 관계를 새로 쌓아 가자고 말한 사람은 나였지만, 이제 와서는 그 제안도 애매해졌다. 바로 전날에, 녹턴은 이제 파혼해 줄 마음이 사라졌다고 말했고 나도 그에 동의해 버렸으니 저 서류는 이제는 종잇조각에 불과했다.

어머니께도 그 이야기를 해야 할 텐데, 사정이 너무 길어 어디서부터 말을 시작해야 할지도 막막했다. 고민하는 동안, 어머니가 크게 한숨을 내쉬었다.

"장난하니, 두루아? 약혼하고 파혼하고 약혼하고 파혼하고, 나중이 되면 또 약혼하고 결혼을 하겠다고?"

"그게……."

"알로이만 해도 벌써 두 번이나 파혼했어!"

"한 번은 파혼까진 아니에요, 어머니."

"한 달만 지나면 약혼했을 텐데, 파혼이랑 뭐가 다르니."

빙글빙글 웃는 알로이를 보고(아무래도 제 파혼이 즐거운 모양이다) 어머니가 가슴을 내려쳤다.

"아니, 두 번씩 파혼하는 게 발로즈의 전통이야? 난 그런 건 용납할 수 없다. 약혼과 파혼을 소꿉장난 취급하고 다시 파혼하는 것, 난 허락할 수 없어."

"그게요, 어머니. 실은―."

"두두, 아가. 내 마음도 좀 생각해 보렴. 사교계에 온통 너와 리모란드 영애 얘기뿐이야."

이제 사이가 회복돼서 파혼은 없던 일이 됐어요.

……라는 말을 꺼내고 싶었지만, 몹시도 흥분한 어머니는 번번이 내 말을 끊어 냈다.

"이게 뭐 하는 짓이라니, 대체. 네 남자가 그 영애의 약혼자가 되고, 그 영애와 약혼할 뻔했던 사람이 네 약혼자가 되고. 다음에는 둘 다 파혼하고 너와 그 영애가 약혼하는 건 아닐지, 별소리가 다 들린단다, 정말."

"어, 앨리스와 애런이 벌써 약혼했어요?"

"두루아!"

아니, 너무 빨라서 그만. 앨리스에게 애런과 화해했다는 서신을 받은 지 얼마 되지도 않았는데, 벌써 약혼이라니 신기할 수밖에 없잖아.

그럼에도 그렇게 항변할 수는 없어서, 나는 고분고분하게 입을 다물었다. 그 모습이 또 기가 차셨던 모양이다. 어머니가 손을 크게 움직여 당신의 이마를 짚었다.

"제발 신중해지렴, 네 뒷말을 들을 때마다 내가 억장이 무너져서 그래."

"……알겠어요, 어머니. 그런데 저, 이제는 녹턴이랑―."

"그래, 알겠다니 됐다. 나는 일이 밀려 있어, 이만 가 봐야겠다. 남은 이야기는 다녀와서 하자. 그때는 네 아버지도 계실 테니까."

끝까지 내 말은 듣는 시늉도 하지 않고 어머니는 그대로 방을 나가 버리셨다. 몇 달 만에 만난 딸을 안아 보지도 않는 그 시원스러운 모습에, 나는 서운하기보다는 정신이 멍했다.

내가 에드가 저택에 갇혀 있던 일은 다 꿈이었나?

"이제는 각하랑……?"

"뭐, 알로이."

"방금 그렇게 말했잖아. 널 돌려보내 주신 것도 그렇고, 화해한 거야?"

"화해 못 했으면, 지금 여기 못 있지."

"뭐야, 따라 죽을 만큼 좋아하는 사이야?"

이건 또 무슨 헛소리야. 어머니랑 대화하는 동안 졸았나.

"내 감이 틀렸어? 각하께서 안 좋은 생각한 거 아니었어?"

"그건…… 내가 할 말은 아니고."

알로이의 물음에 답을 얼버무렸지만, '그래?' 하며 묘하게 눈을 휘는 모습이 이미 모든 전말을 아는 듯이 보였다. 아무튼, 여우 같은 인간.

"화해했으면, 파혼 안 하겠다는 말이지?"

"그렇긴 한……. 뭐 해!"

무심코 대답하다가, 나는 알로이가 저지른 일에 소리를 내질렀다.

그녀의 손이 시원스럽게 파혼 서류를 찢어 버렸다. 아니, 이제 약혼을 무를 생각이 사라지긴 했지만. 저 서류도 언젠가는 처리해야겠지만, 그래도 이렇게까지 과감히 할 생각은 없었다. 차마 무어라 말도 못 하고 입을 뻐끔거리자 알로이가 천연덕스럽게 어깨를 으쓱였다.

"참, 두루아. 부모님께 어떻게 설명해 드릴까, 그 걱정을 할 필요는 없어. 전부 아시거든."

"……안다니, 뭘?"

"내가 다 말씀드렸어."

그 말을 이해하는 데는 3초 정도의 시간이 더 필요했다.

"그, 러니까 녹턴의 자살 시도나 흑마법이나, 그런 걸 다 아신다고?"

"전자는 아니, 후자는 응. 아무렴, 부모님 허락도 없이 널 보낼 수는 없잖아?"

"내가 에드가에 갇혀 있던 거나, 패트시아 에드가나, 이런저런……. 잠시만, 애당초 너는 어떻게 아는데?"

"내 능력으로 알아냈다고 말하고 싶지만, 사실 좀 더 간편한 방법이었지. 각하께 들었어."

녹턴이 알로이한테 말했다고……?

전혀 상상도 못 한 이야기에, 눈을 깜박이자 알로이가 다가와 내 어깨를 두드렸다.

"패트시아 에드가도 잡혔다고 하고, 이제 다 끝난 것 같으니까 슬슬 말해도 괜찮겠지. 그런 의미에서 두두."

"어?"

"나한테도 차 한 잔만 타 줄래."

장난스럽게 휘어진 그녀의 눈빛은 꿈속에서 본 장면 때문인지, 어쩐지 집요해 보였다.

그날은, 녹턴 에드가가 처음으로 발로즈 후작저를 찾아온 날이었다.

두루아의 방에 노크하기에 앞서, 그는 알로이 발로즈를 만났다.

"그래서, 두루아에 관해 말해 주실 일이란 게 뭔가요?"

자질구레한 서론 없이, 알로이는 바로 본론을 물었다. 공작은 그를 불쾌히 여기지는 않았지만 조금 느릿하게 말을 시작했다.

그의 이야기는 테롭스 안단테에서부터 시작되었다. 테롭스가 파우스트에 다녀간 것이 이상해, 그를 잡아다 조사해 보니 마법 물약에 세뇌당해 있었다는 것. 알로이와 혼인 후 일을 치르는 걸 미리 방지하기 위해, 별도의 최면을 걸어 부도덕한 짓을 벌이게 한 것.

테롭스 안단테의 부정이 담긴 영상구를 넘겨받으며, 알로이의 표정이 묘하게 변했다. 저와 7년이나 약혼해 온 이의 외도를 조작하고 그 증거를 내놓는 공작이 뻔뻔스러울 만큼이나 태연했다.

그럼에도 알로이는 그의 행태에 분개하거나 허무하다는 감상이 들지는 않았다. 졸지에 약혼자를 잃어버리게 됐지만, 테롭스의 수준에 대해서는 이미 알고 있었으니까.

증거가 남지는 않았으나, 그가 성인이 되기 전 건드렸다가 협박하여 쫓아낸 하녀가 한둘은 아니었다. 그걸 알면서도 알로이가 약혼을 유지하고 결혼을 마음먹었던 것은, 단순히 안단테 백작가가 쓸 만하기 때문이었다. 저와 혼인으로 엮이고 나면 멍청한 사내 하나쯤, 손에 쥐고 관리하는 것은 어렵지도 않을 테니까. 그럼에도 못내 찝찝한 예감이 남아 약혼을 질질 끌었는데, 그 결말이 이랬다. 직감은 처음부터 일이 이렇게 될 걸 알고 있었는지도 모른다. 이 상황에 놓인 사람이 테롭스라 다행이라고 할지.

'적어도 죄책감이 들지는 않네.'

"그래서 제게 이걸 넘겨주러 오신 게 전부입니까?"

"아니요, 이건 서론입니다."

서론?

눈을 가늘게 뜨는 알로이를 보며, 공작은 여남은 말을 시작했다.

패트시아 에드가는 자의로 공작 위를 물려준 것이 아니며 에드가를 되찾기 위해 노력하고 있다. 그를 위해서 무슨 일을 벌일지 모른다. 그러니.

"무슨 일이 있어도 그 애를 혼자 두지 마세요."

제 인질이 될 만한 아이를 어떻게든 지키라는 명령이다.

그래, 명령. 두루아는 발로즈의 아이였고, 발로즈에서 보호하는 것이 당연함에도 외부인인 그가 그 애를 지키라 말한다. 우스운 일이었으나, 놀랍지는 않았다.

알로이는, 알 수 없는 표정을 한 공작을 지그시 바라보았다. 녹턴 에드가에게 두루아가 누구보다 특별하다는 걸 알아차린 지는 제법 되었다. 사랑스러운 동생은, 제가 장난감보다 좀 나은 취급을 받는다고 착각하는 모양이었으나 알로이의 눈에는 공작의 갈구가 훤히 보였다. 세상 무엇을 보더라도 무감하던 눈이, 그 애를 볼 때면 다채롭게 빛난다.

알로이가 그 사실을 눈치챈 것은 태생적으로 눈치가 빠른 탓도 있고, 그녀 또한 누구보다 두루아를 아낀다는 이유도 있다. 그녀는 심지어, 두루아 역시도 공작을 마음에 품었다고 짐작하고 있었다. 상처받기 싫어 부정하느라, 제 감정을 인지하지 못한다는 것도.

그러나 알로이 발로즈는 제가 눈치챈 사실 중 어떤 것도 털어놓을 생각이 없었다. 당사자들이 풀어야 할 이야기라는 판단도 있었지만, 그보다는 녹턴 에드가가 성에 차지 않아서였다. 외적인 조건만 보면 제국 제일의 신랑감이라고 할 만했으나 공작은 음험한 자였다. 용케 두루아를 존중하고 있으나, 언제 그 태도가 집착으로 바뀔지 모른다. 자그만 가능성이라도, 동생을 아끼는 입장에서는 무시할 수 없었다.

그렇기에 그녀는 두루아의 마음을 알면서도, 아나콘다의 앞에 고양이를 밀어 넣는 짓은 하지 않았다. 가능하다면, 자연스럽게 멀어지길 바랐다. 공작의 마음도, 두루아의 마음도.

그러나 적어도 한쪽의 감정은 영영 사라지지 않을 모양이다. 담담하게 꾸며 놓은 색채 속, 절박한 감정을 엿보고 알로이가 한숨을 삼켰다.

되도록 밝고 건강한 사람에게 보내고 싶었는데. 겉만 번지르르할 뿐, 속이 새카맣고 심지어는 모친과 대립하는 사람과 맺어지길 바라지는 않았는데.

그녀는 어린 날, 두루아를 공작에게서 떼어 놓지 않은 걸 잠깐 후회했다. 시간을 되돌린대도 그 애의 고집을 꺾을 수는 없겠지만.

"각하께서는 그 애가 인질이 될 걸 걱정하시는군요. 그러나 수십 수백의 호위를 붙여도, 그분을 상대로 자신할 수는 없지 않습니까. 더군다나 그 흑마법사까지 있다면요."

"당분간이면 됩니다. 나도 별도로 움직일 생각이에요."

"각하, 두루아를 사랑하십니까?"

여태 나누던 대화에서 한참은 벗어난 말이다.

갑작스러운 이야기에 당황한 듯, 녹턴 에드가가 멈칫했다.

그는 입을 열어 답하지 않았지만 아무래도 상관없었다. 알로이는 이미 답을 알고 있었고, 공작이 마음을 고백하길 강요하려고 물은 것도 아니었다. 단순히 이야기의 흐름을 제가 가져가고 싶었을 뿐.

"그 애가 왜 결혼에 있어 현실주의자가 됐는지 아세요? 저 때문입니다. 어릴 때만 해도 후계 교육으로 스트레스가 심해서, 의무에서 자유로운 두루아와 많이 싸웠거든요."

"갑자기……."

"그래도 그 애는 천성이 굳건해서 달라지지 않은 줄 알았는데, 아니더군요. 언제부턴가 제게도 의무가 있다고 믿었어요. 연애 소설을 즐겨 보면서도 정략혼을 당연시하더라고요."

"……."

"클레이모어 경과는 오래가지 못할 겁니다. 두 사람 중, 누구도 서로를 사랑하지 않아요."

그뿐 아니라, 결혼을 고려하는 것 같지도 않았다.

"어쩌면 어른들의 닦달을 피하려고 담합했을 뿐인지도 모르죠."

두루아가 애런 클레이모어와 맺어질 거라고 믿는 사람은 저택에서도 뒤벨뿐일 것이다. 발로즈에서 가장 순진한 사람을 떠올리며, 알로이가 어깨를 으쓱였다.

그녀는 공작을 잠시 기다리게 한 다음, 집무실의 서랍을 뒤져 종이봉투를 가져왔다. 그러고는 안에 든 서류를 꺼내 그에게 내밀었다.

글자를 읽어 내린 녹턴 에드가의 눈이 묘하게 변했다.

"이건……."

"두루아와 각하의 약혼을 위해 준비해 둔 서류입니다. 아직은 발로즈의 직인만 찍혀 있지만."

이런 때를 위해 준비한 것은 아니었다. 발로즈의 정보력으로는 패트시아 에드가가 두루아를 노린다는 걸 사전에 알아낼 수 없었으니까. 다만, 두루아의 마음에도 공작이 있으니 군이 정략혼을 고집하며 제 마음을 끝내 모른다면 이런 식으로도 맺어 줘야겠다고 생각했을 뿐이다. 두루아의 짝이 녹턴 에드가뿐이라면, 공작의 성정이 달갑지 않다고 다른 이와 혼인시켜 봐야 결국 그 애만 불행해질 테니까.

"사태가 위급해진다 싶으면, 어떻게든 두루아의 목숨이 먼저이니 법적인 관계가 필요하다면 사용하세요. 클레이모어 쪽의 일은 알아서 하셔야겠지요."

"……그 애의 동의 없이 이걸 쓸 일은 없을 겁니다."

"두루아가 동의한다면, 당장이라도 폐하의 인가를 받아 올 것 같은 말씀이군

138

요."

무례하게 느껴질 수 있는 말에도, 공작은 눈썹 하나 까딱하지 않았다.

놀라운 일도 아니었다. 에드가의 젊은 주인은 전반적으로, 발로즈에 관대하게 굴었다. 다른 이들을 상대할 때와는 달리 위선자의 가면도 쓰지 않았고, 다소 무례한 말을 해도 불쾌한 기색을 내비치지 않았다. 그럼에도 두루아는 그조차 몰랐다. 그리 둔하지는 않은 아이이나, 상처 입지 않으려 쌓아 온 자기방어는 그만큼 강했다.

"에드가 공작 각하, 그 애의 언니로서, 발로즈를 대표해서 감히 한 가지만 말씀드리겠습니다."

"뭔가요."

알로이의 얼굴에서 웃음기가 사라졌다. 그녀는 자칫 무겁게 보일 만큼이나 차가운 얼굴을 하고 공작의 눈을 직시했다.

"만약 그 애가 잘못되면, 각하께서도 무사하실 순 없을 겁니다."

"불필요한 말을 하시는군요. 그런 일이 일어나면, 발로즈가 아니라도 제가 스스로를 용서할 수 없을 겁니다."

일부러 분위기를 잡아 봤음에도 돌아오는 답은 조금의 망설임도 없이 선선하다. 괜한 짓을 했다고 후회했지만, 알로이는 그래도 남은 경고까지 이어 붙였다.

"그리고 혹시 오해하실까 말씀드리는데, 서류는 약혼까지입니다. 어떻게 그 애의 마음을 얻더라도 결혼은 쉽지 않을 테니, 각오해 두십시오."

"……괜한 말을."

그렇게 말하고 공작은 서류를 내려다보았다. 무감한 듯 보이는 얼굴 너머, 설핏 격랑이 내비쳤다.

"두루아는 제 방에 있습니다. 각하께서 한 번도 후작저에 와 주시지 않는다고 많이 서운해했습니다."

"……."

"기껏 여기까지 오셨으면서, 그 애의 얼굴도 보지 않고 가시려고요?"

알로이가 빙글빙글 웃으며 하는 말에, 공작이 한숨을 내쉬었다.

"알겠습니다, 확인할 것도 있으니까."

"─라는 이야기야."

알로이의 말을 듣고 잠시, 나는 기가 막혀 아무런 말도 할 수가 없었다.

녹턴이 발로즈를 처음 찾은 날이라면, 내가 흑마법의 존재를 아는지 확인하겠답시고 새디에게 최면을 건 날이다. 그날, 녹턴에게 위협 아닌 위협을 받고 알로이에게 찾아갔을 때 그녀는.

"먼저 도와주신 거야."

"나는 원래 근거 없는 소문은 흘려 버리지만, 각하께서는 안 그러시잖아. 안 단테 차남에 대한 나쁜 말들이 은근히 있어서 조사해 봤다고 하시더라."

……라거나.

"내 귀여운 동생아, 나는 네가 제일 행복해질 선택을 하면 좋겠구나."

……라는 말을 했으면서!

뻔뻔하기 짝이 없었다. 나와 녹턴을 약혼시키는 서류를 넘겨 놓고는, 어떻게 그렇게 태연하게 굴 수 있었을까.

"알로이, 너 사기꾼이야?"

"원래, 가문의 후계자는 다 사기꾼이지."

"아니, **뻔뻔한** 것도 정도가 있지. 서류를 줬…… 아니, 미리 만들어 뒀다고? 잠깐만. 일이 이렇게 될 거라고 예상한 거야?"

"각하를 사랑하지, 두두?"

맥락도 없이 대뜸 나온 말에 당황하여 사레가 들렸다. 캑캑 기침을 토해 내자 알로이가 다정하게 등을 두드려 줘서, 진정하는 데 더 오랜 시간이 필요했다.

"난 네가 어릴 때부터 알았으니까."

"……알고 있었다고?"

"그럼. 그렇다고 날 탓하진 말아 줘. 몇 번이나 말해 줬는데, 내 사랑스러운 동생은 그걸 아니라고 우기고 부정하더라고. 그래서 나중에는 나도 포기했지."

알로이의 말에, 녹턴을 만나러 가기 전 꾸었던 꿈이 떠올랐다. 그녀의 말이 그때 본 장면과 완벽히 맞아떨어졌다.

기억이 영 선명치는 않아서 설마설마했는데, 그거 정말로 있었던 일인가? 임페르펙티오가 또 무슨 일이라도 벌인 건가? 아니면 치료 효과가 이제야 나타난다거나…….

생각이 다른 곳으로 새어 갈 무렵, 알로이의 말이 내 정신을 잡아 왔다.

"솔직히 나는 네가 여태 몰랐다는 걸 더 믿을 수가 없어. 다른 일에는 그렇게 눈이 건조한 애가, 각하만 엮이면 비구름이 되는데 그걸 어떻게—."

"비구름은 무슨 비구름이야! 안 울었거든. 아, 아니 어릴 땐 울었지만, 그 나이 때는 우는 게 정상이잖아. 너도 백 번은 울었어, 천 번은 울었다고!"

"글쎄……. 그렇게 말하기에는 두루아, 네 눈이 아직도 부어 있잖아."

그러고 보니, 바로 앞에 증거를 들이민 꼴이었군.

더는 반박하지 못하고 입이 굳었다. 알로이가 과장스럽게 큰 한숨을 내쉬고는, 절레절레 고개를 저었다.

"큰일이야. 맨날 울리기나 하는 사람이랑 약혼하는 거, 정말 허락해도 되는 건지."

"시끄러워, 알로이!"

"그래도 당장 결혼은 안 돼. 내가 7년을 약혼했으니, 넌 적어도 8년은─."

"시끄럽다고!"

저녁이 되자 녹턴은 약속대로 발로즈에 나타났다. 내심 그가 또다시 허튼 생각을 할까, 불안했기에 안도의 한숨이 나왔다.

그를 응접실로 들이고, 나는 낮에 있던 일들을 이야기했다.

"그런 이유로, 파혼 서류는 찢어졌어."

알로이의 손에 처참히 찢어져 버렸지.

"그런데 녹턴, 이제 나한테 숨기는 거 없다고 말하지 않았어?"

"딱히 그 일을 숨긴 건 아니야."

"그래, 애당초 어떻게 발로즈의 동의를 받았냐고 물어보지 못한 내 잘못이구나."

"화났어?"

말투는 여상했으나, 조금은 내 눈치를 살피는 모양새였다. 답지 않은 모습이 귀여워서 조금 생겼던 짜증도 금세 사라져 버렸다. 아무래도, 난 녹턴한테 지나치게 무른 것 같다. 아니면 녹턴의 얼굴에.

"이런 거로 화가 나기에는, 여태 있던 일이 너무 많았지."

"아니라면 됐어."

142

"그러고 보니, 너한테 물어보려던 게 있어."

지금, 임페르펙티오의 일을 물어볼 수 있는 사람은 녹턴뿐이기에 나는 내가 꾼 기묘한 꿈에 대해 상세히 이야기했다. 어쩌면 그게 그 물약과 관련이 있지 않겠느냐는 가설까지도.

"그건 나도 몰라."

그러나 녹턴은 모든 걸 알고 있을 거라는, 근거 없는 맹신은 깨져 버렸다.

"물약을 제조하는 법과 투여했을 때의 반응만 아니까."

"하긴, 흑마법 도서들이 전반적으로 그렇긴 하더라. 마법을 거는 법만 쓰여 있고, 푸는 방식은 전혀 없어서 얼마나 답답했는지."

"제르벨로 제르벨라라면 알고 있겠지. 조사를 마치는 대로 데려올게."

"뭐, 그래."

세뇌에 당했으니 자의도 아니었고, 결과적으로는 패트시아 에드가를 잡는 데 일조한 셈이 됐지만, 제르벨라의 잘못이 아예 없다고 하기는 모호했다.

나한테 한 일이 있으니 양심이 있으면 그 정도는 말해 주겠지. 물약 치료도 더 열심히 해 줘야 할 것이다.

"잠시만. 물약 하니까 생각난 건데, 메모리아의 실타래를 다시 구하면 어떨까? 네가 직접 구하면 바꿔치기 당하지는 않─."

"네가 말해 놓고 잊었어, 두루아?"

뭘?

알아들을 수 없는 말에, 녹턴을 빤히 바라보자 그가 부연 설명을 덧붙였다.

"그것도 '마법 물약'이잖아."

"아."

생각해 보니, 제르벨라가 말해 준 이야기는 '마법 물약에 저항력이 있다.'까지였다. 굳이 흑마법에 한정된 이야기가 아니니, 자칫하다가는 부작용만 늘어나게 될 것이다.

이 체질, 생각보다 불편하네.

"그런데 정말 네 말대로긴 한가 봐, 녹턴."

"뭐가?"

"마법 물약으로 사람의 감정을 바꿀 수 없는 거. 임페르펙티오의 목적이 네게서 멀어지게 하는 거였는데, 난 그래도 너를 사랑하고 있잖아."

녹턴은 무어라 대답하려는 듯 입술을 달싹였으나, 입 밖에 나오는 건 옅은 한숨이었다. 그가 이유도 없이 얼굴을 쓸어내리는 모습을 보고 뒤늦게, 나는 그의 귀가 발개진 것을 발견했다.

"뭐야, 사랑한다는 말을 그렇게 많이 해 줬는데도, 부끄러워?"

"……시끄러워."

"그래도 결혼까지는 좀 기다려야 할걸. 알로이가 웃기는 소릴 하더라. 면박을 줘도 꿋꿋하게 그러는 거야. 자기는 7년간 약혼했는데 파혼했으니, 나는 8년은 채우라고."

심술을 부리는 것도 정도가 있어야 하는데, 알로이는 정신이 나간 게 틀림없다.

"그런 미친 소리를 들을 생각은 없지만, 그래도 전통상 2년은 채워야 할 테니까."

"결혼…… 해 줄 거야?"

"뭐?"

잘못 들었나? 방금, 녹턴의 입에서 나왔다기에는 말도 안 되게 귀여운 소릴 들은 것 같은데.

휙 고개를 돌려 보자 그는 입을 다물고 있었으나, 나와 시선을 맞추지는 못했다.

뭐지, 왜지. 사랑이란 게 사람을 귀엽게 만드는 건가, 아니면 내가 콩깍지가 썼 건가.

내 시선을 못 건디고 그가 하는 말은 한층 더했다.

"보지 마, 아무 말도 안 했어."

"내 청력 무사해, 녹턴."

"……."

"귀엽긴 한데―."

"말도 안 되는 소릴."

빠르게 나온 부정에 녹턴의 당황이 여실히 묻어났다. 알로이처럼 굴고 싶지는 않은데, 웃음이 나는 걸 참을 수 없었다.

"나랑 결혼 안 할 생각이었어? 그 난리를 피워 놓고?"

장난스럽게 말하며, 녹턴의 얼굴을 잡아끌고 미간에 입을 맞추었다. 녹턴이 당황하며 손으로 내 얼굴을 밀어내기에, 그가 전에 했던 것처럼 커다란 손바닥에도 입을 맞추었다. 앓는 소리를 내며, 녹턴이 어찌할 바를 모르고 몸을 물렀다.

"……두루아 발로즈."

"왜, 네 말대로면 입술에 하는 것 말고는 다 그냥 할 수 있는 스킨십인데."

"시끄러워."

이제야 발등에 키스 당한 내 기분을 이해하는 모양이군.

"아무튼, 이제 파혼은 안 돼. 쓸 수 있는 횟수 다 썼어."

"또 무슨 말이야."

"어머니께서 한탄하시더라고. 약혼에 파혼에 약혼에 파혼에, 그게 발로즈 전통이냐고. 더는 파혼 같은 건 생각도 말라고."

그렇게 말하고야 뒤늦게, 녹턴과의 혼담을 물리지 못하도록 강수를 두셨나

하는 의혹이 떠올랐다. 내가 녹턴과 맺어지지 않고 애런과 약혼한 것을 몹시도 안타깝게 생각하셨으니 충분히 가능한 이야기다.

내가 잠시 다른 생각에 빠져 있는 동안, 녹턴은 부끄럼을 수습하고 평소처럼 웃었다. 그러니까 입매를 비틀어서 비죽.

"애런 클레이모어와 약혼한 일에 장점도 있었네, 두루아."

아직 애런한테 원한이 남았나 보다.

"뭐래, 나도 파혼할 생각 없었어. 나보고 기억력 짧다고 뭐라고 하더니 자기는 더하네. 네가 파혼 서류 돌려 달라고 했을 때, 내가 뭐라고 했는지 잊었어?"

"'그래.'라고 했지. 안 잊었어."

녹턴은 빠르게 답하고는 옅은 숨을 내쉬었다. 뒤틀렸던 입매가 도로 얌전히 돌아왔다. 그가 내게로 손을 뻗기에, 나는 헝클어진 머리칼을 그의 손에 맡겼다.

섬세하고 조심스러운 손길이 내 머리칼을 쓸어 넘긴다. 귀끝에 스치는 손길이 익숙한데도 나도 모르게 움찔했지만, 다행히 티가 나지는 않은 모양이었다.

"약혼 다시 해."

"무슨 말이야?"

"그땐, 어차피 끝낼 생각으로 식을 생략한 거였어. 끝까지 가 버릴 생각도 있었지만, 그렇게까지 할 수 없는 건 사실 내가 제일 잘 알았으니까."

그러고 보면, 감금 초기에는 몇 달 내로 결혼할 거라는 망언도 했었지.

"그런 식으로 아무 일 아닌 듯 넘기고 싶지 않아."

"너한테 그런 감성적인 면도 있었구나."

"네가 싫다면—."

"나도 좋아. 애런과는 어차피 파혼하려고 생각해서 식도 안 치렀지만, 지금은 다르잖아."

결혼으로 이어질 약혼이라면, 사랑으로 맺어지는 관계라면 나도 그러고 싶었다.

무심코 말하다가, 문득 지나간 일이 떠올랐다. 나는 입꼬리를 말아 웃었다.

"그러고 보니 너한테 약혼 선물은 이미 받았는데."

"무슨 말이야."

"기억 안 나? 어제 봐 놓고도 모르네."

노골적으로 힌트를 주었는데도 모르겠다는 얼굴이라, 나는 시녀를 시켜 내목걸이를 가져왔다. 바로 어제까지만 하더라도 내 목을 장식하던 자수정 목걸이였다.

"이거."

"네가 어제 한 목걸이네. 이게 왜."

"와, 진짜 잊어버렸어? 이거 네가 준 거잖아! 알로이랑 작당한 날, 새디한테 세뇌 걸었던 날."

"약혼 축하해, 일단은 말이야."

그런 말을 하면서, 내 목에 걸었던 목걸이다.

그렇게까지 말하고야 생각이 났는지, 녹턴의 표정이 변했다.

"아."

그러나 깨달은 사실이 개운하다기보다는 곤혹스러워 보였다. 애런과의 약혼을 축하한 일 자체가 껄끄러운 건지.

"아무튼, 진짜 음흉해. 연보라색 싫어한다면서, 애런과 약혼한다니까 이걸주고 가?"

"……버려."

왜, 애런과의 흔적은 남기기도 싫어?

그런 말을 하며 놀려 주려고 하는 때에, 녹턴이 말을 이었다.

"그거, 모조품이야."

뭐?

"진짜 자수정도 아니고, 암시장에서 도는 위조된 물건이라고."

"아니, 뭐? 그러니까 이게, 애런과 약혼했다고 선물해 준 이 목걸이가⋯⋯."

가짜? 이 목걸이가 가짜라고?

그 말을 듣고 내려다보니, 어쩐지 세공된 방식이 조금 거칠어 보이기도 했⋯⋯. 아니, 잠시만. 모조품을 줬다고? 내가 이걸 무도회장에 하고 갔으면⋯⋯. 상상만으로 피가 식었다.

"미쳤어? 가짜를 왜 줘? 어쩐지, 축하한다고 말할 때부터 수상했어! 사교계 가십에 내 지분이 너무 적은 것 같아서 일조하려고 했니?"

"⋯⋯네가 하고 갈 리가 없다고 생각해서."

"하고 갈 생각이 없긴 했지만, 아무리 그래도 그렇지. 다른 남자와 약혼했다고 해도 가짜⋯⋯. 주질 말든가! 누가 달라고나 했어! 그러면서 약혼 선물이 뭐?"

어떤 의미로는, 녹턴이 저지른 일 중에 가장 배신감이 들었다. 세상에, 녹턴 에드가 돈을 아낄 거라고는 생각해 본 적도 없었는데 아무리 심술이 나도 그렇지⋯⋯.

녹턴의 가증스러운 작태에 기가 막혀 입을 벌리고 굳어 있자, 그는 명백히도 말을 돌리려는 모양새로 입을 열었다.

"잠시만. 나도 묻고 싶은 게 있는데."

"뭐!"

"그 백수정은 왜 안 쓴 거야."

백수정?

녹턴의 말을 바로 알아들을 수는 없었으나, 떠올리기까지 오래 걸리지는 않았다. 앨리스에게 받은 백수정 목걸이가 산산조각난 다음 날, 녹턴이 내게 수정을 보내왔었다. 그때는 연을 끊기로 결심을 굳힌 상태라, 커다란 상자에 넣어서 치워 버렸지만.

그러고 보니 자수정 목걸이도 그 상자에 넣어 뒀었는데, 알로이는 도대체 그걸 어떻게 알고 꺼낸 건지. 곧 자기 저택이 될 거라고 남의 사생활을 막 뒤지는 모양새에 새삼 분기가 차올랐다. 이따 욕해 줘야지.

"쓰라고 보낸 거야?"

"……그럼 뭐라고 생각했는데."

"네가 그깟 수정 수백 개를 들고 있어 봐야, 나한테는 안 통할 거다?"

내가 당시 느꼈던 감상을 그대로 내뱉자, 녹턴이 헛웃음을 터뜨렸다. 조금 울컥한 것처럼 보이기도 했다.

"내가 어린앤 줄 알아?"

"어린애가 아니라 악당이었지."

"악당이 백수정을 왜 보내."

"네가 그깟 수정 수백 개를 들고 있어 봐야―."

"……말을 말자."

종전의 말을 반복하려는 걸 끊어 내고, 녹턴이 휙 고개를 돌렸다.

고개는 저만 돌릴 수 있나. 자수정 건 아직 안 잊었거든!

나도 보란 듯이, 녹턴의 반대쪽으로 고개를 틀었다.

그러고 나서야 그와 나의 언행이 유치하기 짝이 없다는 걸 눈치챘다. 깨닫는 즉시 웃음이 터져 나왔다. 녹턴은 뚱한 표정을 유지하려는 듯 애썼으나, 결국 웃음의 전염성을 이기지 못하고 덩달아 웃음을 터뜨렸다.

이튿날 아침은 해가 눈부시게 밝았다. 구름 한 점 끼지 않은 맑은 여름날, 창밖을 보는 것만으로 기분이 좋아지는 시작이었다.

세안 물을 들여 오며 새디도 밝게 웃었다.

"좋은 아침이에요, 작은 아가씨!"

"좋은 아침, 새디."

발로즈로 돌아온 이후, 그녀는 부쩍 들떠 보였다.

패트시아 에드가를 잡아넣고 녹턴과 마음을 털어놓을 즈음에는, 워낙 정신이 없어 이 애를 챙길 여유가 없었다. 새디는 잠든 나를 발로즈에 데려다 놓은 직후, 돌려보내졌다고 한다. 알로이가 깨워 내가 눈을 뜬 순간, 이미 후작저에 와 있었다고. 에드가에 갇혀 있던 것은 이 애도 마찬가지였던 터라, 그녀는 가족들을 만나고 다시 발로즈에서 일할 준비를 했다. 휴가를 더 줄 생각이었으나, 발로즈에 머물고 싶은 마음이 크다기에 오늘부터는 다시 새디가 내 전속 시녀였다.

고생을 시켜 놓고 다시 도움을 받기가 미안했으나, 에드가에 머무를 때와는 비할 바 없이 활기차진 모습이라 조금 안심했다. 에드가로 떠나기 전에도 이렇게까지 밝지는 않았는데, 나름대로 심경의 변화가 있던 걸까. 세안과 옷을 갈아입는 걸 도와주는 것마저 즐거워 보였다. 그리고 다이닝룸으로 나를 안내하기 전, 돌연 새디가 한숨을 내쉬었다.

"작은 아가씨, 역시 사과드려야 할 것 같아요."

"사과라니, 뭘?"

"알로이 아가씨께 다 들었어요. 저는 정말로, 그 일을 심각하게만 받아들였어요. 그래서 아가씨께 많이 투정 부리고, 성가시게 굴었잖아요. 그런데 사실 그게……."

그게?

어쩐지 불길하게 시작되는 서론에 나는 멍하니 새디의 입을 바라보았다.

그러자.

"사랑싸움이었다면서요!"

뭔 싸움?

잘못 들은 건가 싶어 눈을 깜박이자, 새디가 눈을 빛내며 말을 이었다.

"생각해 보면 각하께서도 아가씨께서 말씀하시는 건 다 들어주셨죠. 친구분들의 방문도 받아 주시고, 거칠게 행동하시지도 않았으니까."

"어……."

"그래도, 감금은 아닌 것 같아요. 두루아 아가씨도 잘 알고 계시겠지만, 그건 그래도 범죄잖아요?"

"그렇, 지……?"

"그러니까 절대로 쉽게 넘어가 주시면 안 돼요. 필요하다면 결혼은, 각하를 법정에 세운 다음 형을 다 치르고 나서─."

"새디!"

깜짝 놀랄 소리에 식겁하여 외치자, 새디의 눈이 동그랗게 커졌다. 그러더니 곧, 그녀가 까르르 웃음을 터뜨렸다.

"농담이에요, 아가씨."

새디가 농담을 하다니, 알로이가 진지해지는 것만큼이나 드문 일이었다. 안 그러던 사람의 별난 짓에 무어라 반응해야 할지도 모르겠어 나는 눈을 굴리기만 했다. 다행스럽게도 화제는 곧 돌아갔다.

"아무튼, 죄송하다는 말은 진짜예요. 북돋아드리지는 못할망정 계속 기운이 빠지는 소리나 했던 걸 반성하고 있어요."

"그런 말 하지 마. 네가 옆에 있어 준 것만으로 충분히 도움이 됐으니까."

진심 어린 말에 새디가 빙그레 웃어 주었다. 그러고는 이어, 그녀는 반가운 소식을 전했다.

"참, 오늘 중으로 리모란드 영애님과 클레이모어 경께서 발로즈를 방문해도 괜찮을지, 서신을 보내셨어요."

거절할 이유가 없었기에 나는 아침 식사를 잠시 미루고, 와 달라는 답신을 썼다.

두 사람이 저택에 온 것은 점심이 조금 지날 무렵이었다.

애런과 앨리스가 함께 오는 모습이 생소하면서도, 아주 잘 어울렸다. 이제는 아니란 걸 알면서도, 소설 속의 주인공 같다는 생각이 들 정도였다.

"어서 와, 앨리스. 애런도 잘 왔어요."

"반겨 주셔서 감사합니다."

"두루아, 보고 싶었어."

앨리스가 나를 끌어안았다. 실질적으로 날짜를 세자면 만나지 못한 날은 길지 않았지만, 어쩐지 애틋한 기분에 나도 그 애를 꽉 안아 주었다.

"그간 고생했지?"

"고생은 그전까지 많이 했고, 최근에는 해소 단계였지."

해야 할 이야기가 많았다. 차가 나오기를 기다렸다가, 우리는 그간의 사정을 털어놓기 시작했다. 먼저 말을 시작한 것은 앨리스 쪽이었다.

나와 에른하르트에 다녀왔던 밤, 애런이 앨리스를 찾아왔다고 한다. 앨리스의 소식을 수도에서 전해 들은 즉시, 한잠도 자지 않고 몬스터를 베고 다녔다고. 2 기사단에도 나름의 일정이란 게 있을 텐데, 부단장이라는 사람이 그래도 되나 의문이 들었지만, 어쨌거나 덕분에 예정보다 훨씬 이르게 복귀했다고 한다. 아니나 다를까, 멋대로 설쳐댄 일로 징계를 받았으나 근신 중 패트시아 에드가의 일을 듣고 2 기사단에 전달한 탓에 오히려 기사단 내에서 애런의 입지는 올라갔다.

애런은 혹 내가 오해할까 걱정스러웠는지, 그걸 의도하고 벌인 일은 아니라고 했으나, 염려하는 표정이 재미있어 몇 번 정도는 놀려 주었다.

"그래서, 너는 어떻게 된 거야? 각하와 화해했다는 부분부터 말해 줄래?"

그러면 너무 말이 길어질 텐데.

그런 생각이 들었지만, 요약해서 말하니 별로 그렇지도 않았다.

녹턴과 이미 상의해 둔 상태였기에, 나는 임페르펙티오며, 내가 책 속에 다시 태어났다고 착각했던 망상에 대해서도 모든 걸 털어놓았다. 깨달았을 당시에는 충격적이고 혼란스러운 일이었으나 지나고 나니 입이 근질거리던 것도 사실이니까. 앨리스의 경악 어린 표정이나,『그와 앨리스』의 이야기를 할 때 애런의 미묘한 얼굴에 신이 나, 나는 목이 아플 정도로 열성적으로 말들을 쏟아냈다.

"그거, 다 치료할 수는 있는 거야? 아무 부작용 없이 가능해?"

"부작용에 대해서는 확신할 수 없지만, 몇 년 정도면 약효를 다 지워 낼 수 있다고 들었어."

"치료가 끝나면, 자연스럽게 기억이 바뀌어 있는 거야?"

"글쎄……."

마법 물약에 해박하지는 않아서, 해독이란 게 어떤 식으로 진행되는지 모르겠다. 기억을 조작당한 건지도 모르는 지금처럼, 어느샌가 기억이 바뀌는 방식일까? 어느 부분이 달라진 것도 모른 채?

그렇게 생각하니 조금 아쉬워졌다. 직접 비교해 보고 싶었는데, 어디라도 적어 둘까.

"책 속에 태어난 줄 알았다니……. 내 가족이 리모란드란 걸 듣고 난 뒤에도 이상한 걸 몰랐어? 흔한 일은 아니잖아."

"나는 그것도 미리 알고 있었다고 기억해."

"뭐? 그럴 리가! 내가 리모란드인 거 말했을 때, 나는 정말 네 턱이 빠지는 줄 알았단 말이야."

"……내가 그렇게 놀랐어?"

내 머릿속에는, 앨리스가 그 사실을 말한 순간, 놀란 척하기 힘들었던 기억밖에 남지 않았다. 그런데 그렇게까지 놀랐다니. 새삼, 기억과 실제로 벌어진 일간의 괴리가 선명히 느껴졌다.

"기뻐하며 축하해 주기도 하고, 모멘텀 남작 욕도 3시간이나 했어. 피오라가 수도에 데려가 달라고 조른 걸 말했을 때는, 네 눈이 불타는 줄 알았는데."

"정말로 내가 보였을 법한 반응이네."

"그래서 나는 참 좋았는데, 너는 지금 잊어버린 거구나."

앨리스가 쓰게 웃었다. 그러다가 돌연.

"잠시만 두루아, 그러면 나와 처음 만났을 때는 약물을 먹지 않은 상태였던 거지?"

"그렇지, 그땐 녹턴도 만나기 전이니까. 왜?"

"그때 네가 좀 이상한 말을 했거든. 내 이름을 듣더니 갑자기 '이런, 미친.'이라고 말하더라고."

앨리스의 기억력이 대단한 걸 떠나서, 그녀가 한 말은 내 기억과 같았다. 그렇다면 그 부분은 조작이 안 된 건가.

하지만 내가 앨리스를 원작의 주인공이라고 착각하지 않았다면, 뭐 때문에 욕설을 내뱉을 정도로 당황한 거지?

엉켜 버린 기억의 실마리를 찾을 수가 없었다. 머리가 아파져서 나는 크게 고개를 저었다. 조급하게 굴 문제는 아니었다. 괜히 고민할 것 없이, 해독이 끝나면 알게 될 것이다.

"물약이 다 치료되면 원래 이유가 뭐였는지 알 수 있겠지?"

"그럴 거야. 제르벨라의 조사가 언제 끝날지는 모르겠지만."

"오늘 중으로 풀려날 예정입니다. 필요한 이야기는 거의 끝났으니까요."

그러고 보니, 애런도 관계자였지.

"그러면 대신전으로 돌아가나요?"

"죄인의 신분이 아니라 거처할 곳은 스스로 정하겠지만, 아마 그러지는 못할 겁니다. 각하께서 그를 내버려 둘 생각이 없으신 것 같아서."

"패트시아 에드가가 어떻게 되는지도 알아요?"

"재판 결과가 나와 봐야 알겠으나, 황실 지하 감옥에 무기한으로 수감하는 것이 최선일 겁니다. 황실에서는 에드가를 건드는 일을 달가워하지 않으니까요."

엄밀히, 지금의 에드가는 녹턴이었지만 선대 에드가라 한들 눈치를 볼 수밖에 없는 모양이었다. 녹턴이 강경하게 나간다면 또 모를 이야기겠지만.

"그 사람, 처벌이 너무 약한 것 같아. 각하께서는 그걸 그대로 내버려 두신대?"

"선대 공작을 향한 녹턴의 기분이 어떨지 몰라서, 되도록 그 주제로 이야기는 안 꺼내고 있어."

"……그것도 그렇네. 우리에게는 그냥 악인이지만, 각하의 기준으로는 다를 테니까."

"미묘한 감정이 없다고 하더라도 사실, 따로 분풀이하는 것도 애매하잖아. 녹턴은 사람을 죽일 수 없으니까. 저주 같은 걸 생각하는 거야?"

"아니, 직접적으로 마법을 썼다가는 발각되면 곤란해지니까 음……."

앨리스는 방도를 궁리하듯 말을 끌다가, 문득 환해진 얼굴로 물었다.

"그럼 임페르펙티오란 거, 그 여자한테 먹이면 안 되나?"

뭐지, 앨리스의 입에서 나온 말이 맞는 걸까. 이 애한테는 그 사람을 향한 원한도 없을 텐데, 생각보다 훨씬 강렬한 보복이었다.

"……그거 금지된 비약이야. 흑마법을 들키는 것보다 사정이 나빠질걸."

"그럼 반대로 쓰지 않는 건 어떻습니까."

"쓰지…… 않다니요?"

"임페르펙티오를 먹였다고 하고 거짓을 말하는 거죠. 그러면 당신처럼 제 기억이 옳은지 그른지도 분간하지 못하고, 괴로워질 게 아닙니까."

클레이모어는 기사의 표본이 아니었나. 사람을 괴롭히는 방법에 지나치게 해박해서, 어떤 의미로는 앨리스의 말보다 충격적이었다.

아니, 그런데 앨리스 눈치도 안 보이나. 저런 잔인한 말 해도 돼?

나는 애런을 대신하듯 그녀의 눈치를 살폈으나.

"아, 그거 괜찮다. 결정이야 각하께서 하시겠지만."

괜한 걱정이었다. 여러모로 잘 어울리는 연인이라는 생각에, 나는 쓸모없어진 염려를 구깃구깃 접어 버렸다.

"에드, 아니 애런이 말한 거 각하께 한번 말씀드려 보면 어때?"

"에드……."

"말실수였어, 두루아. 아직 입에 안 익어서 그래. 에드라고 부른 시간이 훨씬 긴걸."

"아니, 부끄러운 연인 간의 애칭이라고 생각해서 쳐다본 거 아니야."

'에드'라는 호칭에, 새삼 지나간 일이 떠올랐다.

전대 황제의 장례식에서였을 것이다. 어쩌다 보니, 애런에게 연애 소설 이야기를 했었는데, 그때 그는 이렇게 말했다.

"연애 소설이요. 그런 거 관심 없죠?"

"저도 그 정도는 읽습니다. 지금은 아니지만, 어릴 때는 좋아하던 소설도 있었습니다."

"가명을 만드는 데는 도움이 되더군요."

그러고 보면, 애런이 좋아했다는 소설은 정말로 『그와 앨리스』인가? 연극을 보러 갔을 때도 에드라는 가명이 유행했다는 내레이션을 들었으니, 애먼 추측은 아닌 것 같았다.

새삼스러운 기분에 앨리스와 애런을 번갈아 쳐다보자, 장난기가 치솟았다.

"그거 알아, 앨리스? 에드는 너만의 에드가 아니야."

가볍게 말문을 열자, 내가 무슨 말을 할지 짐작한 듯 애런의 낯빛이 파랗게 질렸다.

"두루아!"

소설에서 가명을 빌려 쓴 게 부끄러운 모양이지, 퍽 다급한 외침이었다.

갑작스러운 애런의 행동에 앨리스의 눈이 동그랗게 커졌다. 그러고는 그가 미처 나를 만류하기도 전에, 손을 들어 애런의 입을 막아 버렸다.

"잠시 조용히 해 줘, 애런."

말로는 부탁이었지만, 실상은 명령 같았다. 그 조그만 손을 떼어 내는 게 뭐 그리 어렵다고, 애런은 눈짓으로 내게 말하지 말아 달라고 부탁하면서도 어찌

할 바를 몰랐다. 물론 난 눈빛 언어 같은 건 해석할 줄 모르니, 부탁을 들어줄 생각도 없었다.

그런데 애런이 연상 아닌가. 우리보다 4살이 더 많았던 것 같은데, 어느새 말을 놓은 앨리스와 다르게 그는 아직도 존댓말을 쓰고 있었다. 좀 묘한 광경인데, 나름대로 어울렸다.

"그래서 무슨 말이야, 두루아?"

"아, 뭐. 내가 방금 말한 그『그와 앨리스』말이야."

"우으아!"

"입 막힌 채로 말하지 말아요, 애런. 앨리스 입에(손에) 침 튀잖아요."

놀리려고 한 말인데, 뜻밖에도 애런이 조용해졌다. 이런 말이 먹혀드는 게 어이가 없다. 아무래도 보통 잡혀 사는 게 아닌 모양이군.

"거기 나온 기사가 쓴 가명이거든. 그러니까 에드는 에른하르트뿐 아니라, 수도에도 수백 수천 명은 있었을 거야."

"……정말? 애런이 연애 소설을 봐?"

앨리스는 한층 더 눈을 동그랗게 뜨고는, 천진한 눈으로 애런을 바라봤다. 손을 거두어 내며 답을 채근하자, 당황한 애런의 얼굴이 빨갛게 물들었다.

"그, 유명했다기에 종자 생활 중 잠깐……."

"되게 좋아했대."

"두루아, 제발……!"

"그렇구나."

앨리스의 눈에 묘한 빛이 돌았다. 얼핏 봐서는 몰랐으나, 그 안에 든 것은 분명 나와 같은 장난기였다.

"그럼 애런이 나한테 접근한 건, 소설의 주인공과 비슷해서야?"

"그건 아닙니다. 그때는 준비해 둔 가명이 없어서 무심코 사용했을 뿐이지,

사실 그 책의 존재조차 잊고 있었으니까요."

즉시 나온 부정이 안타까워서, 나는 그를 조금 도와주기로 했다.

"맞아, 앨리스. 게다가 너 변장 중이었잖아. 제일 좋아하는 소설의 주인공이랑 닮았는지 아닌지 어떻게 알았겠어."

"그러니까 제일 좋아하는 소설이 아니—."

"아, 그럼 나중에야 알았겠구나. 제일 좋아하는 소설의 주인공이랑 좋아하는 사람이 닮았다는 거?"

"앨리스……!"

"그렇지. 애런, 되게 기뻤겠어요. 제일 좋아하는 소설의 주인공이면, 아마도 이상형일 텐데."

"……두루아."

'제일 좋아하는 소설'의 끝없는 나열에, 애런은 저항할 의지를 잃고 한숨을 내쉬었다. 드물게도 그는 자세를 무너뜨려 소파에 몸을 파묻고는 힘없는 목소리로 말했다.

"터무니없는 영광이었죠."

꽃

당분간은 두루아를 안심시키기 위해서라도 저녁이 될 때마다 발로즈를 찾기로 약속했으나, 아직은 해가 지기 전이었다.

녹턴 에드가는 껄끄러워 미루어둔 일을 처리하기 위해, 어딘가에 와 있었다.

리모란드 공작저였다.

'여길 다시 오게 될 줄은 몰랐는데.'

눈앞에 보이는 응접실을 살피며, 녹턴이 묘한 표정을 지었다.

'그것도 이런 이유로.'

앞에 놓인 찻물을 한 모금 머금고는 그가 옅은 숨을 내쉬었다. 녹턴 에드가가 리모란드로 연통을 넣었을 때는, 하필이면 앨리스 리모란드가 발로즈에 방문하고 있던 터라 그는 조금 기다려야 했다. 다른 날을 잡을 수도 있었겠지만, 날짜를 미루느라 소모되는 심력이 성가셔서 그는 오늘 중으로 용건을 끝내기로 마음먹었다.

곧 문이 열리고 앨리스 리모란드가 안으로 들어왔다. 어떤 의미로든 다시 볼 줄은 몰랐던 얼굴을 보며, 녹턴이 목 아래로 한숨을 삼켰다. 전보다는 덜했지만, 여전히 긴장과 경계로 가득한 기색이었다.

"안……녕하세요, 각하. 잘 지내셨나요?"

"무리해서 인사할 건 없습니다. 목적이 있어서 왔을 뿐이니까요."

어색하게나마 입가에 맺혔던 미소가 사그라졌다. 그러자 리모란드의 마음이 한층 선명하게 느껴졌다. 아직 다 지워지지는 않은 적의와 의심. 그래, 차라리 이편이 낫다.

리모란드가 맞은편 소파에 앉았다. 바짝 모은 다리와 굳은 어깨에서 긴장감이 엿보였다.

"그럼 어떤 이유로 오셨는지, 여쭤도 될까요?"

"리모란드 영애께서는 번번이 나를 경계하는군요. 그런 것치고는 딱히 공격하는 것도 아니면서."

별 의도 없이 한 말에 앨리스 리모란드의 얼굴이 삽시간에 새빨갛게 물들었다. 비난할 의도로 한 말은 아니었다. 정작 실행에 옮긴 건 아무것도 없어서 신기했을 뿐.

제 감시망에 걸린 대로라면, 흑마법에 대해서도 많이 알아냈고 에른하르트에서도 결심한 표정으로 나왔다고 했다. 그리고 에드가 공작저에서 두루아에게 도와주겠노라 말을 했던 것도 같은데, 녹턴의 경계가 무색하게도 그녀가 무언가 일을 벌인 적은 없었다. 계획할 때마다 번번이 타이밍이 안 좋았던 건지, 아니면 지나치게 신중했던 건지.

"그, 그래서 제가 입만 산 사람이라고 비난하러 오신 건가요? 아니면, 두루아를 믿지 못하고 함부로 한 일을 질책하러 왔다거나. 그것도 아니면 두루아를 험담하는 무리와 어울린 거. 그것도 아니면 에른……."

"지금 내게 고해성사라도 하는 건가요."

녹턴의 말에 리모란드가 입을 다물었다. 그러면서도 그녀의 마음에서 민망함과 안도가 느껴졌다. 차라리 말을 끊어 다행이라고 느끼는 모양이다.

스스로가 생각하기에도 지은 죄가 많은가 보지.

잠시 비틀린 생각이 났으나, 녹턴은 한숨과 함께 부정적인 감정을 흩어 냈다. 앨리스 리모란드를 질책하러 온 것이 아니었으니까. 그는 오히려…….

녹턴은 입술을 힘주어 다물며 가져온 물건을 테이블에 올렸다. 한 무더기의 백수정과 각종 마법이 담긴 스크롤이었다. 정확한 양을 가늠할 수는 없으나, 한눈에 보기에도 녹턴이 지난번 망가뜨린 리모란드의 마법 용품보다는 많았다.

"이……게 뭐죠? 이런 걸 가지고 있어 봐야 쓸모없다고 저를 조롱하러 오신 건가요?"

경계하며 내뱉은 리모란드의 말에, 녹턴은 얼마 전 들은 다른 말을 떠올렸다.

"네가 그깟 수정 수백 개를 들고 있어 봐야, 나한테는 안 통할 거다?"

'두루아와 사고방식이 닮았군.'

함께한 시간이 길어서인지, 아니면 닮았기에 친구가 될 수 있었던 건지. 기묘한, 그러나 좋다고 말할 수는 없는 기분이 들었다.

그러나 그를 티 내는 대신, 녹턴은 고개를 수그리고 담백한 투로 말했다.

"죄송합니다."

"⋯⋯네?"

"리모란드 영애께 세뇌를 걸어 함부로 한 것, 정보를 캐려던 것, 저번의 실언과 개인적으로 리모란드를 감시하던 것도 전부 사과드립니다."

"네, 그게 무⋯⋯. 네? 아니, 네?"

시선이 내려간 탓에, 앨리스 리모란드의 얼굴을 볼 수는 없었으나 들리는 목소리만으로 당황한 기색이 역력했다. 적당한 시간 동안 고개를 숙이고 있다가, 녹턴이 도로 얼굴을 들었다. 그때까지도 그녀는 당혹감을 조금도 추스르지 못한 표정이었다. 전에는 그래도 제법 속내를 감추었던 것 같은데도.

감정을 가라앉힐 시간을 주려 잠시 기다리자, 차를 몇 모금이나 삼키고야 리모란드가 겨우 차분해졌다.

"왜⋯⋯ 사과하시는 거죠. 정말로 반성해서 하시는 건 아닐 것 같은데."

"두루아가 영애께 미안해해서요."

무슨 소리야?

표정만으로 생각이 훤히 읽힌다. 그만큼이나 놀란 건지, 이제는 제가 그리 악당으로 보이지는 않는 건지.

녹턴은 다시 차 한 모금을 머금었다. 찻물이 목 너머로 넘어가는 동안, 두루아가 했던 말들이 그의 머릿속을 지나갔다.

"네가 특별해서 그런 것만은 아니야. 내가 하지 않은 잘못으로, 다른 사람한테 죄책감을 느낀 적이 처음은 아니거든."

"그래서 너를 향한 험담이 싫었고 무서웠고, 그러다 보니까 네 구설이 내 것처럼 느껴졌어. 셰릴 때도, 앨리스 때도 그래. 네가 벌인 죄가 내 것 같아서 무섭고 미안했어."

두루아를 상대로 하는 일이 아니라면, 녹턴 에드가는 누구에게도 죄책감을 느끼지 않았다. 생명을 죽이지 않는 일 또한, 그것이 옳다는 판단하에 지키는 규칙은 아니었으니까. 제가 부당한 일을 했다는 걸 자각하면서도, 그는 다른 이들에게 죄책감을 느끼지는 않았다. 그러나 그 애는 달랐다.

"영애께서도 짐작하시겠지만, 실상 나는 그 일로 죄책감을 느끼고 있진 않습니다. 하지만 그 애는 달라요."

"두루아가…… 죄책감을 느낀다는 말씀이세요? 그 애가 왜요?"

"내가 바보라서 그냥 곁에 있는 아무하고 동화된 걸까, 녹턴? 그렇게 생각한다면, 네가 바보인 거고."

"나는 그냥 네가 좋았던 거야."

바로 떠오르는 말이 있었지만, 녹턴은 그 말을 다른 누구에게도 꺼낼 생각이 없었다. 오롯이 그의 머릿속에만 남아 있어야 하는 말이었으니까. 그 말은 온전히 그의 것이었다.

"글쎄요."

"……그렇다면, 각하께서는 두루아의 죄책감을 덜어주려고 제게 고개를 숙이신 건가요?"

"대신해서 죄의식을 느낀다니, 지은 죄가 있는 사람이 수습하는 게 맞는 것 같아서."

황당하다는 듯, 혹은 기가 막히다는 듯이 앨리스 리모란드가 입을 벌렸다. 그러고는 무언가 생각하듯 잠시 눈을 감았다가, 곧 짙은 한숨을 내쉬었다. 다시 나온 목소리에는 허탈한 기색이 배어 있었다.

"일단 그걸 사과라고 말할 수 있는지는 모르겠지만요, 저도 각하께 오해한 부분이 있으니, 받아들이겠어요. 각하의 호의 덕분에, 모멘텀 남작을 잡을 수도 있었으니까."

"그건 두루아 때문에 한 일입니다."

"저도 두루아 때문에 사과를 받아들이는 거예요."

삐죽한 목소리로 받아치면서도, 묻어나는 경계는 한결 줄어 있었다.

"좋으나 싫으나, 각하께서 두루아와 연인이 되셨으니 평생 얼굴을 봐야 하잖아요."

평생.

내색하지 않으려 했지만, 녹턴은 순간적으로 눈가를 움찔하고 말았다. 그리고 앨리스 리모란드는 그 와중에도 그걸 본 모양이었다.

"저도 달가운 일은 아니니, 그렇게 노골적으로 불쾌해하지 말아 주세요."

"……아니요."

녹턴은 무어라 더 변명을 덧붙일까 하다가, 그런 스스로가 우스워 자리에서 일어났다.

"그러면, 가 보겠습니다."

서먹한 배웅을 거절하고 그는 리모란드를 나왔다.

달갑지 않은 일을 했음에도, 그의 가슴께가 무의식적으로 가벼워졌다. 녹턴 에드가 본인도 눈치채지 못한 일이었다.

공작이 떠나고 응접실에 남은 앨리스는, 가슴이 허한 기분에 찻물을 들이켰다. 여태까지 했던 걱정들이 다 바보같이 느껴졌다.

"완전히 두루아에 미친 사람이었잖아."

크게 한숨을 내쉬고는, 그녀가 절레절레 고개를 저었다.

제르벨로 제르벨라가 황궁에서 조사를 마치고 나왔을 때는 저녁놀이 붉게 지고 있었다. 요란할 만큼 화려한 하늘이었으나, 그에게는 풍경의 아름다움을 느낄 여유가 남지 않았다.

신관에게 세뇌를 걸었던 흑마법사는, 이제는 마법을 쓸 수조차 없게 되었다고 한다. 그럼에도 제르벨라의 눈빛은 여전히 아클라툼의 명령을 듣는 것처럼 멍했다.

그러나 얼마 가지 못해 그는 발걸음을 멈추었다. 도망칠 거라고 생각했는지, 손수 녹턴 에드가가 마중을 나와 있었다.

괴물의 아가리처럼 보이는 크고 새카만 마차와 그 앞에 선 젊은 흑마법사. 거부감이 일어야 정상이었으나, 제르벨라는 어떠한 반발도 없이 잠자코 마차에 올랐다. 그 마차가 어디로 가는지도 묻지 않았다. 다만 그는 창이 가려져 바깥도 보이지 않는 마차 안에서, 차체가 덜컹거릴 때마다 덩달아 흔들릴 뿐이었다.

'내가, 무슨 짓을······.'

정신을 차렸을 때부터 그의 마음은 지옥과 다름없었다. 다아즈 아클라툼에게 마법 물약의 실험체로 잡혀 있었지만, 신성력이 발현되고부터는 그로부터 완전히 자유로워졌다고 믿었다. 그런데 그게 아니었다. 그의 머릿속에는 여전히 과거의 잔재가 남아 있었다.

세뇌의 물약, 마리오네트. 제 과거와 놀랄 만큼 똑같은 서신을 받았을 때, 그에 이상할 만큼 믿음이 갔을 때, 동료 신관들이 에드가를 의심하기를 주저함에도 고집을 부리고 싶었을 때. 제가 스스로를 의심해야 했던 순간은 참으로 많았다.

그럼에도 그는 일말의 의심도 없이, 다아즈 아클라툼, 정확히는 그를 부리던이의 뜻대로 행동했고 두루아 발로즈를 패트시아 에드가의 앞으로 데려갔다.

'마법 물약의 탓이다.'

그렇게 믿고 싶었고, 실제로도 그랬다. 모든 나라에서 잡으려고 안달이 난범죄자를 도왔음에도 제르벨라가 감옥에 수감 되지 않은 건 그런 이유에서였다. 마법 물약에 당한 것이 아니었다면, 아무리 대신관이라고 한들 다시는 햇빛을 볼 수 없었을 것이다.

그럼에도 제르벨라는 마냥 그렇게 생각할 수는 없었다.

'일이 잘못되었으면, 나는 발로즈 영애를……'

주체할 수 없을 만큼 손이 떨렸다. 다행히 녹턴 에드가가 제 세뇌를 눈치챈덕에 최악의 일이 발생하지는 않았지만, 그건 너무 결과론적인 이야기였다. 제가 두루아 발로즈를 다아즈 아클라툼의 앞에 데려다 놓은 것은 부정할 수 없다. 흑마법사를 향한 증오에 눈이 멀어, 무고한 희생양을 만들 뻔한 것이다.

아무리 흑마법사를 대상으로 한들, 한 번도 가해자의 입장이 되어 본 적이없는 제르벨라는 제 죄를 견딜 수가 없었다. 제가 신관임을 누구보다 자랑스러워했기에 더욱더 그랬다. 그는 덜덜 떨리는 손에 얼굴을 묻고, 흐느꼈다.

그러는 동안, 얼마나 달렸을까. 마차의 바퀴가 멈추고 문이 열렸다. 문틈 새로 온전히 해가 지고 새카매진 하늘이 보였다. 그 암담한 광경이 제 마음과 같다는 생각이 들었다.

"나오세요, 제르벨라."

혹마법사의 명령에도, 그는 저항 없이 마차에서 내렸다. 그리고 그는 멍하니 앞의 저택을 올려다봤다. 마차가 어디로 향하는지 물어보지도 않았고 궁금해하지도 않았으나, 에드가 공작저로 오지 않았다는 것은 조금 의외로웠다.

"여긴……."

"발로즈 후작저입니다."

공작의 말에 제르벨라의 어깨가 움찔 튀었다. '발로즈'란 이름에 그는 몸을 돌려 달아나고 싶었지만, 차마 그러지도 못했다. 그에게는 거부할 권리가 없었으니까.

제르벨라를 발로즈 후작저로 데려온 공작은, 아무런 설명도 없이 그를 응접실에 밀어 넣고 사라졌다. 저택을 나가는 것 같지는 않았지만, 어디로 가는지 짐작도 할 수 없었다.

그는 제가 누구를 기다리는지도 모르는 채, 입술을 짓씹으며 앉아 있어야 했다. 불안과 초조함으로 입이 말라, 앞에 놓인 찻물은 누가 오기도 전에 동이 난 상태였다.

시곗바늘이 움직이는 소리를 얼마나 듣고 있었을까, 두어 번의 노크와 함께 누군가가 나타났다. 두루아 발로즈는 아니었다. 머리 색이 붉기는 했지만, 눈꼬리가 올라가지도 않았고 연령대도 좀 다른 여성이다. 부드러운 인상에 눈동자도 따뜻한 갈색이었으나 그 안에 담긴 빛은 한겨울처럼 서늘했다. 발로즈와도 그다지 닮지 않은 얼굴이었다. 그러나, 분명 처음 보는 사람일 텐데도 어디서 본 것처럼 묘하게 익숙한 느낌이 들었다.

"대신관 제르벨로 제르벨라 님이시죠?"

"……네, 맞습니다."

"내 동생한테 깜찍한 일을 벌여 줬다고 하던데."

그녀는 맞은편에 앉으며, 잠깐 일어났던 제르벨라에게도 앉으라고 손짓했다.

"아, 인사가 늦었군요. 별로 반갑지는 않지만, 알로이 발로즈입니다."

"전—."

"신관님의 성함을 다시 소개해 주실 필요는 없어요."

이미 확인했잖아요?

덧붙여 말하는 말은 웃음기를 머금고 있었으나, 온화하게 들리지는 않았다.

"바쁘신 분이니, 바로 본론으로 들어가죠. 마법 물약에 세뇌당했으니 불가항력이었다고는 하지만, 저는 좀 생각이 다릅니다."

느긋하게 잔을 기울여 찻물을 머금고, 알로이 발로즈가 이야기를 시작했다.

"흑마법사의 실험체로 있었으면서 스스로가 세뇌당했을 가능성을 한 번도 짚어 보지 않았다는 건, 신관님의 책임이 아닐까요. 그로 인한 피해자가, 하필이면 또 발로즈가 될 뻔했고."

"같은…… 생각입니다."

가슴을 헤집는 말이었으나, 제르벨라는 힘겹게나마 동의했다. 그가 그렇게 나올 것을 예상하지는 못했는지, 그녀의 눈에 이채가 스쳐 갔다.

"책임을 통감하고 있습니다. 발로즈 후작 영애께는 어떤 식으로든 죗값을 치르도록 하겠습니다."

"죗값이라……. 뻔뻔하지 않아 좋긴 한데, 어떻게요?"

"허락해 주신다면, 저택에 10년간 머물면서 두루 발로즈 영애의 안위를 살피고자 합니다."

알로이 발로즈는 그의 속내를 가늠해 보기라도 하려는 듯 가늘게 뜬 눈으로 그를 들여다보았다. 그러다가 곧, 눈에 힘을 풀고 어깨를 으쓱였다.

"5년으로 하죠. 그쯤이면, 그 애도 다른 가문의 사람이 되어 있을 테니까."

"아……."

그녀의 얼굴에 여유로운 미소가 떠올랐다. 표정이 크게 달라지지는 않았지만 희한하게도 분위기는 조금 전과 확연히 달랐다.

"저희도 물론, 신관님의 죄가 없다는 건 알고 있습니다. 그럼에도 당장 두루아가 물약에 당한 터라, 신관님의 도움이 불가피해서요. 부디 제 무례를 용서해 주시기 바라요."

"저는 진심이었습니다. 그러니, 무례라고 생각하지도 않습니다."

"감사한 말씀이네요."

유순하게 눈매를 휘어 웃고, 알로이 발로즈가 들어 올렸던 찻잔을 내려놓았다. 거슬리는 소음은 조금도 나지 않았다.

"신관님께서는 혹 로메테르 출신이신가요?"

"예? 그걸 어떻게……!"

"아, 어쩐지 낯이 익더라니."

'뒷조사한 건가.'

대뜸 나온 말의 저의를 알 수가 없어 제르벨라가 느리게 눈을 깜박이자 그녀가 눈꼬리를 늘어뜨렸다.

"기억 안 나시나요, 제가 전에 신관님을 도와드렸던 것 같은데."

"도와……주셨다니요?"

"뭐, 잊으셨을 수도 있죠. 벌써 몇 년이나 된 일이니까."

그렇게 말하면서도 목소리에 서운한 기색이 묻어났다. 꾸며낸 건지 본심인지 분간할 수 없었으나, 제르벨라는 아마도 전자일 거라고 생각했다.

"발로즈에서 후원하는 상단이 로메테르까지 갑니다. 기사들을 데리고 일을 보던 중이었는데, 갑자기 어디선가 하얀빛이 터져 나오더라고요."

"하얀……빛이라고요?"

"마침, 그쪽에 흉흉한 소문이 돌던 터라 기사들을 데리고 빛의 발원지로 향했습니다."

제르벨라의 눈이 점점 커졌다. 그에 알로이 발로즈는 만족스럽게 미소 지으며 남은 말을 이었다.

"설마 그 빛이, 다아즈 아클라툼의 저택에서 나왔다고는 생각도 못 했지만요."

제르벨로 제르벨라의 머릿속으로 지나간 기억이 떠올랐다.

다아즈 아클라툼의 실험체로 지내던 중의 일이다. 막 신성력을 발현하고 의식을 잃어 가던 때 그는 한 무리의 사람들을 봤다. 정복을 차려입은 기사들과 붉은 머리의…… 귀족 영애.

경악으로 치떠진 눈을 보고 알로이 발로즈가 입매를 늘여 웃었다.

앨리스와 애런이 돌아간 이후, 나는 방에서 녹턴을 기다렸다.

그리 편안한 시간은 아니었다. 계속해서 시계만 바라보고 있었으니까. 시곗바늘이 움직이는 소리가 쌓여 갈수록 마음이 초조해졌으나 눈을 뗄 수 없었다.

발로즈에 돌아온 직후는 괜찮았으나 점점 나는 혼자 있는 시간을 견디기가 버거워졌다. 자꾸만 며칠 전의 일이 기억 저편에서 새어 나와 머릿속을 뒤덮었다.

숨을 헐떡이며 복도를 내달리던 기억, 방문을 열었을 때 보인 광경. 샴페인 잔에 푸른 액체를 가득 따라 두고 금방이라도 그를 삼킬 듯 내려다보던 옅은 색 눈동자가 머리를 떠나지 않는다.

녹턴은 죽지 않았다. 상황은 더할 나위 없는 최선으로 끝났다. 그럼에도 그

찰나의 인상이 너무도 강렬했다. 그때만 생각하면 심장이 쿵쿵 뛸 만큼.

예고한 시간이 되었음에도 녹턴이 발로즈에 오지 않았기에, 어김없이 불안이 찾아왔다.

그러던 중, 노크 소리가 났다. 몇 번의 경험 때문인지, 간절히 기다리던 탓인지 새디가 아닐 거라는 생각이 들었다. 과연 문이 열리고, 모습을 드러낸 사람은 다른 이였다.

녹턴 에드가. 더없이 익숙한 얼굴임에도 그를 보자 목이 멨다. 초가 지날수록 가슴에 쌓여 가던 불길함이 천천히 녹아내렸다.

"안녕, 두루아."

다소 떨리는 한숨을 내쉬어 마음을 달래고, 나는 부루퉁한 소리로 그를 탓했다.

"······늦었어."

"제르벨로 제르벨라를 데려오느라. 기다렸어?"

"아니, 뭐, 기다렸다기보다는······. 그래, 기다렸어. 좀 더 일찍 온다고 했잖아."

내가 느낀 불안이 그의 탓은 아니었지만, 마음이 괜히 서러워졌다.

"구하는 데 조금 시간이 걸려서."

구하다니 뭘?

의아해하는 차, 녹턴이 성큼성큼 다가와 거리를 좁혔다. 그러더니 대뜸 나를 끌어안았다. 아니, 정확히 말하자면 포옹한 것은 아니었다. 다만 그의 두 팔을 내 목 뒤로 둘렀을 뿐. 이제는 안는 정도로 놀라지는 않지만, 코끝으로 들어온 체향이 좋아 나는 잠시 눈을 감았다.

녹턴이 몸을 물린 순간, 내 목에 걸린 무언가를 보고 조금 놀랐다. 연보랏빛 다이아몬드가 정교하게 세공된 목걸이였다. 보석의 크기가 큰데도 투박한 느낌이 없이 우아했다.

"와, 진짜 화려하다. 다른 남자와 약혼하는 걸 축하할 때와는 다르구나. 가짜 아니지?"

"그건 좀 잊어버려."

"녹턴 에드가가 모조품을 샀다니 너무 인상 깊어서 그만. 평생에 한 번 있을 일 아니야?"

"가짜 약혼이었으니, 가짜 선물을 주는 것도 할 수 없지."

녹턴을 놀리려 했으나, 이제는 효과가 다 떨어져 버린 건지 그다지 재미있는 반응은 아니었다. 그렇다면 이제는 감사 인사를 할 때였다. 웃으며 고맙다고 말하자, 그는 선물에 대한 대가로 모조품 목걸이를 버릴 것을 요구했다.

엄청 신경 쓰였나 보네.

나는 좀 더 그 물건을 보관하기로 결심했다. 물론 겉으로는 녹턴의 말대로 할 것처럼 미소 지었다.

"참, 방금 제르벨라를 데려왔다고? 에드가가 아니라 여기로 왔어?"

"어차피 너를 해독하기 위해 들인 사람이니까, 여기 있는 게 나아."

"그렇긴 하지만…… 좀 걱정이야. 이제 우리 사이가 좋아졌잖아. 흑마법사의 연인은 치료할 수 없다, 그렇게 나오면 어떡해?"

"그럴 일은 없을걸."

녹턴은 밑에 있을 제르벨로 제르벨라를 바라보기라도 하는 것처럼 시선을 내리깔았다. 검은 속눈썹이 초승달 모양으로 늘어지는 것이 예뻤다.

"다시 보면 알 거야. 죄책감이 상당한 모양이니까."

얼마 전까지만 해도 나도 그렇게 생각했으나 막상 제르벨라가 발로즈에 왔다고 하니 걱정이 들었다. 따지고 보면 그는 이번에도 흑마법사에게 이용당한 셈이다. 흑마법을 향한 증오가 더 커졌을지도 모른다. 그래도 녹턴의 얼굴에는 일말의 염려도 떠오르지 않았기에, 나는 일단 그의 말을 믿기로 했다.

마냥 선 채로 대화를 이어 갈 수는 없어서, 우리는 뒤늦게 소파에 앉았다. 방에 있는 소파는 응접실의 것과 달리 하나뿐이라 그가 내 옆에 앉았다.

잠깐의 한담을 나누고 편안한 정적이 찾아왔다. 몸을 모로 틀어 소파의 등받이에 옆으로 기댄 채, 녹턴이 내 목걸이를 바라보았다. 보는 것에 그치지 않고, 그는 손을 뻗어 다이아몬드를 건 줄을 매만지기도 했다.

"난 연보랏빛을 싫어했어."

이미 아는 이야기였다. 그에게 커프스 버튼을 선물했을 때는 몰랐지만, 이후 그런 말을 나눈 적이 있었으니까. 그 이유를 직접 들은 적은 없었으나 나중에는 자연스럽게 짐작이 됐다.

"태어나자마자 내가 제라늄의 자식이 아니란 걸 알게 했거든."

예상대로였다. 나는 아는 체하지 않고, 녹턴의 눈을 가만히 바라보았다.

"내 생부의 색이었어. 에드가에도 펠렌에도 없는 색이었는데, 패트시아가 늘 데리고 다니던 기사에게는 있었지."

사교계에서도 떠돌아다니는 의심이었다. 제라늄 에드가의 전적 가문에서도, 에드가에서도 연보랏빛 눈은 없으니 외도의 결실이 아니겠냐고. 그러나 에드가의 기사가 연보랏빛 눈동자를 가졌다는 말은 처음 듣는 이야기였다. 내게 있는 것은 짐작뿐이었다.

기사의 이야기 없이도, 귀족들은 그것이 진실인 양 떠들어댔는데 에드가에서는 어땠을까. 녹턴이 태어난 순간, 저택의 모두가 사실을 알아차렸겠지.

치미는 안타까움에 한순간 숨이 막혔다.

"그 여잔 에드가의 왕이었으니까, 외도하더라도 은밀하진 않았나 봐. 그래도 제가 품은 아이가 그자의 씨인 줄은 몰랐던 모양이야. 상당히 당황했다고 하니까."

그를 위로하고 싶었으나, 무어라 말해야 할지 알 수 없었다. 나는 잠자코 녹턴의 말을 들었다.

"눈뿐만이 아니지, 날 때부터 크던 체격도, 남들보다 몇 배는 센 힘도, 내 외모도 다. 그 여자를 닮아 가는 것도 싫었지만, 달라지는 것도 싫었어. 본 적 없는 생부를 알게 되는 것 같아서."

녹턴이 느리게 눈을 감았다 떴다. 밤하늘에 떠오른 오로라처럼 아름다운 빛깔의 눈동자가 나를 담았다.

"그래서 네가 내 눈을 좋아할 때 이상한 기분이 들었어."

"……싫었어?"

"그건 아니야."

그는 즉시 부정했으나, 나는 좀 더 그의 표정을 살폈다. 혹 녹턴의 상처를 건들게 될까, 시선조차 조심하면서.

그러고는 머뭇거리다가 입을 열었다. 하고 싶은 말이 있었다.

"맞아. 나는 좋아해, 녹턴."

"안다니까."

"나도 네 눈 얘기만 하는 거 아니야. 네 힘도, 체격도, 얼굴도 다 좋아. 그런데 너도 알겠지만, 나는 네 부모보다 널 먼저 봤잖아. 그러니까 나한테는 전후 관계가 바뀌었어."

"무슨, 말이야?"

"네가 그 사람들을 닮은 게 아니라, 그 사람들이 너를 닮은 거라고."

어이가 없다는 듯 녹턴이 헛웃음을 지었다.

"나중에 태어난 사람을 어떻게─"

"논리적으로는 안 맞는 말인 거 나도 알아. 그런데 나한텐 네가 먼저였어."

"……"

174

"그리고 나는…… 사실, 너한테 이런 말 하기 조금 조심스럽지만, 네 어머니도 아버지도 다 별로거든. 다 싫어해. 그런데 너는 좋아하니까, 음……."

아, 몰라.

그럴싸하게 말하려고 애썼지만 무리였다. 나는 태어날 때 유려한 말솜씨를 챙겨 오지는 못했다는 사실을 받아들였다.

"그냥 네가 다 좋아, 녹턴. 네 눈 색을 좋아하지만 연보라색이라 그런 건 아니야. 네 얼굴이면 무슨 색을 갖다 발라도 다 예뻤겠지, 아무렴."

세상에 존재하는 어떤 색이라도 녹턴의 눈 위에서는 예뻤을 것이다. 테롭스 안단테의 눈이 연보라색이어도 예뻤겠냐고. 다소 막무가내로 한 말이었지만, 그 말이 마음에 든 것처럼 녹턴이 웃었다.

"논리도 없고, 앞뒤도 안 맞는 말인데 이상하지. 그 말이 무슨 뜻인지 알 것 같아."

"알아들었다고? 정말……?"

"나도 네가 좋으니까."

그가 손을 뻗었다.

곧고 우아한 손가락이 내 머리칼을 헤집고 들어와, 가볍게 나를 당겼다.

"네가 좋아, 두루야. 너를 사랑해."

입술에 잠시 닿았다 떨어지는 감촉에, 가슴이 간지러웠다. 훨씬 깊게 숨을 섞은 적이 있었는데도, 이 단순한 행동에 마음이 설레는 게 신기했다.

"너는 왜 내게 말을 걸었을까."

"……아직 기억이 다 돌아오지 않았으니까 모르지. 지금 기억으로는 화형이 무서워서 접근했던 거라고 하는데 이것도 조작당한 기억이잖아."

"그래, 그런 말을 했었지."

"나중에 기억이 다 돌아오면 알려 줄게."

제르벨로 제르벨라도 발로즈로 들어왔으니, 시간만 지난다면 원래 있던 일이 무언지 알 수 있을 것이다. 궁금해하는 것 같아 답해 주었는데, 녹턴의 표정이 조금 흐려졌다.

"……그래."

"기대하지는 마. 대단한 이유는 아닐 거야. 솔직히 99퍼센트는 네 얼굴에 홀린 거라고 예상하니까."

내가 녹턴에게 처음 말을 걸었을 때가 겨우 열 살이었다. 죽고 다시 태어난 게 아니라는 것도 증명됐으니, 정신 연령도 열 살이겠지. 그 나이에, 어떤 특별하고 대단한 이유가 있어 녹턴에게 다가갔을 리는 없었다.

"그런 거라면 좋겠네. 정말 그 이유라면, 이 겉가죽도 좋아할 수 있을 것 같은데."

자조적으로 내뱉는 녹턴의 말에 뒤늦게, 나는 그의 표정이 흐린 이유를 짐작할 수 있었다.

"아직도 내가 세뇌당해서 너한테 접근한 것 같아?"

"그 외의 다른 이유가 없잖아."

본인의 외모를 너무 무시하는군.

유화같이 아름다운 얼굴에 사람이 꼬이는 건 당연했으나, 잘생겨서 다가갔다는 말에 그는 납득할 생각이 없는 모양이었다.

"제르벨라가 말했다니까. 나 마법에 잘 안 당하는 체질이야. 물약이 아니면 부작용도 없어. 가볍게 건 최면은 손쉽게 튕겨 나갔겠지."

"……."

"그렇게까지 신경 쓰이면 한번 시험해 볼래? 다시 최면을 걸어—."

"싫어."

눈가를 일그러뜨리고 그가 재차 말했다.

"네가 뭐라고 말해도 다시는 안 할 거야."

"……무서워?"

나도 모르게 그런 질문이 나왔다. 당사자인 녹턴은 놀랐다기보다는, 조금 눈가를 찡그리고 한숨을 내쉬었다.

"그래, 두루아."

그가 나를 끌어안아 품에 넣었다. 그런 말을 들은 탓인지, 녹턴에게서 느껴지는 심장 박동이 조금 빠르게 느껴졌다.

"남의 정신을 건드는 건 아주 무서운 마법이야. 나는 그걸 모르고 있었어."

"……바보 같은 내 겁쟁이."

녹턴의 너른 등을 마주 안고, 나는 그 위를 가만히 토닥였다.

"알겠어, 이제 그런 말은 농담으로도 안 할게."

우리는 서로를 끌어안은 채로, 가만히 시간을 보냈다.

그러고는 느리게 몸을 떼어 낼 때, 나는 조심스럽게 말문을 열었다. 녹턴과의 사이가 회복된 이후로 간간이 생각해 봤던 말을, 지금 꺼내야 할 것 같았다. 마침 최면 이야기가 나온 김에.

"녹턴, 에드가 저택의 사용인들 말이야."

"풀어 줄게."

"……응."

그 또한 그 일을 곱씹던 모양인지, 세세한 설명 없이도 곧바로 답이 나왔다. 그럼에도 이번에는 그것이 놀랍지 않았다. 녹턴이 내 말을 들어줄 거라고 확신하고 있었으니까. 녹턴의 호응에 나는 좀 더 구체적인 생각을 꺼냈다.

"생각해 봤는데, 사용인들이 한둘은 아니잖아. 마법을 푸는 데도 힘이 들 거고. 하루아침에는 안 되지?"

"부지런히 하면 반년이면 돼."

"그래, 반년이면 그렇게 짧은 시간은 아니니까, 순번을 정하자. 지은 죗값을 조사해서, 그 순서대로 풀어 주는 거야."

패트시아 에드가가 녹턴을 죽이려 했다는 걸 알고부터는, 사실 에드가의 사용인들을 돕는 것도 달갑지는 않았다. 그들은 모두 그녀에게 동조했으니까. 녹턴을 괴롭게 한 모든 게 싫었다. 그럼에도 사용인들의 세뇌를 풀고자 하는 것은, 이 이상 그들을 신경 쓰는 게 더 싫기 때문이었다. 조금의 찝찝함도 남기지 않은 채, 녹턴의 눈 밖으로 아예 치워 버리고 싶었다.

"죄를 어떻게 조사하는데."

"베리타스에게 물어보면 되지."

"베리타스를 만났어?"

"봐, 너 역시 걔 기억하잖아! 기억 안 난다고 했으면서, 이 거짓말쟁이야!"

눈을 흘기며 쏘아붙이자 녹턴이 모르는 척 어깨를 으쓱였다.

"어디서 만난 거야."

"극장, 그러니까 그때 『그와 앨리스』를 봤던 극장에서 일하고 있더라고."

"……보상금을 적게 줬던 것 같진 않은데."

"취미래. 좋아서 하는 일도 있잖아. 그러니까 그 애를 찾아가서 물어보자."

별로 관심이 있는 것 같지는 않았지만, 그는 고개를 끄덕여 주었다.

그러고는 녹턴의 시선이 어딘가로 옮겨 갔다. 그의 눈길이 멈춘 곳은 시계였다.

"마침, 네가 연극을 보던 때와 비슷한 시간이네."

"무슨 소리야. ……지금 가자고?"

"안 돼?"

그의 눈이 가늘게 휘어졌다. 부드럽고 단 웃음은, 최근에는 본 적이 드물었으나 그가 심심찮게 이용하던 가식적인 표정이었다. 그렇게 웃는 모습이 너무 예뻐서, 알면서도 번번이 넘어갈 수밖에 없었지만. 내가 제 외모를 좋아한다고 말하자마자 미인계를 쓰는 것이 너무 속보였으나…….

"안 될 건 없지."

잘생긴 얼굴에는 죄가 없었다.

요즘 같은 때에도 밤은 제법 서늘해서, 나는 숄을 걸치고 밖으로 나왔다. 마침 녹턴이 올 때 타고 온 마차가 있어, 발로즈의 것을 새로 정비할 필요는 없었다. 그와 같은 마차에 오르는 것은 정말 오래간만의 일이라, 감회가 새로웠다.

"말하는 걸 잊었는데, 나 그때 알고 있었어. 연극을 봤던 날에 말이야."

"알다니 뭘."

"네가 날 감시하고 있다는 거."

녹턴이 눈가를 찡그렸다.

감시라는 말이 거슬리나. 하긴, 어감이 좀 나쁘긴 하다.

"네가 날 보호하고 있다는 거."

"굳이 정정 안 해도 돼."

"내 방식도 너무 단순했지만, 너도 너무 티를 냈어. 셰릴의 방문을 받아 준 건 그렇다 쳐도 갑자기 저택을 비운다니. 그리고 내가 변장해서 마차에 탈 때, 너 집무실에서 봤지?"

진짜 모르는 척하려는 성의도 없어. 내가 사람 그림자를 볼 정도였으니, 정말 조금도 주의하지 않은 게 분명하다.

"내 생각보다는 눈치가 좋았구나, 두루아. 그걸 알면서도 연극을 보러 가다니, 취미 생활이 꽤 그리웠나 봐."

"그냥 널 불러내려고 버틴 거야."

"……뭐?"

예상치 못한 말이었는지 녹턴이 입술을 달싹였다.

"우리 만난 장소가 너무 적잖아. 공작저, 파티장, 그리고 황실 무도회장. 최근에는 우리 저택이라든가 장례식장, 그리고 제위 의식을 치렀던 숲이 추가되기는 했지만."

"그건……."

"왜 그랬는지 알아. 그것도 세뇌 때문이었지?"

이제는 좀 기억이 흐려졌지만, 호칭의 중요성을 강조하던 흑마법 도서에는 장소 이야기도 있었다. 최면을 걸었을 때의 환경을 가능한, 비슷하게 유지해야 한다고 했지. 그 때문에 어릴 때는 많이 상처받았으나, 희한하게도 지금은 그리 거슬리지 않았다. 너무 많은 일이 있어서 무뎌진 건지, 녹턴의 범죄에 동화되어 버리기라도 한 건지.

"미안하다는 말은 안 해도 돼. 세뇌를 시도한 거 알았을 때, 이미 많이 들었으니까. 그냥 밖에서 얼굴도 볼 겸, 고맙다고 말하려고 했어."

"고맙다고……?"

"알아, 그 말, 네가 진저리 나게 싫어하는 거."

듣기 싫은 말을 내뱉기 전에, 녹턴이 할 말을 먼저 입에 담았다.

"그래도 그때는 고마웠어. 네가 외출을 '허락'해 줘서 고마운 게 아니라, 앨리스를 만나러 가겠다는 마음을 이해해 줘서 고마웠어. 내 친구 관계를 하찮게 취급하지 않아서."

"두—."

"알았어, 알았어! 녹턴!"

선수 친 보람도 없이 여전히 그의 표정은 풀리지 않았다.

이 얘기 괜히 꺼냈어.

나는 다소 급하게 그의 뺨을 감싸고 얼굴을 당겼다.

"사랑해."

그러고는 싫은 소리를 할 틈도 주지 않고 쪽쪽 입을 맞추었다. 그러다 보니, 그런 스스로가 웃겨서 웃음이 터졌다.

제 무덤을 파고 갑자기 웃는 모양새가 우스울 텐데도, 녹턴은 조금도 웃지 않았다. 오히려 찡그려졌던 눈가가 곧게 펴지고 눈이 흔들렸다. 타박을 받을 줄 알았는데, 예상 밖의 반응이 당혹스럽다.

"녹턴······?"

의아해 녹턴의 이름을 부르자 돌연, 그의 눈빛이 변했다. 그것만으로 공간의 분위기도 달라졌다. 나는 그게 무슨 신호인지 알았다.

누가 먼저라 할 것 없이, 입술이 맞닿았다. 거칠지는 않아도 그의 기세가 맹렬해서, 나는 거의 창가에 머리를 기댄 채였다. 입술을 비비고 누르면서, 그가 내 뒤쪽으로 손을 움직였다.

무얼 하나, 곁눈질하니 커튼을 쳐 창문을 가리고 있었다. 달리는 마차를 누가 엿볼까 싶었지만, 와중에도 치밀한 행동이 그다웠다. 입이 닿은 채로 웃자, 그 떨림이 고스란히 전해진 듯 녹턴의 눈이 조금 가늘어졌다.

그야말로 '저도 모르게'라는 느낌으로 허리춤에 커다란 손이 닿았다가 떨어져 나갔다. 쪽배에서 그랬던 때처럼, 그의 얼굴에 곤혹스러움이 서린 걸 보고 장난기가 솟았다. 나는 떨어지려는 그의 손을 붙들고 도로 내 허리로 끌어왔다.

"두루아······!"

"왜?"

순진할 나이가 아닌데도, 나는 일부러 천진하게 눈을 깜박였다. 그가 눈썹을 일그러뜨렸다. 장난이란 걸 알 텐데, 퍽 곤란한 표정이었다.

"도발하지 마, 별로 참을 자신 없어."

"그 말 좀 야하다. 그런데 왜 참아?"

"뭐……?"

"우리, 이제 그런 사이 아니야?"

"그런……."

말끝을 여물지 못하고, 눈동자를 가만두지 못하는 모습이 귀엽다. 소리 내어 웃음을 터뜨리자 조금 짜증이 난 듯, 녹턴의 얼굴이 좀 더 일그러졌다.

슬슬 수습해야겠다 싶어 미안하다고 말하려는 차, 다시 입술이 닿았다. 그리고 몸에 닿았던 손도 느리지만 섬세하게 움직이기 시작했다. 천 한 겹을 사이에 두고 있는데도 몸에 닿은 손 때문에 소름이 올랐다. 입을 맞추는 정도는 이제 괜찮은 줄 알았으나, 입 안으로 미끄러지는 숨이 하나하나 간지럽다. 머리털이 쭈뼛 서는 느낌이 너무 이상했다. 그럼에도 기세에 말려, 도무지 그를 만류할 수는 없을 때.

"도착했습니다, 아가씨."

마차가 멈추었다.

"노, 녹턴. 도착했대. 내려야 해."

"……."

"미안해, 잘못했으니까 진정해. 아무리 그래도 마차는 아니지 않아……?"

"……무슨 생각을 한 거야."

내 위에서 몸을 일으키고는 녹턴이 머리를 쓸어 넘겼다. 그러고는 평소와 같은 얼굴로 웃었지만, 눈빛만큼은 원래대로 돌아오지 않았다. 화가 난 것처럼 보이지는 않았는데 눈이 어둡게 가라앉아 있다.

처음 보는 표정 때문에, 입 안이 바싹 말랐다. 이대로 있다가는 무슨 일인가 터져 버릴 것 같아서 나는 어서 내리자고 녹턴을 채근했다. 그러나 그는 깊게 한숨을 내쉬고는.

"먼저 내려. 금방 내릴게."

"뭐? 왜?"

"두루아, 내 인내심이 닳을 때까지 기다리는 건 아니지?"

말씨는 다정했지만, 무슨 말을 하는지 알 것 같아 찔끔했다.

더는 반문하지 않고 나는 조용히 마차에서 내렸다. 장난을 치려거든 때와 장소, 그리고 상대를 가려야 한다는 지극히 당연한 교훈을 되새기면서.

도착하고서야, 연극이 종료되었거나 오늘은 공연이 없을지도 모른다는 생각이 들었지만, 다행히 그런 불운은 없었다. 옷도 귀족들이나 입을 법한 의상을 걸친 데다가 가릴 것도 없는 터라, 새삼스럽지만 아무 대책도 없이 온 것이 체감되었다.

"로브는 저쪽에서 사자."

"숄 가져왔잖아."

"아니, 춥다는 얘기가 아니라……!"

너무 곱게 자라서 아무것도 모르는군.

녹턴이 있기에 기사를 대동하지는 않았으나, 호위 인력 없이도 귀족이 이런 곳에 오면 시선이 몰리기 마련이었다. 품위니 나발이니 헛소리를 하려는 건 아니고, 옷의 재질만으로 티가 날 테니까 당연했다. 그런데.

"어?"

우리를 쳐다보는 사람이 아무도 없었다. 녹턴쯤 되는 얼굴이면 옷 대신 신문지를 걸치고 있더라도 몰려야 하는 시선이 하나도 꽂히질 않는다.

뭐지, 여태까지는 정말 호위 기사 때문에 시선이 몰렸던 건가. 전부 내 자의식 과잉이었나. 혼란으로 가득 찬 내 머릿속을 들여다보듯 녹턴이 입매를 틀어웃었다.

잠시만, 웃어?

"춥다는 얘기가 아니면?"

"……너, 마법 걸었어?"

"눈치가 빠르구나, 두루아."

진작 말을 하든가!

하마터면, 순진한 귀족이라 아무것도 모른다느니 하는 헛소리를 할 뻔했다. 내 주위에는 왜 이렇게 사람의 탈을 쓴 여우가 많은 건지. 아직도 웃고 있는 녹턴의 정강이를 차려다가 슬그머니 발을 내렸다. 이번 한 번만 특별히 봐주기로 했다. 녹턴을 때려 봐야 나만 아파져서 그런 건 결코 아니었다.

주위 사람들을 신경 쓸 필요가 없게 되자, 더는 거칠 게 없었다. 우리는 곧바로 베리타스를 찾아갔다.

별로 작명 솜씨가 좋지는 않은 극단주는 예상치 못한 이의 방문에 눈을 동그랗게 뜨고 놀랐다. 정확히는, 내 등장보다는 녹턴의 동행에 당황한 듯했다.

같이 오라고 할 때는 언제고, 진짜 올 줄은 몰랐나 보지.

베리타스는 뱀 앞의 개구리처럼 굳은 채 살살 눈치를 살폈다. 그 모습을 보며 우리는 본론을 꺼냈다. 그제야 그는 녹턴이 저를 해치지 않을 거라고 판단했는지 조금씩 평소의 모습이 보였다.

"어…… 그러니까, 죄질별로 공작저 사용인들의 순위를 나열해 달라는 말씀입니까?"

"응, 정확해."

"제가 여쭈어도 될지 모르겠는데, 혹시 그게 왜 필요하신지······."

눈을 데구루루 굴리면서, 베리타스는 '처형 순서인가.'라고 중얼거렸다. 제딴에는 안 들릴 정도로 작게 한 말 같았지만, 유감스럽게도 그의 청력은 남들보다 나빠서 베리타스는 말을 크게 하는 편이었다. 흑마법에 대해 말할 수는 없기에 적당히 준비한 이유를 대려 했으나, 의외로 녹턴은 솔직히 답했다. 저택의 사용인들이 세뇌에 당해 그 꼴이 되었으며 이제는 풀어 주기 위해 그 순번을 정하려는 거라고.

나름대로는 베리타스를 믿고서 한 말 같았기에 신선하면서도 조금 기뻤다. 하기야, 막대한 보상금을 주고 내보냈다는 것만 봐도 녹턴에게 의미가 아예 없는 사람은 아니겠지.

흑마법이라는 말에 베리타스는 조금 놀란 듯했으나, 금세 신이 나서 외쳤다.

"와, 그거 정말 좋은 생각입니다!"

어쩌면 제가 해를 당할 일이 없다고 생각해서 안심한 것 같기도 했다. 조금 불안해하던 기색이 완전히 가셨으니까. 그는 곧바로, 사용인들의 만행에 대해 상세하게 (조금은 쪼잔해 보일 정도로) 읊기 시작했다. 저택을 나온 지 몇 년은 되었을 텐데도, 줄줄 나오는 설명에는 조금의 머뭇거림도 없었다. 아무래도 원한이 깊었던 모양이다.

그러나 베리타스의 뒤끝이 길다고 탓할 것도 없이, 그의 말이 길어질수록 나도 덩달아 화가 났다. 개중에는, 녹턴을 창가에서 밀어 버리려던 사람도 있었으니까. 정작 당사자인 녹턴은 일말의 표정 변화도 없이 그의 말을 다 들었지만.

해 줄 말을 다 읊고는, 베리타스는 극단의 사람들에게 끌려갔다. 오늘도 뭔가 중요한 일이 있는 모양이었다. 떠나면서 그가 표를 두 장 주고 간 성의도 있기에 우리는 한 번 봤던 연극을 다시 보기로 했다. 저번에는 너무 충격을 받아서 기억에 남는 장면도 몇 없었다. 이번에는 내 기억과 극의 내용을 비교하지 않겠다고 결심하며, 되도록 편하게 공연을 지켜봤다.

『그와 앨리스』는 그렇게 독특한 이야기는 아니었으나, 사건 전개가 흥미로워서 인기가 있을 만했다. 내가 한창 열광하던 때의 기억은 아직 돌아오지 않았지만. 이번에는 페넬로페 로잘리아의 화형 장면도 두렵지 않았다. 원작과 현실이 다르다는 걸 분명히 인지하게 된 덕이겠지.

로잘리아의 화형 이후, 극은 순조롭게 후반부로 접어들었다. 황태자비를 선별하는 일곱 번째의 밤, 황태자 프란티코는 앨리스 밀러에게 황태자비의 자리를 제안한다. 사랑한다는 고백은 없었으나 영광스러운 제의였다. 그럼에도 그녀는 한참을 고민하다 끝내 거절했다. 앨리스 밀러가 사랑하는 남자는 프란티코가 아니라 에드였으니까. 멍한 표정으로 굳어 버린 프란티코를 뒤로하고 앨리스는 무도회장을 박차고 나왔다.

앨리스 양은 저택으로 돌아와 밤이 다 가도록 에드를 기다렸습니다. 벅찬 마음을 어서 기사에게 털어놓고 싶었으니까요. 그러나 한참이 지나도 에드는 나타나지 않았습니다.

뒤늦게, 앨리스 양은 깨달았습니다.

"이제 에드는, 만날 수 없겠구나."

에드의 역할은 처음부터 앨리스 밀러를 황실 무도회로 데려오는 것이었다. 황태자의 청혼을 거절한 순간, 더는 만날 일이 없었다.

얼굴을 일그러뜨린 앨리스가 눈물을 쏟기 시작하는 때, 무언가 두드리는 소리가 났다. 무대에 마련된 소품으로 보아 창문인 듯했다. 앨리스 밀러는 황급히 소품으로 다가가 창문을 여는 시늉을 했다.

그곳에는 기사가 있었다. 가면 아래로 드러난 입이 단단히 굳어 있는 에드가.

　"마지막 인사를 하러 왔습니다."
　에드를 봐서 기뻤으나, 그 말을 듣는 순간 앨리스 양은 더는 참을 수 없었습니다.
　"밀러 영애, 저는—."
　"당신을 사랑해요, 에드."

창문 너머의 사내에게, 앨리스 밀러는 다짜고짜 사랑을 고백했다. 황태자와 달리 무뚝뚝하고 잘 웃지도 않고 남들과 어울리는 것을 싫어하며 거짓된 친절에 지쳐 있는 기사에게. 가면을 써서 얼굴을 볼 수도 없고 저를 사랑한다고 확신할 수조차 없는 그 수상한 남자에게.

노골적인 사랑 고백에도 에드 역의 배우는 잠시간 아무런 답도 하지 않았다. 그러나 곧, 가면 아래로 눈물이 뚝뚝 떨어지기 시작했다.

　"저도, 당신을 사랑하고 있습니다, 앨리스."
　그야말로 기적과도 같은 일이었습니다. 한 번도 감정을 내비치지 않았던 에드가, 실은 앨리스 양과 마찬가지로 그녀를 사랑하고 있던 것입니다. 앨리스 양은 참으로 놀랍고 황홀한 기쁨을 느꼈습니다.

에드가 가면을 벗었다. 객석을 등지고 선 탓에 얼굴이 보이지는 않았으나 발치 아래로 가면이 떨어져 구르는 것은 확실했다. 창문으로 이어진 공간, 앨리스 밀러의 눈이 커지고 무대의 불이 꺼졌다.

그렇게 해서 앨리스와 에드는 결국 해피엔딩을 맞이하지만, 그렇다고 프란티코가 버려지는 결말은 아니었다. 실은 프란티코와 에드는 동일인이었으니까. 그렇기에 결과적으로 앨리스 밀러는 사랑과 명예, 권력이라는 모든 영광을 누리며 결말을 맞는다.

무수한 박수 소리와 함께 등이 커지고, 무대가 커튼 뒤로 숨어들었다.

돌아오는 마차 안, 연극을 보고 나면 으레 그렇듯 나는 감상을 이야기하기 시작했다.

"극적이라 재밌긴 한데, 결국 주인공을 시험했던 거네. 황태자비 자리를 거절하고 나서야 정체를 밝힌 거잖아."

어린아이와 성인의 감상이 이렇게 달랐다. 연극은 재밌었으나, 결말 부분은 조금 실망스러웠다. 그러나 녹턴은 나와 생각이 다른 듯했다.

"그냥 겁이 많아 그런 것 같은데."

"겁? 황태자가?"

"본래 성격으로 사랑받을 자신이 없으니까, 프란티코로 고백한 거잖아."

"오, 그렇게 볼 수도 있구나. 그런 면에서는 너랑 닮았다. 너한테도 프란티코와 에드가 있잖아."

"무슨 뜻이야?"

"프란티코가 사랑받기 위해 꾸며 낸 가면이고, 에드가 실체면 너도 최근에서야 에드임을 드러낸 거잖아. 네 프란티코는 별로 잘 만들어지지는 않았지만."

내 말이 마음에 들지 않는지, 녹턴이 눈가를 조금 찡그렸다.

"에드라는 정체를 드러내고서야 사랑에 성공한 것까지 똑같네."

"이상한 비유, 그만해."

"어쨌거나 네 해석 들으니까 프란티코가 좀 좋아졌어. 나, 겁쟁이 취향인가?"

"……나는 앨리스가 싫어."

나는 앨리스가 싫어?

묘하게 들리는 말에, 나는 눈을 가늘게 뜨고 녹턴을 바라봤다.

"앨리스 밀러? 리모란드 쪽 얘기는 아니지?"

"글쎄."

"여자애는 질투하지 말라니까, 좀."

❧

연극을 인상 깊게 본 탓인지, 그날 꿈에 『그와 앨리스』가 나왔다. 다만 프란티코 역에는 녹턴이, 에드 역에는 애런이, 그리고 여주인공 역에는 내 친구인 앨리스가 등장했다. 그 외의 요소는 연극과 완전히 같아서, 깨고 나서는 굉장한 이질감이 들었다. 어떻게 내가 『그와 앨리스』에 태어났다고 착각했던 건지, 의아할 정도로.

어쩌면 이 꿈도 임페르펙티오가 해독되는 부작용일까.

그런 생각이 들자, 나는 발로즈에 제르벨라가 왔다는 사실을 새삼스럽게 떠올렸고 물약의 일을 물어봐야겠다는 생각이 들었다.

밖으로 나와 그에게 배정되었다는 방의 문을 막 두드리려는 차, 복도 너머에서 걸어오는 신관이 보였다.

제르벨라였다. 이상하게도 기분이 상당히 좋아 보이는. 얼굴에는 자르르 윤기가 흐르고, 무슨 생각을 하는 건지 들뜬 뺨은 조금 붉어진 채였다.

녹턴이 말했던 다시 보면 알 거라는 말이, 이런 의미였나? 죄책감 어디 간 건데.

"어, 안녕하세요. 제르벨라?"

다소 의아해하며 인사를 건네자, 바로 옆을 지나면서도 내 존재조차 몰랐는지 제르벨라가 화들짝 놀랐다. 정말 패트시아 에드가의 말대로, 제르벨라가 날 좋아하던 감정은 세뇌로 만들어진 가짜였나 보다. 괜히 부담스러워했네.

"아, 안녕하십니까, 발로즈 후작 영애."

그제야 제르벨라의 얼굴이 조금 죄책감으로 물들었다. 딱히 이 사람이 죄의식을 갖길 바라는 것도 아니지만, 예상하던 것과 너무 다른 반응이 놀랍기는 했다.

"어제, 발로즈에 오셨다는 말은 들었어요. 조사를 받느라 고생 많으셨……. 음, 수고하셨어요."

"……죄송합니다, 쓸데없이 들떠 있다는 건 저도 알고 있습니다."

"아니, 탓하려던 건 아니라, 좋은 일이라도 있으셨나요?"

"실은…… 그렇습니다. 생각지도 못하게 은인을 만났거든요."

은인? 뭐지, 이 어휘 선정부터 에스러운 이유는. 암기로 황궁에서 곧장 발로즈로 왔을 텐데, 그 은인을 대체 어디에서 만났단 말인가.

눈을 깜박이며 이어질 말을 기다리자, 제르벨라가 설명을 덧붙였다.

"전에 말씀드렸던 걸 기억하실지 모르겠습니다. 붉은 머리의 귀족 영애분께 도움을 받은 적이 있다고……."

"아, 그래서 제르벨라의 취향이 붉은 머리라는 이야기요."

"그런 말은 아니었습니다만."

그가 빠르게 부정했으나, 순간 떠오른 생각에 나는 제르벨라의 답을 신경 쓸 여유가 없었다.

잠시만. 붉은 머리. 귀족 영애. 은인……?

마지막 단어랑은 몹시 안 어울렸지만, 공교롭게도 떠오르는 사람이 있었다.

"설마…… 알로이란 이야기는 아니죠?"

"바로 아시는군요, 맞습니다."

"알로이가 사람을 도와요?"

말하고 나서야 내 자매에게 하기에 너무 매정한 말인가 싶었지만.

그때, 뒤에서 귀에 익은 목소리가 들려왔다.

"아주 놀라운 일이지만, 그럴 때도 있어."

황급히 고개를 돌리자, 익숙한 얼굴이 빙그레 웃고 있다. 알로이는 내 말에 조금도 상처받지 않은 것 같았다. 아니면, 스스로도 말도 안 되는 이야기라고 생각하든가.

"안녕, 두두. 간밤의 데이트는 즐거웠니?"

"그걸 어떻게…… 가 아니라, 이게 무슨 소리야? 네가 제르벨라의 은인이라고?"

"그렇게 거창하게 말할 건 아닌데, 음…… 일단 인사부터 할게. 좋은 아침이에요, 제르벨라."

"아, 좋은 아침입니다, 알로이 님."

제르벨라가 쭈뼛쭈뼛하면서도 다급히 인사를 건넸다.

분위기가 좀 이상한데?

이상하게 친근한 인사를 마치고, 그녀는 신관을 도운 사정을 이야기하기 시작했다.

생각보다 오래된 일이었다. 내 자매가 발로즈 소후작으로 확정된 때는 그녀가 성인이 된 해지만, 그러기 전부터도 알로이는 후계 취급을 받고 있었다. 제국의 풍습상 보통은 첫 번째로 태어나는 아이가 작위를 이어받았고, 다음으로 태어난 아이들의 자질이 그리 특출하지 않는 한 그대로 후계자로 공인되기 때문이었다. 그렇기에 알로이는 어린 나이부터 후계 수업을 받았다. 개중에는 발로즈에서 후원하는 상단의 일도 있었다.

"로메테르로 상행을 간 적이 있어. 숲을 지날 때였는데 갑자기 저편에서 흰 빛기둥이 솟아났지. 확인차 갔더니 어떤 흑마법사가 우리를 공격하더라고."

"흑마법사라고?"

"나중에 알고 보니 악명이 대단하더라. 그래도, 실전 마법에는 약했나 봐. 기사들을 조금 견제하다가 도망쳤으니, 우리 기준으로는 별일이 아니었지."

나도 모르게 표정이 굳었는지, 알로이가 내 머리를 가볍게 쓰다듬었다.

"확인해 봤는데, 수백 명의 사람을 마법 물약의 실험체로 삼았더라."

"그건……."

"혹 생존자가 있나 확인하던 중에 빛기둥이 다시 터져 나와서 그쪽으로 향했더니, 한가운데에 어린아이가 있었어."

"그 아이가―."

"그렇게 어리지는 않았습니다. 형편이 좋지 않아 그렇게 보였을 수는 있겠지만."

제르벨라가 쓴웃음을 지으며 끼어들었다.

흑마법사. 실험체. 제르벨로 제르벨라. 방금 들은 말들이 머릿속에서 멋대로 엮였다. 제르벨라는 제가 흑마법사에게 가족을 모두 잃었다고 말했다. 또한 나는 패트시아 에드가에게서, 부하인 흑마법사가 그를 실험체로 삼았다는 말을 들은 적이 있었다. 그렇단 얘기는.

"다아즈 아클라툼이었던 건가요?"

"맞습니다."

"두루아, 너도 아는 이야기야?"

"그렇게까지 자세히는 아니지만……. 그런 일이 있었는데 왜 나한테는 아무 말도 안 한 거야, 알로이."

"열 살짜리한테 흑마법사니 실험체니 그런 말을 할 수는 없잖아. 그리고 따로 신전 측에서 당부하기도 했고."

"당부?"

"아클라툼이 앙심을 품을 수도 있으니까, 그 이야기는 되도록 비밀로 하라더라. 혹 발로즈에 보복하면 곤란했으니까 입을 다물고 신전의 도움을 받았지."

그래도 흑마법사가 급하게 도망치느라 우리의 정체를 모른 건 다행이었어.

알로이가 덧붙여 말했다. 심각한 이야기를 명랑하게 말하는 것에 어이가 없었지만, 어쨌거나 이제는 끝난 일이었다. 다아즈 아클라툼은 다시는 마법을 쓸 수 없게 되었으며 곧 처형될 예정이니까.

나는 굳은 몸에 힘을 풀고 한숨을 내쉬었다.

"뭐 이런 인위적인 우연이 다 있어."

"글쎄…… 신이 제르벨라를 이쪽으로 인도해 주신 거 아닐까?"

"나한테 폐를 끼치고, 재회시키는 방식으로 말이지."

습관적으로 비꼬아 말했다가, 나는 흠칫하며 놀랐다. 신의 이야기를 할 때 신관들이 예민해지는 건 상식이었다. 그러나 의외로, 그는 내 말투에 별로 불쾌해 보이지 않았다. 내게 지은 잘못이 있어 화를 참는 기색도 아니었다.

"어, 미안해요, 제르벨라."

"괜찮습니다. 틀린 말도 아닌걸요."

그렇다기보다는 얼굴이 조금 발그스레하고 뭔가……. 잠시만, 제르벨라 지금 뭘 보고 있지.

내게 말하면서도 그의 시선은 알로이 발로즈에게 꽂혀 있었다. 설마 하며 든 의혹에, 나는 두 사람을 번갈아 바라보았다. 내 생각을 눈치챈 듯, 알로이가 묘하게 미소 지었다.

"미안한데 잠시만요, 제르벨라! 알로이, 나 좀 봐!"

다급히 외치고 나는 그녀의 팔을 질질 끌고 복도의 외진 구석으로 향했다. 알로이는 조금의 저항도 없이 순순히 끌려왔다.

여기가 에드가는 아니었지만, 나는 주위를 둘러보며 인적이 없는 것을 확인하고 소리를 낮춰 물었다.

"너, 언제 제르벨라를 꾀어낸 거야?"

"공교롭게도 아는 얼굴이라, 반가워서 옛날이야기를 꺼낸 게 전부야."

"네가 구한 사람이 제르벨라인 거, 예전부터 알고 있었구나."

"모를 수 없지. 애초에 거대한 빛기둥을 보고 간 거잖아. 신성력을 발현하더라도 그토록 큰 힘은 드물어. 우연이라도 도움을 줬으니, 잘 익었을 때 수확하려고 동향을 살폈지."

"너, 사람을 상대로……."

"결정적일 때 나타나려고 했는데 이런 식으로 재회할 줄은 몰랐어. 각하께서 끌어들인 신관이 누군지 알고는 나도 놀랐다니까. 하마터면 은혜를 원한으로 받을 뻔했잖아."

내 이야기였다. 가늘게 뜬 눈에 냉랭한 분노가 스쳐 지나갔다. 다름 아닌 내 일로 화가 난 거라 턱 밑까지 차올랐던 잔소리가 그대로 내려갔다. 나라도 알로이가 같은 상황에 있었으면 화가 나고 걱정이 됐을 테니까.

입술을 달싹이며 고민하다가, 나는 결국 한숨을 내쉬었다.

"알로이, 사람 마음 가지고 장난치려는 건 아니지?"

"걱정 마, 두두. 내 동생이 그런 거 질색하거든. 딱 도와준 만큼만 도움받을 거야. 5년 뒤엔 내보내 주기로 했고."

"믿을게."

그 말에 알로이가 웃었다. 얼핏 장난스럽게도 보이는 미소였으나, 그녀는 직접 말한 일은 지키는 사람이었다. 조금 걱정되기는 했지만.

알로이와의 은밀한 대화를 마치고, 나는 다시 제르벨라에게 돌아갔다(알로이는 일이 있어 올라갔다). 그는 마치 기다리란 말을 들은 강아지처럼 그 자리에 그대로 서 있었다. 그 모습을 보자 기분이 이상해졌지만, 내 자매를 믿기로 했기에 별다른 말을 꺼내지는 않았다.

응접실로 자리를 옮기고, 나는 최근의 꿈이 혹 임페르펙티오와 관련이 있을지 물었다. 다소 긴가민가한 추측이었으나, 결론만 말하자면 내 생각대로였다.

제르벨라는 그 꿈이 좋은 징조라고 말했다. 물약의 힘이 약해지자, 내 기억이 정립하려는 것이 꿈으로 나타난 거라고. 신성력에 친화적인 체질 탓인지, 제 치료를 잘 받아들이는 거라고 말이다.

"어쩌면 수년까지 걸릴 것 없이, 1년 내로 해결될 수도 있겠습니다."

반가운 소식에 나는 고개를 끄덕였다.

오래간만에 참석한 파티는, 여전히 고통뿐이었다. 황실 무도회 이후로 파티 및 무도회에 참여하는 것은 처음이다. 아직은 몸을 사리고 싶었으나, 어머니의 친구인 샤를 부인의 생일이라 할 수 없었다.

녹턴은 패트시아 에드가의 일로 황궁에 간 터라 권력자 방패도 쓸 수 없었다. 당연히, 피곤할 상황에 직면해야 했다. 누군가가 적의 어린 얼굴로 다가오는 걸 보면서도, 나는 도망칠 생각을 버리고 손에 든 잔을 기울였다.

"발로즈 후작 영애? 세상에, 여기서 얼굴을 볼 줄은 몰랐네요. 정말 오래간만이에요!"

상대는 에를린 백작 영애였다. 이름이 리나였나, 리모나였나. 원래는 나한테 별 감정이 없는 사람이었지만, 애런을 좋아했던 모양인지 그와 약혼한 이후로는 두루아 발로즈를 싫어하는 무리에 섞여 들었다. 한때는 앨리스와 어울리기도 했었지. 결론은 별로 중요한 사람이 아니라는 이야기였다.

"네, 무슨 일인가요."

"무슨 일이 있어야만 말을 나누나요. 황실 무도회 때, 워낙 급하게 돌아가셔서 아주 아쉬웠어요. 참, 각하와 약혼을 하셨다죠? 그것도 클레이모어 경과 파혼……."

이하 생략. 이후로는 애런과 녹턴을 소재로 나를 바람둥이로 비난하는 말이었다. 별로 창의적인 사람은 아닌지, 피상적이고 진부한 어휘뿐이라 화가 나지는 않았다.

그러나 그런 비난이 새롭지 못할 정도로 적이 많다는 건 새삼 슬펐다. 왜 나한테는 이런 사람이 끊이지 않는 걸까, 쉽게 넘어가는 무도회가 하나도 없다.

"어딜 보는 거예요. 듣고 있어요, 발로즈 후작 영―."

"어머, 에를린 백작 영애 아니에요. 찾느라 힘들었네요."

멍하니 에를린 영애의 말을 흘려듣던 중에, 익숙한 목소리가 끼어들었다. 세릴 보르나인이다.

그러고 보니, 에디트 공(보르나인 후작의 남편)이 샤를 백작가 출신이었지.

물 만난 고기처럼 떠들어대던 에를린이 얼굴을 굳히며 경계했다. 새삼 세릴 보르나인의 악명이 실감 났다.

"……안녕하세요, 보르나인 후작 영애. 그런데 지금은 발로즈 영애와 이야기를 나누는 중이니 조금 뒤에―."

"미안해서 어쩌죠. 저도 볼일이 있어 온 거라, 가 줄 수는 없겠는데."

"볼일이라고요?"

"아시다시피 제가 이번에 인연을 만났잖아요. 그래서."

보르나인이 목소리를 아주 조금 낮추었다. 그러나 제스처는 크게 한 탓에, 안 그래도 점점 모이던 시선이 한층 집중되었다.

"에를린 백작 영애의 비법을 좀 전수받고 싶어요. 영애께서 무려, 백 명과 연애를 해 보셨다면서요?"

백 명? 가능해?

나를 바람둥이라고 험담하는 말을 듣고 꺼낸 말 같지만, 목적이 뭐건 간에 이목을 집중시키기에는 충분한 수치였다. 백작 영애의 얼굴이 빨갛게 물들었다.

"그, 그게 무슨 소리예요! 저는—."

"심지어는 남자로만 백 명도 아니었다죠. 듣기로 얼굴만 예쁘면 남녀를 가리지 않고……. 이런, 그러고 보니 제가 실례한 것 같네요."

아, 양성애자라서 가능한 건가. 하기야 또래의 귀족 영식만으로 백 명을 채우긴 힘들 테니까.

그런 생각을 하며 눈을 깜박이자, 셰릴 보르나인이 묘한 눈으로 나와 에를린을 번갈아 쳐다보았다. 그러고는 무슨 생각인지 부채로 입가를 가리고 눈을 휘었다.

"아무래도 영애께서 발로즈 후작 영애를 꾀어내던 중이었나 보죠?"

"무슨 헛소리를—."

"마, 마, 말도 안 되는 소리 말아요! 발로즈 영애와 그런 이야기를 하던 건, 정말, 추, 추호도……! 아니! 됐어요, 전 일이 있어 가 봐야겠어요!"

너무도 얼토당토않은 말에 화를 내기도 전에, 얼굴이 터질 듯 붉어진 에를린이 뒤돌아 도망쳤다. 구두가 또각거리는 소리가 신기할 정도로 빠듯했다.

"농담 삼아 한 말이었는데, 진짜였나."

"진짜는 뭐가 진짜예요. 녹턴이랑 애런 사이에서 간 보냐고 화만 잔뜩 내다 갔는데."

"그것도 수법이죠. 봐요, 한 남자한테만 꽂힌 게 아니라 영애가 사내랑만 엮이면 화를 내고 있잖아요."

추문을 만들어 내는 솜씨가 가히 전문가라 해도 믿을 만하다. 나를 도와주려던 것 같으니 더 말을 얹지는 않겠지만, 절로 한숨이 나왔다.

"그래도 대단하네요, 보르나인 후작 영애. 남의 가십에 참견하는 일에, 이런 장점이 있을 줄은 몰랐어요."

"말 주의하세요, 가십이 아니라 정보를 수집하는 거니까. 그보다, 뭐라고요?"

"네? 뭐가요?"

"아니, 방금 한 말 다시 해 봐요."

"남의 가십에―."

"그보다 앞에요."

"그래도 대단하네요, 보르나인 후작 영애?"

그 말이 뭐가 마음에 안 들었는지, 그녀는 삐딱하게 선 채 부채로 제 턱을 두드렸다. 못마땅하다는 눈빛이, 어쩐지 나를 혼내던 부모님과 겹쳐 보여 마음이 위축되었다.

"다시."

"그래도 대단하네요, 어……."

같은 말을 반복하다가, 나는 설마 하는 마음에 말을 바꾸었다.

"셰릴?"

"그래요. 호칭 실수하지 말아요, 두루아. 얼마나 어려운 이름이라고."

진짜 이거였어?

녹턴 앞에서 친한 척하자며 임시로 이름을 불렀을 뿐이니 이제는 이전의 호칭으로 돌아온 거지만, 그녀는 내가 대단한 잘못이라도 한 듯 굴었다. 서로 목적이 있어 어울린 게 다라고 생각했는데, 이제는 친구가 된 건가. 뜻밖에도 귀여운 구석이 있었다.

"참. 로직스와 나, 가을에 결혼해요."

"네……? 약혼은 언제, 아니 초혼이면 보통 2년은 기다리지 않나요?"

"전통 같은 소리. 약혼 직전에 남의 혼담을 파탄 내고, 새 약혼 하면서 그런 거 따질 여력이 어딨어요."

"그건 그렇긴 한데."

"내친김에 조언하자면, 영애도 너무 질질 끌지 말아요. 요즘 같은 시대에 전통은 무슨."

"그래도 가을은 너무 급하잖아요."

"생각해 보니 안 되겠더라고요. 로직스, 그동안은 얼굴을 잘 안 봐서 몰랐는데 다시 보니까 너무 예뻐서."

뭐래. 이건 또 무슨 헛소리야.

농담인 줄 알고 눈을 가늘게 떴으나, 그녀의 얼굴은 더할 나위 없이 진지했다.

"그 눈은 뭐예요. 로지가 예쁘지 않다는 거예요?"

"로지……? 아니, 엘포드 영식의 애칭은 알고 싶지 않아요. 내 앞에서는 제대로 이름으로 불러요."

"그럼 두루아, 당신도 각하의 애칭을 부르든가요."

"녹턴의 애칭은 '각하'로 충분해요."

"하여튼."

농담으로 받아친 말에, 그녀가 쯧 하고 혀를 찼다.

"들었어요, 선대 에드가 각하의 얘기도, 당신이 에드가를 나와 발로즈로 갔다는 이야기도. 화해했건 타협했건, 어쨌거나 상황은 좋아졌나 봐요?"

"이야기하자면 좀 긴데—."

"누가 그간의 경과를 물어봤나요? 결과만 말하라고요. 각하에 관련한 자세한 이야기는 됐어요. 로지가 각하의 일에 얼마나 예민하게 구는데."

"상황이 좋아지긴 했는데요, 나도 진심이니까 연인의 애칭은 조용한 데서나 불러요."

정색하고 한 타박에 뻔뻔한 답이 돌아올 줄 알았으나, 의외로 그녀는 입을 꾹 눌러 다물었다. 그러고는 셰릴의 얼굴이 붉어졌다.

"……셰릴이 생각하는 조용한 곳은 대체 어디죠?"

"시끄러워요!"

이상한 생각을 한 건 본인이면서 애먼 나한테 소리를 지를 건 뭐람.

참으려고 해도 자꾸 웃음이 튀어나와서 입가로 바람 소리가 새었다. 셰릴 보르나인의 눈이 사납게 뾰족해졌지만 웃음을 참는 데 도움이 되지는 않았다. 결국에는 포기하고, 그녀가 남은 이야기를 이었다.

"어쨌거나 해결됐다면 식에도 무리 없이 참석할 수 있겠네요. 아마도 9월 말에 할 테니까 시간 비워요. 두루아, 당신한테도 이 결혼에 책임이 있다는 건 알 테죠?"

"맡겨 놓은 것 같은 태도는 얄밉지만, 알았어요. 갈게요."

선선한 대답이 만족스럽다는 듯, 셰릴이 입꼬리를 말아 웃었다.

날이 어스름해질 즘 시작된 파티는 밤이 깊을 때까지 계속됐다. 자리를 비우지도 못하고 붙들렸다가 겨우겨우 발로즈로 돌아왔을 때는, 온몸이 녹초가 되어 있었다. 몸을 씻은 즉시, 나는 바로 침대에 누웠다.

이대로 잠들면 하루의 반은 잘 것 같아.

그런 생각을 하고 눈을 감자마자, 곧바로 수마가 몰려들었다. 그러나 내가 잠에서 깼을 때는 해가 떠오를 기미도 없는 새벽이었다.

"녹─!"

그토록 무겁던 피로가 어디 간 건지, 나는 벌떡 일어나 앉았다. 심장이 쿵쿵, 가슴 안쪽을 거세게 두드렸다.

악몽을 꿨다.

"녹턴……."

무심코 그의 이름을 불렀다가, 귓속을 울리는 목소리에 흠칫 놀랐다.

괜찮아, 꿈이야. 현실이 아니야. 아무 일도 일어나지 않았어.

가슴께를 짚으며 되뇌었지만 불안은 쉽게 가라앉지 않았다. 고통스러울 만큼이나 심장 박동이 빨랐다. 바람이라도 쐬면 좀 나을까 싶어 창문을 열었으나, 검푸른 새벽을 배경으로 빗줄기가 쏟아지고 천둥이 쳤다. 불길함을 더는 참을 수 없었다.

나는 다급히 새디를 부르고, 마부를 깨워 달라고 부탁했다. 마침 아버지께서 새벽 중에 돌아오신 터라 바로 탈 수 있는 마차가 있었다. 새디는 하다못해 옷이라도 갈아입고 가라고 했으나, 마음이 급해 그마저도 거절했다.

서둘러 마차에 오르고, 두근거리는 가슴께를 짓누르자 곧 에드가 저택이 보였다. 마차에서 내릴 때도 마음은 조금도 진정되지 않았다. 아직 내 말을 들으라는 녹턴의 명령이 지워지지 않았는지, 나는 기다리지 않고도 저택 안으로 들어설 수 있었다.

몸이 흠뻑 젖은 채라 물방울이 바닥을 점점이 적셨다. 무례한 일이었으나, 그러한 자각조차 없이 나는 계단을 뛰어 올라갔다.

2층에 다다르고 녹턴의 침실 문을 연 순간, 그와 눈이 마주쳤다.

"두루아……?"

가슴께가 터질 듯 부풀었다가, 느리게 숨이 빠져나갔다. 그제야 난 내가 지금 뭘 하고 있는지를 인지했다. 자다가 다가오는 기척에 깬 건지, 나이트가운을 입은 녹턴의 얼굴에 잠기운이 남아 있었다.

"왜 그래, 무슨 일 있었어?"

"아."

걱정으로 굳은 얼굴을 하고 그가 내게 다가왔다. 머리를 얻어맞은 것처럼 정신이 멍했으나, 이제는 내가 그른 행동을 하고 있다는 건 알았다.

"아, 녹턴."

"갑자기 무슨 일로 온 거야. 그것도 그런 차림으로."

"아니야, 별일 없었어. 아, 미안해. 밤중에…… 내가…….."

말이 잘 나오지 않아서 웃기라도 하려 했지만, 억지웃음조차 잘 안 되었다. 천천히 느려지고 있었으나, 아직도 심장이 뛰는 소리가 거세다.

그런 모습이 이상해 보였는지, 녹턴은 내 팔을 붙들고 답을 채근했다. 나는 무심코 나를 붙잡은 녹턴의 손을 쥐었다가 놀랐다. 그의 손이 너무 차가웠다. 멎어가던 불안이 용암처럼 끓어오른다.

나는 다급히 그의 손에서 팔로, 어깨로, 그의 얼굴로 더듬어 올라갔다. 녹턴의 체온이 통상보다 낮은 편이며 그의 손이 유독 더 차갑다는 걸 알았지만, 평소에는 아무렇지도 않던 그 한기가 싫었다. 따뜻한 걸 찾아서, 그가 살아 있다는 것을 확인하기 위해서 드러난 살갗 전체를 더듬었으나 어느 곳에서도 온기가 없었다. 비이성적인 설움이 올라왔다.

"두루아……? 지금—."

"왜 다 차가워. 왜 따뜻한 곳이 하나도 없어."

"뭐?"

목이 멨다. 나는 얼굴을 일그러뜨리다가, 문득 깨달은 사실에 그의 얼굴을 감싼 손을 끌어당겼다. 입 안으로 따뜻한 숨결이 흘러들었다. 그제야 안도하며, 나는 천천히 얼굴을 떼어 냈다.

스스로도 인지하고 있었지만, 내가 한 괴이한 행동 때문에 녹턴은 몹시 혼란스러워 보였다. 그러나 그 표정을 보면서도 치밀어 오르는 충동을 견딜 수 없었다. 나는 떠오른 말을 그대로 내뱉었다.

"우리, 결혼할래?"

녹턴이 느리게 눈을 깜박였다.

막상 말하고 나니 차마 눈을 마주할 수가 없어서, 나는 시선을 바닥으로 내리깔았다.

"멋없는 프러포즈라 미안한데 나…… 너무 무서워. 오늘, 네가 죽는 꿈을 꿨어."

내 입에서 나온 말인데도, 어감이 지나치게 섬뜩했다. 손이 떨려 와서, 나는 양손을 힘주어 맞잡았다.

"내가 너무 늦게 와서, 도착했을 때는 이미 성수를 다 비운 채였어. 입에서 피를 흘리고 있는데 몸은 너무 차갑고, 그런데도 넌 웃고 있어서…….""

여전히 머릿속을 뒤덮는 잔상이 끔찍하다. 숨이 잘 쉬어지지 않아서 나는 느리게 호흡을 골랐다.

"꿈을 꾼 건 처음이지만, 불안한 건 처음이 아니야. 네가 없을 때면, 괜찮다가도 이유 없이 그때의 일이 생각나고 심장이 뛰어서 너무 무서워, 너무 힘들어."

"……두루아."

"그럴 리 없다는 거 아는데, 이제 네가 안 그럴 거라는 거, 머리로는 아는데 자꾸만 그때 생각이 나서 마음이 불안해져. 그냥 우리……."

말을 끌며 고개를 들자, 녹턴의 표정이 눈에 들어왔다. 그는 몹시도 당황스러워 보였다. 그 얼굴에, 찬물을 뒤집어쓴 것처럼 정신이 깨어났다.

아. 내가 얼마나 이상해 보였을까.

"미안, 내가 꿈을 너무 실감 나게 꿔서, 그냥 그래서 그랬어. 새벽인데 잠 깨워서 미안해. 나, 이제 갈게. 응, 내일 보자."

횡설수설 말하고는 다급히 뒤를 돌았으나 채 한 걸음도 내디딜 수 없었다. 그러기도 전에, 그가 나를 끌어안았다.

등에서 온기가 느껴졌다. 아까는 그렇게 찾으려고 애써도 느껴지지 않던 것이 선명하게 살갗을 파고들었다. 그새 체온이 올랐을 리는 없으니, 아까는 내가 너무 불안해서 착각했던 모양이다. 아니면 비를 맞은 내 손이 차가운 탓이었거나. 목울음이 차올랐다.

"네 기억을 다 되돌리면. 그때 하자."

"……내 마음, 아직 못 믿는 거야?"

"믿어, 두루야."

그는 속삭이고는, 힘을 주어 같은 말을 반복했다.

"너는 나와 달리, 거짓말쟁이가 아니니까 믿어."

"뭐야, 너 거짓말쟁이인 거 이제야 인정해?"

평소처럼 말하고 싶었지만, 말문과 함께 눈물샘도 터져 버려서 눈이 빠르게 젖어 들었다. 나를 끌어안은 녹턴의 품에서 몸을 돌리고, 나는 그를 정면으로 마주 안았다. 매달리듯 등을 팔로 휘감고 그의 품에 얼굴을 파묻자, 커다란 손이 다정하게 내 머리를 쓸어 주었다.

"어차피 네가 내게 사랑한다고 말한 순간부터, 놓아줄 마음은 없었어. 하지만 네가 겁에 질려 중요한 결정을 하게 하고 싶지는 않아."

"녹턴, 나는……."

"어쩌면 1년도 채 걸리지 않을지 모른다, 그런 말을 들었다며. 지금보다 더 자주 찾아갈게. 늦지도 않을 거야. 이제 와 자살 같은 걸 생각할 만큼 어리석지는 않아. 약속할 테니까, 두루아."

약속.

그 말이 너무 따뜻하게 들려서, 나는 목이 멘 채로라도 답할 수 있었다.

"알았어."

그럼에도 대답하는 목소리에는 약간의 원망과 미련이 남아 있었지만. 울음이 그칠 때까지 나는 그의 품에 숨어 있다가 겨우겨우 얼굴을 떼어 냈다. 불안을 가시화한 형태가 눈물인 건지, 펑펑 울고 나니 마음은 걱정 한 점 없이 후련했다. 이제는 그를 남겨 두고도, 발로즈로 돌아갈 수 있을 것 같았다.

그렇게 생각하는 차에, 녹턴이 창밖을 힐금 보고 말했다.

"밤이 늦었어. 비바람이 거세서, 그런 차림으로 갔다간 감기에 걸릴 거야."

"뭐? 아……."

그러고 보니 워낙 경황이 없어 슬립에 숄만 걸친 채 뛰쳐나왔다. 차림새를 내려다보자, 조금 마르기는 했어도 여전히 축축한 천이 눈에 들어왔다. 그마저도 뛰어오면서 어디에 흘리고 온 건지, 숄은 없었다.

아직 에드가의 드레스룸에 내 옷이 남아 있겠지.

녹턴의 말을 갈아입고 가라는 뜻으로 해석하고 고개를 들자, 어느새 그의 얼굴이 다가와 있었다. 알아차리는 즉시, 입술이 닿았다.

따뜻한 숨결을 확인하는 것이 전부였던 조금 전과 달리, 이번 입맞춤에는 명백히 다른 목적이 묻어났다. 아니, 목적이라고 말하는 것은 너무 딱딱할지 모른다.

바깥에서 요란한 빗소리가 나는데, 그보다도 입 안에서 울리는 소리가 더 컸다. 취한 사람처럼 정신이 몽롱해져 나는 입을 맞추는 일에 몰두했다.

분위기는 자연스럽게 흘러갔고, 얼굴을 감싼 손이 아래로 내려와 목을 쓸고, 슬립에 달린 리본을 당기는 움직임마저 물 흐르듯 했다. 뒤늦게 당황하여, 그의 손을 붙잡자 잠시 키스가 멈추었다.

여전히 숨결이 느껴질 만큼 약간만 입술을 떼어 내고 녹턴이 낮게 속삭였다.

"우리, 이제는 그런 사이라고 했지?"

말소리는 조용한데, 그 안에서 끓어오르는 무언가가 느껴졌다. 그리고 그건 녹턴뿐 아니라 나도 마찬가지였다.

나는 천천히 그의 손을 놓아주고, 뜨거운 눈을 똑바로 바라봤다.

"⋯⋯응."

"오늘은 에드가에 있어."

"응."

다시 숨이 맞붙었다.

태어나 가장 소중하고 아름다운 밤이었다.

잠든 이의 몸에 이불을 덮어 주며, 녹턴은 그렇게 생각했다. 두루아의 눈이 아직도 부어 있어서 그는 손끝으로 그녀의 눈가를 쓸어 주었다. 서늘한 감촉이 반가웠는지, 두루아가 그의 손에 얼굴을 비볐다. 잠결에 한 행동마저 사랑스러워 녹턴이 엷게 미소 지었다.

누군가의 눈물이 제 기쁨이 된다는 건, 어쩌면 끔찍한 이야기일지도 모른다. 그럼에도, 녹턴은 기뻤다. 제가 생을 끊으려던 순간이 두루아의 트라우마가 된 것이, 저를 잃을까 봐 두렵고 불안해하던 그 모습이 더없이 사랑스러웠다.

"미안해."

그런 기분을 느끼는 스스로가 역겨웠지만 제 감정을 부정할 수는 없었다. 사랑한다고 말하며 환하게 미소 짓는 두루아가 좋았지만, 제가 없으면 안 된다고 매달리는 두루아도 좋았다. 사실, 비틀린 녹턴에게 더 공감되는 사랑이란 전자보다는 후자였다.

이 애가 언제 저를 떠나갈지 모른다. 세뇌가 풀리면, 실체를 들키면, 시간이 지나면 저를 버리고 사라질 것이다.

녹턴이 사랑해 온 역사에는 행복했던 순간보다 불안하고 괴로웠던 시간이 더 길었다. 제 잘못으로 인해 그렇게 된 일이지만, 원인이야 어떻든 결과는 그랬다.

그 감정이 두루아에게도 있는 것이 좋았다. 행복했다. 미안했으나 달가웠고, 그리고.

"고마워."

그럼에도 녹턴은 두루아의 불안을 덜어 주기 위해 최선을 다할 생각이었다. 고통에 익숙한 저와 달리, 이 애는 그런 괴로움을 오래 견디지 못할 테니까. 두루아 발로즈가 망가져 버릴지도 모른다는 가정 앞에서는, 지금의 기쁨은 종잇조각만도 못했다.

두루아, 내 두루아.

입술만 움직여 녹턴이 속삭였다.

"사랑해."

그는, 녹턴 에드가는 두루아 발로즈가 행복하기를 바랐다. 최초의 바람이었고 최후의 바람일 것이다. 그 소망이 이루어진다면, 녹턴의 마음도 언제까지나 기쁠 터였다.

넘쳐흐르는 감정을 견디지 못하고, 녹턴은 잠든 이를 품 안 가득 끌어안았다.

잠시 잠들었던 녹턴이 깨어난 것은, 밖에서 느껴지는 기척 때문이었다. 두루아가 자고 있는 것을 확인하고, 그는 그녀의 이마에 입을 맞춘 뒤 침실을 나왔다.

옷을 여미고 계단을 내려가자 중앙의 홀에 어정쩡하게 선 사내가 보였다. 저번의 방문 이후로, 들여보낼 것을 허락한 중년의 남자.

제라늄 에드가가 다소 어색하게 입을 뗐다.

"인사를, 하러 왔단다."

응접실로 자리를 옮기고 두 사람은 본격적인 대화를 시작했다.

며칠 전 수도에 올라온 제라늄 에드가는 황실의 지하 감옥에서 패트시아를 만나고 오는 길이었다. 파우스트로 돌아가기 직전, 인사를 남기러 온 것이기도 했다. 제라늄이 제게 인사를 하고 떠난다는 것 자체가, 녹턴에게는 몹시 생소한 일이었지만.

먼저 말문을 열기를 기다렸으나, 도통 그 입이 열리지 않아 별수 없이 녹턴이 대화의 물꼬를 텄다.

"무슨 이야기를 나누셨나요."

"……거짓말을 하나 했지."

거짓말?

"식사에 임페르펙티오를 섞었다고 했다."

제라늄의 말에 녹턴의 눈이 가늘어졌다. 공교롭게도, 얼마 전 들은 적이 있는 방법이었다. 두루아가 농담 삼아 전해 준, 애런 클레이모어의 제안. 클레이모어와 제라늄 사이에는 어떤 접점도 없으니 그에게 전해 들은 말은 아니겠지만. 누가 떠올린 방식이든 간에, 상대를 괴롭게 하려는 목적이라면 퍽 쓸 만해 보였다. 법에 저촉되지 않으니 차후 문제 될 일도 없고 상대의, 특히 패트시아 같은 미치광이의 정신을 교란하기에는 아주 탁월할 테니까.

"신관의 힘을 빌리지 않더라도, 혹 패트시아에게는 해독제가 있을 수도 있으니까 그 반응을 보려고 그랬어."

"……뭐라고 하던가요."

"웃더구나."

제라늄 에드가가 두 손으로 제 얼굴을 쓸었다.

"웃으면서 역시 그자가 죽었을 리 없다고, 저를 두고 자살했다니 기억이 조작된 거라 기뻐했지. 눈물을 흘리며 웃다가 화를 내다가 미친 사람처럼…… 아니, 정말로 미친 게 맞겠지만."

"……."

"그러다가 나중에는 겁이 났는지 신관을 불러오라고 소리치더구나."

"해독제 같은 건 없나 보군요."

"그런 모양이다."

"진실을 말해 주셨나요?"

그는 무거운 표정으로 고개를 저었다.

"남의 기억을 조작하는 건 끔찍한 일이지. 패트시아는 그게 어떤 일인지 알아야 해."

등받이에 몸을 기대고, 녹턴은 서늘하게 말하는 이를 바라보았다. 전보다 무뎌지긴 했으나 지금도 강렬한 분노와 증오가 느껴졌다. 복수심을 그럴싸하게 포장하는 데는, 여전히 재주 있는 남자였다.

그러나 이제는 녹턴도, 그의 복수심에 민감하게 굴고 싶은 마음은 없었다. 이제 제라늄 에드가가 저를 무엇으로 취급하든, 그런 건 중요치 않았으니까.

시간이 지난 탓일까, 제가 자란 탓일까. 그도 아니면 제라늄 에드가와는 비할 수도 없이 소중한 사람이 생겨 버린 덕일까.

"죽이고 싶다면, 좋을 대로 하세요. 간섭할 마음은 없으니까."

"내 복수는 이미 끝났어. 아니, 처음부터 그럴 자격도 없었지. 그때의 일을 너무 많이 후회했단다, 녹턴."

"제가 세상에 태어나게 한 일을요."

"너를 그렇게 태어나게 한 일을."

제라늄의 그 말에는, 녹턴도 멈칫할 수밖에 없었다. 그는 며칠 전의 일을 떠올렸다.

성수를 가지고 돌아온 직후, 약 기운을 견디지 못한 두루아가 잠들어 버린 때, 돌연 제라늄 에드가가 저택을 찾았다. 녹턴은 제라늄이 패트시아의 일로 찾아온 줄 알았으나, 응접실에 들어서자마자 본 그의 모습에 당황했다.

온몸의 피를 뽑아낸 것처럼 창백한 낯을 한 제라늄은, 녹턴을 보는 즉시 무너져 내렸다. 그러고는 무릎을 꿇고 오열하며 미안하다고 잘못했다고, 의미도 모를 사죄를 반복했다. 겉보기에만 그랬다면 아무렇지 않았겠으나, 제라늄으로부터 느껴지는 마음은 진실했다. 슬픔, 후회, 그리고 차마 사랑이라고 말하고 싶지는 않은 그 해묵은 감정까지.

패트시아 에드가에게 복수하기 위한 수단으로 저를 사랑했단 걸 알면서도 녹턴은 순간적으로 동요했다. 많은 시간이 지났음에도, 아직 죽지 않은 여섯 살의 녹턴 에드가가 내면 깊은 곳에서 튀어나왔다.

극심하게 치미는 혼란을 견디지 못하고 그는 제라늄을 쫓아냈다. 그리고 오늘, 그의 부친은 또다시 저택을 찾았다.

"내가 얼마나 우스워 보일지 안다. 그럼에도 말하고 싶구나. 태어난 건 네 죄가 아니야, 너는 아무것도 잘못하지 않았어, 녹턴."

제라늄 에드가는 무슨 생각으로 이런 말을 하는 걸까. 그의 마음을, 감정을 제 것처럼 느낄 수 있음에도 녹턴은 도무지 갈피를 잡을 수 없었다.

그제야 그런 생각이 들기도 했다. 마음을 읽어 내는 것이 과연 그 사람의 진심을 전부 알 수 있다는 것일까, 하고.

녹턴은 입술을 달싹이다가 짜증스럽게 한숨을 내쉬었다.

"그럼 이제 가 봐야겠구나."

이야기를 마친 제라늄이 자리에서 일어났다. 그는 이제 파우스트로 떠날 것이고, 이후로는 마주칠 일도 드물었다. 패트시아 에드가를 처리한 지금, 녹턴이 공작령으로 내려갈 일은 많지 않을 테니까. 지금의 짜증도 당혹감도 혼란도 잠시의 일이다.

녹턴 에드가가 막 그렇게 생각하던 차.

"내가 또 와도 괜찮겠니."

제라늄이 머뭇거리며 물었다. 답하고 싶지도 않았으나, 기이한 압박감을 못 이겨 녹턴은 답했다.

제라늄의 눈이 커지더니, 곧 그가 쓰게 웃었다. 어릴 적 녹턴이 사랑하던 것과 너무도 달랐으나, 이상하게 그는 제라늄 에드가의 미소가 그때와 비슷하다고 느꼈다.

⁂

눈을 뜨자 보인 곳은 에드가였다. 최근 들어 발로즈보다는 에드가가 익숙해졌기 때문에 나는 그 사실이 놀랍지는 않았다.

그러나 무심코 몸을 일으키려던 순간, 몸에서 드는 이질감에는 당황할 수밖에 없었다. 자는 동안 얻어맞기라도 한 것처럼 온몸이 삐걱거린다.

뒤늦게, 간밤에 있던 일이 생각났다. 무의식적으로 나는 내 몸을 내려다봤다.

"……미친."

나 뭐한 거야? 악몽을 꾸고 겁을 먹었다고 그 새벽에 마차를 타고 달려와 에드가에서 잠든 거야? 얌전히 잠만 잔 것도 아니고, 녹턴과 그, 그……!

"미쳤어, 두루아 발로즈. 제정신이 아니야."

그러나 내겐 머리를 싸매고 괴로워할 여유조차 없었다. 깨달음과 동시에 문에서 노크 소리가 났다.

나는 다급히 주위의 이불을 끌어와 몸을 돌돌 말았다. 그 탓에 번데기 같은 몰골이 됐지만, 한 겹이라도 더 몸을 가릴 게 있다면 어떻게 보일지는 아무래도 좋았다. 그러는 동안 노크 소리가 한 번 더 났다.

들어오라고 말하려다가, 나는 그제야 그 소리가 문에서 나는 게 아님을 깨달았다. 그동안은 특별히 의식하고 있지도 않았지만, 소리가 난 곳은 침대 바로 옆에 있는 커다란 창문이었다.

혹시나 하며 커튼을 열자, 창 너머로 익숙한 얼굴이 모습을 드러냈다.

말이 돼? 여기 2층인데.

순간적으로 그런 생각이 들었으나, 곧 녹턴이 굵은 나뭇가지에 앉아 있다는 사실을 깨달았다. 나뭇잎 모양대로 그림자가 드리운 얼굴에, 푸른 잎의 틈새로 들어온 황금빛이 미끄러져 흘렀다. 어둡게 그늘진 얼굴, 연보랏빛 눈동자에 황금빛이 고인 것이 요정처럼 아름다웠다.

나는 다소 머뭇거리면서 창문을 열었다.

"어…… 안녕, 녹턴."

무언가 이유가 있어 거기에 있을 텐데도, 그는 잠시 할 말을 잃고 내 몰골을 훑어봤다. 나처럼 넋이라도 나간 듯 보였다. 이유는 전혀 다르겠지만. 이불을 번데기처럼 휘감고 팔만 삐죽 나온 모양새가 어떻게 보일지, 생각하는 것만으로 얼굴이 뜨거워졌다.

"이미 다―."

"나도 알아. 그냥 알아. 다 아는데 추워서 그래! 춥다고!"

"아, 그래."

짤막한 대답에는 믿어 주겠다는 조금의 성의조차 없었다.

"그러는 너야말로 왜 여기에 있어. 원래 창 앞에 이렇게 큰 나무가 있었나?"

"심었어."

"……언제?"

"네가 자는 동안에. 씨앗을 심고 성장 촉진 물약을 부었더니 쑥쑥 자라더라고."

"너 돈, 되게 다양하게 쓴다."

비꼬는 말처럼 들릴지 모르나, 진심 어린 감탄이었다. 그쯤에는 한결 여유가 돌아왔다. 나는 굵직하게 뻗은 나뭇가지에 다리를 꼬고 앉은 녹턴과 창틀, 그리고 침실을 번갈아 바라봤다. 오래지 않아 생각나는 장면이 있었다.

"『그와 앨리스』?"

침실 창문을 두드려 안에 있는 이를 불러내는 건, 최근 본 연극에서 나온 장면이다. 정확히는 가면을 벗은 에드가 앨리스 밀러에게 고백하는 순간이었다.

정답이라고 시인하듯, 녹턴이 짧은 숨을 내쉬었다.

"『그와 앨리스』에서는 나뭇가지에 걸터앉지는 않는데."

"글쎄, 무대의 한계로 표현할 수 없었는지도 모르지."

"소설에서도 마찬가진데."

"……그래, 인정할게. 실수였어, 아무 생각 없이 네 침실을 2층으로 배정하는 게 아니었는데."

"뭐, 그 소설보다 지금이 더 좋긴 해. 창문 너머로 나뭇가지에 걸터앉은 사람과 이야기를 나누는 게 좀 더 낭만적이잖아? 가면 쓴 기사보다는 네 쪽이 잘생기기도 했고."

장난스럽게 웃고는, 나는 이불에 파묻힌 반대쪽 팔도 마저 빼냈다. 창틀에 턱을 괴고 녹턴을 내려다보자 그가 나를 마주 보았다.

"그래서 공작 각하, 이런 이벤트를 해 주시는 이유가 뭘까요?"

"의뭉스럽게 굴지 마."

곧, 녹턴의 표정이 진지해졌다. 그의 손이 품 안을 헤집고 나오자, 조그만 벨벳 상자가 모습을 드러냈다.

크고 깨끗한 다이아몬드가 장미 모양으로 세공된 아름다운 반지였다.

물건을 손에 쥐고, 녹턴이 그걸 내 앞으로 내밀었다.

"나와…… 결혼해 줄래."

『그와 앨리스』의 청혼 장면에서, 에드가 한 말과 같았다.

그 말을 들은 순간 든 기분은 뭘랄까. 막 연기를 시작한 삼류 배우가 대사를 읊는 걸 본 것 같았다. 그러면 안 되는데 웃음이 터져서, 나는 어깨를 떨며 끅끅거렸다. 제가 해 놓고도 민망한지 녹턴도 손으로 입가를 덮어 새빨개진 얼굴을 가렸다.

"너 악당 연기만 잘하는구나."

"……시끄러워."

"그래도, 좋다."

내 말에 멈칫하는 그의 모습을 보자, 더 웃음이 났다. 생글생글 웃으며 나는 녹턴의 표정 하나하나를 다 눈에 새길 듯 바라보았다.

"결혼해 달라고 말한 건 내 쪽인데, 더군다나 즉흥적이고 형편없이 제안했는데 이토록 성의 넘치는 프러포즈를 받아서 황송할 지경이야."

"……나는 어떤 식으로 청혼해야 네가 좋아할지 모르니까, 네가 즐겨 보던 책을 공부했을 뿐이야."

"그래, 확실히 창의력이 풍부하지는 않아도 모범생이네."

『세 천사의 요람』, 『푸른 아르메 강의 연인』에 이어, 이제는 『그와 앨리스』. 확실히 두루아 발로즈를 알기 좋은 과목들이었다. 나를 즐겁게 해 주려는 의도가 너무 좋아서, 입가에서 웃음이 가시지 않았다.

나는 여전히 녹턴이 내밀고 있는 반지를 향해 손을 내밀었다.

"얼마든지."

반지를 가져가는 대신 그의 앞에 손등을 기울여 세우자, 곧 그가 네 번째 손가락에 반지를 끼워 주었다. 그와 동시에 나는 연극에서 앨리스 밀러가 그랬던 것처럼, 그의 뺨을 감싸 당기고 입을 맞추었다.

몸의 절반은 창밖으로 내민 채, 또 남은 절반은 침대에 구겨진 채 숨을 섞는 것이 생소하고 부끄러웠으나 위로 드리운 나뭇잎이 우리를 가려 주고 있었다. 이파리 사이로 들어오는 햇볕은 따뜻하고, 지금의 기분도 더할 나위 없이 좋았다.

그러나 입맞춤은 그다지 길어지지 못했다. 키스하던 도중에, 나는 부자연스럽게 얼굴을 떼어 냈다.

"안 되겠다, 녹턴. 소설은 책으로 볼 때가 제일 좋아."

"……뭐?"

"떨어질까 봐 불안하니까 들어와."

안쪽으로 눈짓하며 말하자 녹턴이 가벼이 웃고는 창문을 넘어왔다. 구둣발이 창틀 위를 밟는 순간 나는 안도했으나, 그는 바닥에 내려오는 대신 부드럽게 내 어깨를 밀었다. 엉겁결에 몸이 뒤로 기울더니 그대로 매트에 파묻혔다.

두 팔만을 내어놓은 채 몸을 감았던 이불이 그대로 결박이 되었다. 머리칼이 부스스하게 펼쳐졌다. 갑작스러운 상황이 당혹스러워 나는 그저 눈을 깜박이며 그를 올려다볼 수밖에 없었다.

"왜, 들어오라며."

웃음기가 스미든, 낮은 목소리가 말도 안 되게 선정적이었다. 입 안이 말라붙는 기분에 나도 모르게 마른침을 삼키다가, 뒤늦게 나는 내 몸 상태를 떠올렸다.

안 돼, 정말 죽을지도 몰라.

양손을 뻗어 녹턴의 어깨가 더 가까이 오지 못하도록 막고, 나는 되도록 침착하게 말했다.

"이왕 낭만적인 프러포즈를 받았으니, 우리 오늘만큼은 플라토닉한 사랑을 하자."

"이미 글렀는걸."

"아, 제발. 나 몸이 안 좋아. 넌 양심이 없어?"

"성수가 남았어, 두루아."

"너 돈 많은 건 알겠는데, 점점 신에게 죄책감 들려고 해. 우리 도덕적으로 살아야지."

그 말이 뭐가 그리 우스운지 녹턴이 크게 웃음을 터뜨렸다. 내 쪽으로 기울어졌던 몸이 바로 서는 걸 보고, 나는 겨우 안도의 한숨을 내쉬었다. 뒤늦게 녹턴은 그저 나를 놀리고 싶었던 걸지도 모르겠다고 생각했으나, 그렇더라도 얄미움보다는 안심하는 마음이 컸다.

한참을 웃은 녹턴은 여전히도 매트에 널브러진 나를 일으켜 헤드에 기대어주고 침대에서 일어났다. 그러고는 옆에 놓인 물을 내게 건네주고 준비된 슬립도 가져왔다.

마침 목이 마르고 갈라진 참이라 나는 한 잔을 그대로 비웠고, 그가 내 몸에 슬립을 입혀 주는 손길도 얌전히 받아들였다. 적어도 지금만큼은, 녹턴의 비위를 맞춰야 했다.

⁂

다소 요란한 아침을 맞은 뒤, 우리는 식사를 하기 위해 다이닝 룸으로 왔다. 워낙 정신이 없어서 여전히 녹턴이 입혀 준 슬립 차림이었다.

아침부터 육류 요리라니, 별로 좋아하지 않았고 아침 식사라기엔 과했으나 간밤에 너무 큰 체력을 소모한 탓에 식사가 쑥쑥 들어갔다. 녹턴 또한 나와 얼추 비슷했는지, 참 조용한 식사 시간이었다.

"어젯밤에도, 또 꿈꿨어."

"꿈?"

"전에 꿨던 거랑 비슷한 거. 임페르펙티오 해독 과정에서 나온다는 거 있잖아."

"좋은 징조네."

"그렇지. 어쩌면 기억이 회복되는 것도 금방이겠어."

당시에는 별로 대단치 않게 생각하고 넘어갔는데, 생각보다 체질 득을 크게 보게 됐다.

"그래서 생각을 해 봤는데 지금 내 기억 말이야, 좀 정리해 두면 어떨까?"

"기록하겠다고?"

"응. 일기처럼 기록했다가 나중에 비교해 보면 재밌을 것 같아."

"일기라기보다는 수필 같은걸."

"그렇게 말하니까 좀 멋있다."

글이야 읽기만 했지 써 보기는 처음이라 자신 없었지만. 기억이 조작된 결과

물을 수필로 기록하는 것은 나름대로 그럴싸하게 느껴졌다. 녹턴이 진지하게 응해 줘서 더욱 그렇게 느껴졌다.

"그럼 진짜로 저자, 두루아 발로즈인 책이 생기겠구나. 제목은 정했어?"

"아, 그렇게까지 본격적으로 생각해 본 건 아닌데. 음…… 두루아 발로즈 일대기?"

"제목 미정이 좋겠네."

"농담이야, 바보야."

녹턴이 조금도 믿지 않는 기색으로 고개를 끄덕였다.

"아, 가제로 그런 건 괜찮겠다."

"제목은 다른 사람한테 부탁하는 게 어때."

"웃기지 마, 딱 좋은 거 생각났거든?"

방금 건 농담이었다니까, 진짜 사람 말 귓등으로도 안 들어.

"일단 들어는 볼게, 뭔데."

녹턴의 시혜적인 태도가 몹시도 마음에 안 들었으나, 나는 잠자코 입을 열었다.

어릴 때부터 있던 일과 내 주위에서 벌어진 일을 곰곰이 되살펴 보자 그런 생각이 들었다. 참으로 착각투성이인 삶을 살았다고.

녹턴은 내가 저를 찾아온 것이 세뇌 때문이라고 착각했고(지금도 그렇게 믿고 있는 것 같긴 하지만, 나는 아니라고 확신하니까 착각이다).

앨리스는 예지몽이 바른길을 보여 준다고 착각했으며.

애런은 앨리스가 진실로 바라는 것을 착각했고.

나는 뭐, 말할 것도 없다.

착각이라는 단어가 괜히 있는 게 아닐 테니 사람들은 다 저마다의 오해를 품고 살아가겠지만, 나는 좀 정도가 심했다. 물약 때문이라고는 해도 태어난 세상까지 착각하는 건 확실히 너무했지.

그렇게 살아왔으니, 내 기억에 제목을 정한다면.

"모든 게 착각이었다?"

이런 게 좋지 않을까.

끝.

○ **외전** ○

1

별것 아닌 마무리

수도에서의 일을 마치고 막 공작성에 들어선 순간, 제라늄 에드가가 마주친 이는 그의 자식도, 성의 사용인도, 에드가의 가신도 아니었다.

"놀라지 않으시는군요."

"……살아 있을 거라고 생각했으니까."

그렇게 답했으나, 제라늄이 정말로 놀라지 않은 것은 아니었다. 20년이 넘는 세월 동안 보지 못한 얼굴은, 그럼에도 전과 크게 달라지지 않았다. 큰 키도, 짙은 색의 피부도, 신비롭게 보이는 옅은 색 눈동자도.

마나를 다루는 이의 노화가 더디다는 것은 그 또한 알고 있는 사실이었지만 눈앞의 상대는 그 정도를 넘어섰다. 기사의 악마 같은 재능은 다가오는 세월마저 완전히 막아 낸 모양이었다.

"그래요? 분명, 유시스 그라운드체리의 시체를 가져다 놨는데."

"죽은 시기가 다르겠지. 무슨 술수를 부렸는지 몰라도 시체가 썩지 않았으나, 집사장이 죽은 건 20년도 전의 일이잖나. 그간 유시스의 흉내를 내느라, 고생이 많았겠군."

기사의 눈이 설핏 가늘어졌다.

"언제부터 눈치채셨나요? 완벽한 위장이라고 생각했는데."

"자네에게 그 아이의 흑마법이 통하지 않았으니까. 유시스는 마나를 다루는 데는 영 재능이 없는 사람이었거든."

들킬 줄 알았으면, 기사로 분장할 걸 그랬네.

사내는 감흥 없는 목소리로 중얼거리고 히죽 웃었다.

"아, 시체가 썩지 않은 이유가 궁금하다고 하셨죠. 제라늄 공, 그건 야만족의 기술이에요. 말씀하신 대로 저희 부족에는 별 술수가 다 있어서."

'술수'를 힘주어 말하며, 그가 어깨를 으쓱였다.

제라늄 에드가가 무거운 표정으로 상대를 바라봤다. 방법이야 뭐가 됐든 아무래도 좋았다. 중요한 것은 다른 문제였다.

"무슨 생각으로 내 앞에 모습을 드러냈나, 유벨 프리즈. 자네는 그때, 자살로 삶을 끝냈어. 내게도 그럴 거라고 말했고, 실제로도 그렇게 위장해 놓지 않았나."

그래, 유벨 프리즈. 녹턴 에드가의 생부이고 패트시아의 연인이었으며, 야만족 출신의 대단한 기사였던 유벨은 녹턴이 태어나는 날, 자살로 위장하며 모습을 감추었다. 같이 복수를 계획한 제라늄에게도, 정말로 목숨을 끊을 거라고 말했으나 그는 믿지 않았다. 기사 서임을 받았어도 상대의 본질은 기사도와 거리가 멀었으니까.

과연, 제라늄의 예상대로 유벨은 유시스 그라운드체리의 거죽을 뒤집어쓰고 이날까지 살아왔다. 패트시아 에드가의 바로 옆에서, 그녀의 언행 하나하나를 지켜보면서.

"그냥…… 당신이 놀랄 거라고 생각했어요. 한 명쯤은 내가 여태 세상에 살아 있음을 알아줬으면 했고. 우리는, 나름대로 동지였잖아요?"

"헛소리."

"야박하시긴."

기다란 눈매를 퍽 요사스럽게 휘는 유벨이 입을 열었다.

"그 애의 아버지는 당신입니다, 제라늄. 첫 번째 목적은 그래요, 그 말을 하고 싶었습니다."

"그게 무슨……."

"태어난 아이를 보면서도, 그 애가 자라 성인이 되는 걸 지켜봐도 별 감흥이 들지 않더라고요. 피가 이어지는 것만으로는 가족이 될 수 없는 모양이죠."

가벼운 말투와, 그에 상반되는 잔인한 내용에 제라늄은 이를 악물고 그를 노려봤다. 저 또한 기사의 계획에 동조했으나, 녹턴의 인생을 바로 옆에서 지켜봤으면서 그렇게 말할 수는 없었다.

실핏줄이 터져 흰자가 붉게 물들었다. 제라늄의 그러한 모습을 보고 기사가 비죽 웃었다.

"당신에게도 대단한 자격이 있지는 않겠지만."

"알아, 부친 자격이 없는 건 자네도 나도 마찬가지이지. 하지만 그런 식으로 말하지는 마. 차라리 그 애에 대해 조금도 거론하지 말란 말일세."

"뭐, 어려운 부탁은 아니네요. 대신 하나만 답해 주실래요?"

유벨 프리즈가 성큼성큼 걸어 거리를 좁혀 왔다. 허리춤에 덜렁 매달린 검을 빼 들지도 않았는데, 한 걸음씩 다가올수록 그에게서 느껴지는 위압감이 배로 커져 갔다. 마나를 다루지 못하는 제라늄은 견디기 힘든 기세였다. 그럼에도 그는 이를 악물고 주저앉지 않으려 애썼다.

"팻은 황궁 지하 감옥에 있겠지요?"

"……패트시아를 빼돌릴 생각인가."

"그럴 리가요. 그냥, 마지막 인사를 하고 싶어서요."

"미안하지만 온전한 정신은 아니야. 패트시아의 식사에 임페르펙티오를 탔다고 거짓말을 했으니까."

"네?"

힘겹게 내뱉은 말에, 기사의 눈이 커지더니 돌연 경박한 웃음이 터져 나왔다. 뭐가 그렇게 즐거운 건지 유벨 프리즈는 허리까지 구부리고 웃어댔다. 실로 천박한 모양새였다. 그러는 새, 기사에게서 느껴지는 위압감이 상당히 사라진 터라 제라늄은 가까스로 한숨 돌릴 수 있었다.

"아, 정말…… 제라늄 공도 참 상상 이상이어서. 그럼 굳이 변장하고 갈 것도 없겠네. 내가 그 사람의 앞에 나타나면, 미쳐서 환각을 보는 줄 알 거 아냐."

"유벨 프리즈, 자네—."

"정말로 그 사람을 구해 줄 생각은 없다니까요. 그러니 의심하지 말고……."

말끝을 흐린 사내는, 나른하게 눈을 깔고 제라늄을 내려다보았다.

"걱정하지도 마세요, 나의 동지."

황궁 지하 감옥은 삼엄한 경비로 보호받았으나, 그를 뚫어 내는 것은 유벨에게 조금도 어렵지 않았다. 그는 야만족 최고의 전사였고 역사적으로도 손에 꼽히는 천재였으니까. 비록 집사장 흉내를 내며 검은 빼 보지도 못한 게 수십 년이래도 그랬다. 제라늄 에드가로부터 들은 위치를 기억하며, 유벨 프리즈는 천천히 안쪽 깊은 곳으로 들어갔다.

그는 오래지 않아, 찾던 이를 발견했다. 벽면에 걸린 노란 등 외에는 조금의 빛도 들지 않는 공간. 차가운 철창 안에 수갑과 족쇄로 구속된 이가 널브러져 있었다. 무기한 수감으로 끝났다고 해서 에드가의 눈치를 보나 했는데, 생각보다 가혹한 취급이었다.

바닥에 쓰러진 이를 창살 너머로 내려다보며, 유벨 프리즈가 요요히 웃었다.

"안녕, 나의 팻."

쓰러진 패트시아가 꿈틀 움직이더니 몸을 일으켰다. 언제나 단정하게 넘겼던 머리칼은 완전히 산발이 되어 거지꼴이 따로 없다. 또한 바싹 야윈 뺨에는 바닥에 있던 먼지가 달라붙어 참으로 초라하고 볼품없었다.

그럼에도 그녀의 기세는 다 죽지는 않았다. 붉게 충혈된 눈으로 패트시아가 유벨을 노려봤다.

"꺼져."

"오래간만에 보는 얼굴인데, 너무해라."

"환상 따위가 감히 나를, 에드가 공작을 농락하려고 들어. 당장 꺼지지 못해!"

조금도 예상하지 못한 말에 기사의 눈이 동그랗게 커졌다. 그러나 곧, 그는 즐거운 듯이 휘파람을 불었다.

미쳤다고 하더니, 마냥 거짓말은 아닌 모양이다. 하기야 곁에서 지켜볼 때도 이따금 패트시아 에드가는 제정신이 아닌 듯 보였으니까. 에드가를 되찾는 게 아니라 녹턴을 고통스럽게 만드는 게 그녀의 최우선 목표였다는 점만 봐도 알 수 있는 사실이었다. 그러나 제가 사랑하던 연인이 미쳤다는 것이, 유벨에게는 조금도 고통스럽지 않았다.

오히려 기뻤다. 제 피를 하찮게 여기고 저를 천하게 대하던 연인이 제 죽음에 동요해 그 고고한 정신마저 망가져 버린 결말이, 더할 나위 없이 황홀했다.

그런 심정을 담아 사내가 다정하게 미소 지었다.

"그렇게 차게 굴지 말아요, 팻. 내가 정말 환상이라면, 이렇게 철창 너머에서 가만히 지켜보기만 할 리는 없잖아요."

"뭐……?"

"이리로 와 줄래요. 당신을 더 가까이서 보고 싶어요."

처연하게 눈꼬리를 늘어뜨리고 애원하듯 말하자, 그녀가 고개를 들었다. 대단찮은 말 몇 마디에 설득이라도 된 건지 그녀의 눈이 흔들렸다. 믿을 수 없는 걸 본 듯이 멍한 표정이 인상 깊었다.

"유벨……?"

아무래도 환영은 이런 표정을 짓지는 않았던 모양이지, 유벨이 속으로 그녀를 비웃었다. 그러는 새, 금세 얼굴을 환희로 물들인 패트시아가 다급히 창살 쪽으로 다가왔다. 팔다리에 매달린 사슬이 부딪는 소리가 요란하고 시끄러웠지만, 그쯤은 누구도 아랑곳하지 않았다. 앙상하게 말라 손가락뼈가 다 드러난 손이 창살을 세게 부여잡았다. 마나를 잃은 탓에 창살을 열고 유벨을 만지지는 못했다. 그게 안타깝다는 듯, 패트시아가 입매를 일그러뜨렸다.

"너구나. 너로구나."

"이제야 믿어 주시는군요."

"그래, 네가 날 버릴 리가 없지. 감히 날, 너 따위가 날 버릴 수 있을 리가―."

"아, 그건 아니에요, 팻."

즐거이 장단을 맞추다가, 유벨이 단호하게 말을 끊었다. 그러고는 그가 창살 사이로 손을 넣어 패트시아의 얼굴을 매만졌다. 유시스로 분장하면서는 한 번도 만져 보지 못한 감촉이 생소해서, 기사는 저도 모르게 손끝을 떨었다.

"나는 당신을 끝내러 온 거예요."

"뭐……?"

"당신을 지옥으로 보내고 고향으로 돌아갈 거예요. 그곳에는 야만족의 피가 비천하다고 멸시할 사람도 없겠죠. 행복해지겠네요."

"네가…… 날 죽이겠다고?"

진녹빛 눈동자가 크게 흔들렸다.

그러나 충격을 받은 표정도 잠시, 그녀의 온 얼굴이 일그러졌다. 페트시아는 아직 제 뺨에 닿아 있는 손을 우악스레 움켜쥐었다. 손끝에 잔뜩 힘이 들어가서 금방이라도 손등의 살갗을 파벨 것 같았으나, 유벨의 얼굴은 조금도 일그러지지 않았다. 외려 그는 저를 강하게 움켜쥔 손을 마주 잡았다.

"역시, 이번에도 환상이었어. 또 나를 속였구나!"

"왜 그렇게 생각해요. 환상이 아닌 나는 당신을 죽일 수 없을 것 같나요?"

"뭐……?"

"당신에게 하찮은 취급을 받아도, 더럽고 비천하다며 결혼해 줄 수는 없다고 홀대받아도 참았으니까?"

당신이 다른 사내와 두 명의 아이를 낳고도 만족하지 못하고, 밤을 보내도 건더 냈으니까?

그가 속삭이며 말했다.

"당신이 나를 버러지 취급하는데, 내가 당신을 버리지 못할 이유는 뭐가 있겠어요, 팻."

"웃, 웃기지 마! 더러운 환상 따위, 유벨은 죽었어! 내가 그 시체를 봤다고! 죽은 사람이 어떻게 살아 돌아와 날 죽인단 말이냐!"

그러나 그렇게 외치는 패트시아의 눈은 극심한 동요로 흔들리고 있었다. 말과 달리, 이것이 현실이라고 믿는 기색이 역력했다.

패트시아 에드가 제 손을 떨쳐 내려고 애쓰기에, 유벨은 손에 힘을 풀어 주었다. 갑작스레 풀려난 손에 그녀가 몸을 한 번 휘청거렸다.

"내가 당신을 죽이는 것보다는 스스로 목숨을 끊었다는 쪽이 받아들이기 쉽구나, 당신은."

"뭐……?"

"그래도 받아들이게 될 거예요. 살해당하는 순간에는, 그 죽음이 진짜란 걸 알 수밖에 없을 테니까."

패트시아의 모습을 빤히 바라보는 채로, 유벨이 검집에서 검을 빼냈다. 빛이라곤 거의 없는 지하에서도 새파란 칼날이 선뜩하게 빛났다.

그녀의 눈이 크게 흔들렸다. 이런 와중에도 죽고 싶지는 않은 건지, 그녀는 다급히 뒷걸음질을 치다가 족쇄의 사슬 때문에 넘어져 버렸다. 그 모습이 추레해 유벨이 웃음을 터뜨렸다.

그러나 희한하게도, 사내의 웃음소리는 점점 흐느끼는 듯한 소리로 변해 갔다. 기사를 멍하니 올려다보다가, 패트시아가 뒤늦게 얼굴을 일그러뜨렸다.

"너, 너, 네 놈……!"

"걱정하지 말아요, 팻. 당신을 죽일 거지만, 오늘은 아니거든요."

그는 검날로 창살을 슥 긁어 흔적을 남기고, 도로 그것을 검집으로 되돌렸다. 창살을 양손으로 붙잡으며 유벨 프리즈가 몸을 낮추었다. 바닥에 넘어진 패트시아 에드가와 얼추 비슷한 눈높이에서 눈이 마주친다.

그가 빙그레 미소 지었다.

"조만간 다시 올게요, 당신의 마지막이 언제가 될지, 기대하며 기다리고 있어요. 사랑하는 나의 팻."

마지막 인사를 마치고는, 몸을 돌려 감옥을 떠나는 데 일말의 망설임도 묻어 나지 않았다.

패트시아에게는 좋을 대로 떠들어댔으나, 유벨 프리즈가 돌아갈 곳은 어디에도 없었다. 그는 야만족의 전사였고, 패트시아를 따라 제국으로 오기 위해서는 그를 만류하는 동료들을 모두 베어 내야 했다. 친애하던 모두를 죽이고 피를 뒤집어 쓰고서까지, 유벨은 사랑을 좇아왔다. 그러나 그 끝에 남은 것은 모욕과 배신과 원망과 수치뿐이다.

아니.

"그래도 남은 게 없진 않구나."

그가 녹턴 에드가의 모습을 떠올렸다. 차마 제 아이라고 말할 수는 없었으나 그래도 제 피를 이어받은, 유벨 프리즈의 흔적. 그렇게 말하면 불쾌해하겠지만, 그래도 제가 없었으면 세상에 태어날 수 없었다는 건 진실이니 그는 마음대로 우겨 보기로 했다.

사실, 정말로 패트시아와 제 사이에 난 아이라고는 아직도 믿어지지 않았다. 아주 어릴 때는 그런 기색이 있었지만 자라면서 아이는 달라졌다. 나중에 가서는 흑마법으로 사용인들을 세뇌하기도 했으나, 거기까지였다. 제 증오를 먹이삼아 태어난 흑마법사이면서도 사람 한 명 죽이지 않았고 먼저 공격받지 않는다면 제 이익을 위해 남을 공격하는 일도 없었다.

녹턴 에드가가 성인군자로 자라났다는 말은 아니었다. 다만 그의 윤리관이 퍽 통상적인 수준으로 자리할 수 있었다는 점이, 유벨에게는 몹시도 신기하게 느껴졌다. 그러한 환경에서 태어나 자랐으면서 어떻게 그럴 수 있었을까.

아니, 어쩌면 반대로.

"그랬기 때문에 사랑에 성공할 수 있었을까."

혼잣말로 중얼거리며 그가 힘없이 웃었다. 그래, 사랑이란 감정은 애당초 저나 패트시아처럼 비틀린 이들에게는 어울리지 않는지도 몰랐다. 그깟 사랑 놀음 때문에 죽인 이만 몇이며, 허비한 세월만 몇십 년인가. 결국 성공하지도 못하고, 이토록 비참하게 스러질 것을.

자조하며, 기사는 다시금 검집에서 검을 빼 들었다. 그가 동료들을 살해했던 야만족의 땅, 이제는 아무것도 남지 않은 고향의 대지 위에 서서 그는 검을 높이 쳐들었다. 그러고는 다음 순간, 새파란 칼날이 그의 가슴을 파고들었다.

팻은 과연 언제까지, 나를 기다려 주려나.

마지막으로 떠올린 생각은 그것뿐이었다.

2

~첫사랑

때는 두루아 발로즈, 10세 무렵.

"이럴 순 없어."

> 그동안 『그와 앨리스』를 사랑해 주신 에덴지의 구독자분들께 많은
> 감사드립니다. 언제가 될지, 다시 에덴지에서 찾아뵐 수 있을지 확
> 답드릴 수는 없으나, 언젠가 반드시 돌아오겠습니다…….

"『그와 앨리스』가 무기한 휴재라니……!"

손아귀에 잔뜩 힘이 들어가 신문의 끄트머리가 구겨졌다.

고작 25화를 연재했는데. 이제야 겨우 인기를 얻었는데 이 와중에 연재를 멈추겠다니!

그 밑으로 후기가 줄줄 적혀 있었지만(소설 내용보다 길어 보였다) 당장은 그 글자를 읽어 내릴 기력도 없었다. 푹, 고개를 꺾고 나는 믿을 수 없는 현실을 견더야 했다.

내게 에덴지를 가져다준 캐럴이 연민 어린 목소리로 물었다.

"두루아 아가씨, 우세요?"

"갓난아기 지나고 한 번도 안 울었어. 이런 일로 울 리 없잖아."

"……참 이상한 데 자부심이 있으시네요. 기억도 못 하시면서."

"어떻게 이럴 수 있지? 이제 겨우 무도회가 열렸잖아. 황태자는 이제 등장했는데, 주인공이 등장하자마자 휴재가 말이 돼?"

"앨리스의 짝이 프란티코일지는 모르죠. 비중은 에드가 더 높은걸요."

"아니야, 원래 연애 소설에서는 신분 높은 남자가 주인공이야."

나도 검은 머리가 더 좋긴 하지만. 하기야, 이제 와 그런 게 다 무슨 소용일까. 어쩌면 평생, 주인공의 정체조차 모를 수도 있을 텐데.

"그래도 아주 놀라운 일은 아니잖아요. 그 작가, 휴재가 굉장히 잦았는걸요. 중간에 3개월이나 쉬어 간 적도 있었고."

"그래, 그래서 월간 소설로 5편씩 연재한 지는 여덟 달인데 겨우 25화밖에 안 되지. 그마저도 이제는 끝이고!"

내가 울분에 차 외치자 캐럴이 어깨를 두드려 주었다. 유모의 위로에 외려 마음이 서러워졌다. 나는 우울함에 잠겨서, 캐럴이 건네준 핫초코를 홀짝이다가 다시 신문 위로 눈을 돌렸다. 어쩌면 『그와 앨리스』의 후기가 날 위로해 줄 수도 있을 테니까. 그러나 밑으로 적힌 내용은 영 시답잖은 얘기뿐이었다.

주인공 설정 이야기도 해 주지, 왜 휴재 후기로 자기네 고양이가 얼마나 귀여운지만 말하는 거람.

작품에 관한 부분이라고는, 시골 영지에서 영감을 얻어 시작했다는 한 마디뿐이다. 하나 나는 그것만으로도 반가웠다.

"시골 영지……."

"어딘지 알아봐 드릴까요?"

"정말? 그럴 수 있어?"

"그럼요. 제가 아가씨를 위해 뭘 못 하겠어요."

"캐럴."

다정한 말에 울컥하여 나는 그녀를 끌어안고 품에 얼굴을 비볐다. 어려서부터 나를 봐준 유모는 몸이 안 좋아진 탓에, 곧 발로즈 저택을 떠날 예정이었다. 그녀의 자식이 자리 잡은 지방 영지로 내려간다고. 그래서인지, 평소와 다를 바 없는 말 하나하나에도 감정이 치솟았다.

그녀는 나를 달래듯 부드럽게 내 머리를 쓸어 주었다. 가지 말라고 말하고 싶었지만, 캐럴의 행복을 생각하면 그럴 수도 없었다. 내가 지금 할 수 있는 말은 하나뿐이었다.

"응, 고마워."

복잡한 심경을 끌어안고 다이닝룸으로 향하자, 알로이 발로즈가 보였다.

아침 식사부터 쓸데없이 부지런하네.

부모님이 오실 때까지 아무 말도 안 하길 바랐지만, 불행히도 그녀는 입을 열었다.

"즐겨 보던 연애 소설 연재가 끝났다며."

"……네가 그걸 어떻게 알아."

"잘됐네, 이김에 수준 낮은 취미는 끊지그래."

대놓고 시비를 거는 투였다.

"내가 뭘 보든 무슨 상관이야."

"네 성이 '발로즈'만 아니었다면 정말 아무 상관 없겠지만, 너도 이제 열 살인데 어지간히 해야지."

"열 살은 연애 소설 보면 안 된다는 법이라도 있어?"

"좀 더 생산적으로 살라는 소리야."

"그러니까―."

"이게 무슨 일이니, 너희 또 싸우는 거야?"

한창 분위기가 날카로워질 무렵, 부모님이 등장했다. 나는 조금 당황했으나 알로이는 그렇지도 않은 모양이었다. 여우처럼 잔꾀가 많으니, 어쩌면 일부러 두 분이 오시기 직전에 말을 걸었는지도 몰랐다.

"말해 보렴, 두두. 또 알로이가 나쁜 말을 했니?"

"아니, 그렇다기보다는……."

"저 애가 연애 소설 보는 일로 말 좀 얹었어요. 계속 내버려 두실 건가요?"

역시 일부러였나 보네.

온종일 두껍고 재미없는 책으로 공부를 배우는 알로이를 생각하면, 마냥 떳떳한 처지는 아니었다. 나는 은근히 눈을 돌리며 어머니의 눈치를 살폈다. 그러나 정작 어머니께서는 별로 개의치 않는 기색이었다.

"두두는 아직 어리잖니, 알로이. 그리고 자라서도 딱히 말릴 생각은 없어. 나쁜 취미도 아니고, 감성이 뛰어난 게 뭐가 문제란 말이야."

"……애 나이가 몇인데, 아직 아명으로 부르세요."

"열 살이 언제부터 그렇게 대단한 나이였는지 모르겠구나."

"저는 일곱 살 때부터 '알로이'였어요. 알리가 아니라."

감정이 상한 알로이의 말씨에 어머니가 멈칫하자, 그녀가 길게 한숨을 내쉬었다.

"죄송해요, 애처럼 굴어서."

바로 사과 말을 덧붙이기는 했으나, 어머니도, 알로이도 기분이 좋아 보이지는 않았다. 나 때문에 가라앉은 분위기에 기가 죽어 슬그머니 눈치를 살피자 어머니와 아버지께서 식탁에 앉으셨다. 잠시 정적이 이어졌으나, 시종이 음식을 내어 온 순간 아버지가 입을 열었다.

"알로이, 너는 두루아와 달리 태어날 때부터 발로즈의 주인 자리를 약속받았다. 불만이 있느냐 물었을 때 그렇지 않다고도 말했어. 짊어지는 책임감도 달라지는 건 당연한 일이야."

"……알아요."

"그래, 그럼 식사하자."

그렇게 대화는 일단락되었으나, 당연하게도 식사를 마칠 때까지 분위기는 풀리지 않았다.

"에른하르트래요."

『그와 앨리스』의 휴재 소식을 듣고 이틀이 지나, 캐럴이 가져온 소식이었다.

"에른하르트……? 그게 어디야?"

"남부 쪽으로 한참 내려가면 있는 조그만 땅이에요, 몬스터 산맥에 둘러싸인 곳이요."

그렇게 말하고 캐럴은 지도를 펴서 영지의 위치를 짚어 주었다. 거의 제국 최남단에 있는 곳이었다.

"여기에 가는 거, 부모님이 허락해 주실까?"

"저와 시녀 아이 몇, 그리고 기사들을 데려간다고 하면 허락해 주실 거예요."

"하지만 저번에 알로이가 여행 가고 싶다고 말했을 때는 혼났잖아."

거우 일주일 전의 일이었다. 빽빽하게 늘어선 수업에 지친 건지 알로이가 기분 전환 삼아 여행을 다녀오고 싶다고 말했으나, 요구는 단번에 거절당했다.

평소에도 그리 부드럽지는 않았던 자매는 그 때문에 최근 더 까칠한 상태였다.

"그건 할 수 없죠. 큰아가씨의 교육이 아직 남았으니까요."

"아직도? 알로이가 나보다 두 배는 똑똑하고 수업이 세 배는 많은데. 미루고 다녀오는 것도 안 될 정도야?"

"큰아가씨와 작은 아가씨는 조금…… 입장이 달라서요."

"알로이가 후계자라서?"

"어쩔 수 없는 일이죠, 후계가 빨리 위치를 잡길 바라는 건 어느 가문이나 마찬가지의 일이니."

어차피 알로이가 아니라면 발로즈를 이어받을 사람도 없는데 왜 그렇게 조급해하시는 걸까. 이해가 되지 않아 눈가를 찡그리자, 쓰게 웃은 캐럴이 내 머리를 쓰다듬었다.

"두루아 아가씨께서 발로즈를 갖고 싶진 않으세요?"

"싫어. 그 빽빽한 수업도 싫지만, 알로이와 경쟁하는 것도 싫어. 걔 성격에, 내가 후계 자리 탐내면 눈에 불을 켜고 덤벼들 거야. 어쩌면 어느 날 암살당할지도 몰라."

정말로 그럴싸한 상상에 몸이 부르르 떨렸다.

"착한 우리 아가씨."

"착한 게 아니라 성향상 싫은 거야."

"세상에, 성향이란 말도 아세요? 그러고 보니 암살도 아가씨 나이에 알 만한 단어는 아닌데, 소설책 좋아하시는 게 그런 장점도 있네요."

완전히 어린애 취급하고 있어. 캐럴은 내가 열 살이 아니라 다섯 살인 줄 아는 모양이다.

"그런데 알로이는 원해서 하는 걸까?"

"네?"

"나는 내가 둘째로 태어나서 좋은데, 알로이도 그게 좋을까 싶어서."

그녀가 눈을 동그랗게 떴다가, 곧 다정하게 미소 지었다. 그러고는 걱정하지 말라고, 알로이는 틀림없이 그 자리를 좋아할 거라고 말했지만, 별로 믿기지는 않는 말이었다.

캐럴은 괜찮을 거라고 했지만, 알로이가 혼나던 기억이 지나치게 생생하다. 그 때문에, 나는 아버지의 집무실에 들어선 뒤로도 몇 분가량 몸을 배배 꼰 뒤에야 본론을 꺼낼 수 있었다.

"다녀오거라, 두두."

그러나 아버지의 허락은 선선했다. 어찌어찌 다녀오라는 말을 듣더라도 며칠은 떼를 써야 할 줄 알았기에, 나는 멍청하게 입을 벌렸다.

"정말요?"

"호위 기사 다섯과 캐럴, 시녀 아이 둘을 붙여 주마. 얼마 전에 황실에서 기사단을 보냈으니, 지금 가는 게 제일 안전하겠지."

"어, 정말 괜찮아요? 저 수업은……."

"그쯤이야 조금 미뤄 둔다고 무슨 문제가 생기겠니, 아가."

다정하게 말한 아버지가, 책상에서 나와 나를 품에 안아 주셨다.

"함께 가 주지 못해 미안하다, 그래도 기사나 시녀는 절대로 떼어 놔서는 안 된다."

따뜻한 당부가 이어졌다. 그러나 나는 마음이 좋아지기보다는 오히려 혼란스러웠다. 수업쯤은 미뤄도 된다니, 알로이가 여행을 조를 때 한 말과 너무 달랐다. 캐럴은 후계와 그렇지 못한 아이의 차이라고 말했지만, 어쩐지 내가 좋아하는 소설이 떠올랐다. 『그와 앨리스』에서 계모가 친딸과 주인공을 다루는 태도가 이렇게 달랐는데…….

그런 생각이 들자, 내가 나쁜 짓을 하는 것만 같았다.

"준비는 일주일 내로 마칠 테니, 마무리되는 대로 말해 주마, 두두."

"아…… 네, 아버지. 감사해요, 나가 볼게요."

다소 얼떨떨한 목소리로 답하고 나는 허둥지둥 아버지의 집무실을 나왔다. 허락을 받았는데도 마냥 기쁘지는 않은 마음이 이상하다.

가슴에 손을 얹고 한숨을 내쉬려던 차에, 뒤늦게 고개 숙인 내 앞에 두 다리가 있는 것을 확인했다. 고개를 들어 올리자, 보인 것은 나를 무섭게 노려보는 알로이였다.

"뭐, 뭐야, 알로이! 왜 그러고 있어!"

"너야말로 나 화나라고 이러는 거야?"

이게 무슨 소리야.

알 수 없는 말에 고개를 기울이다가 뒤늦게, 나와 아버지의 대화가 집무실 밖으로 새어 나갔다는 생각이 들었다.

"너, 엿들었어?"

"되지도 않는 소리 마. 아버지께서 집무실로 부르셔서 왔을 뿐이니까. 그래서 지금, 내가 여행을 거절당하고 겨우 일주일 된 시기에, 굳이 여행을 가겠다는 이유가 뭔데."

"그건……."

"내가 네 취미 가지고 한소리 한 게 고까워서 그래?"

"……그럼 나 언제 가?"

뭐?

알로이가 눈가를 찡그리고 되물었다.

"네가 여행을 거절당하고 한 달 뒤? 석 달? 1년?"

"두루아 발로즈, 너 지금 비꼬는 거야?"

"여행 못 가게 한 거 나 아니잖아. 왜 나한테 화를 내. 나, 아무 짓도 안 했는데."

알로이도 억울하겠지만, 그렇더라도 그건 내 잘못이 아니다. 나도 억울했다. 내가 가지 못하게 한 것도 아닌데, 왜 나한테.

평소 같았으면, 자존심 때문에라도 언성을 높이고 싸웠겠으나, 오늘은 기분이 달랐다. 『그와 앨리스』의 내용을 떠올리고 나니 그러면 안 될 것 같았다. 이유를 분명히 말할 수 없는 모호한 기분 때문에, 나는 입술을 깨물고 고개를 수그렸다.

"너…… 울어?"

"이런 걸로 안 울어."

정말이었다. 조금 목이 막히기는 해도, 눈은 젖지 않았으니까. 그렇지만 속상한 기분은 진짜였기 때문에 입을 열고 싶지 않았다. 인상을 찡그리고 그녀가 한숨을 내쉬었다. 그러고는 무어라 말할 듯 입을 열었다.

그러나 나는 알로이와 더는 아무 말도 하고 싶지 않았다. 자리를 뜨기 위해 급하게 몸을 돌리자, 풍성한 치맛자락이 다리에 감겨들었다. 몸이 크게 휘청거려서 질끈 눈을 감고 바둥거리자, 알로이가 내 팔을 붙들었다. 그녀도 놀랐는지 손길이 조금 우악스럽기는 했지만, 덕분에 넘어지지 않았다.

꾹 감았던 눈꺼풀을 들자, 알로이가 다시 한숨을 내뱉었다.

"잘한다."

"알로이!"

갑작스럽게 외치는 목소리가 익숙하다. 어머니였다.

눈을 동그랗게 뜨고 소리가 난 쪽을 돌아보자, 사색이 된 어머니께서 다급히 다가와 알로이에게서 내 팔을 떼어 냈다. 소란이 인 걸 알았는지 아버지도 집무실의 문을 열고 나왔다.

"세상에, 무슨 짓을 하는 거니! 괜찮아, 두두?"

"이게 무슨 일입니까. 왜 애들이⋯⋯."

어리둥절한 아버지의 물음에 답하는 대신, 어머니가 내 소맷자락을 걷어 올렸다. 알로이의 손자국이 내 팔에 그대로 남아 있었다. 그걸 본 아버지의 표정이 굳어졌다.

"알로이, 네가 두두의 팔을 붙들고 밀치려는 걸 봤는데, 내가 잘못 본 거니."

"어떻게 된 건지 말해 봐."

"아, 아니에요. 그게 아니라 알로이는―."

"죄송해요."

내가 넘어지는 걸 잡아 주려고 했을 뿐인데.

그렇게 말하려고 했으나, 알로이의 입에서는 해명이 아니라 다른 말이 나왔다.

"실수였어요."

"알로이 발로즈! 너보다 다섯 살이나 어린 동생이야!"

반성한 듯 고개를 수그린 알로이의 모습에, 외려 내가 할 말을 잃었다.

그녀보다 키가 작은 내게만 그 얼굴에 서린 감정이 보였다. 약간의 반발심과 설움, 그리고 무언가 포기한 듯한⋯⋯ 그 표정을 보자 온 마음이 답답해졌다.

이러면 안 될 것 같아.

나는 여태 내 팔을 붙들고 있는 어머니의 손을 밀어냈다. 알로이를 혼내는 데 여념이 없던 부모님의 시선이 내게로 돌아왔다.

"왜 그러니, 두두. 어디 안 좋아?"

"알로이는 저 안 괴롭혔어요. 밀치지도 않았어요. 바로 앞에서 보신 게 아니라 착각하셨겠지만, 제가 치맛자락에 발이 걸려 넘어지려고 해서 잡아 준 거예요."

"뭐? 그게 정말이니?"

"그런데 왜 당연하단 듯이, 알로이가 절 괴롭혔다고 생각하세요. 어릴 때는 그냥, 알로이가 성격이 나빠서 저한테 심술부리는 줄 알았는데 이거 좀 이상한 것 같아요."

"이상하다고?"

"두 분께서 꼭……『그와 앨리스』, 그러니까 제가 보던 소설에서 계모가 주인공을 학대하듯 알로이를 대한단 말이에요."

부모님의 눈이 당혹스럽게 커졌다. 이런 말을 하면 혼이 날까, 나는 어깨를 움츠리고 고개를 수그렸다. 그래도 말을 멈추지는 않았다.

"하, 학대라니, 두두!"

"저도 그렇게 생각하기 싫은데 여행도…… 알로이한테는 허락 안 해 주셔서, 저한테도 안 된다고 하실 줄 알았는데."

"알로이는 후계자고, 네 언니잖니. 들어야 할 수업이 많단다."

"후계 교육, 받고 있잖아요. 난 하기 싫은데 알로이는 매일 책만 들여다보던 걸. 그리고 선생님들께도 맨날 칭찬만 듣잖아요."

"네 언니가 후계로서 잘못하고 있다는 말은 아니야."

"그러니까요. 솔직히 저한테 착한 언니는 아니라도, 후계자 노릇은 잘하는데. 다른 사람들도 그렇게 생각해요. 그런데 두 분은 왜 어른 노릇 안 해요?"

해야 할 말 같아서 말하고는 있었지만, 심장이 쿵쾅거려서 터질 것 같다. 식은땀에 축축해진 손바닥으로 치맛자락을 움키며 나는 바닥만 내려다봤다.

"저 그렇게 어리지도 않은데 맨날 차별하시고. 저한테 좋은 일이라도 안 좋아요, 안 기뻐."

지금 부모님의 표정을 보고 있지 않았기에, 가장 무서운 얼굴이 상상 속에 그려졌다.

혼날까? 혼나겠지. 어쩌면 당분간 식사 때를 제외하고는 방 밖으로 한 걸음도 못 내밀지도 모른다. 하루 종일 수업을 받을 수도 있고, 숙제가 세 배로 늘어날 가능성도 있었다. 기껏 허락받은 여행도 취소될 것이 분명했다. 에른하르트가 어떤 곳인지 궁금하긴 했지만, 사실 그 점은 크게 아쉽지 않았다. 부모님께 혼이 날 것이 무서웠지만, 말을 하면서는 적어도 마음을 답답하게 하던 죄책감은 사라졌다. 나중에 가 보더라도 그 땅이 사라지지는 않겠지, 그러니까.

"저 그냥…… 여행 안 갈게요. 저까지 나쁜 사람 되는 것 같아서, 기분이 이상해요. 그냥, 그래요. 두 분은 계모 계부도 아닌데 좀…… 실망했어요."

심장이 쿵쿵, 계속해서 요란한 소리를 냈다. 그럼에도 부모님께 나오는 말이 없어 슬쩍 고개를 들자 충격을 받은 것처럼 희게 질린 면면들이 보였다. 그 표정을 보니 덜컥 겁이 나, 나는 이만 가 보겠다고 말하고 뒤돌아 도망치듯 걸었다.

다행히 부모님은 내가 방으로 돌아갈 때까지 붙잡지 않으셨다. 그래도 언제 불려 나가 야단맞을지 몰랐기에, 나는 담요로 몸을 감싸고 계속해서 문을 흘금거렸다. 그러나 의외로 두 분은 밤이 될 때까지 나를 찾지 않으셨다. 혹 화가 너무 많이 나서 다시는 나를 안 보려고 그러나, 걱정이 되었다.

하나 뒤늦게 찾아온 캐럴이 잘했다며 나를 안아 줘서 안심이 되었다. 솔직히는 안심했을 뿐 아니라 뿌듯하기도 했다. 별거 아닌 일이지만, 불합리한 상황에 맞서 싸운 영웅이 된 기분도 살짝 들었다. 아주 살짝. 그 말을 하자 캐럴이 웃음을 터뜨렸기 때문에, 금세 그 기분은 날아가 버렸지만.

그녀는 나를 안심시키고는, 몸소 트롤리를 끌고 와 방의 테이블에 치즈와 유리잔 두 개를 내려놓았다. 그리고는 놓고 온 것이 있다며 잠시 방을 나갔다.

나는 주스를 홀짝이며 그녀를 기다렸다. 그때 대뜸, 방문이 열렸다. 알로이 발로즈였다.

"너, 술 마셔?"

뭐야, 왜 노크도 없이 들어와?

투덜거림이 목 끝까지 차올랐지만, 나는 그 대신 해명을 택했다.

"바보 같은 소리 하지 마. 열 살이 무슨 술이야, 미쳤어?"

"······그럼 그거 뭔데. 와인 병이잖아."

"캐럴이 가져다준 석류주스야. 기분 내라고 와인 라벨 붙여 줬어."

너는 캐럴이 이런 거 안 해 주지?

우월감을 느끼며, 나는 보란 듯이 치즈를 찍어 먹고 주스 한 입을 마셨다. 그래도 내 말이 의심스러운지, 알로이는 기어이 다가와서는 주스의 냄새를 맡아 보고 내 맞은편에 앉았다.

"뭐야, 앉으라고 안 했어, 나가. 곧 캐럴 오기로 했거든?"

"그 캐럴이 내게 이 방으로 가 보라고 해서 말이야."

뭐?

당황스러운 말에 눈을 깜박이자, 그녀는 아무렇지 않게 빈 잔을 가져가 석류주스를 채웠다. 알로이도 아직 미성년자였으나 그녀가 따르는 붉은 액체는 정말로 술처럼 보였다.

나보다 다섯 살 많다고 재기는.

"왜 두 분한테 그런 말을 했어? 너한테 나쁘게 대하시진 않았잖아."

"······나는 자작 부인보다 그 딸들이 더 싫었어."

"무슨 소리야?"

"자기한테 잘해 주기만 하면 좋다고 눈감는 바보가 되기 싫다고."

내 또래라 그런지, 앨리스 밀러가 무도회에 참석하지 못하게 하려고 발목을 붙들고 늘어지는 딸들의 모습이 몹시도 꼴 보기 싫었다. 물론 제일 싫었던 건,

제 딸을 돌볼 줄도 모르는, 멍청하고 무능하고 야비하고 비겁한 자작이었지만.

"나도 알아."

나도 모르게 또다시 『그와 앨리스』로 머릿속을 채워 나가던 중에 알로이의 말소리가 들렸다.

"내가 받는 스트레스 너한테 푸는 게 부당하다는 거. 네게도 나름대로 불만이 있겠지. 아무것도 기대받지 않는 거라든가, 첫째가 아니라고 발로즈를 포기할 수밖에─."

"전혀 불만 없는데."

"뭐?"

"와, 너도 그거 싫어할 줄 알았는데 진짜 좋아서 하는 거였어?"

기대받지 않는 거? 발로즈를 포기해야 하는 거? 그런 게 불만이라고 말하는 알로이 발로즈의 사고방식 자체를 이해할 수가 없었다. 그리고 사는 게 좋다고?

"그러고 어떻게 살아? 온종일 수업, 수업, 수업, 밖에 나가지도 못하고. 그게 무슨 혜택이야. 우웩이다, 정말. 진짜 우리, 순서는 제대로 태어났나 봐."

"……조막만 한 게 말하는 거 하고는."

"5년 더 묵어서 참으로 좋으시겠다!"

"그런 말투는 어디서 배우는 거야."

말해 줄 줄 알아?

"소설?"

어떻게 알았지.

"또 수준이 낮니 마니 할 생각 마. 내가 아까 네 편 든 것도 소설 때문이거든."

"그런 말 안 해."

"그리고 말 나온 김에 말하자면, 나도 아명으로 불리는 거 안 좋아해. 내 나이가 몇인데 아직도 두두 소리를 들어야 해."

"그럼 열 살이 많은 나이야?"

"뭐래, 나보고 열 살이면 다 컸다고 한 건 자기면서."

내 나이는 고정되어 있는데, 상황에 따라 적은 나이니 많은 나이니 다르게 말하는 게 짜증 났다. 알로이를 노려보자, 뜻밖에도 그녀는 웃었다.

미쳤나 봐.

"그래, 확실히 소설 때문인지 네 어휘력이 남다르긴 하다."

"비꼬는 거야?"

"여행 가."

"뭐?"

"에른하르트, 가라고."

무슨 뜻으로 하는 말인지 알 수가 없다. 알로이의 속을 들여다보고 싶어 그녀의 표정을 빤히 바라봤지만, 잔을 기울이는 모습에서는 어떤 것도 읽어 낼 수 없었다. 소설 속 주인공들은 남의 감정을 쉽게도 눈치채던데.

"안 가."

"가고 싶다며."

"한 입으로 두말하기 싫다고."

"오기 부리지 말고 가, 두두."

"뭐야, 왜 갑자기 아명으로 불러, 닭살 돋게."

"나도 보내 주신대. 로메테르로 가는 상행에 동행하기로 했어."

"그건 여행이 아니라 일이잖아. 그런 식으로는 전에도 몇 번 갔었고."

"이번에는 일이 끝나면 그쪽을 돌아볼 시간도 내주신댔으니까, 전과는 다르지."

그 정도로 정말 만족할 수 있나, 의심스러운 눈빛으로 알로이를 노려봐도 평소담지 않게 뺀질뺀질한 낮에는 조금의 변화도 없었다.

"……후계자 일, 진짜 좋아서 하는 거야?"

"뭐?"

"어릴 때부터 계속해 와서 좋아한다고 착각하는 건 아니고? 솔직히 객관적으로, 그게 좋을 리가 없잖아."

알로이가 놀란 듯 눈을 동그랗게 떴다. 그러나 당황한 표정도 잠시, 그녀가 곧 소리 내어 웃음을 터뜨렸다. 그렇게 웃는 건 실로 오랜만에 봐서 나도 덩달아 놀랄 수밖에 없었다. 내 말을 얼토당토않게 취급하는 모습으로 보아 후계 일이 좋다는 건 진심인 모양이었다. 정말로 이해할 수 없었지만, 세상에는 바쁘게 사는 게 취미인 사람도 있는가 보지.

"대후작가를 가지라는데, 싫어서 하는 사람이 어디 있겠어?"

"나는…… 싫은데. 해야 할 일도 많고."

"그건 네가 특이한 거고. 나는 발로즈의 후계자인 게 좋아. 가끔 스트레스가 심해지긴 하지만, 내가 네 동생이었어도 후계 자리 쉽게 포기하진 않았을 거야."

"내가 네 언니였으면, 그 욕심 되게 반가웠을 거야."

내가 첫째로 태어났다고 하더라도 성격이 달라지진 않았을 테니까.

내 말에 알로이는 정말 어울리지 않았지만, 부드럽게 웃었다. 나를 보는 눈빛이 모처럼 따뜻해서 이상한 기분이 들었다. 자기가 좋아하는 걸 내가 탐내지 않아 좋은 건가.

아직 내 잔에는 절반가량의 액체가 남았지만, 그녀는 병을 들어 내 잔에 주스를 채워 주었다.

"어머니랑 아버지께서도 사과해 주셨어. 우리 부모님, 네가 본 소설 속 계모처럼 나쁜 분들은 아니거든."

"내가 뭘 보는 줄 알고. 열 살이면 끝내야 할 취미라며?"

"그건…… 내가 말이 과했어. 그냥 나도 좋아하는 책을 못 보고 있는데, 너는 산처럼 쌓아 두고 보니까 좀 질투가 나서."

"무슨 책을 좋아하는데?"

"경제학, 사회학, 신학."

"뭐래, 제정신이야?"

정색하며 하는 말에 알로이가 다시 웃음을 터뜨렸다. 뒤늦게, 남의 취향을 무시해서는 안 된다는 당연한 사실을 떠올리고 사과를 건네자 웃음소리가 더 커졌다.

사람이 바뀐 게 아닐까, 왜 이렇게 잘 웃는담.

어쨌거나, 알로이의 기분이 풀린 것만은 분명해 보였다. 그러면, 음…… 그럼 괜찮지 않을까?

나는 눈동자를 빙그르르 돌리고는 조심스럽게 입을 열었다.

"그럼 나…… 간다?"

"응."

"나 진짜 가?"

"잘 다녀와, 두루아."

"정말 진짜—."

통 믿기지 않는 말에, 연거푸 질문을 던졌으나 알로이는 조금도 짜증 내지 않고 오히려 내 머리를 쓰다듬었다. 그 모양새를 보고 나는 확신했다.

이 방에 오기 전에 몰래 술을 마시고 온 게 틀림없어.

그렇게 생각하니, 어쩐지 석류주스에서도 주향이 나는 것 같았지만 입 안에 머금은 액체는 여전히 달기만 했다. 알로이가 취한 건지 미쳤는지는 모르겠지만, 아무튼 언젠가 에른하르트에 가기로 한 마음은 군건했던 터라 나는 결국 고개를 끄덕였다. 본인이 괜찮다면, 더는 죄책감을 느낄 필요도 없었다.

※※※

그리하여 나는 에른하르트에 왔다. 남쪽으로 올수록, 오가는 마차의 수가 적어서 사두마차를 두 대나 끌고 온 것이 창피했지만, 아무튼 도착했다.

"여기가 에른하르트야? 생각보다 근사한데."

정말 이곳이 『그와 앨리스』의 모티브이긴 한 건지, 책에서 묘사되는 것과 비슷한 광경이었다. 청명한 하늘과 빼곡히 들어찬 백금빛의 밀밭. 그나마 높은 건물이라고 해 봐야 남작성이 전부인, 조그만 영지. 불어 닥치는 바람이 시원해서 나는 한껏 숨을 들이켜고 그 공기를 가슴에 품어 보았다.

그 상태로 천천히 걸음을 떼다가 문득, 나는 얼마 정도 앞에 누군가 서 있다는 걸 깨달았다. 가슴께에 겨우 닿을락 말락 하는 옅은 갈색의 직모. 어려 보였으나 젖살도 거의 없이 야윈 얼굴에 들어찬 이목구비가 상당히 곱다. 부드럽게 처진 눈매에 빼곡히 들어찬 속눈썹은 숱이 많았고, 그 아래로 보이는 눈동자는 가을하늘보다 맑은 하늘빛이다.

나는 먼저 그 애에게 다가갔다.

"안녕."

차림새가 번듯하지는 않았으나, 보기 드물게 아름다운 얼굴 때문인지 이상하게 평민이란 생각은 들지 않았다. 사람의 얼굴을 보고 판단하면 안 됐지만.

그래도 평민에게 귀족이냐 묻는 것이, 귀족에게 평민이냐 묻는 것보다는 낫겠지.

그렇게 생각하며, 나는 입을 열었다.

"너 귀족이니?"

"그, 그렇습니다."

"에른하르트 남작령이니까…… 귀족 가문은 하나뿐이던가. 여기 영주가 누구였지, 캐럴?"

"모멘텀 남작입니다, 아가씨."

"처음 듣는 가문이네. 그런 것 치고는 얼굴이 어딘가 익숙한데."

그렇게 중얼거리고서야, 나는 『그와 앨리스』를 떠올릴 수 있었다. 내가 지금 에른하르트에 와 있는 탓일까, 눈앞의 아이에게 앨리스 밀러가 겹쳐보였다. 삽화에서 본 주인공이 꼭 이렇게 생겼으니까. 아니, 생김새뿐 아니라 머리카락과 눈 색도 같다. 그저 우연에 불과하겠지만. 좋아하는 주인공을 닮은 여자아이라니, 호감이 갈 수밖에 없었다.

"이름이 뭐야? 나는 두루아 발로즈야. 수도에서 내려왔어."

"아, 저는……! 앨, 리스 모멘텀이에요, 영애님."

"앨리스…… 모멘텀?"

이름이 앨리스라고? 혹, 내가 잘못 들었나 당황하며 캐럴을 돌아봤지만, 그녀 역시도 놀란 표정을 짓고 있었다.

침착하게 생각해 보자. 여기는 『그와 앨리스』의 모티브가 되었다는 에른하르트이고, 내 눈앞에 있는 여자아이는 『그와 앨리스』에 나오는 앨리스 밀러를 닮았으며 이름도 앨리스라고 한다. 예쁘고 귀족인, 그럼에도 차림새를 보면 좋은 대우를 받는 것 같지는 않은 이 애가…….

"이런 미친."

모티브는 영지가 아니라 사람이었나 봐.

절로 욕이 나왔다. 아무리 영감을 받았다고 해도 사람이 정도를 지켜야지, 실존하는 인물을 데려다가 주인공 자리에 앉혀 놓고 불쌍한 취급을 하면, 이 애는 뭐가 된다는 말인가. 『그와 앨리스』는 내가 읽어 본 소설 중 가장 좋아하는 책이었지만, 그렇기에 배신감이 더 컸다. 작가의 정도가 지나쳤다.

머릿속에서 온갖 욕이 스쳐 지나갔지만, 더는 입 밖에 낼 수 없었다. 스스로를 앨리스 모멘텀이라고 밝힌 아이가 내 욕설에 놀란 듯 어깨를 움츠렸기 때문이다.

"아, 미안해. 너한테 욕을 한 건 아니야."

"아, 아, 네."

"정말이야."

고개를 끄덕이는 모습에 나는 침음을 삼켰다. 정말로 괜찮다는 듯 애써 웃는 얼굴이, 소설 속 주인공과 지나치게 겹쳐 보였다. 진짜 『그와 앨리스』에서 앨리스 밀러가 튀어나왔다면 이럴 것 같······은 게 아니라 정말로 앨리스 밀러잖아! 소설 속 캐릭터가 튀어나온 게 아니라, 현실 인물을 소설에 집어넣은 격이니 완전히 반대되는 생각이다.

아니, 아니야. 벌써 속단하지 말자. 나는 이 애의 차림새만 살폈을 뿐이니, 이 애가 앨리스 밀러와 같은 대우를 받는지는 확신할 수 없었다. 어쩌면 형편이 살짝 나쁠 뿐인 걸지도 모른다.

그러나 앨리스 모멘텀이 어떻게 살고 있는지 확인해야겠다는 기묘한 사명감이 들었다. 내 생각이 착각이면 다행이겠지만, 만약 『그와 앨리스』의 작가가 이 애의 인생을 훔쳐다 인기를 얻은 거라면, 그 재산을 빼앗아 돌려주는 게 마땅했다.

"저기, 괜찮으면 나 너희 가문에서 잠시만 신세 질 수 있을까?"

"네?"

"두루아 아가씨."

"아니, 캐럴. 나 강요하려는 건 아니고 그냥 물어본 거잖아. 조금 그래서."

엄밀히는 내가 지은 죄는 아니지만, 그래도 가만히 내버려 둘 수도 없는데.

일부러 불쌍한 표정을 지으며 캐럴을 힐금거리자, 그녀는 어쩔 수 없다는 듯이 한숨을 내쉬었다.

"가족들의 허락을 받아야 하는데……. 그런데 왜요? 머무를 곳이 없으신가요?"

"왜냐하면 그게……."

뭐라고 둘러대지.

나는 도움을 구하러 캐럴과 시녀들의 얼굴을 봤지만, 나 대신 입을 열어주는 사람은 아무도 없었다.

그래, 내가 벌인 일이면 내가 치우라는 거지.

체념하며, 나는 지금 상황에서 가장 자연스러울(소설에서 자주 등장했으니 아마 맞을 것이다), 그리고 혀가 비틀어질 것 같은 말을 입에 담았다.

"너랑 친구가 되고 싶어서."

이런 부끄러운 말을 해 본 것은 난생처음이라 발가락까지 오므라들었지만, 다행스럽게도 앨리스 모멘텀은 기쁘게 웃어 주었다.

"발로즈 후작 영애라고 하셨습니까?"

모멘텀 남작의 첫인상은 솔직히 좋지는 않았다. 훌쩍 큰 키 때문인지, 허리춤에 매달린 검 때문인지, 그도 아니면 살벌한 눈빛 때문인지. 조금 압박감이 들었고 얼굴도 몹시 차게 보였다. 존칭하고 있으나, 나를 깔아 보는 것이 훤한 시선이다.

"그렇습니다, 남작님."

"발로즈의 귀한 영애께서 왜 이 한적한 영지까지 내려오신 겁니까."

별거 아닌 질문임에도, 내 속을 파헤치려는 듯 내려 보는 시선은 집요하기까지 했다. 뭔가 켕기는 거라도 있는 건지.

"기분 전환 삼아 왔을 뿐입니다."

성의 주인이 방문 이유를 묻는 건 지극히 당연하다. 그런 생각으로 대답했으나, 남작에게서 느껴지는 불쾌감이 상당했다. 다행스럽게도 그는 더 묻지 않고 곧 고개를 끄덕였다. 바깥에 볼일이 있다며 남작은 앨리스를 한 번 쳐다보고 성을 나섰다. 그 눈빛이 버거웠는지, 앨리스의 어깨가 잘게 떨렸다. 아버지를 향한 친애라고는 조금도 보이지 않는, 겁에 질린 얼굴.

좀 전에 떠올린 내 추측이 단순한 착각은 아닌 것처럼 느껴졌다. 그런 불길한 마음을 품고 우리는 성으로 들어섰다.

발로즈의 시녀와 기사들을 다 대동하고 갈 수는 없어서, 내 뒤로 따라붙는 이는 캐럴과 기사 하나였다. 안으로 들어서면서, 나는 성이 이토록 작을 수도 있구나, 생각했다.

복도를 가로지르는 사용인들의 호기심 어린 눈을 받으며 나는 천천히 성을 둘러봤다. 앨리스는 당연하게도 나를 성의 응접실로 데려가려 했지만, 혹시 방에서 말을 나눌 수 있겠냐는 조심스러운 물음에 순순히 응해 줬다. 상대의 처지를 확인하기 가장 좋은 방법은 개인 공간을 살펴보는 것이었다. 이 애가 혹시 거부 반응을 보이면 말을 물릴 생각이었으나, 아이는 별다른 거부감 없이 나를 방으로 데려왔다. 그래서 아무 문제가 없는데 내가 착각한 것이 아닐까 생각했으나, 곧.

"여기가 제 방이에요."

"여기가……."

끝말이 절로 흐려졌다. 결코, 방이라 할 수 없는 공간이었다. 단순히 크기가 크고 작고를 떠나서, 더럽고 습했다. 사방으로 거미줄이 쳐지고 흰 먼지가 풀 풀 날아다녔다. 정리되지 않은 잡동사니와 상자들이 구석을 굴러다녔고, 바닥 의 판자가 벌어져 잘못 디뎠다가는 그대로 발목이 빠질 것 같았다. 창고로도 쓰지 않을 것 같은 방. 성이 수수한 편임을 감안하더라도 너무한 공간이었다.

무리해서 남의 치부를 엿본 기분에, 나는 무어라 말도 못 하고 고개를 수그 렸다. 앨리스와 눈을 마주치기도 미안했다.

"영애님?"

그때 문이 벌컥 열리고, 앨리스가 입은 재질에 비해서는 확연히 좋은 드레스 를 입은 여자가 안으로 들어섰다. 그러고는 대뜸, 문 앞에 선 앨리스의 머리를 부채로 세게 내리쳤다.

"어디서 뭉개다 이제—."

"앨리스!"

갑작스러운 일에 놀라 아이의 이름을 부르자, 여자는 그제야 우리의 존재를 알아차린 듯 고개를 돌렸다. 그녀의 눈이 슬며시 가늘어졌다.

"못 보던 계집앤데 누구니, 넌. 코르나의 친구니, 아니면 에멜리아?"

"존칭을 똑바로 하시오. 이분은 발로즈 대후작가의 공녀요, 다시 한 번 언행 을 경거망동하게 했다가는, 실수로 넘어가지 않겠소."

"뭐? 발로즈……?"

캐럴의 말에, 눈을 크게 뜨며 여자가 나를 위아래로 훑어보았다. 이어서는 캐럴의, 그리고 내 기사의 차림새마저 살폈다. 여자의 눈빛이 순식간에 달라 졌다.

"어머, 세상에. 귀한 영애를 몰라 봤군요. 이를 어째, 귀하신 분께서 이토록 누추하신 곳을 찾아주실지 몰라 실수했습니다. 죄송합니다."

"……남작 부인 되시나요?"

"아, 인사가 늦었네요. 안녕하세요, 발로즈 후작 영애. 이 성의 안주인 되는 메오디 모멘텀입니다."

남작 부인이 내게 허리를 숙여 인사했다. 제 나이의 반도 차지 않은 어린애에게 정중히 굴면서도 그녀에게 머뭇거리는 기색은 없었다. 번들거리는 눈빛을 보니, 머릿속이 훤히 보였다.

"그런데 영애, 실례가 되지 않는다면 어떤 이유로 이 성에 들어오셨는지 들을 수 있을까요?"

"남작님이 부인께는 전하지 않으셨나요? 저는 분명 주인의 허락을 받아 성안으로 들어왔습니다. 정확히는, 앨리스에게 초대를 받아서 왔어요."

"네? 이 계집, 아니 앨리스의 초대요? 도대체 이 애와 무슨 연이 있기에……."

"그야 앨리스와 막 친구가 됐으니까요."

"뭐라고요?"

부인의 목소리가 뾰족하게 치솟았다. 표정을 보니 몹시도 혼란스러워 보였다.

나는 천천히 지금 상황을 되짚어 봤다. 아무렇지도 않게 앨리스의 머리를 내려치던 그녀의 모습과 아이를 칭하는 계집이라는 말실수. 그리고 이 방.

내 착각이 아니다. 앨리스가 어떤 취급을 받는지 분명히 알았다. 좋아하던 소설의 모티브가 되었을지언정, 오늘 처음 만난 사이지만 그래도 아이를 함부로 대하는 어른이 좋아 보일 리 없다. 마음에 뾰족이 날이 섰다.

"부인께서는 무슨 일로 방에 들어오신 건가요. 앨리스에게 따로 하실 말이 있다면, 저는 신경 쓰실 것 없어요."

"아, 그……."

남작 부인이 제대로 답하지 못하는 동안 앨리스가 다급히 앞으로 나섰다.

"죄송해요, 어머니. 제가 아침을 거른 탓에 배가 고파서 정신을 차리려고 잠시 산책을 다녀왔어요. 어머니 방의 창틀 닦는 일을 잊어버린 건 아니에요. 지금이라도 어서 할게요."

"창틀을 닦아?"

"아, 아니, 그게."

내가 들은 말을 반복하자, 남작 부인이 어색하게 입꼬리를 끌어 올렸다.

"앨리스, 무슨 말을 하는 거니. 하녀도 아니고, 네가 왜 내 방의 창틀을 닦는단 말이야."

"네? 하지만……."

"모처럼 후작 영애께서 놀러 와 주셨으니, 그런 시답잖은 농담은 말고 즐겁게 지내렴."

그녀는 누가 보더라도 처음 하는 모양새로, 앨리스의 머리를 서툴게 쓰다듬고는 방을 나섰다.

문이 닫히는 소리가 났다. 동시에 절로 한숨이 터져 나왔다. 이런 가정이 있다는 건 알았으나 직접 보게 될 줄은 몰랐다.

작가는 대체 무슨 생각으로 이걸 베껴 간 거지. 아니길 바라는 마음으로 이 방에 들어왔지만, 막상 확인하고 나니 잘못했다는 생각이 들었다.

괜히 앨리스의 자존심만 건든 건 아닐까.

아이의 눈치를 슬그머니 살피자, 캐럴이 그럴 줄 알았다는 듯 고개를 저었다.

"굳이 방을 보겠다고 해서 미안해."

"아, 아니요! 저야말로 이런 모습을 보여드려서 죄송해요."

"그건 네 잘못도 아니고……. 있잖아, 나 너한테 하고 싶은 말이 있는데."

"저, 그런데 제 방은 아무리 닦아도 먼지가 많이 나서요. 괜찮으시면 응접실로 옮겨도 될까요?"

처음으로 앨리스 모멘텀이 곤혹스러운 표정을 지었다. 지은 죄가 있어서, 나는 다급히 고개를 끄덕였다.

방을 나서 계단을 내려가는 동안 나는 한 번 더 그 아이의 형편을 확인할 수 있었다. 나보다 네댓 살은 어릴 조그만 아이가 계단에서 앨리스의 발을 걸어 넘어뜨리려 했으니까. 다행히 내가 먼저 발견해서 앨리스를 멈춰 세울 수 있었지만, 하마터면 큰 사고가 날 뻔했다. 아이는 장난을 망친 걸 원망하듯 악마같이 나를 노려보다가 비명을 지르며 나타난 남작 부인에 이끌려 사라졌다.

그러나 제일 내 신경을 곤두서게 한 것은 악질적인 장난보다는 앨리스의 표정이었다. 크게 다칠 뻔했음에도, 아이는 조금 놀란 것이 전부였다. 타인의 악의에 익숙해진 모습이 마음 아팠다.

마침내 응접실에 도착하여 앨리스는 우리를 소파에 앉혔다. 캐럴과 에이디경이 사양한 탓에, 나만 앉게 되었지만. 그런 뒤 아이는 내 맞은편에 앉는 대신 물었다.

"잠시만 기다려 주세요, 영애님. 곧 과자와 차를 내올게요."

"아니, 나 안 마셔도 괜찮─."

다급히 사양하려 했으나, 앨리스의 배 속에서 들리는 꼬르륵 소리에 나는 말을 끊었다. 그러고 보니 식사를 걸렀다고 했지. 야윈 몸을 보아 처음 있는 일도 아닐 것이다. 이 자그만 애가 먹으면 얼마나 먹는다고, 정말 너무했다.

"응, 사실 좀 배가 고프네. 부탁할게."

"……감사해요. 어서 올게요!"

어설프게 바꾼 말에 안도하며 앨리스가 응접실을 뛰쳐나갔다. 조금 전의 일은 그래도 부끄러웠는지 아이의 귀 끝이 빨갛게 물들어 있어서 마음을 착잡하게 했다.

"마침 저 영애분이 자리를 비웠으니 하는 말인데요, 아가씨, 설마 책 이야기를 하시려는 건가요?"

그게 왜?

캐럴이 엄한 표정을 짓는 것이 이해가 되지 않았다. 눈을 동그랗게 뜨자, 그녀가 한숨을 내쉬고 단호하게 말했다.

"안 돼요, 아가씨."

"하지만 캐럴……!"

"그 사실을 알게 되는 쪽이 더 상처가 될 수 있어요. 엄밀히는, 아가씨께서 간섭하시면 안 될 일이에요."

"그……래도 당사자인데 그 일을 숨기면 안 되잖아. 그럼 안 되잖아."

"열 살짜리 어린 아가씨는 감당하기 힘들 거예요. 다행스럽게도, 소설은 연재가 끝난 상태이기도 하니 일단은 묻어 두는 게 좋아요."

"다른 곳에서 다시 시작하면 어떡해?"

"그럴 걱정은…… 없어요. 아가씨께서 속상하실까 봐 말을 아꼈는데 사실, 『그와 앨리스』작가는 잘린 거라서요."

뭐? 잘렸다고? 『그와 앨리스』작가가?

"더는 에덴지에 소설을 실을 수 없게 됐다는 말이에요."

"무슨 뜻인지는 나도 알아, 그런데 왜? 인기 좋지 않았어?"

"해도 될 말인지 모르겠지만, 에덴지의 주인과 작가가 만나는 사이였다고 해요. 그러다 헤어지게 되어 공교롭게도……."

캐럴이 말끝을 흐렸다. 갑자기 어른들의 세계를 들여다본 기분에, 환상이 와장창 조각났다.

"더군다나 깨끗하게 끝난 것도 아니라서, 다른 신문사에도 압박이 들어갔나 봐요. 적어도 당분간은 쓸 수 없을걸요."

"……나, 작가의 재산을 다 뺏어서 앨리스에게 주려고 했는데."

"글쎄요, 남은 재산이 있기나 할지 모르겠네요. 원래도 신문에 기재되는 소설은 고료가 크지 않거든요."

오히려 빚이 있을지도.

이어지는 말에, 나는 작가를 괴롭혀 돈을 토해 내게 하는 걸 포기했다.

뜻대로 되는 게 하나도 없어!

"그러니 차라리 어른이 되시거든 알려 주세요."

"응? 어른…… 이라는 건."

"아까 말씀하시지 않았나요? 그 아가씨와 친구가 되고 싶다고. 설마 한 입으로 두말하시려는 건 아니죠?"

"내가 친구가 돼도 괜찮을까? 나…… 그 애한테 잘못한 게 있는데."

"그렇게 신경 쓰이시면, 두루아 아가씨께서 그 영애에게 큰 힘이 돼 주세요. 아까 보셨잖아요, 발로즈의 힘이 어떤 건지."

그녀의 말에 나는 모멘텀 남작 부인의 모습을 떠올렸다.

태연하게 앨리스의 머리를 내려쳐 놓고는, 내가 그 애의 친구라고 말하자 언제 험하게 다루었냐는 듯 도망쳤지. 그럼 내가 계속해서 앨리스의 친구로 남는다면, 그 애의 처지가 조금은 좋아질 수 있을까?

생각에 잠겨 있자, 캐럴이 답을 채근해 와서 나는 결국 고개를 끄덕였다. 정말로 솔직해지자면,『그와 앨리스』의 작가가 비도덕적인 일을 저질렀다고 생각하면서도, 아직 소설에 호감이 남은 탓도 있었다.

나는 정말 앨리스를 좋아했으니까.

그 이후로도, 나는 에른하르트에 있는 동안은 계속 남작성에 머물렀다. 앨리스가 계속해서 존댓말을 쓰려는 것을 어떻게든 말을 낮추게 하고, 모멘텀 일가 앞에서는 일부러 더 그 애한테 친한 척을 했다. 그런 내 가식적인 모습에 앨리스는 당황했지만, 다행히 나 자체가 싫은 것 같지는 않았다.

그러다 보니 공교롭게도 말이 나와, 어쩌다가 『그와 앨리스』의 작가가 앨리스를 만났는지도 알게 됐다.

앨리스가 밀밭에서 넘어진 사내를 도와준 적이 있는데, 남자가 답례로 빵을 내주었다고 한다. 소설에서는 분명히 앨리스가 밀밭에 쓰러진 노인을 구해 주고 제 몫의 빵을 나눠 주기도 했는데, 이야기를 극적으로 전개하기 위해 바꾼 내용인 듯했다. 빵은 지가 줘 놓고 저를 도와준 애를 더 불쌍하게 만들려고 그렇게 각색한 게 더 짜증 났지만.

시간은 빠르게 흘렀고 어느덧 수도로 돌아갈 날이 되었다. 아쉬움을 누르고 나는 앨리스의 방을 훑어보았다. 이 애의 방에서 함께 지내겠다는 억지 때문에, 아이의 방은 거미줄이 덕지덕지 붙은 창고에서 깨끗하고 쓸 만한 방으로 바뀌어 있었다.

실은 그것도 성에 안 찼지만, 남작성에서 가장 좋은 방이라니 할 수 없지. 수도로 돌아가면 에른하르트로 괜찮은 가구나 장식품을 보내도 좋을 것 같았다. 다음에 올 때는 방이 더 휘황찬란해져 있도록.

그렇게 생각하니, 내가 키다리 아저씨라도 된 기분이 들어 괜히 마음이 뿌듯했다. 그런 내 속을 꿰뚫어 보기라도 한 건지, 앨리스가 입을 열었다.

"두루아는 동화 속에 나오는 황족 같아."

"뭐? 키다리 아저씨— 가 아니라, 그렇게 말하지 마. 황족사칭죄는 중죄야!"

"아, 그, 그게 아니라! 그냥…… 공주님 같아서. 갑자기 나타나 너무 나한테 잘해 주니까…… 그런 생각이 들었어."

황족은 안 되니까 왕족으로 지위를 낮춘 건가. 앨리스가 말을 바꾼 것이 조금 귀여웠다.

"저, 저기…… 이번에 돌아가더라도 한번은 에른하르트에 다시 와 줄 수 있을까?"

"무슨 소리야, 앨리스."

"아…… 역시 이런 곳에 다시 오기는 곤란하겠지."

"나, 너랑 친구가 되고 싶다고 했잖아. 질릴 만큼 자주 찾아올게!"

온 마음을 담아 내뱉은 말에, 내 친구의 눈에 눈물이 글썽글썽 차올랐다.

"응."

"그 대신에 편지에 꼬박꼬박 답장해야 해!"

"응, 두루아."

기쁘게 웃는 앨리스의 모습이 참 보기 좋았다.

수도로 돌아오면서 나는 생각했다. 『그와 앨리스』가 다시 연재되기 시작하면, 처음으로 집안의 힘을 써 보겠다고.

그렇게 착하고 좋은 애한테 무슨 짓을 하는 거야, 정말.

분명히 그 소설을 가장 좋아하고 있었지만, 내 친구를 기만하면서까지 좋은 정도는 아니었다. 내가 책에 대해 잊어버리지 않는 한은 절대로 그 글을 재연재할 수 없을 것이다.

나는 다시 한번, 결심을 굳게 다졌다.

"어머, 이 애가 두 번째 후작 영애군요. 세상에, 귀엽기도 해라."

내 뺨을 제 것처럼 주무르는 귀부인 앞에서, 나는 억지로 미소 지을 수밖에 없었다.

내가 지금 와 있는 곳은 파티장이었다. 정확히는 알페이 백작 부인의 생일을 축하하는 파티였다. 알페이 백작이 우리 부모님과 같은 부서에서 일하는 터라, 나는 거절하지도 못하고 이곳으로 끌려오고 말았다.

어린아이의 선택권은 왜 존중받지 못하는 걸까. 설움이 일어 알로이에게(여행 건으로 다툰 이후, 이상하게 나한테 친절해졌다) 그런 하소연을 하니, 그녀는.

"데뷔탕트 볼을 치르고 나면, 황실 무도회에도 끌려 다녀야 하는걸. 지금을 즐겨."

라고 말해 주었다.

자기도 아직 데뷔 전이면서 잘난 척이야.

다행히도 어른들에게는 그들만의 대화거리가 있어서 나는 금세 풀려났다. 모르는 아이들과 말을 나누는 것도 달갑지 않아 나는 되도록 존재감을 죽이고, 몸을 숨길 곳을 찾아 주위를 두리번거렸다. 그러다가, 전에 본 적이 있는 얼굴을 발견했다.

곱슬기가 있는 새까만 머리, 유려한 이목구비에 신비한 색의 눈동자. 겨우 한 번 봤을 뿐이지만, 기억 속에 선명히 남은 소년은 에드가 공작 영식이었다.

어째, 전보다 더 잘생겨진 것 같아.

정작 소년의 가까이에 다가가지는 않으면서 그 아름다움에 홀려 힐끗거리는 사람이 한둘이 아니었다. 그들 중에는 노골적으로 에드가를 험담하던 이들도 있었다. 뭐, 이해 못 할 일은 아니지만.

나도 모르게 에드가 소공작을 빤히 바라보던 중에, 그가 시선을 눈치챘는지 고개를 돌렸다. 그와 눈이 마주치기 전에 다급히 고개를 숙이고 나는 멈춘 걸음을 놀렸다. 저렇게 눈에 띄는 아이랑은 인사도 나누고 싶지 않았다.

그리하여 내가 찾은 보금자리는 테라스였다. 다행히 빈 곳이 남아 있어, 서둘러 안으로 들어가 커튼을 쳤다. 그러고야 긴장으로 굳어진 어깨를 느슨히 풀어낼 수 있었다.

남의 눈이 없어진 즉시 나는 치맛자락에 심한 구김이 가지 않게 조심하며 바닥에 주저앉았다. 하늘을 올려다보자 예쁜 달이 떠 있었다.

좋아, 파티가 끝날 때까지 여기서 버티자.

막, 그런 희망찬 생각을 한 참이었다.

"저거 녹턴 에드가니? 세상에 오늘은 에드가 공작 각하께서도 안 오셨다던데, 소공작만 달랑 보낸 거야?"

닫힌 커튼 너머로 익숙한 목소리가 들려왔다. 셰릴 보르나인이라고 하던가. 발로즈와 비슷한 권세가였기에 그 얼굴을 몇 번 본 적이 있었다. 또래보다 예쁘기는 했다. 성격은 나빴지만. 운이 좋게 후작가에서 태어난 걸 제 능력이라고 생각하는 건지, 망나니처럼 권력을 휘두르고 다니는 모습이 좋게 보이지는 않는 아이였다.

"소공작을 보낸 것만으로도 성의 표현은 된 거잖아."

"보통의 후계라면 그랬겠지만, 저 애가 평범한 후계자는 아니잖아?"

이번에 험담할 상대로 고른 건 녹턴 에드가인가 보지. 하기야 보기 쉬운 얼굴은 아니니까 얼마나 반가웠겠어.

속으로 이죽거리면서도, 나는 내가 테라스에 있다는 걸 알릴 기분은 아니었다. 그냥 좋을 대로 떠들고 사라져 주면 좋겠다고 생각했다. 그런데.

"에드가 소공작 말이야, 얼굴은 반반하잖아. 상대해 주는 사람도 없는데 조금 잘해 주면 갖고 놀 수 있지 않을까?"

"하지만 셰릴, 아무리 그래도 에드가인데……."

"공작가에 연보라색 눈동자가 있던 적이 있어? 아버지께 듣기로, 제라늄 공의 부모도 눈 색이 짙었다고 하던데 더 볼 것도 없지. 심지어는 그 가문의 사용인들도 은근히 무시한다던 말도 있더라니까."

"세상에, 사용인들도 그러면 정말이겠네!"

"그렇지. 곧 처량한 신세가 될 거야. 대저택에 사는 생쥐를 두려워할 이유가 뭐 있겠어?"

떠들어대는 말의 수위가 생각보다 높다. 원래 이런 말을 하고 다니는 건가, 아무리 그래도 상대는 에드가인데 무섭지도 않나? 괜히 내 심장이 쿵쿵 뛰는 기분에 나는 가슴께에 손을 올리고 숨을 죽였다.

한창 떠들어대던 무리는 곧 자리를 비웠는지, 더는 소리가 나지 않았다. 나는 조심스레 주저앉았던 몸을 일으키고 커튼의 끝만 살짝 열어 보았다.

노골적으로 쳐다보며 험담을 나누었는지, 곧바로 녹턴 에드가의 모습이 보였다. 아까는 그저 말도 안 되게 잘생겼다고 생각한 게 전부였지만 어쩐지⋯⋯.

"에드가 소공작 말이야, 얼굴은 반반하잖아. 상대해 주는 사람도 없는데 조금 잘해 주면 갖고 놀 수 있지 않을까?"

"사람이 장난감도 아니고."

나도 모르게 소리 내어 한 말에 놀라, 도로 커튼을 치고 다급히 입을 가렸다. 들은 사람이 있을 리도 없는데 주위를 두리번거리다가, 그런 스스로가 바보 같아 한숨을 내쉬었다.

왜지, 대체 왜지.

왜 그냥 넘어갈 수가 없는 거지.

264

다시 커튼을 닫은 탓에 얼굴이 보이지도 않는데, 나는 녹턴 에드가 쪽을 계속 노려봤다.

전에 저 애의 이야기를 들었을 때는 그냥 넘어갈 수 있었잖아. 그런데 왜 이렇게 신경 쓰이는 건데!

그렇게 마음속으로 외치자 곧 답이 떠올랐다. 앨리스 때문이었다.

세상에 불행한 가정이 존재한다는 것은 머리로는 알고 있어도, 체감할 수는 없었다. 할 수 없다. 나는 어머니의 전적 가문인 에드위즈 말고는 다른 저택에 가 본 적도 없었으니까. 그렇기에 모멘텀 남작성에 들어갔을 때, 앨리스의 처우에 심한 충격을 받았다. 소설에서처럼 그 애가 전처의 자식인 것도 아닌데 앨리스를 학대하는 이유를 몰랐으나, 머지않아 사정을 알 수 있었다.

앨리스 모멘텀은 남작의 사생아이다. 다름 아닌 모멘텀 남작이, 내게 그걸 말해 주었다. 변명하자면, 내가 먼저 물은 건 전혀 아니었고 지나가다가 갑자기 나를 붙들고는 툭 하니 내뱉고 사라졌다. 뭐라고 해야 할지, 내가 앨리스와 친구가 된 것이 반갑지 않은 듯 그 애에게서 떨어지라고 말하는 것처럼 느껴졌다. 외려, 오기가 붙어 남작의 앞에서는 더욱더 그 애에게 친한 척을 했지만.

그러니 같은 처지에 있는 다른 아이도 신경이 쓰일 수밖에 없었다. 앨리스와 마찬가지로 녹턴 에드가 역시도 사생아였으니까.

나는 눈에 띄는 게 싫으니까 모르는 척하는 게 제일이다. 그럼에도 나는 앨리스와는 친구가 되어 도와주었으면서, 다른 쪽은 외면하고 무시하는 게 왠지 부당하다는 느낌을 받았다. 누가 내 행동을 지켜보고, 왜 그렇게 사람을 차별하냐고 탓할 일도 없을 텐데 괜히 혼이 나는 것만 같았다. 어쩌면 최근 영웅 심리에 들뜬 탓일지도 모르지만.

껄끄러움을 참지 못하고, 나는 닫았던 커튼을 도로 조금 열었다. 그러자 정말 공교롭게도, 셰릴 보르나인이 제 무리에서 웃고 떠드는 모습이 바로 보였

다. 이따금 녹턴 에드가를 힐금거리면서 슬금슬금 발을 움직이는 자세가, 다가

갈까 말까 재보는 모양이다.

정말, 그 미친 짓을 하려나 봐.

에드가 소공작의 위로 앨리스의 모습이 덧씌워져 보였다. 그 애의 환영이 벙

긋거리며 입을 움직였다.

도. 와. 줘.

"그래, 그럴 운명이었던 거야. 앨리스와 만났던 것도, 셰릴 보르나인이 내 앞

에서 주절주절 떠들어댄 것도."

체념하며 혼잣말을 하고, 나는 커튼을 확 열어젖혔다.

잰걸음을 놀리며 녹턴 에드가에게 다가가자 파티장의 사방에서 시선이 달라

붙었다. 남들의 주목을 받는 일은 정말 달갑지 않은데도, 나는 걸음을 멈출 수

가 없었다. 정작 가까워지고서는 도로 움직임이 뚝뚝뚝뚝해졌지만.

소년은 무언가 생각하듯 고개를 숙이고 있었다. 그 모습마저 예술가가 공들

여 만든 인형 같아서, 인사를 건네는 일에도 숨을 죽여야 했다.

"안녕?"

녹턴 에드가가 놀라 고개를 쳐들었다.

그러나 나는 그보다도 훨씬 놀랐다. 어쩌면, 이렇게 가까워질수록 더 예뻐

보이는 건지. 혹 이 아이의 생부가 악마라고 해도 믿을 것 같은 충격이었다. 온

종일 바라봐도 질리지 않을 얼굴이다.

하나 나는 에드가 소공작의 외모를 감상하기 위해 가까이 온 것은 아니었다.

내게는 셰릴 보르나인이 이 애에게 접근하는 것을 막아야 한다는 (나 혼자만의)

임무가 있었으니까.

"음…… 녹턴 에드가가 맞지?"

어색하게 시작한 대화는 생각보다 순조롭게 이어졌다.

그리고 그 끝에는 약속이 있었다.

"파티가 끝나도 저택에 와 주면 좋겠어, 발로즈."

얼결에 고개를 끄덕이고야 뒤늦게, 나는 에드가 공작저까지 찾아갈 생각은 없었다는 것을 떠올렸다. 그럼에도 이제 와서 못 가겠다는 말은 도무지 할 수가 없었지만.

"에드가 공작 영식과 친구가 되었다고……?"

"아직 친구까지는 아니고요. 음, 그냥 저택에 한번 놀러 오래요."

알로이와는 여행 이후로 사이가 좋아졌지만 부모님과는 아직 좀 어색했다. 그 때문에 내 목소리도 마냥 밝지는 않았다.

내 말을 듣고 어머니는 입을 벌린 채 굳었다. 말리고 싶어 하는 기색이었다. 솔직히는 나도 별로 그 저택에 가고 싶지 않았으나 부드럽게 웃는 소년의 얼굴을 생각하면 이제 와 물릴 수도 없었다.

어떻게 그럴 수가 있겠어. 분명히 기대하는 표정을 지었는데.

한 번 앨리스의 얼굴을 떠올리니, 계속해서 녹턴 에드가의 위로 그 애가 떠올라서 나로서는 저항할 방법이 없었다.

"그 애는……. 두루아, 알고 있잖니."

"사생아일지도 모른다는 말이요?"

"그래. 이 어미는 네가 괜한 추문에 휩쓸리지 않으면 좋겠구나."

"하지만 그 애는 잘못이 없잖아요."

그러려고 한 게 아닌데 나도 모르게 말소리가 뾰족해졌다. 어머니께서는 녹턴 에드가를 상대로 하신 말이지만, 내게는 앨리스를 향한 말로 들렸다.

그 애가 뭘 잘못했다고. 그런 취급을 받아야 해. 거미줄이 잔뜩 처진 방을 사용하고 머리를 얻어맞고 계단에서 발이 걸려 넘어질 뻔하고, 종일 굶는 일도 허다하고. 그건 죄에 대한 벌이 아니라, 아동 학대였다. 혼외자가 생기는 건 부모의 잘못 때문이지 아이가 잘못 태어난 탓은 아니지 않은가.

"저도 운이 나쁘면 그렇게 태어났을 수도 있는걸요. 아버지를 모욕하려는 건 아니고, 다른 가문에서요."

"두루아…… 어른들 말이 나쁘게 들릴 때도 있겠지만, 살아 보면 알 거란다. 그게 다 틀린 얘기가 아니란 걸."

"그러면 어머니께서는 그게 옳다고 생각하시는 거예요? 태어난 아이가 사생 아니, 괜히 소문에 잘못 엮이지 않도록 피해 다니고 무시하고 조롱하는 게?"

직설적으로 물은 말에 어머니가 입을 다물었다.

곧, 짙은 한숨이 내 머리 위로 쏟아졌다.

"그렇게 그 저택에 가고 싶니?"

그 말에 뒤늦게 정신이 들었다. 그러나 이제 와서, '그렇게까지 가고 싶은 건 아니고요.'라고 말할 수도 없어 나는 가만히 고개를 끄덕였다. 이래도 안 된다고 하시면, 그때는 정말로 약속을 어길 수밖에 없겠지만.

잠시 정적이 돌다가, 어머니께서 다시 한숨을 내쉬었다.

"그래, 우리 아이가 착한 게 나쁜 일은 아니지."

"어머니?"

내 머리를 쓸어 넘기고, 어머니가 이마에 입을 맞추어 주었다. 얼굴에 닿은 온기가 따뜻했다.

"다녀오렴, 아가."

에드가 공작저는 넓었다. 기억 속의 모멘텀 남작성이 한층 초라해 보일 정도로 거대한 크기였다. 그리고 녹턴 에드가는 내 예상과는 다른 취급을 받았다.

처음 공작저에 방문한 날, 나는 그 애의 방이 궁금하다며 올라갈 수 있겠느냐 물었고 그는 의아한 듯하면서도 순순히 방을 보여 주었다. 내 방보다도 커다란 공간이었다. 거미줄은커녕 온갖 호화로운 가구들이 조화롭게 들어찬 모습에 외려 기가 죽을 만큼.

녹턴은 앨리스처럼 하인의 일을 하지도 않았고, 대뜸 부모에게 머리를 얻어맞지도 않았다. 그가 사생아인 걸 알고 있냐고, 추문을 툭 던지고 가는 아버지도 없었다74다. 그렇기에 처음에는 많은 생각이 들었다. 내가 너무 앨리스의 일을 일반화해서 생각한 건지, 아니면 소문과 달리 녹턴이 에드가의 사생아가 아닌 건지.

그러나 예상과는 달랐지만, 곧 그의 가정환경이 범상치 않다는 걸 느낄 수 있었다. 앨리스 때처럼 노골적이지는 않았다. 사용인은 아이를 은근히 무시했고 가족과의 사이도 좋지 않았다. 저택에 드나드는 날이 많아질수록 그런 모습이 점점 더 눈에 들어왔다. 그래서 나는 앨리스 때와 마찬가지로, 더 에드가에 자주 오려고 애썼다.

언제나 웃는 얼굴의 소년은 늘 친절하고 말씨가 부드러웠지만, 이따금 평소와 다른 모습을 보이기도 했다.

"이런, 차를 엎었네."

"방금 일부러 손 놓지 않았어?"

"요즘 자꾸 손에 힘이 풀려. 미안하게 됐어."

……라든가.

"저것 좀 들어 줄래?"
"양장본 열다섯 권이 묶여 있는 저 책 더미를 말하는 건 아니지?"
"바로 알아봐 주는구나. 몸이 안 좋으니 부탁할게."

……라든가.

"뭘 잡아 달라고?"
"창틀에 있는 9센티미터짜리 사마귀. 가까이서 보고 싶어."
"……차라리 트롤을 잡아 달라고 해."

그런 언행을 볼 때면, 이런 생각이 드는 것이다.
녹턴 에드가는 역시.
"나한테 의존하는 거 아닐까?"
"뭐라고 했어, 발로즈?"
"아, 미안. 다른 생각을 좀."
어색하게 웃으며 고개를 젓자, 그 애는 고개를 기웃거리면서도 모르는 척해
주었다.
그렇게 생각할 수밖에 없었다. 약한 척을 하고, 스스로도 할 수 있는 일을 부
탁한다는 게 무슨 의미겠는가. 상대에게 어리광(나보다 한 살 많은 사람에게 써
도 될 말인지는 모르겠지만)을 부리고 싶다는 게 아닌가.
그렇게 생각하니 예쁘게 생긴 소년이 한없이 귀여워져서, 나는 다소 무리해
서라도 그에게 친절하게 굴었다. 만난 지 얼마 안 된 상대에게 의존하는 모습

이 안쓰럽기도 했다. 자주 에드가 저택에 왔으나 녹턴을 찾아오는 친구는 한 명도 보지 못했고, 앞서 말했듯 저택에는 마음 붙일 이가 하나도 없었다. 그러니 나한테 금세 정을 붙였을 것이다.

그래, 선물로 준비해 간 커프스 버튼이 호수에 떨어질 때까지만 해도, 나는 그렇게 생각했다.

"앨리스랑 닮기는 개뿔."

너무 그 애에게 실례되는 생각이었다. 녹턴 에드가가 앨리스와 비슷한 점은 외모가 눈에 띄게 아름답다는 것 하나뿐이다.

지고 싶지 않다는 생각으로, 호수에서 커프스 버튼을 주워 던지고 돌아올 때까지는 괜찮은 줄 알았다. 그러나 내 방에 들어선 순간 곧바로 눈에서 눈물이 쏟아졌다. 아무리 슬픈 소설을 보더라도, 아무리 서러움이 밀어닥치더라도 거의 울지 않은 것이 내 10년 인생의 자부심이었는데, 조금도 울음을 참아 낼 수 없었다.

뭐, 그런 게 다 있어? 내가 나쁘게 대한 것도 아니고 잘해 줬는데, 성가신 부탁을 해도 다 들어줬고, 선물도 생일이라고 해서 아주 정성껏 골랐는데!

사전에 나를 귀찮아하는 기색이라도 내비쳤다면 말을 안 하겠다. 처음 부른 날 이후로, 계속해서 나를 부른 사람은 그 애였다. '또 와, 발로즈.'라는 말에 다른 해석의 여지가 있는 게 아니라면 그랬다.

그래 놓고는 이제 와서 뭐? 내가 성가셔졌으면 곱게 말해도 됐잖아. 왜 여태까지는 티도 안 내다가 갑자기, 갑자기 그렇게……!

"그래서 그걸 호수에 내던지고 온 거야? 돈이 아깝지도 않니, 두두?"

알로이의 말에 또 울음이 터져 나왔다. 안 그래도 서러운데, 불난 데 기름이라도 붓고 싶은 모양이다. 내 자매와 몇 번 언성을 높이다가 나는 신경질적으로 소리쳤다.

"몰라, 됐어. 나도 걔 안 볼 거야, 이제. 필요 없어, 필요 없다고!"

가능하다면 평생토록 그 얼굴도 마주 보지 않을 것이다!

……라고 결심한 것이 무색하게도, 나는 며칠 만에 녹턴이 오는 파티에 끌려가게 됐다. 어린아이의 선택은 왜 존중받지 못하는 걸까. 익숙한 생각이 다시금 머릿속에 떠올랐다.

파티장에 들어서자마자 보인 얼굴에, 나는 무섭도록 녹턴을 노려봤다. 그 애의 위로 덧씌워졌던 앨리스의 환영은 이제 온데간데없고, 동정과 연민과 가끔 가슴을 간질거리게 하던 이상한 기분도 사라졌다.

이런 기분을 배신감이라고 하는 거겠지, 사람들 한복판에서 미끄러져 기둥에 머리나 찧어라. 속으로 녹턴을 저주하고 나는 휙 고개를 돌렸다.

그러면서도 아예 신경을 끊을 수는 없어서, 귀가 그쪽으로 쫑긋 섰다. 할 수 없었다. 녹턴의 옆에서 조잘거리고 있는 사람은 다름 아닌 셰릴 보르나인이었으니까.

그렇게 잘난 듯 굴면서, 저 애가 무슨 생각인지는 모르는 모양이지? 아니면 나한테 한 것처럼 보르나인을 홀려 저택에 데려다 놓고, 질릴 때까지 데리고 놀려고? 그런 의미로는 잘 어울리는 한 쌍이었다. 서로 상대의 마음을 장난감 삼는 이들이니, 누가 이기더라도 통쾌하겠지. 그러니까.

"에드가 소공작 말이야, 얼굴은 반반하잖아. 상대해 주는 사람도 없는데 조금 잘해 주면 갖고 놀 수 있지 않을까?"

272

"내 머릿속에서 좀 사라져."

나는 머리를 부여잡고 끙끙 앓는 소리를 냈다. 셰릴 보르나인이 녹턴을 가지고 놀든, 녹턴이 그를 눈치채고 오히려 보르나인을 가지고 놀든 내가 무슨 상관이란 말인가. 나는 피해자였다. 녹턴이 상처받을지도 모른다는 가능성을 떠올리며, 안절부절못할 처지가 아니란 말이다. 내가 호구도 아니고 왜 그래야 해!

솔직히, 녹턴이 보르나인에게 속아 넘어갈 리도 없었다. 순수한 호의로 다가간 나도 그의 마음에 들어가지 못했는데, 대놓고 악의와 조롱을 휘감은 보르나인이 가능할 리 없을 테니까. 그러니 걱정할 건 조금도 없는데. 설사 보르나인에게 당해 마음의 상처를 입더라도, 내 알 바 아닌 일인데!

마음속의 혼란으로 고통받고 있을 무렵, 익숙한 목소리가 나를 불렀다.

"두루아?"

"아, 뭐야. 테롭스?"

희멀겋고 둥글넓적한 얼굴에 흐리멍덩한 이목구비. 다른 사람이었다면 선량하게 보일지도 모르는 묘사였으나, 그는 달랐다. 테롭스 안단테의 눈빛은 물고기처럼 퀭하고 흰자도 맑지 않았다.

그런 눈으로 사람을 빤히 쳐다보는데 기분이 유쾌할 리 없지.

"왜 왔어."

"아니, 뭐. 오늘 예쁘네, 두루아."

"여기에 알로이 안 왔어."

"알아. 그냥 너랑 얘기 좀 하려고 온 건데."

그가 손을 뻗어 열심히 치장한 내 머리끝을 만지작거렸다. 살이 스치지는 않았지만, 그것만으로 소름이 돋았다. 나는 테롭스 안단테의 손을 거세게 쳐내고 말했다.

"3초 안에 사라지지 않으면 알로이한테 이를 거야."

뭘 이른다는 건지는 나도 모르고 테롭스도 모르고 알로이도 몰랐으나, 그는 그것만으로 겁먹었는지 어깨를 움찔거리며 사라졌다.

그나마 알로이는 무서워해서 다행이지.

다섯 살이나 어린 여자아이한테 집적거릴 의도는 아니겠지만, 테롭스가 친근한 척 손을 댈 때마다 기분이 보통 더러운 게 아니었다. 나는 진저리를 치며, 테롭스 안단테의 손이 닿았던 머리를 탈탈 털어 냈다. 그러다가 누군가 나를 쳐다보는 것 같아 고개를 들었다.

"아, 깜짝이야."

녹턴 에드가였다. 대체 언제부터 본 건지는 모르겠지만, 소년은 보르나인이 조잘거리는 소리에는 하나도 답하지 않으며 나를 바라보고 있었다. 옅은 색의 눈이 어두워 보일 정도로 집요한 시선이다. 얼굴은 무표정했으나 눈빛 때문인지, 나를 노려보는 것 같기도 하고 원망하듯 보이기도 했다. 그런 건 내 착각이겠지만.

먼저 눈을 피하면 지는 거란 생각에, 나는 눈도 깜박이지 않고 그를 마주 노려보았다. 그 때문에 보르나인이 떠들어대는 소리도 절로 귓속을 파고들었다.

"그래서 말인데요, 에드가 공자님. 괜찮으시다면 생일 때 저를 초대해 주실 수 있으세요? 아직 반년이 남았지만, 미리부터 준비하고 싶어서요."

무슨 소리를 하는 거지, 녹턴의 생일은 분명히 얼마 전…….

아, 설마.

"생일까지 거짓말이었어?"

뭐, 이딴. 무슨 뭐, 이런……!

제대로 정리되지 않은 생각이 머릿속을 헝클어뜨렸다. 기가 막혔다.

나를 조롱하기 위해서 제 생일까지 거짓말을 해? 그래, 생각해 보면 이상한 일이긴 하지. 에드가에도 체면이 있을 텐데, 대놓고 녹턴을 차별해서 파티를 안 연다는 것 자체가.

내가 혼잣말로 중얼거리는 걸 들었는지, 찰나 그의 눈이 흔들린 것 같기도 했다. 그러나 그 또한 착각일 것이다. 녹턴 에드가와 멀리하기로 했으면서 계속 쳐다보고 있으니 별의별 생각이 다 든다. 차라리 저 꼴을 안 보는 게 낫 겠다.

그렇게 생각하며 막 그의 눈을 피하려는 차에.

"아이참, 왜 자꾸 대답을 안 해 주시는 거예요. 여기 좀 봐 주세요, 공자님."

그렇게 말하면서, 보르나인이 녹턴의 뺨에 입을 맞추었다. 순간적으로 심장 이 쿵 떨어졌다. 보면 안 될 걸 본 기분에, 나는 황급히 몸을 돌리고 얼어붙은 다리를 움직였다.

뭐야, 뺨에 뽀뽀까지 하는 사이야? 내가 착각한 건가, 잘못 생각했나? 그냥 가지고 놀려던 건 나뿐이고, 셰릴 보르나인은 녹턴에게 좀 다른가. 나……만 그렇게 대한 거야?

그렇게 생각하니 억울함이 울컥 솟아올랐다.

"뭐야, 나는 나쁜 마음도 안 먹었는데 가지고 놀고, 쟤는 대놓고 조롱하려고 다가간 건데."

마음이 이상했다. 속이 부글부글 끓는데, 화가 나는 거랑은 조금 달랐다. 좀 슬픈 것 같기도 하고 분한 것 같기도 했다. 차별받는 기분이란 건 이런 거구나. 새삼 알로이의 마음이 어땠을지 짐작이 갔다.

바보 같은 녹턴. 셰릴 보르나인이 자길 가지고 놀려고 접근한 것도 모르면 서. 나는 정말 순수한 호의로 다가간 건데, 나한테는 나쁜 짓을 하고 보르나 인만.

요 며칠 새 내내 눈물을 쏟았음에도, 다시 목울음이 차올라서 나는 파티가 끝날 때까지 테라스에 숨어 있어야 했다.

그러나 파티에서 돌아온 이후로도 나는 머릿속에서 녹턴 에드가를 지울 수
가 없었다. 셰릴 보르나인이 녹턴의 뺨에 입을 맞추던 모습이 자꾸 떠올랐다.
그리고 보르나인이 녹턴을 가지고 놀겠다고 한 말도 덩달아 생각났다.

결국, 나는 고집스럽게 남는 미련에 굴복할 수밖에 없었다.

"좋아, 그것만 말해 주고 나오자. 딱 그것까지만."

녹턴이 정말로 보르나인을 좋아하게 된 거라면, 그러면 그건 너무 불쌍하니
까. 녹턴이 내게 못된 짓을 했지만 그래도 계속 신경 쓰이니까. 에드가 저택에
방문해서 딱 그것만 전하고 바로 나오자.

나는 그렇게 생각하며 마차에 올랐다.

녹턴 에드가는 호수 옆길의 의자에 앉아 있었다. 내가 올 줄은 몰랐는지 퍽
놀란 기색이었다.

"음…… 안녕, 녹턴."

심장이 쿵쿵 뛰었다.

꺼지라고 하면 어떡하지.

녹턴이 비속어를 쓰는 걸 보진 못했지만, 당시 내게 드러내 보인 성질머리를
생각하면 충분히 그럴싸한 이야기였다.

"……안녕."

놀랍게도, 녹턴은 나를 당장 쫓아내 버릴 생각은 없는 듯했다. 바로 셰릴 보
르나인의 이야기를 하려다가, 어색한 분위기를 깨기 위해 나는 그가 읽고 있던

책 이야기를 꺼냈다. 그게 책을 향한 관심으로 보였는지, 녹턴은 그걸 내게 내밀었고 엉겁결에 받아 든 나는 뒤늦게 책에 달라붙은 애벌레를 보고 비명을 질렀다.

"악!"

놀라서 던진 책이 호수로 날아가고, 나는 뒤늦게 그걸 집으려 손을 뻗었다가 호숫물에 나동그라졌다. 갑작스럽게 벌어진 일이 당혹스럽고, 물이 역류해 들어와 코가 매웠다.

예상치 못한 상황이 놀랍고 무섭고, 그리고 서러웠다.

나, 여기에 왜 온 거지. 차라리 보르나인의 이야기를 서신으로 보낼걸. 왜 굳이 여기까지 와서, 호수에 빠진 거야. 바보 같아, 멍청한 두루아 발로즈.

그러나 마냥 비참해하고 있을 수는 없었다. 물에 빠져 죽지 않으려면 어떻게든 스스로 호수 밖으로 나가야 했으니까.

하나 그렇게 생각한 즉시, 내 허리에 팔이 감겼다.

놀라 눈을 동그랗게 뜨고 고개를 들자, 새파란 물속에서 녹턴의 얼굴이 보였다. 안개처럼 퍼진 칠흑색 머리칼, 그에 대비를 이루는 창백한 뺨. 일그러진 얼굴 위, 다급한 기색으로 물든 연보랏빛 눈동자가, 나를 염려하는 듯한 그 눈이 놀랍도록 예뻤다. 한순간, 고통도 잊어버릴 만큼 그 광경이 강렬했다.

"푸하!"

물 밖으로 끌어 올려져 뭍에 무릎을 대자, 잊었던 고통이 다시금 엄습해 왔다. 그럼에도 머릿속은 여전히 조금 전의 잔상에 사로잡혔고 심장은 믿기지 않을 만큼 쿵쿵 뛰었다. 기분이 아주 이상했다. 물이 가슴 안으로 들어간 것처럼, 피부 안쪽에서 물거품이 부글거리는 느낌이 들었다.

그때, 등에 무언가가 닿았다. 나를 진정시키기 위해 두드려 주는 녹턴의 손이다. 그가 나를 도와줬다는 사실이, 단단히 실감 나는 감촉이었다. 그러나 고

마음보다는 그 감각에, 마음을 간지럽히는 기분이 더 강렬해져서 나는 어찌할 바를 모르고 숨만 골라냈다.

"남의 집 호수에 빠지는 게 취미야?"

"아, 고마······."

반사적으로 고맙다는 말을 하려다가 고개를 든 순간, 잔뜩 젖은 소년의 모습이 눈에 들어왔다. 호수 속에서 본 요정 같던 모습은 어디에 간 건지, 그의 외관은 영락없이 비에 젖은 강아지였다. 그런 모습으로 일그러진 표정을 보니 참을 수가 없어서, 나는 웃음을 터뜨렸다.

"······시끄러워."

기분이 너무 이상하다. 너무 이상한데, 그게 나쁘지 않았다.

오히려, 좋았다.

이 애는 나를 싫어하는 건 아니구나.

그런 확신이 나를 기쁘게 했다.

호숫물에 빠져 버린 탓에 몰골이 엉망이었다. 젖은 옷을 입고 있을 수는 없어서, 나는 에드가의 사용인들에게 옷을 말려 달라고 부탁하고 녹턴의 옷을 빌려 입었다. 발로즈로 돌아갈 때, 과연 반이나 말라 있을지도 의심스러웠지만.

"나, 남자애 옷은 처음 입어 봐."

"보통은 입을 일이 없겠지. 그래서 왜 온 거야."

"내가 온 게 싫어?"

되묻는 말에, 녹턴은 말없이 인상을 찡그렸다. 대답하지 않았으니 싫은 건 아닌 모양이다. 뭐, 에드가에 온 이유가 없는 건 아니지.

그의 말에, 잊고 있던 목적을 떠올리고 나는 조심스럽게 입을 열었다.

"너, 셰릴 보르나인이랑 친해졌어?"

"갑자기 무슨 소리야?"

"저번 파티에서 이야기하고 있길래."

"그다지. 잠깐 말을 나눴을 뿐, 아무 사이도 아닌데."

무슨 생각을 했는지 그의 눈이 잠깐 흔들렸으나, 입 밖을 나는 말은 단호했다. 그럼에도 바로 믿을 수는 없어서 나는 되도록 태연하게 물었다.

"……보르나인이 네 뺨에 키스하던데."

"네가 말하니 또 생각났잖아."

얼굴을 일그러뜨린 녹턴이 손등으로 제 뺨을 문댔다. 얼굴이 붉게 일 만큼이나 거센 손짓이었다. 그 모양새를 보니 어쩐지…….

"네 동의 없이 한 거야? 아니, 뺨에 키스하는 걸 허락받는 것도 이상하긴 하지만."

"끔찍한 소리 하지 마. 남의 살 닿는 건 질색이야. 침을 묻히는 건 더 역겹고."

그런 말을 하면서 진저리를 치기에, 믿지 않을 수가 없었다. 아무튼, 낭만과는 거리가 먼 꼬마였다.

"해명하려고 했는데 네가 바로 가 버려서……."

"해명?"

들은 말을 반복하며 나는 눈을 동그랗게 떴다. 뭔가 잘못된 게 있을 때, 바로잡는 게 해명 아닌가? 사전을 통해 공부한 게 아니라 소설에서 본 단어라, 녹턴이 무슨 말을 한 건지 바로 이해되지 않았다.

그러나 그는 내게 제가 한 말이 무슨 뜻인지 설명해 주지 않았다. 그 대신에.

"그러는 너야말로…… 테롭스 안단테와 많이 가까운가 봐."

"뭐? 내가 밀빵이랑 가깝다고?"

이게 무슨 무례한 소리야.

어이가 없어 입을 벌렸다가, 문득 파티장에서 테롭스 안단테와 말을 나누었던 게 생각났다. 짜증만 내다가 쫓아냈는데, 그게 친근해 보였나? 윽, 그리 생각하니 몹시도 끔찍한 일이었다. 녹턴의 눈에 그렇게 보인다면 다른 사람의 눈에도 똑같을 테니까.

"테롭스가 혼자 아는 척한 거야. 나 걔 싫어해. 알로이와 약혼 얘기 오가지만 않았으면, 정말 평생 눈도 안 마주쳤어."

"약혼? 기억하기로 네 자매는 아직 성인이 아니었던 것 같은데."

"뭐, 법적으로는 성인부터 가능하더라도, 알게 모르게 다 준비해 두잖아. 미리미리 보는 거지."

"그럼, 너와 알고 지낸 지도 오래됐겠네."

테롭스 안단테의 이야기는 별로 하고 싶지도 않은데, 왜 이렇게 집착하는 거람.

"그렇진 않아, 재작년부터 봤으니까. 아무튼, 난 싫어. 테롭스 진짜 별로야."

"뭐가 그렇게 싫은데."

"걔 성격 진짜 이상해. 아직 약혼한 사이도 아닌데, 아니, 약혼했어도 문제지만 알로이 감시하는 것 같아. 저번에는 내가 방에서 알로이와 얘기하는 걸 엿듣고 있었다니까?"

"그래?"

"저번에 파티에 갔을 때도 별 웃기는 짓을 하더라. 웬 자작 영식이 알로이의 숄이 뜯어졌다고 말해 줬더니, 지금 자기 예비 약혼녀를 모욕하는 거냐고 나서서 별 폭언을 다 했어."

분명 블루팜 소공작이 와서 시비 걸었을 때는 아무 소리도 안 했으면서.

"알로이를 위해 그러는 것도 아니잖아. 자기 어필하려고 오지랖 부리고 폭력 행사하는 거 정말 질색이야. 최악을 사람으로 만들어 내면 테롭스 안단테일 거야."

"불만이 많네."

"아, 진짜 싫으니까! 알로이가 걷어차 주면 좋겠어. 안단테고 나발이고, 약혼 안 하면 좋겠다."

"그러니까 감시에 도청에, 남의 일에 간섭하는 것까지 싫다는 거지. 알았어."

"……뭐가?"

뭘 알았다는 건데.

별거 아닌 말 같았지만, 녹턴의 표정이 지나치게 진지해서 나는 조금 어리둥절해졌다. 그러나 녹턴은 내 물음에 답하는 대신 내 얼굴을 가렸다. 무슨 뜻인지 알아듣지 못하고 눈을 깜박이자, 손을 뻗었다.

물기가 채 마르지 않아 피부에 엉겨 붙은 머리칼이, 녹턴의 손끝에 감겨 귀 뒤로 정돈된다. 원래 체온이 낮은 듯 잠깐 스친 손가락이 차가웠다. 너무 놀란 탓인지 순간적으로 심장이 크게 뛰었다. 변명하는 것처럼, 녹턴이 말했다.

"계속 신경 쓰여서."

"어, 그래……. 고마워."

소년의 손이 닿았던 귀를 매만지며, 나는 어색하게 웃었다.

"그럼 테롭스 안단테 말고는?"

"응?"

"그냥, 네 친구 관계가 새삼 궁금해서. 나밖에 없진 않을 거 아니야."

"일단 테롭스는 내 친구 아니야. 그리고……."

모르는 사람에게 먼저 다가가는 것도 좋아하지 않고 어색한 분위기를 너무 싫어한 탓에 나는 거의 저택에만 있었다. 새 친구를 사귀는 것보다 소설책을 읽는 게 더 재미있었으니까. 그러니 친구에 관해 묻는다면, 앨리스의 이야기밖에 떠오르지 않는다. 내가 녹턴에게 다가가게 된 계기가 된 그 애밖에.

그렇게 생각하니, 마음이 조금 미묘해졌다. 그 애가 사생아라는 이야기는 말할 수도 없고 말할 생각도 없었지만, 혹시라도 들키게 된다면 굉장히 민감한 말이 될 테니까. 숨긴다면, 못 할 것도 없겠지만 별로 그러고 싶지 않았다.

앨리스 모멘텀이 떠올랐다. 고운 빛깔의 긴 머리칼, 모난 곳 하나도 없이 선량하고 예쁜 얼굴과 부드러운 목소리, 다정한 성격. 모멘텀 일가처럼 못된 사람이 아니라면, 누구나 사랑할 만한 아이였다. 오죽하면 소설 주인공의 모티브가 되었겠는가.

새삼, 치켜 올라간 내 눈꼬리와 물에 젖어 부스스해진 빨간 머리가 신경 쓰였다. 그리고 그다지, 착하다고 할 수 없는 내 성격도.

"발로즈?"

"아, 아니야. 나도 친구는 너밖에 없어서."

말하고 나서는 스스로도 놀라 어깨가 굳었다.

내가 왜 이런 거짓말을 하지. 앨리스가 알면 서운해할 텐데.

그런 생각이 들었지만, 방금 내뱉은 말을 정정해야겠다는 마음도 들지 않았다. 못된 짓을 하는 기분에 가슴께가 선뜩해졌다.

그런 내 속을 꿰뚫어 보기라도 하는 듯이, 녹턴의 눈이 설핏 가늘어졌다. 그러나 그의 입에서 이어진 말은 내 마음을 들여다본 것보다 매서운 말이었다.

"친구……?"

심장이 철렁 내려앉았다. 그래, 녹턴이 나를 호수에서 구해 주긴 했지만 그게 나를 좋아한다는 의미는 아니었다. 그저 내가 죽도록 내버려 둘 만큼 싫어하지는 않는다는 뜻일 뿐. 그가 했던 일을 생각하면 나를 친구라고 생각할 확률은 몹시도 낮았다. 떠오른 사실에 자존심이 상해야 하는데, 나는 이유도 모른 채 얼어붙어서는 녹턴의 눈치를 살피기만 했다.

얼마나 그러고 있었을까, 그가 혼잣말로 중얼거렸다.

"그래, 친구."

녹턴이 눈을 휘어 웃었다.

"괜찮네, 일단은."

"……너, 아까부터 이상한 소리 한다."

그가 그 말을 부정하지 않는다는 점에 안심했으나, 나는 괜히 딴소리했다. 기분이 묘했다. 어서 다른 이야깃거리를 꺼내야 할 것 같아 머리를 돌리다가, 문득 괜찮은 소재가 떠올랐다. 그러고 보니.

"너, 그 생일이란 것도 거짓말이었지, 참."

"응."

"응? 태연하게 '응.'이라고?"

"별수 없지. 그때는 네가 다시 안 오기를 바랐거든."

"너 진짜 대놓고, 직설적으로……."

"'그때'라고 했잖아, 지금은 생각이 달라졌어."

"……진짜 변덕스러워. 너 정말─."

"계속 와, 발로즈."

그를 탓하는 말을 하려고 했는데, 이어진 말에는 숨을 들이켤 수밖에 없었다.

가슴께를 부풀린 채로 멈춘 나를 보며 녹턴이 다가왔다. 눈을 달게 접고 입꼬리를 부드럽게 끌어 올려, 그는 내가 좋아하는 표정으로 웃었다.

"매일 매일, 별일이 없으면 계속해서 와."

차마 답하지 못하고 굳은 나를 보며, 소년이 속삭이듯 물었다.

"안 올 거야?"

"……그래."

가까스로 답을 밀어냈으나, 그가 오해할 수도 있겠다는 생각에 나는 다급히 말을 덧붙였다.

"계속 올게, 녹턴."

그 말에 녹턴이 만족한 듯, 웃었다.

가슴 안을 두드리는 소리는 점점 거세어지고, 속이 계속 울렁거렸다.

그러나 구토감 대신에 무언지 모를 감정이 울컥 올라와 마음을 뒤덮었다.

정말로 이상한 기분이었지만 결코 나쁘다고 말할 수는 없는, 내 생에 처음으로 찾아온 감정의 이름은…….

3

연보랏빛

해야 할 말은, 그때그때 하는 게 좋다. 최근에 생긴 내 신조다.

임페르펙티오가 왜곡한 기억이 전부 돌아온 지는 이제 8개월이 지났다.

머릿속이 정돈된 직후 곧바로, 나는 녹턴과의 결혼을 추진했다. 이전보다야 많이 좋아졌지만, 아직 그가 자살하려던 잔상을 완전히 지워 내지는 못했기 때문이다.

마냥 순조로울 거라고 예상했으나 뜻밖에도, 나는 가족들의 반대에 맞닥뜨렸다. 결혼 자체를 막아선다기보다는, 왜 벌써 하느냐는 논지였다. 아버지는 마땅치 않아 하실 걸 짐작했지만, 어머니도 마찬가지였다. 당연히 좋다고 하실 줄 알았는데 의외로, 약혼 기간 2년은 채워야 하는 게 아니냐며 서운해하셨다.

그리고 알로이. 8년간 약혼한 뒤에 결혼하라는 말이 농담인 줄 알았는데, 아예 장난은 아니었는지 내 약혼 기간을 가지고 자꾸 협상하려 들었다.

"8년이 너무 길어? 그럼 5년은 채우자. 뭐, 급하다고 벌써 결혼이야. 5년도 너무 기니? 그럼 4년 8개월, 5개월, 4개월 20일……"

들어줄 가치도 없는 말이라 무시했지만, 이어지는 말에는 움찔할 수밖에 없었다.

"너무하다, 두두. 나는 네 말 듣고 로직스 엘포드랑 파혼까지 했는데."
"파혼은 아니잖아! 엄밀히는…… 약혼 직전이었고."
"덕분에 이제 진짜 괜찮은 사람은 하나도 안 남게 됐어. 혹시 네 아이에게 발로즈를 물려주고 싶어서 큰 계획을 짠 거니?"
"와, 진짜 망상이 끝을 달린다. 아직 결혼도 안 했는데, 벌써 애 생각이야?"

결국, 녹턴이 목숨을 끊으려던 모습이 트라우마로 남았다는 사실을 털어놓고야 넘어갈 수 있었다. 녹턴 때문에라도 별로 말하고 싶지는 않았으나, 막상 그 말을 꺼내고 나니 알로이가 너무 당황해하며 위로해서 위안이 되기도 했다.

힘겹게 가족들을 설득하고 결혼식을 치르느라. 그 후에는 에드가 공작 부인(아직도 이 호칭에는 익숙해지지 않는다)으로서 필요한 절차를 처리하기 위해. 여러 가지로 바빴기 때문에 여태까지는 그를 핑계 삼아 말을 아껴 왔으나, 이제 자기 합리화에도 변명거리가 바닥났다.

에드가 공작저의 응접실, 맞은편의 손님을 진지하게 바라보며 나는 몇 번째인지 모를 마른침을 삼켰다.

좋아, 말하자.

"잘못했어, 앨리스."

앨리스 리모란드의 눈이 동그랗게 커졌다. 이 애에게는, 난데없이 튀어나온 말이 당혹스럽기만 할 테니까. 아무것도 모르는 그 순진무구한 모습이 내 죄의식을 자극했다.

"뭐가?"

"나 실은, 전부 기억났거든. 그러니까…… 내가 왜 에른하르트에 갔으며, 왜 너와 친구가 됐고 녹턴에게 다가간 이유는 뭔지."

열 살짜리 아이가 감당하지 못할 거라며 나를 침묵시킨 캐럴이 떠올랐다. 그때는 내 유모의 말에 동의해서 나도 나중을 기약하며 입을 다물었었다. 그러나 지금 와서는, 그녀가 조금 원망스럽기도 했다. 누구보다 가까워진 친구에게, 10년도 더 된 진실을 드러내기가 무서웠으니까.

"나랑 친구가 된 데에도…… 이유가 있었어?"

"그 왜, 내가 네 이름을 들었을 때 욕했다고 했잖아."

"아아, '이런 미친'이었나."

기억력이 너무 좋은 것도 문제다. 앨리스의 말에 어깨를 움찔했다가, 나는 떨리는 한숨을 내쉬었다.

모든 일의 원흉은 『그와 앨리스』의 작가다. 당연하겠지만, 책 속에 태어났고 기억을 조작하기 위해서는 '두루아 발로즈'로서 그 책을 읽은 기억이 사라져야 했다. 그렇기에 나는, 『그와 앨리스』를 재연재하면 가만두지 않겠다고 그토록 단단히 결심했음에도, 막상 다른 신문사에서 연재가 재개되었을 때는 어린 날의 각오를 까맣게 잊고 있었다.

잊기만 한 것도 아니다. 좋다고 글자 한 자 한 자를 눈으로 핥듯이 뇌에 새겼고, 주위 사람들에게도 그 소설을 전파했으니까. 베리타스도 그러한 과정을 거쳐 열성적인 신도로 거듭난 것이었다. 책 이야기를 몇 시간 동안 떠들어댄 적도 있으니, 다시 만났을 때 그가 내게 배신감을 느끼던 것도 당연했다. 그건 그렇다 치고.

나로서도 어쩔 수 없는 일이긴 했다. 소설이 재연재되기 조금 전부터, 패트
시아 에드가 타 준 차를 마셨는데 어쩌겠는가. 아예 어릴 때라면 몰라도, 그
어중간한 시기의 나는 순전히 피해자였다. 그러한 변명과 자기변호를 섞어, 나
는 과거의 일들을 낱낱이 털어놓았다. 그때 있던 일, 사고방식, 감정을 비롯하
여 모든 것을 전부.

내 말을 잠자코 듣다가, 앨리스가 느릿하게 입을 뗐다. 그 모습이 긴장되어,
나는 앞에 놓인 찻물을 몇 모금이나 삼켰다.

"내가 『그와 앨리스』 주인공의 모티브가 된 것 같아서, 그걸 확인하려고 성으
로 밀고 들어왔다고?"

"응."

"사실을 알게 된 다음에는 내게 말하려 했으나, 함께 간 유모가 말려서 보류
해 뒀고."

"맞아."

"그랬는데, 임페르펙티오를 마시는 바람에, 소설이 재연재되었을 때는 전부
잊어버렸다는 말이구나."

"정확해. 굉장히 멋진 요약이야."

아부성이 섞인 말로 감탄하자, 앨리스가 두어 번 눈을 깜박였다. 그러고는
기다란 손가락으로 우아하게 찻잔을 기울여 한 모금을 삼켰다. 긴장되는 분위
기에 다문 입술에 힘을 주자, 그녀의 눈이 슬며시 휘어졌다.

"두루아, 너 참 신기하게 산다."

"뭐……?"

"아무리 생각해도 네 수필 아까워, 그거 각색해서 출간해 보면 안 돼?"

갑자기 무슨 뜬금없는 소리야.

혹 잘못 들었나 싶어 앨리스의 얼굴을 찬찬히 살펴봐도, 그녀의 얼굴에 분노나 당혹감 같은 건 한 점도 보이질 않았다.

"충격받지 않았어?"

"이제 와서 뭐가 충격이겠어. 우리 나이가 몇인데, 열 살 때 속상할 짓 했다고 화내는 게 더 이상하잖아. 일부러 숨긴 것도 아니고, 네가 나를 소설로 가져다 쓴 것도 아닌데 말이야."

그렇게 말하니, 맞는 이야기 같긴 했지만…… 반응이 정말 이게 다야? 되게 조마조마하면서 말했는데 그걸로 끝이라고?

대수롭지 않아 하는 앨리스의 태도에 안심하면서도 한편으로는 허망했다. 뭐라고 해야 할지, 터질 때가 된 시한폭탄이 고장 나서 터지지 않는 걸 보는 기분이다.

"이제야 좀 이해가 된다. 두루아, 너는 처음 보는 사람한테 친구가 되고 싶다고 다짜고짜 거처로 밀고 들어가는 성격은 아니잖아."

"그건…… 그렇지."

"왜 나와 친구가 돼 준 건지 궁금했는데, 알게 될 줄은 몰랐어. 그런 의미로는 그 작가한테 고맙기도 하네."

"아니, 고마워할 일은 절대……."

단호하게 말하려다가 나는 끝을 흐렸다.

『그와 앨리스』의 작가 때문에 별스럽고 고달픈 삶을 살게 되었다. 그러나 얻은 게 없지는 않았다. 그 소설이 아니었다면, 나는 녹턴에게도 앨리스에게도 다가가지 않았을 테니까. 어쩌면 애런과도 영영 모르는 사이였을 수도 있고, 셰릴과도 도움을 주고받을 일이 없으니 앙숙으로 끝났을지도 모른다. 그렇게 생각하면, 가족 외의 내 인간관계는 전부『그와 앨리스』가 맺어 준 셈이었지만……

"그래도 너한테 도움받아 놓고 네 불행을 팔아먹은 건 용서가 안 돼."

"그것까지 부정할 생각은 아니야. 그 값은 받아야지."

"어?"

"어차피 내가 어디서 지냈는지는 수도 사람들이 다 아니까, 눈치 볼 것도 없지. 서둘러 소송을 걸어야겠네. 떠나기 전에는 끝내야 하니까."

담담한 듯하면서도 강단 있는 기세가 새로워 그 애를 보다가, 뒤쪽에 따라붙은 말에 놀라 눈이 커졌다.

"떠나다니?"

내 물음에 앨리스가 배시시 미소 지었다.

"그 말 하려고 왔어, 두루아. 나 이제 종자 생활은 끝났거든. 당분간은 기사 수행 때문에 연락하기 힘들지도 몰라."

"기사 수행? 벌써?"

묻는 소리가 나도 모르게 비명처럼 났다. 놀랄 수밖에 없는 일이었지만.

앨리스가 검을 배우기 시작한 건 애런과 약혼했을 무렵부터였다. 클레이모어의 후계와 결혼을 약속했으니 그래야 한다고 생각한 건지, 수도에 와서는 무르고 부드러운 것만 쥐던 손이 날붙이를 잡았다. 그러나 상황에 떠밀려 선택한 것은 아니라는 듯 앨리스의 자세는 더할 나위 없이 진지했고, 머지않아 그녀는 종자 생활을 시작했다. 이미 성인이 된 리모란드 공작가의 막내딸. 여러 의미로 부담스러운 그녀를 종자로 받아 준 이는 애런의 어머니인 클레이모어 후작 부인이었다. 소문으로는, 제 아들의 약혼자라고 해서 절대로 봐주지는 않을 사람 같았기에 앨리스가 걱정스러웠으나 이 애는 생각보다 더 잘 견뎠고 결국 오늘이 왔다.

"2년도 안 돼서 종자 생활이 끝이라니, 대단하다."

"폴라리스 경께서 잘 봐주신 덕이지."

애런이 앨리스에게 재능이 있다고 입에 침이 마르도록 칭찬을 했지만, 솔직히 다른 사람도 아니고 그가 하는 말이기에 믿지는 않았다. 그러나 폴라리스 클레이모어의 종자 생활을 벌써 마쳤다면 앨리스의 재능은 인증된 것이나 다름없다. 비록 애런은 1년 만에 종자 생활을 끝내기는 했어도 그는 어린 나이부터 검을 잡았으니, 성인이 된 이후 배우기 시작한 앨리스와는 출발 선상부터가 다른 셈이니까.

"넌, 연애 소설이 아니라 영웅 소설의 주인공이 어울릴지도 모르겠다."

"과분한 칭찬인데, 기분은 좋네."

"수행 과제는 뭐야? 아, 비밀이라 말하면 안 되나?"

"어때, 다른 사람도 아니고 넌데. 드레이크 150마리를 잡아 오라고 하셨어."

드레이크 150마리라니, 클레이모어의 전통인가.

"에른하르트에서?"

"응, 거기라고 지정해 주신 건 아니지만, 기사 수련생으로도 한번 가 보고 싶어서."

에른하르트가, 그리고 그곳에서 지내던 저 자신이 몹시도 싫었다고 고백하던 이는 어느새 단단한 눈빛으로 다시 그 땅의 이름을 입에 담고 있었다. 선량하고 부드러운 인상은 여전했으나, 느껴지는 기세는 강인하고 탄탄했다. 검을 배운 티가 나는지 앨리스의 얼굴도 몰라보게 좋아졌다. 내게도 기쁜 일이었다.

"애런이 아쉬워하겠다."

"안 그래도 휴직계 내고 쫓아온다는 걸 겨우 말렸어. 어리광쟁이라니까."

"그거 다 잡으면 결혼하는 거야?"

"글쎄…… 일단은 기사 서임을 받고 생각해 보려고. 애런도 결혼이 급하지 않다고 해서."

클레이모어의 하나뿐인 후계자인데 정말로 급하지 않을 리는 없었지만.

애매하게 웃으며 나는 고개를 끄덕였다.

"그런데 다시 생각해 보니까, 두루아."

"어, 응?"

"각하가 너무 괘씸한 것 같아."

돌연 진지하게 굳은 표정에 긴장했으나, 이어지는 말이 너무 뜬금없었다.

"녹턴이 괘씸하다니, 뭐가?"

"네 말대로라면, 결국 네가 각하께 접근한 건 내 덕분인 거잖아?"

"뭐…… 그걸 '덕분'이라고 말할 문젠지는 모르겠지만 그렇지?"

"은혜를 입어 놓고, 외려 나한테 세뇌를 걸고 위협하고, 사과를 건네는 것조차 성의 없이……."

"음, 앨리스?"

"두루아."

무겁게 내 이름을 부르고는, 그 애가 내 양손을 단단히 붙잡았다. 그러고는.

"그거 꼭 각하께 말씀드려."

앨리스가 눈을 빛내며 하는 말에, 나는 어색하게 웃을 수밖에 없었다.

실은 이미 녹턴에게 먼저 말한 상태였으니까.

"그랬더니 너한테 꼭 말하라더라."

"……."

하루의 일과가 끝나고 침상 위. 앨리스와 있던 일을 다 이야기하자 녹턴의 표정이 묘하게 굳었다.

"왜…… 거기까지 얘기한 거야? 털어놓을 거면, 왜 앨리스 리모란드와 친구가 됐는지만 말해도 됐잖아."

"숨긴 세월이 길다 보니, 그때 일어난 일을 전부 다 말해야 할 것 같아서……."

녹턴 이야기를 할 필요가 없었다는 건 나도 지금에야 깨달았다. 말끝을 흐리며 눈을 깜박이자, 그가 짙은 한숨을 내쉬었다.

"화났어?"

"아니, 그게 틀린 말은 아니지."

"오, 인정했다."

녹턴의 팔을 꾹 찌르자, 그가 나를 짜증스럽게 흘겼다.

뭐, 내가 뭐.

"확실히 그래. 앨리스 생각나서 너한테 다가간 건데, 그 애에 대한 네 취급이 너무해."

"두루아."

"쓸데없이 앨리스를 질투나 하고 말이야."

"……두루아."

녹턴의 표정이 한층 더 뚱해졌다. 대꾸할 말은 없는데 그래도 기분이 좋지는 않다는 듯이. 그 얼굴이 왜 귀여운지 모르겠다.

그의 뺨을 두 손으로 끌어와 입을 쪽 맞추자 찡그린 눈가가 조금 펴졌다. 그걸 보니 또 웃음이 나서 입꼬리를 끌어 올리니, 녹턴이 재차 한숨을 내쉬었다.

"그런데 나도 이제 진짜 이유를 듣고 싶은데."

"진짜 이유?"

"왜 내게 앨리스 리모란드의 존재를 숨겼는지, 말이야."

이번에는 내 얼굴이 굳었다.

왜 앨리스의 존재를 숨겼냐고? 어릴 때 일이 다 기억났기에 그 이유도 분명히 떠올랐다. 임페르펙티오의 부작용이라고 할지, 해독 이후 그때의 기억이 여느 때보다 선명해졌으니까.

숱하게 부정한 것이 무색하게도, 녹턴을 향한 내 감정은 호감이 아닌 사랑이었다. 그걸 깨달은 지는 제법 되었으나, 그 시작이 그토록 오래되었을 거라고는 상상도 못 했다. 이미 열 살 때 첫사랑을 시작했다니.

더군다나, 앨리스의 존재를 감춘 게 질투 때문이었다는 것도 충격이었다. 앨리스는 소설 주인공의 모티브가 될 정도로 특별해서, 혹 녹턴도 그 애를 좋아하게 될지 모르니. 몹시도 낯부끄러운 이유가 선명히 떠올랐다.

안 돼, 이런 건 말 못 해.

도무지 입이 떨어지지 않았다. 아무리 열 살 때라고 해도, 나는 앨리스와는 달랐다. 그저 옛날 일이라고 가볍게 입에 담을 수 없었다.

어쩌면 지나치게 당시의 기억이 생생해진 탓일지도 모르지.

창피함으로 목까지 뜨거워졌다. 그래서 내가 택한 방법은 신비스럽게 웃는 것뿐이었다.

"왜 그렇게 수상하게 웃어."

"신비하게 웃은 거거든!"

"'음흉하다'와 '신비하다'는 한 끗 차이지."

수상에서 이제는 음흉까지 갔다. 사랑에 빠지면 눈에 콩깍지가 씐다는데, 녹턴의 눈에는 돋보기가 쓰였다. 나쁜 놈.

"몰라, 말 안 할 거야. 별거도 아닌 이유였어."

"생각나긴 했구나."

그의 입매가 삐뚜름하게 기울었다. 내가 생각한 것보다 더 그 이유가 궁금한 모양이다. 아니면 내가 창피해하는 걸 눈치챘거나.

"남편님, 집요하게 굴면 인기 없어요."

녹턴의 모습이 얄미워 팩 쏘아붙이고 나는 이불을 뒤집어썼다. 그러나 곧바로 녹턴이 이불을 걷어 버렸다. 아예 침실에서 도망쳐 버리려고 침대 밖으로 발을 뻗자마자, 녹턴의 팔이 내 허리를 휘감고 나를 매트 위로 돌려놨다. 도망치지 못하게 양팔로 나를 거두고, 녹턴이 픽 악당처럼 미소 지었다.

"딱히 남한테까지 인기 있을 필요는 없어서."

아무튼, 이상한 데서 집요해.

기어이 그 답을 들으려는 모습에, 나는 답하는 대신 녹턴의 입을 막기로 했다.

쭉 뻗은 손으로 그의 뒤통수를 감싸 당기고 엄지로 뒷목을 문지르자, 그의 눈빛이 변했다. 다행히도 어설픈 유혹이 먹혔든 모양이다. 녹턴의 기세가 달라진 걸 보고 나는 안심했다.

몇 시간 뒤에, 녹턴에게 차라리 말하게 해 달라고 애걸하게 될지도 모르고.

⚜

임페르펙티오가 왜곡한 기억은 전부 되돌렸으나 지금도 난 틈틈이 제르벨라를 찾았다. 그는 아직 대신전에 돌아가지 않았고, 발로즈에 머무르는 동안은 내게 임페르펙티오의 부작용이 남았는지 확인해 주겠다고 했다. 사실 그건 표면적인 명분이고, 진짜 이유는 따로 있었지만.

발로즈의 응접실에 들어서며, 이제는 익숙해진 얼굴을 보고 나는 미소 지었다.

"안녕하세요, 제르벨라."

"잘 지내셨나요, 공작 부인."

호칭은 한결 멀어졌으나 심리적 거리감은 훨씬 가까워졌다. 제르벨라가 내 이름을 부르는 걸 달가워하지 않는 남편 덕에 억지로 호칭만 바꾼 탓이다. 제르벨로 제르벨라가 나를 마음에 품었던 것이, 다아즈 아클라툼의 세뇌 때문인 걸 알면서도 녹턴은 우리의 만남을 반기지 않았다. 그럼에도 물약의 부작용은 걱정되었는지 내가 여기에 오는 걸 막지도 않았지만.

이전보다 훨씬 편안해진 얼굴로 웃으며, 제르벨라가 나를 맞았다. 발로즈의 응접실에서 손님으로 그를 만나는 상황. 처음에는 낯설었으나 지금은 퍽 자연스럽게 느껴졌다. 나는 이제 두루아 에드가니까.

"머리가 아프시거나, 특이한 꿈 같은 별도의 이상 증세가 있으셨습니까?"

"아니요. 전혀."

녹턴이 생을 끊으려던 꿈은 아직도 가끔 꾸지만, 제르벨라에게 말할 필요는 없겠지.

으레 그렇듯 간단한 문답이 오가고, 그가 손에서 녹빛을 뿜어내었다. 온몸을 상쾌하게 하는 이 힘은 축복이었다. 마법 물약 때문에 왔다는 명분은 이쯤이면 되었다.

나는 앞에 놓인 찻잔도 밀어내고, 조금 당겨 앉아 제르벨라와의 거리를 좁혔다. 남들이 본다면, 비밀 이야기를 하는 모양새일 것이 분명했다.

"그래서 알로이와는 요즘 어때요?"

"아⋯⋯."

제르벨라의 낯빛이 급격히 어두워졌다. 그 표정만으로도 답이 훤하다.

"여전히 진전이 없군요."

"그것도 그렇지만⋯⋯. 공작 부인, 실례가 안 된다면 한 가지 여쭤도 될까요?"

"갑자기 그러니까 불안하잖아요. 뭔데요?"

"안단테 백작 영식 말입니다. 이름이 테롭스라고 하던⋯⋯."

제르벨라의 입에서 테롭스가 왜 나와?

알고 지낸 시간은 길었지만 녹턴에게 사정을 듣고 까맣게 잊어버린 이였다. 뭐라고 했지, 패트시아 에드가를 감옥에 집어넣은 다음에 마법으로 입을 틀어막고 풀어 줬다고 했나? 흘러들었던 이야기가 어렴풋이 떠올랐다.

"테롭스가 왜요? 만났어요?"

"며칠 전에 발로즈에 찾아왔습니다."

"네?"

테롭스 안단테가 여길 왜 와?

별의별 구질구질한 이유가 다 떠올랐다. 결혼 한 달 전 파혼당한 남자가 전약혼녀를 찾아올 사정이라는 건, 거기서 거기일 테니까. 따지고 보면 테롭스의 입장에서는 억울할 수도 있었다. 자의로 일을 벌인 것도 아니고, 마법 물약과 세뇌에 휘둘렸을 뿐이니.

그러나 그를 옹호할 마음은 들지 않았다. 단순히 어릴 때부터 싫어해서 그런 건 아니었다. 테롭스를 함부로 대한 일에 내가 화를 낼 줄 알았는지, 녹턴은 자기변호 삼아 테롭스의 행실에 대해서도 말해 주었다. 성인이 되기도 전부터 저택의 하녀들을 건드렸다가, 협박으로 입을 다물리고 쫓아낸 일이 몇 번이나 있었다고. 그러니 그가 약혼녀를 두고 외도를 하고 있다는 누명도 아예 없는 말은 아닌 셈이다. 그저 안단테 백작저의 안에서만 일어난 일이라 증거가 남지 않았을 뿐이니까.

"알로이 님과 무언가 이야기를 나눈 것 같은데, 무슨 말인지 조금도 말해 주시지 않아서요."

"알로이가 테롭스와 무려 대화를 해 줬다고요?"

"……네."

"그……. 기운 내요, 별말 아닐 거예요. 알로이는 약혼 당시에도 테롭스를 좋아하지 않았는걸요."

"실은 그 부분에 대해 여쭈고 싶었습니다. 알로이 님과 테롭스 안단테는 어떤 사이였습니까?"

"별다른 사이라고 할 건 없어요. 어려서 약혼 이야기가 오가긴 했지만, 정말 정석적인 정략혼이었어요. 딱 안단테 백작가만 본 약혼이요."

나는 머뭇거리면서도 말을 이어 갔다. 정말 알로이에게는 테롭스를 향한 일말의 사감조차 없어서, 말을 꾸며 낼 필요도 없었다.

"테롭스는 감정이 있기는 했는데, 어쭙잖은 집착에 가까웠어요. 이쪽과 달리 그 남자가 넘볼 수 있는 상대 중 최우선순위가 알로이였거든요."

그러니 정말로 알고 지낸 시간이 길다는 것 말고는 어떠한 수상한 점도 없는 사이였다. 그렇게 말했음에도 제르벨라의 얼굴이 좋아지지는 않았지만.

"오랜 인연이군요. 어떤 감정이 남았는지 짐작조차 못 할 만큼 긴."

내가 제르벨라였어도 마찬가지였겠지. 짝사랑하는 이에게 10년도 넘게 알고 지낸 이성이 있었다는 말이니까.

이렇게 말하니 녹턴이 앨리스를 오해한 이유를 알 것 같기도 했다.

"안단테 백작가는 저도 상당한 권세로 알고 있습니다. 더군다나 알로이 님께서는 지금 어른들께 혼사 문제로 압박을 받고 계시니—."

"아니, 외부적인 조건만 놓고 보자면, 안단테보다는 갓 서른이 된 대신관 쪽이 우월하죠."

다급히 말했지만, 실은 나도 확신할 수 없었다. 알로이 또한 테롭스 안단테가 타의에 휘둘려 그런 일을 벌인 걸 알고 있었다. 패트시아 에드가가 황궁 감옥에 수감되었으니, 더는 문제 될 것이 없다고 생각해서 되돌릴지도……. 그렇게 생각하니 발로즈의 미래가 몹시 어둡게 느껴졌다.

"제가 잘 말해 볼게요. 그럴 일은 없겠지만, 만에 하나라도 테롭스가 발로즈에 들어오는 건 싫으니까."

"감사합니다."

"알로이, 지금 집무실에 있죠?"

내친김에 문제를 해결하고 돌아가자 싶어 나는 자리에서 일어났다.

내 물음에, 제르벨라가 고개를 끄덕이다가 멈칫했다. 그의 시선이 조금 아래로 옮겨 왔다.

"잠시만요. 에드가 공작 부인, 배에……."

"네?"

그의 말에 나는 내 배를 내려다봤다. 뭐가 묻은 것 같지 않고, 옷이 구겨지지도 않았다.

"저, 살쪘어요?"

"아니, 그런! 그런 무례한 말이 아니라요."

다소 머뭇거리며 일어나 제르벨라가 내게 가까이 다가왔다. 그러고는 내 배를 들여다보기에, 나는 형용할 수 없는 기분을 느꼈다.

뭐지. 나한테 시비 거는 건가?

"역시 잘못 본 게 아니군요."

"뭔데요, 저 병이라도 걸렸나요?"

"……보통 결혼하신 입장에서, 떠올릴 만한 일이라면 다른 쪽 아닙니까."

결혼한 입장에서 떠올릴 만한 일이라니? 혼인과 내 배가 도대체 무슨 상관이…….

"어, 설마."

순간 떠오른 생각에 입을 벌리자, 제르벨라가 기쁘게 웃어 보였다.

"새 생명이 깃들었군요, 축하드립니다."

이게 무슨 소리야.

"그래서, 두루아. 본론은 언제쯤 시작할 건데."

"어, 뭐?"

멍하니 생각에 빠져 있다가 나는 화들짝 놀랐다. 주위를 둘러보고야, 나는 내가 알로이의 집무실에 들어왔다는 걸 떠올렸다. 나는 소파에 앉은 채고 내 앞으로는 따뜻한 찻잔이 놓여 있었다. 잔 위로 뿌옇게 피어나는 김을 보며 나는 멍청하게 고개를 끄덕였다.

"그랬지."

"'그랬지.'가 아니라. 할 말이 있다며 다짜고짜 밀고 들어왔잖아."

"아, 할 말, 음……."

알로이에게 물어볼 일이 많은데, 너무 예상치도 못한 말을 들은 터라 정신이 없었다. 나는 나도 모르게 배를 만져 보려다가, 알로이의 눈치를 살피며 치마의 주름을 펴 내는 척했다.

"큼, 크흠. 테롭스 안단테가 왔다며?"

"아, 제르벨로에게 들었어?"

'제르벨라'가 아닌 '제르벨로'. 글자가 비슷한 탓에 어감상의 차이는 거의 없었으나, 그럼에도 성과 이름에는 상당한 차이가 있었다. 제르벨라가 발로즈 저택에 처음 왔던 날 이후로 두 사람의 관계가 달라졌다는 증거였다.

"무슨 이야기 했어?"

"못 본 새, 내 동생이 대신관의 스파이가 다 됐네."

"나한테도 비밀이야?"

"딱히 그런 건 아니야. 그냥, 테롭스가 매달리는 꼴이 재미있어서 들어주다가, 안단테 백작가에서 쫓겨난 하녀들은 어떻게 사나 물어봤을 뿐이지."

"뭐?"

"테롭스, 얼굴이 새파랗게 질려 도망치더라고. 다시 결혼해 주겠다고 하기 전에는 죽어도 안 나가겠다고 발버둥 치더니 말이야. 참, 사람이 한결같지?"

알로이가 하하 웃는 얼굴이 정말 성격 나빠 보였다.

"뭐야, 그러면 제르벨라에게 말해 줘도 되잖아."

"곤란하지. 그러면 내 인성이 너무 별로로 보이잖아."

그렇게 보이는 게 아니라, 그게 사실 아닐까.

의뭉스럽게 웃는 모습을 보니 절로 그런 생각이 들었다.

"진짜 제대로 말해, 알로이. 제르벨라한테 마음이 있는 거야, 없는 거야?"

"미안하지만 말해 줄 생각 없어, 두루아. 내가 대답하면 넌 또 쪼르르 그 말을 옮길 거 아냐."

"내가 심심해서 참견하는 줄 알아? 바보 같은 짓 하지 마, 알리. 괜히 사람 간 보다가 울며불며 후회하지 말고."

"서른을 코앞에 두고 아명이라니, 과감한 면이 있구나, 두두."

기껏 진지하게 말해도 돌아오는 반응이 이런 식이면, 보람이 없다.

"서운하다. 나는 나름대로 네 눈치를 보는 중인데."

"내 눈치라니?"

"잊었어? 네가 사람 마음 이용하지 말라며. 내 성품을 증명하려면 3년 뒤에는 내보내야 하는 사람인데, 내가 뭘 어떻게 생각하겠어."

"내 핑계 대지 마, 변명거리 삼으라고 한 말 아니잖아. 자꾸 그러면, 제르벨라가 대신전으로 가도록 설득해 버릴 거야."

"두루아."

"어차피 피해자는 나와 녹턴이었으니, 우리가 가라고 달래면 발로즈에 묶여 있을 이유는 없잖아?"

그제야, 알로이의 표정이 조금이나마 굳었다. 저런 걸 보면, 아예 마음이 없지도 않은데 왜일까.

역대 알로이의 (예비)남자들을 생각해 보면, 제르벨로 제르벨라는 단연 가장 꼭대기에 있었다. 외모로도 인성으로도 외적인 조건으로도(알로이의 완벽한 짝이라 말할 정도는 아니지만, 내 자매의 후진 안목을 감안하면 이 정도는 허용 범위였다). 호감이 없었어도, 저를 좋아하는 걸 알아차린 순간 홀랑 낚아채는 것이 알로이의 방식일 텐데 무슨 생각으로 미적거리는지 알 수가 없다.

제르벨라가 말한 대로, 후계자가 아직도 미혼인 것에 불만을 품은 어른들이 많았다. 괜찮은 사람이 있고 서로 어느 정도 마음도 있다면 슬슬 등을 떠밀어야 할 때였다. 할 수 없이, 나는 방금 알게 된 비밀을 희생하기로 했다.

"제발 좀 성숙하게 굴어, 곧 이모가 될 사람이 부끄럽지도 않아?"

"성숙⋯⋯. 뭐?"

알로이의 눈이 멍하니 커졌다.

"방금 뭐, 이모? 잠시만, 너 임신했어? 언제부터? 어떻게?"

알로이가 횡설수설 되묻는 말에는 드물게도 여유라고는 없었다. 웃음이 나오는 걸 참지 않고, 나는 사정을 설명했다.

"나도 방금 알았어. 응접실에서 제르벨라랑 대화하던 중에 갑자기 말해 줬거든. 그러니까―."

"세상에."

감탄사가 내 말을 가로막았다. 알로이는 잠시간 더 무슨 말을 내뱉지도 못하고, 두 손으로 당황한 얼굴을 쓸어댔다. 붉은 머리칼이 몇 번이나 성마른 손길에 넘어갔다. 감동한 모습이 흐뭇해 나는 입을 열지 않고, 기뻐하는 내 자매의 모습을 바라보았다.

잠시 뒤, 내 앞에 놓인 찻물까지 들이켜고야 진정한 알로이가 고개를 끄덕였다.

"그럼, 내가 에드가 각하보다 먼저 알았군."

"알로이!"

"알겠어, 알겠어. 그런 귀한 소식을 선물 받았는데 더는 겁먹고 도망칠 수도
없지."

겁? 의외로운 말에 놀라 알로이를 쳐다봤다. 그녀는 웃고 있었으나, 그 얼굴
에 장난스러운 기색은 조금도 없었다. 설마 정말로……?

"그럼 두루아, 샴페인 한잔하고 갈래?"

"……오늘 정말 멍청하다, 알로이."

용건을 다 마쳐서, 그대로 돌아가려고 했으나 알로이는 꾸역꾸역 나를 붙잡
았다. 어쩔 수 없이 그녀가 온갖 종류의 꽃다발을 끌어 모아 내 품에 안겨 줄 때
까지 나는 발로즈에서 대기해야 했다. 그러는 동안 제 방으로 돌아갔던 제르벨
라도 어디선가 붉은 장미 다발을 구해 와서, 나는 잠시 알로이의 눈치를 살펴
야 했다.

제르벨라와 알로이의 배웅을 받고 나는 마차에 올랐다. 마차의 창문 너머
로 두 사람이 이야기를 시작하는 게 보였으니, 모쪼록 잘 풀어지기를 바랄 뿐
이다.

함께 간 호위 기사의 도움을 받아 나는 겨우겨우 꽃다발을 다 에드가 저택에
들여왔다. 이전의 사용인들은 모두 세뇌가 풀리고 저택 밖으로 내보냈기 때문
에, 나는 새로 들어온 이들의 반응을 생생히 볼 수 있었다. 가장 인상 깊은 말은
정원을 직접 꾸미려고 하냐는 물음이었다.

그러는 소리가 퍽 요란했나 보다. 집무실에서 일을 보던 녹턴이 1층으로 내려왔다. 평소보다 반가운 얼굴을 보며 나는 환하게 웃었다.

"안녕, 녹턴."

"일단은 안녕하겠지만 뭐야, 그 꽃 더미는."

"알로이가 줬어."

"……여전히 동생 사랑이 지극하구나."

질린 표정으로 하는 말에 웃음이 났다.

"너도 하나 줘."

"욕심이 많네."

안 주겠다는 말은 안 한다. 나는 다가가 내 남편을 끌어안고 그의 뺨에 입을 맞추었다. 녹턴은 다소 얼떨떨해 보였지만, 자연스럽게 내 뺨에도 키스해 주었다. 얼굴에 닿는 감촉이 평소보다 좀 간지럽게 느껴졌다.

"무슨 일이라도 있었어?"

"응, 자세한 이야기는 둘이서 음, 어디가 좋을까……."

"대화할 장소가 필요하다면 호수 옆으로 가. 이제 날도 제법 풀렸으니까."

공작저에서 가장 운치 있는 장소였기에, 나는 군말 없이 고개를 끄덕였다.

편한 옷으로 갈아입고 밖으로 나오자, 테이블 위에 샴페인 병이 놓여 있었다. 그걸 보자 알로이가 했던 권유가 생각나 기분이 묘해졌다. 에드가에는 아직 내 상태를 아는 사람이 아무도 없으니, 당연한 일이었지만.

솜씨 좋게 마개를 연 녹턴이 내 잔에 샴페인을 따르려기에, 나는 고개를 저어 거절했다. 이유를 덧붙이지 않았으나 가끔 그럴 때가 있어서, 그는 고개를 끄덕이고 제 잔에만 액체를 따랐다. 마실 생각은 없어도, 코끝으로 흘러드는 주향이 달아 기분이 좋아졌다.

"그래서 무슨 일인데. 꽃 더미에 파묻혀 온 걸 보면, 심각한 일은 아닌 모양이지만."

"응, 나쁜 일은 아니야. 있잖아, 녹턴."

두근두근 뛰는 심장 소리를 즐기며 나는 입을 열었으나, 막상 말하려니 혀가 굳었다. 새삼, 녹턴의 반응이 걱정스러워졌다.

보통은, 아이가 생겼다고 말하면 돌아올 반응은 기쁨과 감사겠지만 녹턴이라면 다를 수도 있었다. 그에게 가정이란, 마냥 포근하고 다정한 이미지는 아니었으니까. 그가 어떻게 생각할지 선뜻 상상되지 않았다. 나는 일단 마음 가득 차오른 기대를 한 움큼 내려놓았다.

당황하는 것까지는 이해할 수 있다. 하지만 얼굴을 굳히고 화를 내기라도 한다면……. 아이가 생긴 데는 그의 몫도 있다. 만약 표정이라도 구기면 가만두지 않을 거야.

최악의 상황을 상상한 것만으로 들떴던 마음이 가라앉아서, 나는 나도 모르게 샴페인 병을 손에 쥐었다. 내려치기 좋은 형태였다.

"두루야?"

"아, 이게 아니고."

다급히 상상의 세계에서 빠져나와, 나는 병을 쥔 손에 힘을 풀었다(아예 손을 떼어 내지도 않았지만). 아이가 생겼다는 말을 듣고도 딱히 특별한 변화가 느껴지지는 않았으나, 나는 테이블 밑에 가려진 손으로 배를 쓸며 용기를 얻었다. 사실, 내게도 아직 실감 나지는 않지만.

"우리, 아이 생겼어."

내 말에, 녹턴이 눈가를 찡그렸다.

순간적으로 샴페인 병을 쥔 손에 힘이 들어갔으나, 그의 반응은 내가 전한 소식이 불쾌하다는 것과는 조금 달랐다. 그보다는 또 무슨 헛소리를 하냐는 표정에 가까웠다. 음, 그간 내가 장난을 많이 치긴 했으니 잠깐 보류.

그가 샴페인을 마시려는 듯 잔을 기울여 입가에 대며 물었다.

"무슨 아이."

"인간 아이. 아기, 주니어 두루아, 주니어 녹턴. 에드가 후계자."

"그러니까……."

오해를 없애려고 줄줄이 말을 내뱉자, 돌연 요란한 소리가 났다. 녹턴의 손에서 미끄러진 잔이 바닥으로 떨어져 구르는 소리였다. 생각보다 정석적인 반응이다.

녹턴이 당혹스러운 표정으로 천천히 고개를 들었다. 내 눈과 마주친 연보랏빛 눈동자가 거세게 흔들리고 있었다.

"……잠깐만, 뭐라고?"

"아니, 나야말로 궁금한데. 너 뭐라고 알아들은 거야?"

"이따금 네가 이상한 말을 하니까, 또 농담인 줄……. 잠시, 잠시만, 두루아."

그는 제 손으로 몇 번이나 얼굴을 쓸어댔다. 몹시도 당황스러운 기색이었다. 나는 커다란 손이 그의 얼굴을 쓸고 지나갈 때마다 이따금 보이는 표정을 유심히 살폈다. 그러나 녹턴이 어떤 감정을 느끼고 있는지는, 그 얼굴만으로는 알아보기가 힘들었다. 그래서 조바심이 일었다.

나는 혹시 그가 허튼소리를 해서 내 마음에 상처를 낼까 봐, 음산한 목소리로 선수 쳐 말했다. 병을 조금 들어 올리는 것도 잊지 않았다.

"미안한데 네가 보여야 하는 반응은 하나밖에 없어."

"뭐?"

"기뻐하지 않으면, 샴페인 병에 머리를 맞게 될 거야."

"그런 건 상관없어."

이건 또 예상 못 한 대답이군.

내가 당황하는 사이 녹턴은 느리게 자리에서 일어나, 머뭇거리며 다가왔다. 그리고는 내 바로 앞에 서서 무어라 말할 수 없는 표정으로 내 배를 내려다봤다. 여전히도 감정을 읽어 낼 수 없는 얼굴이다.

그게 초조해져서, 나는 다급히 입을 열었다. 무어라도 말해야 할 것 같았다.

"말해 두는데, 발로즈 저택에 갔을 때 제르벨라가 알아봐서 나도 그때 알았고, 얼마나 된 건지는 아직 몰라. 그리고 아기는 혼자 만들 수 없다는 거, 양심 있으면 알지?"

"싫다고 말하지 않았어."

"그럼."

"……모르겠어."

혼란한 얼굴로 녹턴이 손을 뻗었다.

조심스러운 손끝이 내 배에 닿자, 익숙한 일임에도 괜히 몸이 움찔했다.

"아이가…… 있다고. 네 배에."

"그렇다더라."

종전까지 계속했던 말인데도, 녹턴의 손이 배에 닿은 채로 말을 하는 건 기분이 달랐다. 왠지 모르게 목이 막혀 왔다.

"나와 네 아이가 있대."

그러나 그 이상한 감정을 나만 느끼는 건 아닌 듯했다. 내게 닿은 녹턴의 손 또한 정처 없이 떨리고 있었으니까.

곧 나와 같은 감정을 느끼는 사내가 다정히 나를 끌어안았다. 평소처럼 그와 내 몸의 온기가 빈틈없이 맞닿았다.

그러나 우리의 온기 사이에 새로운 생명이 잠들어 있다는 것만큼은, 평소와 달랐다.

제르벨라가 잉태 사실을 알려 주기는 했으나 그 이상의 정보는 몰랐다. 의원, 신관, 산파 등 그쪽 방면으로 지식이 풍부한 이들을 잔뜩 불러들여서, 우리는 뭘 어떻게 조심해야 하는지 배웠다.

이제 겨우 한 달 된 조그만 씨앗이라고 했다. 사람의 형체도 만들어지지 않은 시기.

기분이 이상했다. 내가 그 사실을 모를 때에도 분명히 내 배 속에는 생명이 자리 잡고 있었을 텐데, 알게 된 이후 내 몸이 다르게 느껴졌다. 아무 일도 안 했는데 피로가 눈꺼풀을 짓누르고, 잠시 밖에 나갔다 오는 것만으로 쉽게 감기 기운이 돌았다.

체감하기로도 상태가 나빠진 것이 느껴져, 나는 발걸음조차 조심했다. 바깥으로의 외출도 끊었다. 그렇기에 에드가로 찾아와 준 친구가 유독 반가웠다.

"축하드립니다, 두루아."

꽃다발은 하나도 안 반가웠지만.

다홍빛 꽃잎을 바라보는 순간, 나도 모르게 얼굴이 일그러졌다. 이젠 꽃이라면 지긋지긋하다. 녹턴에게 임신을 고백한 다음 날, 그는 알로이에게 지고 싶지 않았는지 발로즈에서 받아온 꽃의 두 배나 되는 꽃 더미를 선물했다. 그날 처음으로, 나는 예쁜 게 많이 있다고 무조건 좋지는 않다는 걸 깨달았다. 하기야 그저 뭉쳐 놓는 거로도 아름답다면, 정원사란 직업은 존재하지 않았을 테니까.

"좋아하지 않는 꽃입니까?"

"아니, 미안해요. 꽃다발을 너무 많이 받아서 나도 모르게. 고맙게 받을게요, 애런."

의도치 않은 실례에 고개를 젓고 나는 꽃다발을 끌어안고, (예의상) 향을 맡았다. 그래도, 한 다발 정도는 기쁘게 받을 수 있었다.

"바쁠 텐데 와 줘서 고마워요."

"예? 그다지 바쁜 시기는 아닙니다만."

"앨리스가 곧 기사 수행을 떠난다면서요. 애런에게는 1분 1초가 아쉬운 순간이겠죠."

"또 저를 놀리는 말이었군요. 하지만 수행 전에도 앨리스는 대부분 어머니와 시간을 보내서, 별로 달라질 건 없습니다."

자조적으로 말하고, 애런이 어깨를 으쓱였다.

"그래도 아이 소식이 생각보다는 늦어졌군요."

"음…… 미안한데, 제가 강제로 납치당해 있을 때는 아무 일 없었어요."

"아, 알고 있습니다. 그런 의미로 한 말은—."

"안다고요? 녹턴이 그런 걸 말해 주던가요?"

"아니, 그게……."

말할수록 이상해지는 모양새에, 애런이 말끝을 흐렸다. 한결같은 모습에 소리 내어 웃자 그가 한숨을 내쉬었다. 기사의 손바닥이 제 붉어진 귀를 만지작거렸다. 나는 언제나 한결같은, 내 친구의 귀가 좋았다.

"두 분의 사이가 워낙 좋아서, 그냥 결혼하자마자 아이가 생기는 게 아닐까 생각했을 뿐입니다."

"와, 결혼 첫날 생기는 아기에게 로망이 있으세요?"

"무슨 말을 못 하겠군요."

"그런데 애런, 앨리스 이야기를 꺼내면서도 별로 아쉬워 보이지 않네요."

"……예?"

"그러고 보니 앨리스가 그런 말을 하던데. 휴직계를 내고 쫓아가려 했는데 거절당했다면서요?"

시선을 피할 줄 알았는데, 당황한 듯 크게 떠진 눈은 외려 휘어졌다.

"엄밀히는, '휴직계'를 낸다는 쪽을 만류한 겁니다. 입단한 지 2년도 되지 않았으니까요."

"……휴직계를 안 내고도 에른하르트에 갈 수 있나요?"

"그쪽으로 파견을 나갈 수도 있는 일 아닙니까. 안 그래도, 해가 갈수록 산맥의 몬스터가 날뛰는 일이 심해져서 그쪽 땅이 파견지가 될 수도 있다고 하더군요."

"와, 생각보다 음흉해졌네요. 그런데 에른하르트에서 당신과 재회하면, 앨리스가 반가워할 거라고 생각하는 건 아니죠?"

"속이고 갈 생각은 아닙니다. 안 그래도 조만간 그건 괜찮은지 물어볼 생각이었으니까."

의미심장한 척 웃더라니, 잡혀 사는 건 변하지 않았군. 그래, 사람이 달라지면 죽을 때가 된 거랬다. 안심하며, 나는 차 한 모금을 삼켰다.

"앨리스가 안 된다고 하면요?"

"수도에서 얌전히 기다려야지, 별수 있습니까."

착하다, 착해.

속으로 기특해하며 그를 바라보자, 내 마음이 보일 리 없는데도 애런의 표정이 떨떠름해졌다.

"그 애 얘기가 나온 김에 생각난 건데요, 결혼이 급하지 않다는 건 진짜예요?"

"……일단 부모님께서는 그렇습니다만, 아무래도 다른 어른들은 사정이 다르죠. 저도 이제 어리다고 할 수는 없는 나이니까요."

압박받고 있다고 말하면서도, 애런의 표정이나 목소리는 여느 때와 다름없이 담담했다. 한결 단단해진 모습이었다.

"그래도 무리해서 성혼하고 싶지는 않습니다. 아티팩트에 의존해 모든 걸 숨겼을 때와 전부 드러낼 때는 많은 게 달라지겠죠. 서로를 충분히 안 뒤에 결정할 문제입니다."

"당신의 마음이 바뀔 수도 있다고 생각해요?"

"저는 아닙니다만, 앨리스는 다를 수도 있겠지요."

문득, 정말로 앨리스의 마음이 바뀌면 애런이 그 애를 놔줄 수 있을까, 의문이 들었다. 그러나 그 심술궂은 질문을 굳이 입에 담지는 않았다. 내가 앨리스, 본인은 아니었으나 이상하게도 그녀의 마음이 바뀔 리 없다는 확신이 있었으니까. 녹턴이 한 말이 떠올랐다.

"네가 겁에 질려 중요한 결정을 하게 하고 싶지는 않아."

들을 때는, 솔직히 원망스러운 마음도 없지는 않았지만 지나고 나니, 참 따뜻한 기억으로 남았다. 녹턴과 애런이 비슷한 논조의 말을 하는 것이 유쾌해, 나는 애런을 보고 미소 지었다.

"나중에 결혼하면, 애런은 좋은 남편이 되겠네요."

꽃

시간은 빠르게 흘렀다. 처음에는 필요 이상으로 조심스럽게 굴었으나, 저택에만 틀어박혀 있으니 지겨워져서 금세 평소대로 돌아왔다.

에른하르트로 떠나기 전까지는 종종 앨리스와 애런을 만났고, 가끔 셰릴도 찾아왔다. 그녀와 엘포드 사이에는 이미 아이 하나가 태어났기에 많은 조언을 받을 수 있었다.

그래도 스트레스를 피해야 한다는 말을 들어서, 티파티와 무도회는 전부 참석하지 않았다. 원래는 거의 의무 참석이나 다름없던 황실 무도회도 나가지 않게 됐다(솔직히 에드가의 권력에 가장 감사한 순간이었다). 그리고 발로즈 저택에는, 전보다도 더 자주 가게 됐다. 정말 극소량이라도 물약이 체내에 남아 있다면, 아이에게 어떤 영향을 미칠지 몰랐으니까. 하루가 멀다고 드나들며, 미안하게도 제르벨라의 축복을 받았고, 그와 알로이의 사이도 좋아지고 있다는 말을 전해 들었다. 알로이가 워낙 너구리처럼 굴어 걱정했기에, 다행스러운 소식이었다.

그렇게 시간을 보내다 보니, 이제는 외관상으로도 제법 티가 나기 시작했다. 배가 둥글게 부풀었고 조금이라도 허리를 조이는 옷은 입을 수 없게 됐다. 그런 내 모습이 신기했으나, 크게 힘들지는 않았다. 임신의 고통을 우습게 봐서 하는 말이 아니라, 나는 임산부 치고는 상당히 형편이 좋았다. 몸이 가벼워지는 아티팩트를 달고 다녀서 배가 무겁지도 않았고, 딱히 먹을 수 있는 음식이 한정되지도 않았다. 그 외의 크고 작은 고민거리도 돈과 마법으로 거의 해결되는 수준이라, 몇 가지만 주의하면 이전과 크게 다를 것도 없었다. 그렇다고 고민거리가 아예 없는 건 아니었지만.

불편하다는 투정 한 마디면, 별의별 마법 용품을 다 구해 오던 녹턴이 어느 날은 희게 질린 표정으로 저택에 돌아왔다. 어디 가서 이상한 소리를 주워듣고 온 탓이었다.

"아이를 낳을 때, 죽을 수도 있다며."

요즘 와서는 드문 일이라도, 아예 없는 일은 아니었다. 운이 나쁘면 출산 시 산모의 생명이 위험했으니까. 하나 에드가 공작저에서 할 말은 아니다. 그의 창백해진 낯을 보면서도 안타깝다는 생각보다는 어이없다는 감상이 먼저 떠올랐다. 그런 기분을 담아, 나는 떨떠름하게 입을 열었다.

"그야 그렇긴 한데, 성수가 산더미처럼 쌓인 이 저택에서도 가능한 일일까?"

내 말을 납득했는지 녹턴이 입을 다물었다. 그러나 곧 다시.

"그럼, 아이를 낳는 동안에도 성수를—."

"살이 아물어 버리면 애는 어디로 나와?"

도로 침묵하는 그의 모습이 드물게도, 좀 바보 같아 보였다. 그러나 내가 죽을까 걱정하는 모습이 귀엽고 가여워 나는 웃으며 녹턴을 끌어안았다.

상대가 죽을지도 모른다는 고통은, 나도 잘 알고 있었다. 녹턴이 잘못될 뻔하고 2년에 가까운 세월이 흘렀으나, 나는 아직도 그때의 꿈을 꿨으니까.

"걱정하지 마, 죽지 않을게."

사람의 생사가 의지로 결정될 문제는 아니었으나, 그를 안심시키기 위해 나는 힘주어 말했다. 하지만 녹턴의 말을 듣고는 다른 문제가 걱정되기 시작했다. 죽을 일이야 없겠지만, 방금 한 말대로 분만하는 동안에는 성수나 마법의 힘을 빌릴 수 없었다.

"무섭긴 하다. 아이 낳을 때, 엄청 아프다는데."

배탈이 나는 것만으로 그렇게 괴로운데, 아이가 태어날 때는 어디가 얼마나 아플지. 상상하니 한숨이 나왔지만, 할 수 없는 일이었다. 그저 그 고통의 순간이 짧기만을 바라는 수밖에.

……라고 생각한 것이 엊그제 같은데.

"뭘 만들었다고?"

"통각을 마비시키는 마법."

마법이라는 게 원래 연구한다고, 하루아침에 만들어 낼 수 있는 건가. 현실감이 떨어지는 이야기에 멍청하게 눈을 깜박이자, 녹턴이 부연설명을 덧붙였다.

"흑마법에는 고통을 극대화하는 저주가 있어. 반대로 응용하면 일시적으로 통증을 없애는 것도 가능할 것 같아서 시험해 봤어."

간단하게 이야기하고 있었으나, 녹턴의 얼굴은 짙은 피로로 물들어 있었다. 그에게도 쉬운 일은 아니었던 모양이지만…… 그래도 단 몇 달 만에 새로운 마법을 만들어 냈다는 충격이 더 컸다.

"테스트를 좀 해 봐야겠지만, 늦기 전에 완성할 수 있을 거야."

녹턴의 말을 듣고 나는 느리게 고개를 끄덕였다. 인정할 수밖에 없었다.

"흑마법사가 최고야."

✦❀✦

녹턴이 장담한 대로, 무통 마법은 딱 필요할 때에 완성되었다. 태아의 덕도 있었다. 예정된 시기에서 이르지도 않고 느리지도 않은 때, 진통이 시작되었으니까.

단단하게 부푼 배 속에서 아이는 세상에 날 준비를 마쳤다. 남편의 흑마법 덕분에 고통은 없었지만, 다른 감각도 덩달아 둔해져서 힘을 주기가 조금 버거웠다. 그래도 아기는 3시간을 넘기지 않고 굉장히 수월히 태어났다. 울음소리가 요란했다.

통증을 느끼지는 않았으나, 그렇다고 힘들지 않은 건 아니었다. 하루 종일 말을 달린 것보다도 몸에 기운이 없었다. 힘들어서 늘어져 있으니, 산파가 아이를 데려와 내 품에 안겨 주었다.

"축하드립니다, 공작 부인. 예쁜 아가씨입니다."

한 번도 갓난아기를 안아 본 적이 없었기에 내 자세는 몹시도 엉성했다. 산

314

파의 도움을 받아서야 겨우 그럴싸한 자세가 나왔지만, 그럼에도 아기는 여전히 울고 있다. 양수로 젖은 배냇머리가 두피에 찰싹 붙은 아이는 온몸이 새빨갰다. 쪼글쪼글한 얼굴로 와아앙 울음을 터뜨리고 있는데, 갓 태어난 아기의 이목구비가 신기할 만큼이나 또렷했다.

이상한 기분이 들었다. 내내 배 속에만 있던 아기와 내게 어설프게 안긴 아이가 같은 사람처럼 느껴지지 않았다. 뭔가 어색했고, 내 딸이라는 실감이 나지도 않았다. 예상한 느낌은 아니었다. 세상에 태어난 아이를 품에 안으면 마음속이 충만해질 거라고 생각했는데, 아직은 생소한 감정이 더 컸다.

아이를 품고 있는 동안 내가 너무 편하게 살았기 때문일까. 어쩌면, 이 아기도 나를 그렇게 생각하고 있을지도 모른다.

머릿속은 복잡했으나, 몸은 산파가 시키는 걸 열심히 따라 해서 겨우겨우 아기의 울음을 달랠 수 있었다. 마침내 사위가 조용해졌을 때, 나는 조심스럽게 내 딸의 이름을 불러봤다.

"안녕, 아냐스."

내 품에서 자란 아이에게, 내가 지어 준 이름. 아기의 성별에 대해서는 신관에게 이미 들었기에 작명은 수월했다. 아냐스 에드가. 대단한 의미가 있는 이름은 아니었다. 그냥 내가 봐 왔던 소설 중, 가장 행복해 보였던 이의 이름을 따왔을 뿐이다. 이름에 담길 의미는, 살아가면서 스스로 만들어 가는 것이 가장 좋다고 생각했으니까.

내 부름을 알아듣기라도 한 건지 조그만 눈꺼풀이 움찔움찔 떨렸다. 머지않아, 아이가 눈을 떴다.

"아……."

아직 초점도 잡히지 않은 예쁜 연보랏빛. 그 눈동자와 눈이 마주친 순간, 가슴 안쪽에서부터 이상한 파문이 퍼져 나갔다. 왜 여태 아무런 기분이 들지 않앉을까, 이상할 정도였다. 이걸 감격이라고 말해야 할지 기쁨이라고 해야 할지, 벅차오르는 감정에 괜히 눈시울이 뜨거워졌다.

나와 녹턴의 아이구나. 아냐스가 세상에 태어났구나.

그 사실이 영혼으로 생생히 느껴졌다.

그때.

"두루아."

아기가 태어났다는 소식이 문밖으로도 전해졌는지 녹턴이 안으로 들어왔다. 마음이 급한 듯, 폭이 넓고 빠르던 걸음이 천천히 느려졌다. 그의 시선 끝에는 내 아기가 있었다.

"그 아이가……."

"응, 아냐스야."

그가 느리게 걸어 가까이 다가왔다. 아냐스의 눈이 하필 연보랏빛이라는 것이 조금 마음에 걸렸으나, 그는 동그란 두 눈동자를 보고도 그다지 동요하지 않았다. 다만, 무슨 감정인지 짐작조차 할 수 없는 얼굴로 아이를 눈에 담았다.

그쯤에는 슬슬 팔이 무거워져서, 나는 옆에 있는 산파에게 잠시 아냐스를 넘겨주었다. 기다렸다는 듯이 녹턴이 두 팔로 나를 끌어안았다.

고생했어, 수고 많았어, 고마워.

계속해서 속삭이는 목소리는 떨리고 있어서, 이 순간을 기다리는 동안 그가 어떤 기분을 느꼈을지 아주 조금쯤은 짐작할 수 있었다.

새까만 머리칼에 촘촘한 속눈썹. 몽롱한 연보랏빛 눈동자의 여자아이는 태어난 지 얼마 되지 않았음에도 벌써 녹턴을 닮아 있었다. 코와 입매는 나를 닮았다고 하는데, 별로 와 닿지는 않았다.

조금 억울하기는 했으나, 아냐스가 자라고 난 뒤를 상상하니 기대되기도 했다. 녹턴을 닮은 여자아이가 자라서 다음 대의 에드가 공작이 된다니, 신기한 일이었다. 저와 닮은 아냐스를 기르면서, 녹턴의 불행한 유년을 지울 수 있으면 좋겠다고 생각했다. 지금으로서는 아직 먼 이야기였지만.

"아냐스가 동물인 줄 알아? 왜 그렇게 쳐다만 보는 거야."

며칠째, 녹턴은 아냐스를 보기만 했다. 만지지도 않고 아이의 이름을 불러 주지도 않았다. 이 애가 내 배에 있을 때는 조금만 불편해도 어떻게든 해결책을 찾아주었지만 아냐스가 아니라 나를 위해 하는 행동임이 분명했다. 모성애도 부성애도, 갑자기 솟아나는 온천 같은 것이 아님을 알았지만, 며칠째 그러고 있으니 나도 조금은 초조해졌다.

"이상한 말이네. 난 동물을 빤히 쳐다본 적은 없어."

"값도 없는 시선 가지고 참 비싸게 군다. 그럼 애가 신기해서 그러는 거야?"

"글쎄."

"어떤 기분인지 알 것 같긴 해. 아냐스가 막 태어났을 때는 나도 좀 이상했거든. 어색하고 생소했어. 그래도 낳은 정보다 기른 정이라고 하니까 너도 시간이 지나면……."

말을 잇던 중에 놀라, 절로 눈이 커졌다. 녹턴의 손이 조심스레 아이의 손가락을 어루만지고 있었다. 그 모양새에서 싫거나 무관심한 것을 억지로 만진다는 느낌이 나지도 않았다. 그보다는 건들면 깨지기라도 할 듯이, 조심스럽고 섬세했다.

이번에도 내가 착각하고 있던 모양인데.

별거 아닌 광경인데도 감동받아 입꼬리가 올라가던 차, 문득 떠오른 생각에 나는 얼굴을 굳히고 물었다.

"잠시만, 녹턴. 손은 씻었어?"

"씻고 왔는데 부족할까. 성수로라도……"

"아니, 성수가 치료용이지 무슨 청결제인 줄 알아? 가만 보면, 너 그거 진짜 좋아해. 남발하는 습관 좀 고쳐, 별것도 아닌 일로 그 비싼 걸—."

"부바부아."

부모의 대화에 저도 끼고 싶은 건지, 아냐스가 어설픈 소리를 냈다. 좀 전까지 나누던 대화가 머릿속에서 까맣게 지워졌다.

"지금 아빠라고 한 거 아닐까?"

"말도 안 되는 소리 하지 마, 두루아. 태어난 지 며칠이나 됐다고."

"아니, 뭐, 원래 아기 옹알이는 부모가 마음대로 해석하고서 천재라고 좋아하는 게 정석 아니야?"

"차라리 바보라고 했다면 믿겠네."

분위기 풀려고 농담한 거로 까칠하게 굴기는.

속으로 혀를 차다가, 나는 문득 이상한 점을 느꼈다.

"잠시만, 근데 옹알이를 이때부터 하는 게 맞아? 내가 본 책에서, 몇 달은 돼야 옹알이를 시작한댔는데."

에드가의 피를 이어서인지, 애가 범상치 않았다. 어떤 책에서도 태어난 지 일주일도 안 돼서 옹알이한다는 얘기는 없었는데 어쩌면.

"혹시 아냐스는 천재……!"

"정말 네 마음대로 해석하고, 천재라고 좋아하는구나."

채 문장을 마무리 짓기도 전에, 녹턴이 냉정하게 말했다. 아무리 그래도 자기 딸인데 박하다. 나도 농담 삼아 한 말이기는 했지만.

"그래, 뭐 그냥 옹알만 빠른가 보지."

천재가 아니라면 어떤가, 아냐스는 참 순했다. 처음 태어날 때 요란한 울음소리를 터뜨린 이후로는 거의 울지도 않고 보채지도 않았다. 잠도 잘 잤고 젖도 잘 먹었다. 임신 중에 고용한 유모가 감탄할 만큼 착한 아기였다. 혹 어딘가에 문제가 있어 그러는 게 아닌가 걱정이 되었으나, 신관이 다녀간 뒤로는 신기함만 남았다.

아기용 침대에 누워 있던 아냐스가 몸을 움찔거리는 모습이 안아 달라는 것처럼 보여서, 나는 아기를 품에 안아 들었다. 며칠밖에 지나지 않았으나, 안는 자세가 제법 그럴듯해져서 마음이 뿌듯했다.

"내 생각만큼 네가 아냐스에 무관심한 건 아닌 것 같지만, 아무튼 너도 아빠 노릇 잘해야 해. 혼자서 만든 애도 아니고, 나도 자신 없단 말이야."

"노력은 해 보겠지만, 나도—."

그때, 노크 소리가 났다. 녹턴의 보좌관이었다. 급하게 처리할 일이 있는지, 문가에서 보좌가 그를 부르기에 녹턴이 문 쪽으로 다가갔다. 오랜 시간이 드는 일은 아닌지, 간단한 이야기만 나누고 녹턴을 부른 이는 곧 뒤돌아 사라졌다.

녹턴이 멀리 있는 게 마음에 들지 않는지, 아냐스가 조막만 한 손을 휘적거렸다. 그 모습이 귀여워 미소 지었으나, 다음에 벌어진 일에는 웃을 수 없었다.

아무리 손을 뻗어도 녹턴을 잡지 못한 아기의 얼굴이 일그러졌고 그 순간, 조그만 몸에서 흰빛이 왈칵 쏟아져 나왔다.

갑작스러운 일에 놀라, 나는 아이를 품 안 가득 끌어안았다. 순간적으로 아무것도 보이지 않을 만큼 강렬한 빛이었으나, 눈이 아프지는 않았다. 오히려 몸을 상쾌하게 하는 이 힘은, 내게는 상당히 익숙했다. 전에 들은 이야기도 있었기에, 나는 방금 터진 것이 신성력이라고 확신했다.

그걸 깨닫는 순간, 나는 다급히 문 쪽으로 고개를 돌렸다. 같은 공간에 녹턴이 있었다.

"잠시만, 녹턴. 너 다치진 않았어?"

"다행히도 멀리 있어서 그러지는…… 않았는데."

그 또한 놀랐는지 말투가 다소 애매했다. 금세 불안해져서, 나는 아냐스를 끌어안은 채로 다가가 그의 얼굴을 살피고, 소매를 걷어 안쪽까지 확인했다. 다행히, 그의 말대로 붉게 일어난 부분은 없었다. 불안으로 굳었던 몸이 느슨해지고 얼떨떨한 마음이 되돌아왔다.

"뭐지, 진짜? 방금 신성력 맞지. 선천적 신관도 있나."

"신전에 소속될 때만 신관이고, 그게 아니면 마법사지."

"신성력을 써도 마법사야?"

"글쎄…… 하지만 차기 에드가 공작을 신전으로 보낼 수는 없으니까."

그건 그렇지만.

갑작스러운 일이 반갑다기보다는 당혹스러워서 절로 한숨이 나왔다.

"너희 가문 너무 설정 과잉이야. 선천적 흑마법에 이어 선천적 신성력이라니."

"제르벨라가 계속 축복을 걸어서, 자극된 걸지도 모르지. 아기 때 신성력이 발현되는 경우는 드무니까."

그런 식으로도 나비효과가 생기는군. 아무리 축복을 받았다고 한들, 없던 신성력이 생기진 않겠지만 촉진제 역할은 할 수 있는 모양이다. 차라리 힘이 약할 때 발현해서 다행이라고 할지. 제르벨라처럼 빛기둥이 생길 만큼 거대한 힘으로 발현됐다면, 어쩌면 녹턴이 크게 다칠지도 모를 테니까, 나는 지금 일을 긍정적으로 받아들이기로 했다.

그래도.

"너도 애 기르기 참 힘들어지겠다."

자기 애를 상시 경계해야 한다니, 육아의 난이도가 단번에 몇 단계는 올라갔다. 농담 삼아 중얼거린 말이었으나, 돌아오는 답이 없었다. 고개를 들자 그의 눈이 일렁이는 모습이 눈에 들어왔다.

"녹턴?"

"이상하지. 분명 내게서 난 아이인데, 눈 색이 연보랏빛인데 신성력이라니……."

잠긴 목소리로 하는 말에, 설핏 그의 감정이 묻어났다.

지나간 여러 가지 말들이 생각났다. 녹턴에게 들은 것과 패트시아 에드가가 알려준 이야기.

"난 연보랏빛을 싫어했어."

"태어나자마자 내가 제라늄의 자식이 아니란 걸 알게 했거든. 내 생부의 색이었어."

"선천적 흑마법사가 뭔지 모르죠. 씨를 뿌린 사내나, 아이를 잉태한 여인, 혹은 모두가 극도의 증오를 품었을 때만 태어나요."

나는 선천적인 흑마법사가 아니라 남의 마음을 내 것처럼 읽을 수는 없었다. 그러나 녹턴의 과거를 알았고 그가 토로한 감정을 들었다. 그의 마음속에 어떠한 혼란이 있을지 알 것 같았다.

속상하기도, 안타깝기도 했으나 조금 기쁘기도 했다. 아냐스가 녹턴을 닮아 세상에 나온 것이 참 다행스러운 일이라고 생각했다.

목울음이 차오르는 걸 삼키고, 나는 애써 웃었다.

"이상할 게 뭐가 있겠어. 네 부모는 되게 못된 사람이지만, 아냐스의 부모는 아닌걸."

녹턴이 미묘한 표정으로 입술을 달싹였다.

"우리 사랑의 결실은 그럭저럭 해피엔딩인가 봐. 신의 사랑을 받을 정도니까."

"……그러게."

그가 입꼬리를 올렸다. 그러나 나와 마찬가지로 녹턴 또한 억지로 웃고 있는지, 뺨이 잘게 떨렸다.

곧, 아무런 징조도 없이 눈물방울이 똑 떨어졌다. 그러나 그걸 놀려 줄 마음도 들지 않았다. 눈이 젖은 건 나 또한 마찬가지였으니까.

지금 상황이 당황스러운 듯 녹턴의 눈이 커졌으나, 곧 그의 얼굴에 미소가 번졌다. 조금 전과는 다르게 무리해서 짓는 웃음이 아니었다. 예상치도 못하게 눈물이 나왔으나, 그럼에도 동시에 웃음이 났다. 우리는 울고 웃으며 서로를 마주 봤다.

그러기로 약속한 것처럼 얼굴이 가까워지고 입술이 맞붙기 직전. 아냐스가 손을 들어, 내 얼굴을 감싼 녹턴의 손가락을 쥐었다. 당연히, 분위기는 깨질 수밖에 없었다.

"……이거 봐, 아냐스 천재라니까? 일주일도 안 된 애가 어떻게 손가락 쥘 힘이 있어?"

"콩깍지 좀 벗으라니까, 두루아."

"야! 네 기준으로 보지 말고 좀 평범한 기준으로 봐. 아냐스 발달 속도가 정상이 아니—."

"부바?"

"오, 미안해. 아냐스. 비정상이라고 욕하려던 건 아니야."

끊어낸 말을 빠르게 정정하자, 옆에서 낮은 웃음소리가 났다. 당연하게도 그 주인은 얄미운 내 남편이었다.

"그래, 비정상이 아니야, 아냐스."

검지를 아기에게 내어준 채, 녹턴이 다른 손가락으로 아냐스의 손을 감쌌다.

322

이름을 부르는 것도, 자그만 손을 감싸는 것도, 신기하리만치 자연스러웠다. 그런 분위기 탓인지, 아니면 외모가 닮은 탓인지 누가 보기에도 부녀의 모습처럼 보였다. 녹턴이 아버지라니, 아직은 생소했지만.

"그러게, 우리 애가 천재는 아닌 것 같다."

"뭐?"

"천재였으면 엄마에게 못된 말을 하는 나쁜 아빠의 입술을 꼬집어 줬을 텐데."

내 말에 녹턴이 나를 비웃었으나, 공교롭게도 아냐스의 반대쪽 손이 그의 입술을 문대는 바람에 그 웃음은 흐려질 수밖에 없었다. 조그만 아기가 내 편을 들어준 것만 같아, 나는 크게 웃을 수밖에 없었다. 웃음이란 본디 전염성이 강하기에, 당황스러워하던 녹턴도 곧 나와 같이 웃었다.

우리는 같은 감정을 공유하고 있었다.

우리는 같은 행복을 공유하고 있었다.

말하지 않아도, 분명했다.

그날 밤에는 꿈을 꿨다.

무럭무럭 자라 일곱 살이 된 아냐스가 연보랏빛 커프스 버튼을 제 아버지에게 선물하는 꿈이었다. 녹턴이 아이의 머리를 쓰다듬어 주는 걸 바라보며, 가슴속에 들어찼던 행복은 깨고 난 뒤에도 한참이나 내 마음에 남아 있었다.

나는 멋대로 오늘의 꿈을, 예지몽이라고 생각하기로 했다.

4

Cherish

가느다랗고 곱슬곱슬한 무언가.

많지는 않아도 몇 가닥이 뭉쳐 끊임없이 피부를 스친다. 뺨이 간지럽다.

나는 콧잔등을 찡그리면서도 꿋꿋이 버티다가, 별수 없이 눈꺼풀을 열었다.

에드가 공작저의 호숫물이 보인다. 바람에 흔들리는 붉은 머리칼도.

이 앞에서 책을 읽다가 잠들었던가. 분명히 묶고 있었는데 언제 풀린 거람.

나는 내 머리카락을 잡아채며 주위를 두리번거렸다. 어느새 해가 저물어 시야가 환하지는 않았지만 머리 리본을 금세 찾을 수 있었다. 내 발치에 책과 함께 나란히 펼쳐져 있었으니까. 가름끈을 걸고 책을 덮은 뒤, 나는 리본을 챙겼다. 길게 기지개를 켜며 고개를 꺾자 온몸에서 뿌드득 이상한 소리가 났다.

"언제 밤이 됐대."

분명히 흐리게나마 해가 떠 있었는데 저녁도 아닌 밤이라니. 후작저로 돌아가면 혼날 게 분명하다. 날이 이렇게 될 때까지 날 내버려 둔 녹턴의 죄가 크다.

나는 입술을 삐죽 내밀며 그가 있는 쪽으로 고개를 돌렸다.

의자에 앉은 10대 소년, 녹턴은 잠들어 있었다. 다리를 꼬고 그 위에 책을 올리고 팔짱까지 낀 모습이 불편해 보였으나, 그것과 별개로 그림 같은 광경이었다. 이목구비를 이루는 선은 거친 데 없이 섬세하고 코끝이나 입매에 이르러서는 우아하기까지 했다. 입술 색이 흐리고 속눈썹과 머리가 밤처럼 까매서 무채색으로만 그려 낸 회화처럼 현실감이 없었다. 그래서 그 아름다움에 감탄하는 한편으로, 이따금 녹턴이 실재하는지, 살아 있는 게 맞는지 의심하게 되었다.

나는 숨죽이며 그에게 다가가 얼굴 앞에 손을 휘저어 보았다. 희미하지만 분명한 숨결이 손바닥에 녹아들었다. 나도 모르게 안도하며, 길게 숨을 내쉬었다. 그러고는 그런 기분을 느꼈던 것이 멋쩍어 다른 생각을 했던 것처럼 변명했다.

"입 다물고 있으면 예쁜데."

아무튼 녹턴을 내버려 둘 수는 없었다. 여름이라 날은 덥고 감기에 걸리지도 않겠지만, 저런 자세로 계속 자면 쥐가 날 테니까. 나는 소년을 뒤흔들려고 그의 어깨로 손을 뻗었으나 채 닿기도 전에 팔목이 붙들렸다.

"어……."

생기 없이 다물려 있던 눈꺼풀이 확 열리고, 동공이 열린 연보랏빛 눈동자가 가까이서 나를 본다.

놀람은 오래가지 않았다. 녹턴의 손에서 툭 힘이 풀렸다.

"……발로즈."

"뭐야, 놀랐잖아."

투덜거리는 말에 그는 답하지 않았다. 그 대신, 소년은 불현듯 손을 뻗어 내 팔을 가져가더니 소매의 단추를 끄르고 열었다.

도대체 뭘 하는 걸까.

나는 눈을 멀뚱멀뚱 뜨고 그 모습을 바라보았다.

녹턴은 내 희멀건 팔목을 잠시 바라보다가 다시 단추를 잠그고 놓아주었다.

"뭐 한 거야?"

"뭐가."

"네가 갑자기 내 손을……. 아하, 알겠다."

말하던 중, 짐작 가는 것이 생겨나는 히죽 웃었다.

"이번에도 너무 세게 잡았을까 봐?"

드물게도 녹턴이 잃아누운 적이 있다. 그날, 내가 침대로 다가가자 그는 번쩍 눈을 뜨고는 내 팔을 거세게 잡아챘었다. 빨갛게 손자국이 났고 나중에는 멍도 남았다. 괜찮다고 몇 번을 말해도 표정이 안 좋더니, 그 일을 계속 신경 썼나 보다. 내 추측이 맞는지, 소년은 말없이 눈가를 찡그렸다.

"이번엔 안 아팠어. 봐, 손자국도 없잖아."

"내 눈이 먼 줄 알아?"

"눈은 멀쩡하구나. 자기가 얼마나 힘을 줬는지는 모르면서 말이야."

"그건…… 가늠이 안 되는 게 당연하지. 네가 말도 안 되게 약하니까."

"내 탓이라고?"

어이가 없어 되묻자 녹턴이 입을 달싹였다. 그 입이 다시 열렸을 때는, 목소리에 한풀 기가 꺾여 있었다.

"……그렇게 말하진 않았어."

뭐가 다르단 건지. 나는 눈초리를 삐죽 세웠다가, 시간이 너무 늦어졌으니 봐주기로 했다.

"아무튼, 됐어. 나 이제 갈 거야. 넌 올라가서 더 자든 해."

"간다고?"

"벌써 밤이잖아. 지금 가도 엄청나게 잔소리를 들을 텐데."

녹턴은 덩달아 자고 있었으니 어쩔 수 없다 쳐도, 왜 아무도 깨우러 오지 않은 거람. 에드가의 사용인들도 갈수록 선을 넘는다.

"……그래."

"왜. 내가 간다니까 서운해?"

"멍청한 소리 하지 마."

"뭐가 멍청한데? 응? 내가 돌아간다니까 슬퍼하는 네 마음……."

신이 나서 녹턴을 놀려 주려다가 나는 말을 멈추었다. 새까만 밤하늘에 떠오른 무언가가 내 입을 틀어막았다.

한 번도 실제로 본 적은 없는데 설마 저거.

"발로즈?"

"아. 녹턴, 별똥별! 소원! 얼른!"

"뭐?"

경이로운 소식을 다급히 외치고 나는 서둘러 눈을 감았다. 별똥별을 봤으니 소원을 빌어야 한다.

뭘 빌지. 이럴 줄 알았으면 소원 서너 개쯤 미리 준비해 둘 걸 그랬어.

나는 허둥지둥하다가, 그러는 새 별똥별이 떨어져 버릴 것 같아 한 가지를 빠르게 외었다.

연애 소설 같은 연애를 하게 해 주세요!

그러고 나서 슬그머니 눈꺼풀을 들어 올리자, 별똥별이 사라진 밤하늘이 보였다. 늦지 않았겠지? 휴, 한숨을 내쉬며 나는 다시 녹턴에게 시선을 돌렸다.

소년은 눈을 멀뚱멀뚱 뜨며 내가 하는 낯을 빤히 보고 있었다. 설마.

나는 경악하며 물었다.

"안 빌었어?"

"뭐 하자는 건데."

"별똥별을 보면 소원을 빌어야지!"

"또 어디서 이상한 걸 주워들었구나."

"아니야, 별똥별은 정말로 소망을 이뤄 준단 말이야."

그 쉬운 것도 모르다니, 정말 믿을 수가 없다. 두껍고 어려운 고서를 100권 읽으면 뭐 하냐고, 이런 기초 상식도 없는데!

"네가 뭘 믿든 상관없지만 내게 강요하지는 마. 덩달아 바보짓을 할 생각은 없으니까."

"뭐야, 태도가 왜 그래. 넌 아무것도 바라는 게 없어?"

"바라는 거……."

그는 말끝을 흐리며 잠시 날 빤히 바라보았다. 그 의미 모를 시선에 괜히 마른침을 삼키고 있는데, 머잖아 소년의 눈이 하늘을 향했다. 연보랏빛 눈은 깊이 가라앉아 있었다.

"……없어."

거기까지가 마지막.

유성을 발견했을 때처럼 갑작스럽게 시야가 어그러졌다.

눈꺼풀은 가볍게 열렸다.

꿈이 끝남과 동시에 잠에서 깬 걸까, 정신은 신기하리만치 빠르게 개운해졌다. 다만 눈을 뜨자마자 보인 연보랏빛에는 당황할 수밖에 없었다.

"녹턴?"

무의식적으로 중얼거렸다가 곧, 상대가 녹턴이라면 이렇게나 얼굴을 붙이고 있을 리 없다는 사실을 깨달았다. 과연, 제 머리의 무게를 지탱하지 못해 이마를 비비고 있던 건 아냐스였다.

"마아!"

아기가 맑게 웃으며 조그만 손바닥으로 내 얼굴을 탁탁 내리쳤다.

축축하다. 조금 전까지 뭘 하고 있었는지 말랑한 살갗은 침 범벅이었다. 침 냄새마저 귀여웠지만.

"우리 딸!"

나는 웃으며 내 딸을 품으로 끌어와 힘껏 안았다. 기분이 좋은지 아기는 나와 함께 웃음을 터뜨렸다.

반대로 뒤에선 한숨 소리가 났다. 침대의 바로 옆에 선 녹턴이 낸 소리다.

"좋은 아침이야, 달링."

"······잠이 덜 깼나 보네."

"넌 달링이란 말에 유독 약하더라."

"문제 되는 건 뒤가 아니라 앞이야."

녹턴은 창가로 걸어가더니 커튼을 확 열어젖혔다. 황금빛 햇살이 쏟아질 줄 알았는데 뜻밖에도 바깥으로는 무거운 어둠이 떠다닐 뿐이었다.

"벌써 밤이야?"

"혹은 많이 우울한 아침이거나."

"음, 네가 한 것치고는 예쁜 비유다."

"칭찬 고맙네."

나는 아냐스를 잠시 비켜 놓고 길게 기지개를 켰다. 온몸에서 나는 요란한 소리에, 괜히 꿈속의 일이 다시 떠올랐다.

그러는 동안에도 아기는 얌전히 있지 않고 침대를 마구 기어 다녔다. 기어이 아냐스가 매트에서 떨어져 버리기 전에, 녹턴이 딸을 품에 안았다. 그 모습이 굉장히 자연스러워서 나는 괜히 웃고 말았다.

"왜 웃어."

"그냥."

"두—."

"좋아서."

녹턴이 입을 다물었다. 귀여워서 다가가 그의 뺨에 입 맞추자, 말로는 하지 말라고 거부했으나 얼굴은 전혀 피하지 않았다. 솔직하지 못하긴. 그게 또 귀여워서 나는 입가에 단 웃음을 지울 수가 없었다. 계속해서 실실 웃으니 슬슬 녹턴의 눈매가 날카로워져서 말을 돌려야 했지만.

"그래서 지금 몇 시쯤이야?"

"11시 40분."

"……11시라고?"

"그래, 자정까지는 20분 남았네."

그 말을 듣고, 나는 내가 잠들었던 시간을 되짚어 보았다. 점심을 먹은 뒤, 차를 마시다가 도저히 졸음을 견디지 못하고 침실로 왔으니 아마.

"나 3시쯤에 잔 것 같은데. 아냐스는 왜 여태 깨어 있어?"

"낮잠을 길게 잤다던걸."

"내가 낮잠을 아기보다 많이 잘 줄이야."

내가 잠들었던 시간을 계산해 보고, 반사적으로 이마를 만졌다. 너무 오래 자면 자연스럽게 두통이 따라붙었으니까.

그러나 조금도 아프지 않았다. 이상은 머리가 아니라 다른 쪽에서 나타났다.

음, 멋쩍어 두어 번 눈을 깜박이다가 녹턴의 눈치를 살피며 슬며시 입을 열었다.

"녹턴, 나—."

"네가 일어나자마자 연락해 뒀어. 슬슬 식사를 준비하고 있겠지."

"역시 내 남편. 눈치가 보통이 아니야."

배가 고파 소리 나기 직전이었는데 어떻게 알았대.

웃으며 나는 몸을 일으켰다. 배가 무거워 한 번 휘청이자, 녹턴이 아냐스를 안지 않은 손으로 나를 받쳐 주었다.

"괜찮아?"

"누구. 나? 아니면 우리 둘째?"

장난스럽게 말하며 부푼 배를 쓸자, 그의 눈썹이 까딱 움직였다.

"어차피 한 몸이잖아."

"농담을 진담으로 받아."

나는 녹턴의 팔짱을 끼고 침실을 나섰다.

자정을 앞둔 시간인 터라, 화려한 성찬을 보고 주방장에게 조금 미안해졌다. 그러다가 곧 나는 차려진 식사가 두 명분이란 사실을 알아차렸다. 몇 번 눈을 깜박이다가 나는 녹턴을 쳐다보았다. 그가 야식을 먹는 건 본 적이 없는데 설마.

"아직 저녁 안 먹은 건 아니지?"

"혼자 먹으면 서럽다느니, 이럴 때 원한은 평생 가느니 투덜거릴 땐 언제고."

"아니, 그건 그냥 농담이었는데……."

미안함에 목소리가 작아졌다.

"이렇게 오래 기다려 달란 건 아니야. 넌 낮에는 계속 일하잖아, 배고플 텐데."

"식사 정도는 언제 하든 상관없잖아. 아예 걸러도 괜찮겠지만."

"그건 아니지, 심심하면 피를 토하는 허약 체질이면서."

"……언제 이야기야?"

나는 킬킬 웃으며 녹턴에게로 손을 뻗었다.

"왜."

"먼저 식사해. 아냐스, 내가 데리고 있을게."

아냐스는 참 순하고 얌전한 아기였으나, 낯을 좀 가렸다. 부모와 유모를 제외한 사람이 저를 끌어안으면 금방이라도 불안해 울음을 터뜨렸다. 밤이 늦어진 시간이라 유모는 없으니 내가 데리고 있는 수밖에.

그러나 녹턴은 눈썹을 한 번 까딱할 뿐 품에 안은 아기를 내어 주지 않았다.

"배고프다며."

"아무럼 난 잠만 잤으니까 너보단 상황이 나을걸."

"그렇게 생각하는 건 너뿐일 거야. 지금 네게 필요한 건 배려심이 아니라……."

녹턴은 한 손으로 아냐스를 안아 든 채, 내 앞에 접시를 밀어 넣었다.

"음식이야."

그에 타이밍을 맞춘 듯이 배 속이 울려서 나는 입을 꾹 다물었다.

"네게 넘겨주면 5분도 안 돼 식탁을 기어 다닐 것 같아서. 아냐스의 옷을 더럽히고 싶지 않은 내 마음을 이해해 줘, 두루아."

녹턴은 갸륵할 만큼이나 온화한 목소리로 말했다. 몇 주 전에 벌어졌던 일을 다시 꼬집는 말이 얄밉다.

"재수 없어."

입을 삐죽이며 노려보자 녹턴이 슥 아냐스와 내 배를 번갈아 쳐다봤다.

아이 앞에서 무슨 말을 한 거람.

뒤늦게 아차 싶어 나는 손으로 입술을 눌러 덮었다.

"잘못했어."

"식사나 해."

더는 쓸데없는 양보를 포기하고 나는 순순히 포크를 쥐었다.

음식은 놀라울 만큼이나 쑥쑥 들어갔다. 내가 이렇게 양고기를 좋아했나 의심스러울 정도로.

녹턴은 아냐스가 호기심에 여기저기 손을 뻗는 걸 능숙하게 걷어 내고 있었다. 집무실에 틀어박혀 있느라 아냐스를 볼 시간은 내가 더 많을 텐데, 솜씨만 봐선 하루 종일 아기를 돌보는 사람 같다. 이런 것도 재능이란 건가, 왠지 패배감이 들었다.

"오늘은 잘 먹네."

"이제 괜찮다니까."

"보통 요란한 게 아니었잖아."

녹턴은 담담히 말했으나, 나는 괜히 민망해졌다. 음식은커녕 차향만 맡아도 속을 게우던 때가 그리 오래되지는 않았다. 아냐스 때의 경험만 믿고 자신만만하게 굴다가 된통 당했었지. 신관이니, 마법사니 온갖 수단을 다 동원해도 결코 평탄치는 않았다. 이게 보통이겠지만. 생각하며, 나는 아랫배를 슥 쓸었다.

"오늘 9일이지? 슬슬 10일이 됐으려나."

"11일이야."

"뭐? 안 되지, 10일이면!"

"아직 괜찮아. 유성이 떨어지는 건 앞으로 세 시간 뒤거든."

"너…… 내가 별똥별 기다리는 거 어떻게 알고 있었어?"

"모를 리가 있겠어. 발로즈 후작이 그 말을 전해 주고 간 뒤로 계속 달력만 보던데."

하나도 모르는 것처럼 굴면서 실은 다 알고 있다니, 하여튼 여우 같아.

나는 눈을 가늘게 뜨고 녹턴을 노려봤다. 그의 말대로 나는 얼마 전부터 유성을 기다렸다. 원래는 크게 관심이 없었으나, 며칠 전 알로이가 놀러와 곧 유성이 떨어질 거라 말한 뒤부터는 계속 신경이 쓰였다. 왜냐하면, 전에 별똥별에 빈 소원이 이뤄졌기 때문이다.

연애 소설 같은 연애를 하게 해 달라고 빌었었지.

좀 과하게 이루어 준 느낌이 있긴 하지만, 똑바로 말하지 않은 내 잘못이다. 그 미신을 100퍼센트 믿는 건 아니라도, 달리 특별한 일도 없기 때문인지 괜히 두근거리며 기다리게 됐다.

"빌고 싶은 소원이라도 있나 봐?"

"별로 그런 건 아닌데. 음……."

나는 말끝을 흐리며 슬쩍 포크를 놓았다. 어느 정도 배도 찼고, 세 시간밖에 남지 않았다니 왠지 마음이 조급해졌기 때문이다. 그러자마자 대번에 녹턴의 눈이 가늘어졌다.

"일단 식사부터 해."

"아니, 이만하면 충분히 먹었잖아."

"두루아."

그 목소리는 타협할 여지없이 단호했다. 나는 무어라 말하려다가 삼키고, 다시 포크를 쥐었다. 계속 속을 게워 내던 때 녹턴이 불안해하던 얼굴이 떠올라 어쩔 수 없었다. 그래도 입은 별로 얌전하지 않았다.

"내가 자기 큰 딸인 줄 알아."

"가끔은 정말 그런 기분이야."

한숨 섞인 말을 무시하고 나는 식사를 마무리했다. 그러고서 뒤늦게 아냐스를 넘겨받았지만, 녹턴은 샐러드를 몇 입 먹고는 곧바로 자리에서 일어났다.

나한테 엄포를 놓을 때는 언제고!

억울함 반 걱정 반으로 소리를 높여도, 그는 뻔뻔스러운 얼굴로 말 같지도 않은 핑계를 댔다.

"곧 유성이 떨어진다니 혹시 놓칠까 무서워서 말이야, 소화가 안 되네."

입에 침이나 바르고 거짓말을 하지. 유성이 아니라 하늘에 있는 게 통째로 떨어져도 눈 하나 깜짝 안 할 사람이.

어이가 없었지만, 그가 나를 배려해 주는 것 같기도 해서 나는 모호한 기분으로 저택을 나섰다.

우리는 호숫가를 바라보며 그 옆쪽의 길을 천천히 걸었다. 아냐스는 슬슬 졸음기가 돌아오는지 커다란 눈을 끔벅거리며 녹턴의 품에 얼굴을 비비는 중이었다. 그 모습을 보고 웃다가, 나는 고개를 꺾어 하늘을 쳐다봤다.

종전에 꾸었던 꿈이 떠올랐다.

"이거 때문인가? 오래간만에 옛날 꿈을 꿨어."

옆에서 들려오던 발걸음 소리가 잠시 멈추었다.

"네 입에서 꿈이란 말을 들으면 불길한데."

"별똥별 봤을 때 말이야. 기억 안 나?"

"기억력이 그렇게 나쁘진 않아."

"어쩌면 그렇게 한 마디 한 마디에 모가 났대, 어디서 배워 오는 거야, 대체."

아냐스가 꼭 저 말투를 배워 녹턴한테만 저렇게 말해 주면 좋겠다.

"그래서 어때. 지금은 바라는 거 있어?"

"있어."

"오."

"무슨 의미의 감탄사야?"

"사람 됐네."

"……너도 말투가 그렇게 예쁘진 않아."

말하며, 녹턴이 내 얼굴 쪽으로 손을 뻗었다. 옆을 보고 걷느라 몰랐는데 바로 앞에 튀어나온 나뭇가지가 있던 모양이다. 커다란 손이 가지를 뚝 부러뜨려 치우는 걸 보고, 기분이 좋아졌다.

"고마워, 자기."

"뒤에 건 빼."

"부끄럼 타긴."

"내가―."

"바아."

"그치, 아냐스. 아빠가 부끄럼이 심하지?"

아기는 아무것도 모르면서 까르르, 웃음을 터뜨렸다. 분명히 잠들기 직전이었던 것 같은데 언제 이렇게 눈이 말똥말똥해졌는지 모르겠다. 그래도 그 얼굴이 가슴이 설렐 만큼 귀여워, 나는 아냐스를 계속해서 내려다보았다.

그러다가 문득, 아이의 시선이 나나 녹턴이 아닌 다른 쪽으로 향해 있다는 걸 알았다. 무의식중에 아냐스의 눈길을 쫓아 고개를 돌리자 그곳엔, 아무것도 없었다.

"아냐스, 뭘 보는 거야?"

순간적으로 섬뜩한 기분이 들어 묻자 아냐스는 계속해서 그쪽을 쳐다보며 따, 따 소리를 냈다. 등골이 오싹해졌다.

"……아기는 유령을 본다던데."

"터무니없는 소리."

"하지만 자꾸 어딜 가리키는 것 같지 않아?"

"그래, 가리키고 있지."

그러고는 녹턴이 그쪽으로 다가갔다. 예고도 없이 벌어진 일에 나는 놀라 숨을 들이켰다. 하마터면 아냐스는 놓고 가라고 소리칠 뻔했다. 그리고 곧.

이야아옹, 날카로운 소리와 함께 녹턴이 무언가를 들어 올렸다. 얼굴과 등허리에만 치즈를 뒤집어씌운 듯 노랗고 꼬질꼬질한 포유류. 꼬리를 잔뜩 부풀리고 높은 소리를 내는 동물은 분명.

"고양이?"

"꺄아꺄!"

정답이라는 듯이, 아냐스가 한껏 웃으며 그쪽으로 손을 뻗었다. 그러나 고양이는 녹턴이 놓아주자마자 반대 방향으로 튀어 나갔다. 아기의 눈꼬리가 시무룩하게 처졌다.

"괜히 겁먹었네."

"유령이 아니라 실망했니?"

"아냐스가 유령을 보고 기뻐한 게 아니라 다행이야."

아냐스는 고양이가 사라진 쪽에서 눈을 떼지 못하고 있었다.

가여운 내 딸. 뺨이 부푼 아냐스의 가슴팍을 천천히 도닥거리니 실망한 아기의 눈에 다시 잠기운이 돌았다. 조그만 입이 벌어지고 스르륵 눈꺼풀이 내려앉는다. 그걸 보니 저절로 입꼬리에 힘이 풀렸다.

귀여운 내 딸.

"우리 애가 고양이를 그렇게 좋아하는 줄은 몰랐네."

"어둠 속에선 고양이의 눈이 빛나니까 그걸 좋아했겠지."

"아아, 그건가?"

아냐스는 반짝거리는 걸 참 좋아했다. 장신구, 검, 단추를 비롯해 찻물에 햇빛이 고이는 것도 좋아했다. 저번에는 드레스에 매달린 보석을 뜯어 입에 가져

가려고 해서 얼마나 놀랐는지 모른다.

"빛나는 걸 왜 그렇게 좋아할까?"

"과거의 본인한테 먼저 물어보는 게 어때."

"응?"

"이 애가 그런 건 널 닮아서야. 발로즈 후작의 입에서 나온 말이니 틀림없을걸."

내가 반짝거리는 걸 좋아했다고?

기억에 없는 이야기다. 아기 때 일일 테니 당연한가 싶다가도, 나는 눈을 깜박이며 물었다.

"알로이가 그런 얘기를 했어?"

"만나면 거의 '그런' 이야기밖에 안 하지."

"……."

"그래서 후작은 네가 대도나 거부나 보석 공예 전문가가 될 줄 알았다던 걸."

"마지막만 현실적이네."

"그러다가 소설을 읽기 시작하더니 어느샌가 내팽개쳤다고."

"그럼 아냐스도 소설을 좋아하게 될까?"

"사실 소설로 치면 너나 네 이야기만 한 게 없는데 말이야."

녹턴도 그렇게 생각하고 있었구나.

별똥별에 빌었던 소원이 떠올라서 새삼 멋쩍어졌다.

"뭐. 알로이가 하는 말에 그렇게 어울려 줄 거 없어."

대체 왜 결혼한 지 몇 년이나 된 동생 이야기를 그 남편한테 늘어놓고 있는 걸까. 두 사람이 만났다면 황궁에서일 텐데, 장소도 주제도 적절하지 않다. 자식이나 하다못해 기르는 동물의 일화를 자랑하는 거라면 이해라도 되련만.

민망해 팔을 쓸자 추운 줄 알았는지, 녹턴이 겉옷을 벗어 내게 덮어 주었다. 새벽바람이 쌀쌀하게 느껴졌던 것도 사실이라 나는 굳이 그걸 뿌리치진 않았다.

알로이 하니까 생각난다.

"그날 말이야, 별똥별을 봤다던 날. 저택에 돌아갔더니 알로이가 단단히 화를 냈거든."

"연락도 없이 늦었으니 당연하겠지."

"에드가 공작저에 있었던 건 알던 모양이지만."

열 살 무렵 알로이와 화해한 이후, 내 자매가 내게 화를 낸 건 처음이었다.

"되게 서운했어. 좀 걱정되기도 했고."

"걱정되다니?"

"알로이와 다시 사이가 나빠질까 봐."

내가 에른하르트에 다녀온 뒤 알로이는 다정해졌다. 내가 하는 일마다 트집 잡던 까칠한 자매는 어디 갔는지, 이걸 해도 웃고 저걸 해도 웃었다. 장난을 걸어 오는 일도 많아져서 좀 귀찮을 때도 있었지만, 나는 그런 알로이가 좋았다. 그러다가 그토록 화를 내는 걸 보니 염려하게 되는 것이다.

알로이가 전처럼 돌아가면 어떡하지. 다시 날 싫어하면 어떡하지.

지금 와 생각해 보면 말도 안 되는 걱정이지만.

문득 떠오른 이야기를 하며 웃다가, 덜컥 다른 염려가 들었다. 이번에 든 불안의 주체는 내가 아니라 다른 쪽이었다.

"만약에 그러면 어떡하지."

맥락 없이 꺼낸 걱정에, 녹턴이 눈썹을 찡그렸다.

"아냐스와 이 애가 계속 싸우고 사이가 안 좋으면."

"뭘 가지고 싸우는데."

"이를테면…… 둘 다 공작이 되고 싶어 하는 거야. 작위 다툼으로 혈연을 죽이는 일은 흔하잖아."

"태교로 역사서를 읽었니?"

"아니면 왜 아냐스만 신성력을 가지고 있냐고 날 원망하면 어떡해?"

"왜 널 원망하는데."

"왜냐니! 내가 낳았ㅡ."

얼토당토않다는 듯한 녹턴의 반응에 울컥해 높인 소리에, 아냐스가 깼는지 팔다리를 휘적거렸다. 나는 허둥지둥하며 그 애에게 변명했다.

"미안해, 아냐스. 너한테 뭐라 한 게 아니야."

말한다고 알아들을 리도 없었지만. 다행히 아냐스는 녹턴이 몇 번 몸을 흔들어 주자 다시 잠들었다. 나는 겨우 안도로 가슴을 쓸어내렸다.

"아무튼, 벌써 걱정할 일은 아니지."

"……"

"태어나기도 전에 염려하기 시작한다면, 24시간을 다 써도 모자랄 거야."

"……나도 알아."

머리로는 이게 얼마나 얼토당토않은 불안인지 아는데도, 가슴으로는 달랐다. 감정에 스프링이 달린 것처럼 멋대로 이리저리 튀어나가는 기분이다. 아냐스 때는 안 그랬는데.

나는 배 속에 있을 때부터 얌전했던 아기를 바라보다가 한숨을 내쉬었다.

"잘 자네, 내가 안아 주면 얼마 안 가서 칭얼거리던데."

"근력의 차이지. 안정감이 다를 테니까."

"……몇 달 뒤부터 검 배울 거야."

"열심히 해 봐. 근력이 느는 게 먼저일지, 아이가 다 자라는 게 먼저일지는 모르겠지만."

나는 녹턴의 말에 멈칫했다. 그렇지, 아기가 평생 기다려 줄 리는 없다. 아냐스가 이렇게 품에 안겨 있는 것도 잠깐일 것이다. 부모님이 말씀하신 대로면 슬슬 걸음마를 시작할 테고 그러면 뛰는 것도 팔다리가 길어지는 것도 금방이다. 그렇게 생각하니 이유 없이 서글퍼졌다.

아, 또. 당황스러울 만큼이나 마음이 거칠게 뻗어갔다.

"……두루아?"

"왜."

"너…….."

녹턴이 내 얼굴을 보려고 해서 나는 고개를 푹 수그렸다. 코끝이 맵다. 스스로도 이해할 수 없었지만, 감정을 통제할 수가 없었다. 그는 당황한 듯 잠시 말이 없다가 한결 조심스럽고 부드러운 목소리로 말했다.

"미안해. 슬프게 하려는 건 아니었어."

"네 잘못 아니야. 슬픈 얘기도 아니었고. 그런데…….."

울컥해서 이제는 말문마저 막혔다. 뜨거워진 눈가를 꾹꾹 누르자, 녹턴은 뒤따르던 기사에게 잠시 아이를 맡겼다. 잠들어 있어서, 아냐스는 낯선 사람의 품에 안겨도 울지 않았다. 그러고서 녹턴이 조심스럽게 나를 끌어안았다.

"나도 내가 왜 이러는지 모르겠어. 전에는 안 그랬는데."

"아냐스랑은 성격이 좀 다른 거겠지."

"그럼 이 애는 분명 너 닮은 거야."

"뭐……?"

"나를 닮았으면 착하고 건강하고 순한 아기였을 텐데, 너를 닮아서 변덕스러운 게 분명해."

얼굴을 보진 않았지만, 녹턴의 황당한 표정이 그린 듯이 떠올랐다. 그러나 그는 평소처럼 받아치지 않고, '그래.' 하며 수긍해 주었다. 받아 주니 더 서럽다. 나중 되면 창피해질 게 뻔한 데도 도무지 훌쩍거리는 걸 멈출 수 없다.

그러며 얼마나 시간을 보냈을까, 나는 거우 녹턴의 품에서 얼굴을 떼어 냈다. 그는 다소 머뭇거리다가 손수건을 꺼내 내 얼굴을 닦아 주었다. 그러는 모양새를 빤히 바라보다가, 나는 뻔뻔한 투로 말했다.

"녹턴."

"응."

"다리 아파, 업어 줘."

실은 아까부터 말하고 싶었지만, 창피해서 참았다. 하지만 별것도 아닌 일로 안겨 울기까지 했으니 이젠 창피할 일도 없다. 얼굴이 조금 뜨거워진 것 같긴 했지만.

녹턴은 가볍게 웃고는 허리를 수그렸다.

"안는 걸로 해."

양팔로 각각 등허리와 오금을 받치고, 녹턴이 나를 들어 올렸다. 훌쩍 높아진 시야에 나는 좀 당황했으나 곧 그의 목에 팔을 둘렀다. 그러고야 아냐스가 떠올라 뒤를 돌아봤으나, 아이는 기사의 품에서 얌전히 잠든 채였다.

"두루아, 하늘."

녹턴의 목소리가 내 시선을 다시 돌리게 했다. 고개를 꺾어 하늘을 보자 새까만 배경에 별빛이 길게 번지고 있었다.

유성이다. 오래전 일이라 확신할 수 없었으나 그때 본 것보다도 크고 선명해 보였다. 시간이 벌써 그렇게 되었나. 잠시 그 광경에 홀려 있다가 퍼뜩 정신이 들었다.

"빌어, 녹턴."

"뭐?"

"오늘은 소원 있다며! 어서 빌어!"

눈을 꾹 감고, 나는 준비했던 소원을 외었다. 오늘은 유성이 떨어질 걸 알고 있었기 때문에 바람을 준비할 여유도 있었다. 나는 다급히 바라는 걸 읊조리고는 반짝 눈꺼풀을 들어 올렸다. 그러자마자 별똥별의 꼬리가 저 너머로 사라졌다.

이겼다. 만족스럽게 웃으며 나는 녹턴에게로 눈을 돌렸다. 예쁜 연보랏빛 눈동자는 유성이 사라진 방향으로 향해 있다가 곧 내게 돌아왔다.

"소원 뭐 빌었어?"

"안 가르쳐 줄 건데."

"또 이러지, 또 또 삐딱선 타가지고."

"그럼 너는 뭘 빌었는데."

"내가 다이어리에 써 둔 소원 다 이뤄 달라고."

그가 어처구니가 없다는 듯 웃었다.

"효율적이네."

"빌고 싶은 게 한둘이 아니었단 말이야."

"가장 바라는 건?"

"둘째 얼굴은 나를 쏙 빼닮으면 좋겠다?"

"······."

"아냐스는 네 거푸집이잖아. 예쁘긴 하지만 가끔 억울해."

"뭐····· 소원이 이뤄지길 바랄게."

"그럼 넌 뭘 빌었는데."

"나는······."

녹턴이 말끝을 흐렸다. 도대체 뭘 빈 걸까. 그에게 바람이 있다는 건 신기했고, 내 소원만 말해 주고 듣지 않는 건 억울했다.

그런 생각으로 그를 채근하려는 때 갑자기 배가 조이며 당겨 들었다. 오늘, 정말 가지가지 한다.

반사적으로 몸을 웅크리며 나는 양팔로 배를 감쌌다.

"두루아."

"좀 뭉친 거야, 괜찮아."

스치듯 본 그의 얼굴은 희게 굳어 있었다. 내가 이러는 걸 몇 번 본 적 있을 텐데도 녹턴의 반응은 여전하다. 그 한결같은 걱정이 고마워 뺨을 쓸어 주고 싶었지만 그렇게 여유롭지는 않았다. 그래도 감정이 날뛰는 것보단 이편이 낫다.

녹턴이 아냐스를 안고 있던 기사에게 말했다.

"어서 신관을 불러와."

"괜찮다니까. 그냥 침실에 데려다주면 돼."

"하지만."

"신관이 오기도 전에 나을 테니까."

"……."

"나 쉬고 싶은데, 안 데려다―."

"으아아앙!"

혹시 소란이 부족하다고 생각한 걸까. 잠에서 깬 아냐스가 울음을 터뜨리기 시작했다. 자기를 안고 있는 사람이 제 부모가 아니란 걸 알아차린 모양인데, 정말 절묘한 타이밍이다. 기사, 르웨인 경은 당황하며 어쩔 줄을 몰라 했고 아냐스는 하필이면 날 향해 손을 뻗었다. 녹턴에게 손을 뻗더라도 그는 날 안고 있으니 아기를 안아 줄 순 없겠지만.

"이리 주세요, 르웨인 경."

"안 돼."

"그렇게 아픈 것도 아니야, 애는 달래야지."

"아냐스는 내가―."

"그럼 날 내려 주고 얼른 아냐스를 달래 줘."

"그건……."

"잠시만요."

르웨인 경이 불현듯 대화에 끼어들었다. 녹턴이 노골적으로 눈가를 일그러 뜨렸지만, 그는 꿋꿋이 말했다.

"공녀님께서 공작부인의 배 쪽으로 손을 뻗고 있습니다."

예상치 못한 말에, 녹턴과 내 시선이 아냐스에게로 향했다. 울고 있는 아기의 손은 그 말대로 내 배를 노리고 있었다. 혹시 뭔가 느낀 걸까?

녹턴은 잠시 머뭇거리다가 고개를 끄덕였고, 르웨인 경이 아냐스를 내 몸 쪽으로 데려왔다. 조막만 한 손이 내 배에 닿았다.

그제야 아차 싶어, 나는 다급히 녹턴에게로 입을 열었으나.

"녹턴, 떨어―."

흰 빛이 배를 감싸는 것이 더 빨랐다.

배가 뭉쳐 들며 나던 고통은 빠르게 사그라졌다. 아팠던 게 거짓말 같을 정도로. 그러나 반대로, 녹턴의 손은 화상을 입은 것처럼 붉게 물들었다.

나는 그의 표정을 보며 침음을 삼켰다. 그나마 다행이라고 할 건, 르웨인 경은 녹턴이 흑마법사임을 이미 알고 있다는 사실이었다. 그는 에드가 공작의 직속 호위 기사이니 알릴 수밖에 없었지만. 기사는 어쩔 줄 몰라 하며 녹턴과 나를 번갈아 쳐다봤다. 그래서 나는 그에게 할 일을 내주었다.

"트롤의 피를 가져다줘요, 르웨인 경."

"이 정도는―."

"잠깐 둘이 이야기할 시간이 필요해서 그래요."

"예, 공작부인."

녹턴은 반발하기를 포기하고 입을 꾹 다물었다.

나는 르웨인 경이 떠나가기 직전 아냐스를 건네받아, 여전히 울고 있는 내 딸을 달랬다. 내 솜씨는 희한하게도 늘지 않아 서툴렀지만, 자다 깨 졸음기가 짙었던 탓인지 다행히 아기는 평소처럼 까탈을 부리지 않았다.

곱게 감긴 눈꺼풀 아래, 속눈썹이 규칙적으로 오르내리는 걸 보고 나는 한숨을 내쉬었다. 아기가 투정을 부리는 소리마저 사라지자 이젠 침묵뿐이었다. 낮은 목소리가 정적에 파문을 일으켰다.

"이 애가 다 자라서 이런 걸 보면 뭐라고 생각할까."

자조적인 말에 말문이 막힌다. 애써 봐도 짐작하기 힘든 심정이었다. 자식의 힘에 다치는 건 어떤 기분일까.

녹턴은 아냐스의 신성력을 보고 기뻐했지만, 그 힘은 그를 상처 입히는 때도 많았다. 그럴 때마다 나는 염려가 들었다. 녹턴이 제 아이를 사랑할수록, 그의 자괴감이 더 깊어지지는 않을까.

내가 위로할 말을 찾는 사이, 녹턴은 혼자 감정을 정리한 듯이 느리게 눈을 감았다 떴다. 다시 드러난 연보랏빛 눈동자에는 어둡고 복잡한 감정들이 다 가셔 있었다. 사라진 게 아니라, 숨긴 것이다.

"녹턴."

"별로 기분을 가라앉히려는 건 아니었어. 배는 괜찮아?"

"……괜찮아."

"그렇다니 다행이네."

"그거 말고."

"뭐?"

"아냐스가 자라서 왜 아버지는 내 신성력에 다치냐고 물어보면, 그렇게 말해 주면 돼."

의미 없는 말장난에 불과하다는 걸 알지만 그래도 녹턴을 위로하고 싶다. 나는 녹턴의 뺨을 느리게 쓰다듬으며 말했다.

"네 아버지가 너무너무 연약해서 그렇다고."

"……농담이지?"

"아예 틀린 말은 아니잖아."

녹턴의 마음은 너무너무 연약했으니까.

장난스럽게 말하자 그는 눈썹을 찡그리다가도 곧 입매를 허물어뜨렸다. 나는 엄지 손끝으로 그 입가를 살살 쓸어 주었다.

"그보다 다른 쪽을 걱정하는 게 좋을 거야."

"다른 쪽이라니."

"반대로, 아냐스의 입장에서는 제가 이렇게 다정한 아빠를 다치게 하는 셈이잖아."

죄책감을 느낄지도 모르지.

그렇게 생각해 보진 못했는지, 녹턴의 눈이 느리게 흔들렸다.

"네가 이 애의 마음을 제대로 이해하는데도 이 애를 이해시키는데도 긴 시간이 필요할 거야."

"……그렇겠네."

말 몇 마디로 짠하고 모든 게 좋아지진 않을 테니까.

"그런데 오래 걸려도 괜찮잖아. 우리는 가족이고 그만큼 오래 볼 테니까."

"……"

"내가 중간에서 열심히 중재해 줄 테니까 힘내 봐."

녹턴의 입꼬리가 올라간 걸 확인하고, 나는 그의 뺨을 당겨 그의 입에 키스했다. 그는 나를 힘껏 끌어안고 얼마간 내 위로를 받아들였다. 그러고는 다시 서로의 얼굴을 볼 수 있을 만큼 떨어진 거리에서 나직이 말했다.

"아까, 뭘 빌었냐고 물었지."

"말해 주려고?"

"실은 말이야. 내 부모를 닮지 않게 해 달라고 빌었어."

"아⋯⋯."

"네 고민이 섣부르다고 말할 것도 없이, 나도 먼 미래를 걱정하고 있었거든."

"그래, 확실히 네 고민이 더 섣부르네. 그럴 일은 없을 거야."

"이번엔 또 무슨 이유를 대려고."

"요즘 권선징악 동화를 잔뜩 읽어 주고 있거든."

나는 가능한 진지한 목소리로 말했다.

"이 아이는 분명 멍청하진 않을 거고 그러면 알겠지. 나쁜 짓을 하면 어떤 결말을 맞는지."

"그게 협박과 뭐가 달라?"

"협박이 아니라 교육이고 사회화야."

"⋯⋯."

"난 진지해. 그래서 요즘 악당물도 안 읽고 있단 말이야. 얼마나 읽고 싶은데."

"아니, 난⋯⋯ 알았으니까 울지 마."

"안 울었어!"

내 감정이 아무리 제멋대로라고 해도 겨우 이런 걸로 울 리가 있나.

그러나 그런 내 생각과 달리, 울컥해서 내뱉은 목소리는 엉망으로 떨리고 있었다. 아무래도 내 목소리나 마음 중 하나는 고장 난 게 틀림없다.

녹턴은 웃음을 참는 듯한 표정으로 내 코끝에 입을 맞추었다.

"아이가 태어나면 산더미로 구해다 줄 테니까."

"⋯⋯『붉은 마녀의 정원』이랑 『네크로멘서의 4골드』는 꼭 있어야 해."

"서명본으로 가져다줄 테니 염려 마."

"잊어버리기만 해."

엄포를 놓으면서도 민망함을 참을 수 없어 소리가 기어들어 갔다. 내가 창피를 당한 게 좋은지, 그는 기분 좋은 소리로 웃었다.

"가끔 보면 아냐스보다 네가 더 아기같이 굴 때가 있어."

"배 속에 진짜 아기가 있어서 그래."

"그래, 이 애가 태어난 뒤엔 안 그러는지 보자."

그러고는 이야기할 거리도 떨어져서, 우리는 잠자코 르웨인 경이 돌아오기를 기다렸다.

잠깐잠깐 불어오는 바람에 나뭇잎이 부딪는 소리가 들었다. 어쩐지 잠이 오게 하는 소리라 눈꺼풀이 무거워졌다.

낮잠을 그렇게 길게 자놓고 또다시 잠기운이 찾아오다니, 정말 아기와 다를 바 없는 삶이군.

녹턴이 내 머리를 가만히 쓸어내리는 손길이 수마에 기세를 실어 주었다.

"바라는 게 있어, 두루아."

"아까 유성에 빌지 않고."

"그건 다 죽어 가는 티끌이 아니라, 너만 들어줄 수 있는 부탁이니까."

소원까지 빌어 놓고 별똥별 취급이 너무 야박하다. 하마터면 웃을 뻔해서, 나는 다문 입술에 힘을 주었다.

안 되지, 소원이 이루어질 때까지는 경거망동해선 안 된다.

"뭔데?"

"둘째 이름, 내가 지어도 돼?"

오, 예상 못 한 부탁이다.

"뭐로 짓고 싶은데?"

"그건 아직 정하지 않았지만."

"음…… 이 애가 나를 쏙 닮았으면 허락해 줄게."

아냐스 때처럼 또 녹턴만 쏙 빼닮은 아이가 나오면, 억울해서라도 이름은 내가 지어야 한다.

배를 쓸며 말하자 그가 낮게 웃었다.

"그래."

그러고는 다시 정적.

새벽바람은 나뭇잎 사이를 헤집고, 호수에 둥근 물결을 만들며 내 이마를 어루만지고 내 머리칼 사이를 이리저리 빠져나갔다. 녹턴의 품은 익숙했고 그래서 편안했으며, 반드시 깨어 있어야만 하는 상황도 아니었다. 별다른 저항도 하지 않고 나는 눈을 감았고 발바닥부터 꿈에 잠겨 들기 시작했다.

그러던 중에.

"너를 닮은 아이가 나온다면 기쁠 거야."

잠결에 들린 말은 녹턴답지 않게 솔직했지만, 기쁜 말이었다.

의식하지 않았음에도 입매가 길게 늘어졌다.

"사랑해."

이마에 입맞춤이 닿았다.

사랑한다는 말도, 키스도 되돌려 주고 싶었지만, 이미 잠에 발목을 붙들린 상태에서는 무리였다. 하는 수 없이 다음으로 미뤄 두면서 나는 그대로 꿈에 잠겨 들었다.

그렇지만 아마 녹턴도 알 것이다.

내가 그를 사랑한다는 정도는 이제.

외전 끝.

모든 게 착각이었다 4

초판 1쇄 발행 2022년 6월 20일
초판 2쇄 발행 2022년 8월 1일

지은이 과앤
펴낸이 김선식

경영총괄 김은영
IP개발 심미리 **상품개발** 윤세미
엔터테인먼트사업본부장 서대진
웹소설1팀 최수아, 김현미, 심미리, 여인우, 장기호
웹소설2팀 윤보라, 주소영, 주은영
웹툰팀 이주연, 변지호, 윤수정, 임지은, 채수아, 최하은
IP상품개발팀 윤세미, 송임선
디지털마케팅팀 김국현, 김그린, 김선민, 김호애, 김희정, 이소영
지식교양팀 김선욱, 김혜원, 백지은, 석찬미, 염아라, 이수인
저작권팀 한승빈, 김재원, 이슬
재무관리팀 하미선, 김재경, 안혜선, 오지영, 윤이경 **제작관리팀** 박상민, 김소영, 김진경, 양지환, 이지우, 최완규
인사총무팀 이우철, 김혜진, 황호준 **물류관리팀** 김형기, 김선진, 민주홍, 양문현, 전태연, 전태환, 한유현
외부스태프 크리에이티브그룹 디헌(디자인) 영수(일러스트)

펴낸곳 다산북스 **출판등록** 2005년 12월 23일 제313-2005-00277호
주소 경기도 파주시 회동길 490
전화 02-702-1724 **팩스** 02-703-2219 **이메일** dasanbooks@dasanbooks.com
홈페이지 www.dasan.group **블로그** blog.naver.com/dasan_books
용지 아이피피 **인쇄** 한영문화사 **코팅 및 후가공** 평창피앤지 **제본** 한영문화사

ISBN 979-11-306-9104-6 (04810)
ISBN 979-11-306-9100-8 (SET)

다산북스(DASANBOOKS)는 독자 여러분의 책에 관한 아이디어와 원고 투고를 기쁜 마음으로 기다리고 있습니다.
책 출간을 원하는 아이디어가 있으신 분은 다산북스 홈페이지 '원고투고'란으로 간단한 개요와 취지, 연락처 등을 보내주세요. 머뭇거리지
말고 문을 두드리세요.